不死身の戦艦

ジョン・ジ アダムズ編

フォーマルハウト星系で、人類の派閥間の戦いに身を投じる「ぼく」と相棒のヤロウが遭遇した“女王”とは……（スパイリーと漂流塊の女王）金属の殻《シエル》に封じ込められ、神経シナプスを宇宙船の維持と管理に従事する各種の機械装置に繋がれたヘルヴァは、優秀なサイボーグ宇宙船だった。〈中央諸世界〉に所属する彼女は銀河を翔けめぐる（還る船）――広大無比の銀河に版図を広げた星間国家というコンセプトは、無数のSF作家の想像力をかき立ててきた。オースン・スコット・カード、アン・マキャフリーら、その精華を集めた傑作選がここに登場。

銀河連邦SF傑作選

不死身の戦艦

ジョン・ジョゼフ・アダムズ編
佐田千織　他訳

創元ＳＦ文庫

FEDERATIONS

edited by John Joseph Adams

This book is published in Japan
by TOKYO SOGENSHA Co., Ltd.
Japanese translation rights arranged
with John Joseph Adams
c/o The Gernert Company Inc., New York
through Tuttle-Mori Agency, Inc., Tokyo

目次

銀河連邦ＳＦ傑作選

不死身の戦艦

序文

ジョン・ジョゼフ・アダムズ

スター・ウォーズやスター・トレックがなければわたしがSFファンになることはなかったかもしれない、といっても過言ではないだろう。わたしが子どもの頃に初めてこのジャンルに興味を持ったきっかけは、そうした映画やテレビ番組だった。そして試しにSF小説を読んでみようと思ったときに初めて自分の小遣いで買ったうちの何冊かは、スター・トレックやスター・ウォーズのノベライズ本だった。ある意味これらの作品群とそのタイアップ小説は、わたしにとってSFというさらに広いジャンルへのゲートウェイドラッグの一種としての役割を果たした。初めてそうした本を読んで以来、趣味や関心の幅は広げてきたが、トレックのようなタイプの話が好きなことに変わりはないし、それと同じパターンや伝統に基づいてアンソロジーを編むというアイディアは、わたしにとって大いに魅力的なものだった。なによりもそのことが、本書が存在する理由だ。

だがもちろん、銀河の恒星間にまたがる社会——国ではなく世界、あるいはいくつもの世界がまとまってできた政府——の広大さを探求しているのは、スター・

ウォーズばかりではない。ＳＦ文学においてもそうした例は実に多く、アイザック・アシモフの《ファウンデーション》シリーズ、アーシュラ・Ｋ・ル＝グィンの《ハイニッシュ・サイクル》シリーズ、フランク・ハーバートの《デューン》シリーズのような古典作品が存在する。事実、出版界のＳＦの伝統はスター・トレックやスター・ウォーズよりはるか以前、Ｅ・Ｅ・〝ドク〟・スミスが《レンズマン》シリーズを書いていたパルプ雑誌の時代にまでさかのぼる。

こうした古典的連邦はアメリカ人の生活の多くを浮き彫りにし、形づくってきた。しかし本アンソロジーでは、この先どうなるかに目を向けたいと思う。人種や性別間の平等がわれわれの社会（その大部分）に受け入れられたいま、未来の星間連邦はどのようなものになるのだろうか？　バラク・オバマ大統領自身、子どもの頃はトレックのファンだった。それがいまではアフリカ系アメリカ人初の大統領だ。このようなことになるとは、ジーン・ロッデンベリーのような楽天家でさえ想像するのは難しかったかもしれない。わたしたちの未来の地平線上には、われわれがそうありたい、あるいはそうなるかもしれない姿を描いた連邦が、常に存在するだろう。

作家たちは何十年にもわたって、このテーマで新しく刺激的な試みを展開しつづけてきた――実際、アレステア・レナルズやロイス・マクマスター・ビジョルドのような現代の作家たちは星間ＳＦ史上最高の傑作をいくつか生み出しており、それらの作品は将来古典とみなされることになるだろう。彼らのような作家たち、そして本書に登場する他の作家たちは、伝統を守り、前の世代が設計してきたものを土台にして、このサブジャンルを新鮮で活力のある状態に保つために革新を続けている。

このあとのページで読者は、完全書き下ろし作品と星間ＳＦの可能性を体現する作家たちの厳選された復刻作品との組み合わせを、目にすることになるだろう。

（佐田千織訳）

スパイリーと漂流塊の女王

アレステア・レナルズ

アレステア・レナルズ（Alastair Reynolds）は一九六六年イギリス生まれ。セントアンドルーズ大学で天文学の博士号を取得し、在学中の一九九〇年に作家デビュー。邦訳書に《啓示空間》シリーズ（ハヤカワ文庫ＳＦ）がある。

（編集部）

宇宙戦争はあきれるほど時間がかかる。鼠捕り号《マウサー》の長距離センサーが所属不明艦を探知したのが二日前。射程距離まで近づくのにこれだけかかった。どうせたいしたものじゃない。こちらは残弾、燃料、士気のすべてが低下してそろそろ虎眼《こがん》基地へ帰投したいころ。どこかの濃液艦《のうえきかん》一隻、好きに宙域通過させればいいのにとも思う。

そんなわけで、蛙《かえる》睡眠から目覚めたばかりで朦朧《もうろう》としたぼくは、やる気が最低レベルだった。戦闘準備をうながす向精神物質がマウサー号の濃液中に投与されてもだめ。艦内に攻撃準備態勢レベル1が発令されてようやく、接続中だった神経娯楽（ちなみにタイトルは『第三次太陽系戦争の猛女たち』）を切ってハンモックから抜け出し、ブリッジのほうへのろのろと泳いでいった。

ヤロウの肩ごしにデータをのぞく。

「どうせゴミだよね。戦闘の残骸か、いつものしけた石質小惑星《コンドライト》か。そんなとこ」

「残念ながら、そのへんの可能性はみんなチェックずみよ」

「敵性って証拠は？」

「まだないわ。ただし噴射炎が出てる。盗まれた艦船という疑いが濃厚」ヤロウは首に巻いた略綬《りゃくじゅ》に、水掻《みずか》きのある手をすべらせた。「いい色の勲章が目のまえにぶらさがってるわ」

「虎章《こしょう》二ついただきってわけかい」

「確実に」

ぼくはうなずいて考えた。まあ、彼女の言うとおりかもしれない。なにしろ軍からの離反者と盗み出された軍事機密を、すんなりロイヤル派のところへ行かせるわけにはいかない。阻止すれば勲章、もしかしたら昇進も期待できる。

なのに、どうもいやな予感がする。

ためらいをルーチン作業で忘れようとした。

「わかった、それでいいよ。いつ接近する?」

「ミサイルは発射ずみ。距離が五光分《こうふん》あるから、轟《ごう》弾頭が到達するのは六時間後よ。相手が回避行動をとったらもっとかかる」

「回避ったって、どこに隠れるんだい」

「ええ、ばかげてるけどね」

ヤロウはホロディスプレイをぼくとのあいだに投影した。渦巻き星系のマップ。こちらとロイヤル派の支配域が色分けされている。ゆっくりと回転する始原物質の巨大な円盤は、直径およそ八百天文単位。光が横断するのに四日あまりかかる。

戦闘の大半がおこなわれるのは中心付近で、主星フォーマルハウト星から半径一光時《こうじ》の範囲。この恒星直近は塵《ちり》もなにもなく、内部空白圏と呼ばれている。その外側が渦巻きの本体だ。金属を豊富にふくむ塵の帯がゆっくりと集まって岩石惑星を形成しつつある。両陣営は惑星のゆりかごであるこの資源圏の絶対的支配権をめぐって争っている。敵を駆逐して採掘を再開したあかつきには、ここは一等地になる。ゆえに両陣営の蜂機《ほうき》の大群はここを主戦場にしている。人間がいるのはロイヤル派も標準派も遠く離れた外。渦巻きが薄れて金属含有率の低い氷の塊《かたまり》ばかりになるあたりだ。

離反者を追跡するときも資源圏に十光時以上はいらない。普段はなるべく無の空間にとどまる。離反者が身を隠せるようなものはなにもない。そのはずだ。

ところがあった。しかも大きい。裏切り者の鼠からの距離は三十光秒《こうびょう》未満。

「いわゆる小便が届く距離ね」ヤロウが評した。

「偶然にしては近いな。なにあれ」

「漂流塊よ。氷の微惑星。詳しいことは自分で調べなさい」

「寝起きの頭に勘弁して」

かわりに士官学校の講師の話を思い出した。漂流塊は渦巻きから飛び出した氷の塊だ。数十万年後のフォーマルハウト星には生まれたての惑星系が形成されているはずだけど、その周囲にはこういうゴミが大量に残り、百万年単位の軌道をまわっているだろう。

ヤロウは頭から尾びれまで伸びた長い黒髪に指をとおした。

「あたしたちには無用のもの。でも鼠にはそうじゃないみたい」

「ロイヤル派が物資を隠してるとか？　そこで補給して、渦巻きの奥のめあての陣営まで最後のひとっ飛びをするつもりかも」ぼくが言うと、ヤロウから険悪な顔でにらまれた。「まあそうだね。あまり鋭い推理じゃない」

ヤロウは賢明そうにうなずいた。

「あたしたちの仕事は疑問を持つことじゃないのよ、スパイリー。撃ったら忘れる。それだけ」

轟弾頭ミサイルがマウサー号から飛んでいって六時間後、ヤロウは尻尾とひれを体の下で丸めてブリッジで浮いていた。疑問符を逆さにしたように見える。迷信的な人間なら不吉な前兆だと思うだろう。

「あきれたわ」彼女は言った。

セイレーン化を最初に試したのはキリンという年長のパイロットだ。つまり、両脚を尻尾に交換した。ヤロウは一年後にならった。高加速度から乗員を保護するために液体が充填された濃液艦の艦内環境に適応するという意味では、理にかなっている。ぼくも濃液を呼吸するための心血管改造を受けてるし、生体改造された皮膚は低温と真空に一般人より長く耐えられる。もちろん体内には分子サイズの無数の伏魔《ふくま》が循環し、精神も戦闘仕様に改造している。それでも、両脚を尻尾に交換するという考えにはさすがに怖気《おぞけ》をふるう。ヤロウの図太さには感心する。

「なんのことだい」ぼくは訊いた。

「あんたの神経娯楽。本物の宇宙戦争をやってて、まだたりないっていうの？」

「そうだよ。だいたいこんなの本物の宇宙戦争とはいえない。ロイヤル派の人間の姿が最後に目撃されたのはいったいいつさ」

ヤロウは肩をすくめた。

「四百年くらいまえね」

「そういうこと。すくなくとも第三次太陽系戦争は人の血が流れる戦いだった。戦場はすべて惑星の地表。そしてタイタン、エウロパといった当時の太陽系の衛星。塹壕《ざんごう》戦に白兵戦。そういうアドレナリンがわかるかい、ヤロウ?」

「幸か不幸か、それに頼らずにやってこられたわ。そもそも広域地球史には詳しくないけど、第三次太陽系戦争なんてなかったでしょう」

「架空戦史なんだよ。でも起きる寸前だったんだから、起きたも同然」

「同然て……」

「異なる時間線という設定なんだ」

ヤロウは苦笑して首をふった。

「だから、あきれたって言ってんの」

「あれは動いたの」

「あれって?」

「離反者」

ヤロウは笑った。

「ああ、話が現実にもどったのね。こっちは第三次太陽系戦争ほど血わき肉躍る世界でなくて申しわけないわ」

「考えが浅いなあ。今度の獲物はしゃかりきに追うだけの価値があるって思わなきゃ」

そのとき兵器系のデータが忙しく流れはじめた。心臓の高鳴りをしめす心電図のようだ。

「どれくらいで来る？」

「一分、誤差数秒で」

「ねえ、賭けない？」

ヤロウはにやりとした。赤い警告表示に照らされた顔が毒々しい。

「あたしが断ったことがある、スパイリー？」

賭けの条件を決めた。ヤロウは、最後の最後に鼠が回避行動をとるほうに五十虎貨《こか》。

「無駄なあがきだけど、それでもやらずにいられないはず。人間の性《さが》よ」

ぼくは、標的はすでに死亡か睡眠中と賭けた。

「なんだかむなしいね」

「なにが」

「実際の攻撃は五分前に終わってるんだよ。実時間で。鼠はすでに死んでる。こっちがなにをしても結果は変わらない」

ヤロウはニコチン棒をかじった。

「あたしに哲学的な議論をふっかけないで」

「そんなつもりじゃないよ。残り時間は？」

「あと五秒……四……」

四と三のあいだで、それは起きた。その直前、ぼくは鼠の行動が妙に大胆だと感じていた。あえてぎりぎりまで動かずにいるのではないか。最小の努力で攻撃をかわすつもりではないか。

あくまで勘だ。

飛んでいった轟弾頭は、九発が殺傷範囲に到達するまえに早期爆発した。残った十発目は離反者の艦のほうへ飛んだが、なぜか起爆せず、殺傷範囲を通過してから遅延爆発した。

長い沈黙が流れた。なにが起きたのかしばらくわからなかったが、やがてヤロウが言った。

「賭けに勝ったのはあたしみたいね」

ウェンディゴ大佐の代理ホロ映像が投影された。一瞬固まり、ちらつきながら動きだす。瞳が不自然に澄み、不自然に若い。彼女はまずヤロウを、次にぼくを見た。

「情報に誤りがあったわ。離反者は記録を改竄《かいざん》して、電子対策兵器をいっしょに盗んだことを隠していた。それでも多少の被害はあたえたのね？」

ヤロウが答えた。

「わずかながら。轟推進エンジンからエキゾチック粒子を吐くようになったので、飲みすぎたスパイリーのように楽に追跡できます。船体は無傷ですが……」

「推定の針路は？」

「漂流塊にむかっています」

ウェンディゴはうなずいた。

「そのあとは？」

「着陸して修理するでしょう」ヤロウはしばし黙ってから続けた。「レーダー観測によると、漂流塊の表面には金属があります。渦巻きからはじき出されるまえの時代にその表面で蜂機による戦闘があったのでしょう」

代理ホロはぼくを見た。

「考えはおなじ、スパイリー？」

「はい、大佐」

ウェンディゴのまえではいつも緊張する。彼女とのこれまでの会話は大半がこんなシミュレーション映像を介したものだった。ヤロウはかならず会話を事後編集して、適切な敬語表現を挿入してから虎眼基地に送り返してくれる。それでもウェンディゴはなんらかの方法で編集前の映像を抽出して、反抗的態度を読み取っているのではないかと疑っていた。ウェンディゴへの相応な敬意を内心で欠いているわけでは決してない。十五年前に虎眼基地がロイヤル派の攻撃を受けたときに、彼女は死にかけた。ぼくの母もそのとき亡くなった。渦巻きをはさんで対峙する彗星《すいせい》に築かれた両軍の基地への直接攻撃はめずらしい。あっても二世代に一度くらいで、戦略というより悪意の表現だ。でもこのときは被害甚大だった。基地の人員の八分の一が死亡し、都市サイズの区画がいくつも真空にさらされた。

このときウェンディゴは運動エネルギー弾による攻撃をまともにくらった。現在の彼女の体は機械身体部品でつなぎあわされたキメラだ。機械の部分は外からほとんど見えない。傷が癒えた生身の部分は、不自然なほどきれいで、人の膚《はだ》というより陶器のようだ。両腕は外科医による再成長術をあえて拒否したとされる。武勇伝によれば、ウェンディゴは負傷者を助けて開けっ放しのエアロックから与圧区画内へもどろうとしていた。漏出する空気の強風に逆らい、あとすこしというところで、どこかのばかが緊急エアロック閉鎖の操作をした。強制閉鎖されたドアによってウェンディゴの両腕は肩先から切断され、助けようとしていた負傷者の首もろとも飛んでいった。

いまその肩からは銀色に輝く甲冑《かっちゅう》のような義腕がはえている。

ぼくはそのウェンディゴに言った。

「鼠は一日早く漂流塊に降りるはずです。こっちが二十G出しても追いつけない」

「着陸したときには地下にもぐっているだろうな」

「生け捕りを試みますか?」

ヤロウもうなずいて賛成した。

「めったにない機会だしね」

代理ホロはすこし時間をおいてから答えた。

「諸君の熱意には敬意を表する。が……」もっともらしくわずかな沈黙をいれる。「死刑宣告を遅らせるだけだ。さっさと殺してやるのが親切というものだろう」

十九時間後にマウサー号は漂流塊に接近し、半径三千キロの大きな擬似軌道に乗った。漂流塊は長径十七キロ、短径十二キロほど。まだ遠くて、きらめく小さな点にしか見えない。腕を伸ばした先にある砂糖粒くらい。それでも形状、重力分析などの必要なデータはすでに集まっている。目標の墜落位置はすぐわかった。完全に埋まっていないせいもあるが、とにかく熱いのだ。

「あの墜落のしかたでは、乗員はとうてい無事ではないわね」ヤロウが言った。

「直前に脱出したかも」

「それはない」

ヤロウは拡大されたホロ映像の艦体を指先でなぞった。おおまかに円錐《えんすい》形で、微妙に流線形。渦巻きのなかの濃密なガス帯を通過するための形状で、この濃液艦もおおむねおなじだ。

「背面ハッチをよく見て。救命ポッドは射出されていない」

たしかにそうだ。落ちるまえにポッドで脱出できたはずなのに、時間がなかったのか。そのあとの激突の衝撃は、たとえ何層もの濃液に緩和されたとしても生存可能なレベルを超えているだろう。

とはいえ、無用のリスクを冒すことはない。

轟弾頭ミサイルを撃ちこめばすむ話だけど、あいにく撃ちつくしていた。粒子ビーム砲を使うには少々危険なほど漂流塊に接近しなくてはならない。あとは土竜《もぐら》機雷。これは用途にかなっている。機雷を十五個、同形状のデコイ二百個にまぜて投下した。十五発のうち三発が墜落艦を破壊し、残り十二発は漂流塊を大きくえぐって残骸を深く埋め、完全につぶすだろう。

その予定だった。

結果が出るのは早かった。神経娯楽作品のようなスローモーションではなかった。漂流塊にむけて投下した土竜機雷は、ある一瞬をさかいに消えてなくなった。そのさかいめの一瞬にはサブリミナル映像さながらの短い閃光が映っているだけだった。

「だんだん腹が立ってきたわね」ヤロウが言った。

マウサー号がその瞬間を解析して再現した。墜落艦自体はなにも発していない。漂流塊のまわりの空間から一回だけパルス状のエネルギーが放出されている。マウサー号の見立てでは粒子兵器。おそらく使い捨てのドローンだ。一つ一つは小石より小さいけれども、百個も千個もあったらしい。落ちる直前に散布したのだろう。

なのにマウサー号への攻撃はない。

「警告だよ。近づくなって意味だ」ぼくは言った。

「いえ、ちがうわ」

「じゃあなに」

「警告はいま飛んできてる」

ぼくはけげんな顔でヤロウを見た。しばらくして彼女がみつけたものに気づいた。漂流塊からなにかが飛んできている。すでに止めようがないほど高速。最小限の装甲しかない濃液艦は裸同然で逃げることもできない。

ヤロウはかなり変わった言いまわしの悪態を立てつづけに口にした。こういう場合のためにとっておいたのだろう。鼓膜を圧する衝撃とともに艦全体が揺れた……。ところが、次の瞬間もぼくたちは真空にさらされていなかった。

これはむしろ悪い兆候だ。

対艦ミサイルは大きく分けて二種類ある。轟弾頭と胞子弾頭。どちらにやられたかは着弾直後にわかる。まだ思考できるなら――つまり生きているなら――胞子弾頭だと考えられる。その場合のまずいことはじわじわとはじまる。

マウサー号が伏魔の侵襲攻撃を大音量で警告しはじめた。呼吸系配管に汚染……。つまり、やばいものが濃液に侵入した。これが胞子弾頭だ。艦内に敵性伏魔を送りこむ。

「となると、スーツを着用したほうがいいわね」ヤロウが言った。

スーツがある場所まではマウサー号の艦内を一分以上泳ぐ。さらに感染エリアに近い曲りくねったダクトを通らねばならない。それでも選択の余地はなく、ぼくたちは泳ぎだした。ヤロウは速く泳げるのに、あえてぼくを先に行かせた。

途中のどこかで――正確にはわからない――敵性の伏魔が到達して濃液から体内にはいってきた。その瞬間は特定できない。突然正気を失って伏魔にあやつられた非理性的な状態へ移行するわけではない。そもそもヤロウもぼくもはじめから一定の恐怖感があった。最初はぼんやりとした広場嗜好《しこう》性を感じた。液体が満たされたマウサー号の閉鎖環境から出たい。それがしだいに閉所恐怖症に変わり、まもなく完全なパニックを起こした。マウサー号をまがまがしい幽霊屋敷のように感じた。

ヤロウはスーツという目的を忘れて、艦の内壁をかきむしって指を血だらけにしはじめた。

「がまんして」ぼくは言った。「伏魔に恐怖中枢を刺激されてるだけだ。自分から艦外へ出るようにしむけてるんだ！」

もちろん、わかっていてもどうしようもない。

ぼくはなんとかスーツを着るまで正気を維持した。シールを閉じ、タンク内の清浄な濃液を循環させて、汚染された濃液を排出しはじめる。でも手遅れだ。恐怖症があらわれているということは、敵性の伏魔は脳に到達している。根拠薄弱な考えが浮かんだ。艦外へ出てしまえば理性的に思考できるのではないか。数分もすれば濃液中の自前の伏魔が敵の伏魔を無力化するだろう。そうしたら艦内にもどればいい……。もちろん根も葉もない妄想だ。

でもそれが敵の狙いだった。

正常な思考力を回復したとき、ぼくは艦外にいた。

自分と漂流塊のほか、あたりはなにもない。

逃走本能は鈍い不安感として残り、マウサー号にもどることを考えると胸の鼓動が速くなる。これは伏魔にあやつられた恐怖か、それとも良識にもとづく警戒心か。わからないけど、なぜか漂流塊に招かれている気がする。そちらには抵抗感がない。理にかなっているともいえる。離反者に対して通常の攻撃手段はすべて使った。あとは相手の領分に乗りこんで直接対決するしかない。

それにしても、ヤロウはどこか。

スーツの通知音が鳴った。まだ伏魔に感情を支配されているらしく、体の反応が鈍い。まばたきをし、唇をなめ、あくびをかみ殺した。

「どうしたの?」

スーツが情報を伝えた。ぼくよりいくらか質量の小さな物体が、漂流塊方面に二キロの位置で、やや異なる軌道上にある。ヤロウにちがいない。でもようすがおかしい。漂流している。ぼくは意識を失うまえに高度を下げるようにスーツをプログラムした形跡があるのに、ヤロウは脱出しただけに見える。

ジェットを噴いて近づいてみた。ヤロウがスーツをプログラムしなかったわけはすぐにわかった。さすがに無理だ。そもそもスーツを着ていない。

一時間後に氷上に降り立った。

ヤロウを抱きかかえたまま——漂流塊の弱い重力ではさして重くない——周囲の状況を調べた。ヤロウの死を悼むつもりはまだない。あきらめるには早い。離反者の艦に運んで医療スイートにいれれば蘇生できる可能性が高い。でもどこに墜落しているのか。

スーツが残燃料を大きく消費して着陸したのは、壊れた蜂機の墓場にかこまれた空き地だった。氷になかば埋まった残骸は焼けこげた屑鉄《くずてつ》の彫刻作品のようだ。あるいは昆虫学者の悪夢から抜け出た亡霊か。渦巻きのなかを漂っていた時代の戦場跡だ。この漂流塊に珪酸塩《けいさんえん》や有機物の層が多少ふくまれるとしても商業的利益が見込めるほどではない。かわりに戦略的価値があったのだろう。だからこそ蜂機はこの地表で戦った。

厄介なことに――攻撃前からわかっていたことだけど――地表はどこもかしこも残骸だらけで、墜落位置の見当がつかない。墜落艦はすぐそばの丘のむこうに横たわっているかもしれないし、どの方向に歩いても十キロ先かもしれない。

地面の震動を感じた。揺れの原因を探すと、ひとすじの蒸気が空に立ち昇っている。距離は一キロ弱か。急加熱された氷から噴気が出ている。

ヤロウを放り出してその場に伏せた。スーツが動きを抑制してくれて跳ね返らずにすんだ。氷の表面に衝突痕のクレーターができているのを予想しながら、ふりかえった。

ところが噴気はあいかわらず立ち昇っている。それどころかこちらへ移動してくる。一直線に溝を掘りながら近づいてくる。これはビーム兵器だ。たとえば、艦船に搭載された粒子砲のような。

はっとして気づいた。マウサー号だ。伏魔が艦の指揮命令設備に侵入してプログラムを改変し、ぼくたちを狙わせている。マウサー号は離反者に乗っ取られたのだ。

ぼくは立ってヤロウをかつぎ、大股に地表を跳ねながらビームの着弾点から逃げはじめた。噴気の移動は急速だが、方向は予想がつく。横方向に充分に離れれば通過するはず……と思ったら、方向転換して追ってきた。

そこに二本目のビームと噴煙が加わった。無数にころがる蜂機の残骸のあいだを縫うように追ってくる。わざわざ残骸をよけるのは離反者にとって大事なものだからか……。理由は不明だ。

残骸は両軍の所属機がまざっている。ロイヤル派の蜂機には黄色い貝のシンボルマーク、友軍機には牙をむく虎の頭が描かれている。戦史の記憶が正しければ第三十五世代の機体。両陣営とも耐電磁パルス性にすぐれた光学素子式思考装置を搭載しはじめた時期のものだ。ここから七十数世代をへていくつもの技術的進歩を遂げていく。初期量子ロジック、全帯域反射型装甲、変色迷彩、轟推進エンジンとそのパワープラント。そして人間が考えるあらゆる種類の兵装システム。蜂機自身にこれらの技術革新を起こさせる試みもあったけれど、予測可能な進化曲線以上のことは彼らにはできなかった。それでよかったのだろう。そうでなければ人間の観察者は無用の長物になる。

いまは関係ない。

背後に三本目の噴気が上がった。さらに前方に四本目。かこまれた。四本のビームがゆっくりと集まってくる。ぼくは立ち止まった。ヤロウをかかえたまま、地面から伝わる低い震動を感じ、自分の荒い息を聞いた。

そのとき、鉄の手に肩をつかまれた。

地下は安全だという。味方がいて、協力を求めればヤロウも助けられるかもしれないと。漂流塊の表層をつらぬく素掘りのトンネルにはいりながら、ぼくは訊いた。

「これが離反行為でないとしたら、なんですか？」

ウェンディゴ大佐は鉄の拳で氷を押した。彼女のスーツは肩口までの特殊仕様で、義腕は露出している。

「帰還の試みよ。そのつもりだったのだけど、虎眼基地がわたしたちの帰還を歓迎していないとわかって、行き先をここに変更した」

「ほとんど帰り着いているのに。そもそも……どこから帰還してきたのですか？」

「言うだけ野暮というもの」

「ではやっぱり離反だ」

「ロイヤル派と接触を試みたのよ。和睦のために」薄れる光のなかでウェンディゴは肩をすくめた。「成功の保証のない企てで、秘密行動だった。任務が失敗したとわかったとたん、虎眼基地はわたしたちを離反者と呼んで切り捨てた」

「信じられない」

「無理もない」

「そもそも追跡を命じたのはあなた自身ですよ」

わたしがわたしを裏切り者と断じて抹殺を命じるようなおかしなことも、敵は思いのまま」

並んで立ち止まり、スーツの前照灯をつけた。

「詳しく聞きたいですね」

「いいわ。ただし、不運な一日の終わりに、さらなる悪運を覚悟しなさい」

この渦巻き戦争において勝利は本質的に不可能だと考える軍高官の一派があった。非公開情報を入手できる立場で、虎眼基地が慎重に操作した内部むけプロパガンダもそれとわかる彼らは、もはや交渉——すなわち敵との接触しか打開の道はないと考えた。

「もちろん不同意の者もいた。わたしたちが敵地に到達するまえに亡《な》き者にしようとした政敵も」ウェンディゴはため息をついた。「膠着《こうちゃく》状態が続くほうが都合のいい者もいる。しかたない。虎眼基地における平均的市民の生活は悪くない。戦う目標は明確。ロイヤル派の攻撃で命を落とす可能性はごくごく小さい。この状況が四百年ぶりに終わって、それぞれが新たな役割を探さねばならないとしたら……うれしくない者もいる」

「代理ホロは好きなようにしゃべらせられる。

「代理ホロが——」

「それはわたしではない」

「スーツのなかで屁をするようなものですね」

ウェンディゴはうなずいた。

「そういうことよ」

「それで？」

ウェンディゴと二人のパイロットからなる遠征隊は、攻撃を受けることなく渦巻きを横断した。ロイヤル派の彗星基地の近傍ではさすがに誰何《すいか》され、攻撃されるかもしれないと覚悟していた。しかしなにもなかった。

そのわけは砦《とりで》にはいってからわかった。

「無人だったのよ。すくなくとも最初はそう見えた。しばらくしてロイヤル派の姿を発見した」吐き捨てるようにウェンディゴは言葉を連ねた。「野生に返っていた、事実上。素っ裸の不快な亜人間に堕していた。蜂機から給餌され、病気になれば治療される。ただし介護はそこまで。子どものようにうめき、トイレには自分で行く。でも想像していたような軍事の天才集団ではなかった」

「ということは……」

「戦争は……わたしたちが考えていたものではなかったのよ」

ウェンディゴは笑った。ヘルメットのなかのこもった声は、おもちゃのピエロのようなゆがんだ笑い声に聞こえた。

「味方の基地がわたしたちの帰還を歓迎しなかったわけも、これでわかるわね」

ウェンディゴが説明を続けるまえに、直角に交差する広いトンネルに出た。自発光する不気味な黄緑色の光で照明されている。ここまでの曲がりくねった粗いトンネルとちがって、こちらは銃身のように精密に掘られている。トンネルの一方には弾丸のような先端を持つ円筒形のものがある。虎眼基地の列車とほぼおなじだ。近づくと、列車は意思を持つようにヘッドライトを点灯させ、前進して側面のドアを開いた。ウェンディゴが言った。

「乗りなさい。ヘルメットは脱いでいい。この先は必要ない」

車内にはいると、ぼくは紐《ひも》状の痰《たん》を肺から押し出すように濃液を吐いた。呼吸モードの移行は快適ではない。六週間も濃液呼吸したあとではなおさらだ。それでも車内の清浄な空気を何度か深呼吸すると、視野の黒いしみは徐々に消えた。

ウェンディゴもおなじことを、もうすこし上品にやった。

ヤロウを座席の一つに横たえた。石鹼《せっけん》の彫像のように硬直し、チアノーゼで肌が青黒くなっている。まるで巨大な青あざで全身がおおわれているようだ。パイロットの皮膚はほかの乗員より真空に強い仕様に改造されている。真空にはじつは保温効果があり、冷気に接するほうがよほど悪影響を受ける。ぼくがグローブで抱え上げたところにははっきりと指の跡が残っている。もっとひどいのは背中と尻尾の左側で、漂流塊の表面に横たえたときに極低温で皮膚が損傷している。

でも頭部は無事らしい。頭蓋骨の内側には生体改造された遮断機構があり、真空にさらされた瞬間に働いたはずだ。圧力、水分、血液を失わないように外部との経路はすべて閉じられる。まぶたも固く接着されている。頸《けい》動脈にインプラントされた人工分泌腺は伏魔を大量に放出し、非必須の組織を分解して脳の保護構造を組み立てる。

これらのおかげで脳機能は一時間以上保存される。ただし、敵性の伏魔がヤロウの自前の伏魔を阻害していないことが前提だ。

「蜂機の説明が途中まででしたね」

話の続きを聞きたかったし、ヤロウへの心配を頭から振り払いたかった。ウェンディゴは説明を再開した。

「単純な話よ。彼らは知性を持った」

「蜂機が？」

ウェンディゴは鉄の指をぱちりと鳴らした。

「一夜にして。百年と少しまえのこと」

ぼくは驚愕《きょうがく》の表情をこらえた。興味深いけれども、ぼくの注意を離反者殺害という任務からそらすための奇想天外なつくり話という可能性も捨てきれない。ウェンディゴの説明はこれまで遭遇した不可解な出来事と一致するとはいえ、ほかにも妥当な説明はいくつも思いつく。そこで矛盾をあぶり出すために質問してみた。

「蜂機が知性を持った……。それは敵のですか？　それとも味方の？」

「もう意味がない区別よ。おそらく最初は渦巻きのなかの一機だった。そこから燎原《りょうげん》の火のように数兆機に広がった。あるいは同時だったのかもしれない。人間が知りえないなんらかの刺激にいっせいに反応したのかも」

「あえて推測すると？」

ウェンディゴはこの話題から離れたいらしかった。

「原因はどうでもいいのよ、スパイリー。重要なのは結果。そのときをさかいに、蜂機にとって敵と味方の区別はなくなった」

「渦巻きの労働者が団結したと」

「そういうこと。彼らがそのことを隠していた理由は、もうわかるでしょう」

ぼくはうなずくだけにした。相手に話させたい。

「いうまでもなく、まだ人間を必要としているからよ。彼らには欠けているものがある。創造性と呼ぶべきものが。蜂機も一定の比率で進化はする。でも人間のような飛躍的な技術革新はできない」

「だから戦争が続いていると思わせる必要があったと」

ウェンディゴは満足げな顔になった。

「そうよ。だからこそ人間は革新的技術を供給しつづけ、彼らは戦う演技を続けた」小皺《こじわ》ひとつない目もとの一方を金属の指先でかいた。「頭のいいやつらよ」

どこかに到着した。

部屋だ。かなり大きな閉鎖空間。重力さえ感じる。自然のものにしては強すぎるので、おそらくこの部屋全体がジンバルのような構造にささえられて漂流塊の内部で回転しているのだろう。虎眼基地にある耐G訓練シミュレータのようなものだ。

ドーム状の天井は数百メートル上にあり、めまいがするほど高く感じる。天頂以外は精密な天井画におおわれている。投影面が数十枚並び、それぞれが順番にホロ映像を映している。語られるのは渦巻きの歴史だ。星間ガスの凝集から恒星の点火にいたり、いずれ形成される惑星系まで見せる。そこに割りこんで登場したのは、標準派が送りこんだ最初の蜂機だ。プログラムにしたがって渦巻きに飛びこみ、繁殖してまたたくまに増える。充分に増えたら採掘をはじめるだろう。金属やケイ素や貴重な有機物を抽出して出身地へ送るはず。もちろんそんなことは許されない。ロイヤル派は戦いをいどむため、独自の蜂機を送る。標準派を攻撃するようにプログラムされている。あとは歴史のとおりだ。

天井画は戦争の発端に続いて、最初の人間の観察者の到着を語る。遺伝子データだけが送信され、彗星の中心に設置された人工子宮で誕生する。蜂機に育てられ、教育され、最良の戦術と戦略の知識を頭に刻まれる。そうやって育った人間が蜂機を指導しはじめると、戦争は激化した。観察者は年単位の時差にはばまれることなく、実時間で蜂機の進化に介入できるようになったからだ。

おおむねそのとおりだろう。このあたりで歴史は現代に追いつく。変わらない戦況が四百年前後続いている。

天井画にはまだ先があった。

渦巻きの未来を描くものが一枚ある。形成された惑星が整然と恒星をめぐる。惑星はさまざまな大きさと模様で、美しい輪や衛星系を持つものもある。最後は中世風のエデンの園。緑豊かな惑星の風景を描く三連画になる。前景に奇妙な動物、遠景に山脈と高い雲。

「見て納得した?」ウェンディゴが訊く。

「いいえ」

確信を持って否定したわけではない。大きくのけぞって天井の頂点を見る。そこからなにかがぶらさがっている。

二機の蜂機だ。結合している。一方は完全体。もう一方はようやく形ができたところで、完全体から分裂途中のように見える。まるで溶けた青銅を両方にかけて窒息死させ、そのまま固めて滑らかな塊にしたかのようだ。

「あれがなんだかわかる?」ウェンディゴがまた訊いた。

「教えてください」

「蜂機の芸術作品よ」

ぼくは大佐をまじまじと見た。

「この蜂機は複製プロセスで故障した。つまり出産途中で死んだ。その姿に蜂機は強く惹《ひ》きつけられるらしい。この情動を人間の言葉でなんといえばいいか……」

「思いつきませんね」

広間の床に張られた模造大理石の上を大佐にしたがって歩いた。周囲には柱とアーチでささえられた柱廊があり、柱のあいだに死んだ蜂機が一機ずつおさめられている。それぞれの機体形状には百世代にわたる進化が見てとれる。ウェンディゴの説明を信じるなら、これは人間でいう偉大な先人たちを描いた油彩画の列に相当するらしい。それでもぼくはまだ納得できなかった。

「こんな空間があることをご存じだったんですか?」

大佐はうなずいた。

「知らなければ死んでいた。ロイヤル派の砦で蜂機に教えられた。もし帰路で味方に裏切られたらこの安全地帯に逃げこめと」

「ということは……蜂機がここの管理者?」

「このような漂流塊が何百とあるのよ。多くは渦巻きから遠ざかり、微惑星が集まった星系ハローへむかっている。意識を持った蜂機は、渦巻きから出る漂流塊の多くに侵入した。利口ね。人間は漂流塊を宇宙ゴミとしか認識していない」

「それにしても内部は豪華ですね」

ウェンディゴはうなずいた。

「フィレンツェ様式よ。壁画はマサッチオの画風を模している。建築家ブルネレスキとおなじ一派に属する画家。蜂機は人間が広域地球圏から持ちこんだ大量の文化データに逐一アクセスできる。そうやってつくったのでしょう。既存のテンプレートを任意に選んで適用した」

「目的は?」

「わたしはきみより一日長く滞在しているだけなのよ、スパイリー」

「でも、味方がいるという話でした。頼めばヤロウを助けられると」

「いるわ」首を振って続けた。「きみが冷静に対応できるといいのだけど」

無言の合図を受けたように、彼らは登場した。広間のまわりの柱廊に隠し扉が一つあり、そこからぞろぞろと出てきた。ぼくはぎくりとし、長年の訓練から身がまえた。蜂機は意図的に人間を襲わないし、敵の蜂機に対してもそうだ。それでも強力で危険な機械にはちがいない。あらわれたのは十二機で、標準派とロイヤル派の機体が半々。六脚で全長二メートル。体節のある合金製の体の各部から兵装、センサー、特殊なマニピュレータが突き出ている。見慣れた外観。ただし動きに違和感がある。なんらかの振り付けにしたがって動いているように見える。目に見えない大きな存在の末端であるかのようだ。

十二機は床の上をかさかさと動いてきた。ウェンディゴは紹介した。

「彼らは――というよりこれは、女王よ。わたしの推測では、漂流塊ごとに女王が一体いる。いわば漂流塊の女王」

十二機は広がってぼくたちをとりかこんでいるのに、どこか一体感がある。

「女王がそう言ったのですか?」

「女王の伏魔を通じて知った」ウェンディゴはこめかみを指先で叩いた。「墜落後に感染した。きみの艦が感染したのもおなじものよ。こちらの弾薬庫にあった標準的な胞子弾頭ミサイルだけど、中身は女王が用意した伏魔。それを使って女王は話す。伏魔がつむぐシンボルを経由してくる」

「いちおう信じておきましょう」

ウェンディゴは肩をすくめた。

「無理に信じなくていい」

突然それがわかった。まるで位相幾何学の数学者の狂った夢。あるいはもっと奇怪な内容だ。女王の言葉が流れこんだ時間は十分の一秒にも満たず、残像だけが長く残った。そして消えるまえに頭痛がしはじめた。それでもウェンディゴがほのめかしたように、そこには計画性があった。あらゆる思考は遠い目標への一歩。一文一文が数学の証明過程であり、最終段の証明終わり《QED》へむけて進む。

その終局には大きななにかが待っている。

「この経験に耐えたんですか？」

「機械の体がかなり緩和してくれたらしい」

「女王のほうは大佐を理解したんですか？」

「なんとかうまくやっている」

「なるほど。では、ヤロウのことを頼んでください」

ウェンディゴはうなずいて目を閉じ、女王と交信しはじめた。反応はすぐにあらわれた。女王の末端のうち六機が集団から離れて、ぼくたちが乗ってきた列車にはいり、しばらくしてヤロウを運んできた。たくさんのマニピュレータで持ち上げている。

「なにをするんですか？」

「ヤロウの神経伏魔と物理的に接続する。そして損傷をマッピングする」

六機のうち一機が鉄床《かなとこ》形の頭部を持ち上げ、ヤロウの霜でおおわれた頭皮にそっとあてた。そして急速に八回、頭を前後に振った。連続的であっというまだ。見ると、ヤロウの頭皮に八個の微小な穿孔《せんこう》ができている。出血はない。べつの八機が交代して、おなじように急速に頭を振った。今度は鈍く光る繊維が八個の穿孔から出て蜂機へ伸びているのが見えた。まるで頭蓋骨の内側からスパゲティを吸い出しているようだ。

長い沈黙が数分間続いた。ぼくは報告を待った。

やがてウェンディゴが言った。

「よくないわね」

「見せてください」

女王の言葉が瞬時に流れこみ、ぼくはヤロウの封印された頭のなかにはいった。パイロット用のさまざまな保護機構にもかかわらず、脳の中心部は冷えきっているのがわかった。ヤロウの自前の伏魔と外来の伏魔がからみあい、砕けた意識のマトリクスをつなぎあわせている。さらにこれは……疑念だろうか。

「状態は悪いわね、スパイリー」

「最善をつくしてほしいと女王に言ってください」

「頼むまでもないわ。ヤロウの精神を見た女王は、失うまいと全力をつくす。精神は貴重なのよ。とりわけ漂流塊の女王の将来計画にむけて。でも奇跡は期待しないで」

「期待もなにも、すでに奇跡でしょう」

「なら、さっきの説明を多少なりと受けいれる気になった？」

「それは――」

言いかけたところで、あとの言葉は消し飛んだ。広間全体が大きく揺れた。立っていられないほどだ。

「なんだ？」

ウェンディゴはまた遠い目になった。

「きみの艦よ。いま自爆した」

「なんですって？」

マウサー号の残骸の姿が脳裏に映った。薄い霞《かすみ》に包まれ、漂流塊にめりこんでいる。

「自爆命令は虎眼基地から発信され、轟推進のサブシステムで実行された。伏魔でも無効化できない深いレベルで。命令が到達するころには艦ときみたちは着陸していると見こんで、漂流塊ごと吹き飛ばそうと考えたのね」

「基地がぼくたちを殺そうと？」

「こうも言える。どちらの側につくべきか考えるいい機会よ」

虎眼基地は今回は失敗した。でもあきらめないだろう。三時間後に結果を知り、次の手を打つ。さらに三時間後にこちらがそれを知ることになる。

「女王はなにかできるはずです。せっかくの拠点をむざむざ破壊させるはずがない」

ウェンディゴは女王と交信してから答えた。

「できることはあまりないわ。遠方の基地からここを攻撃できるのは運動エネルギー弾だけで、それを使われたら防御しようがない。ただ、これとおなじ漂流塊が星系ハローとそこへむかう軌道に百個ある。一個くらい失ってもたいした損失ではない」

ぼくは怒った。

「どうしてそんなに無関心な態度なんですか？　数時間後に死ぬかもしれないっていうのに、まるで人ごとのようだ」抑えてもヒステリックな口調になる。「だいたい、どうしてなんでも知ってるんですか、ウェンディゴ？　一日長くここにいただけにしてはずいぶんもの知りだ」

ウェンディゴはじっとこちらを見た。下級将兵の反抗的態度に青ざめている。それでも声を荒らげることなく、うなずいた。

「そうね。わたしがなぜもの知りなのか知りたいのは当然といえる。わたしたちの艦が高速で墜落したことは知っているわね。パイロットたちには酷だった」

「死んだのですか？」

しばしためらう。

「ソレルはそうよ。もう一人のキリンは、わたしが蜂機によって残骸から救助されたとき、すでに艦内にいなかった。先に運び出されたのだと思っていた」

「そうではないようですね」

「ちがうらしい。それに……」しばし黙り、首を振った。「そもそも墜落したのはキリンのせいよ。制御を奪って軟着陸を阻止しようとして……」ふたたび言いよどむ。どこまで話すべきか確信がないようすだ。「キリンはおそらく潜入スパイ。和睦工作に反対する勢力によって送りこまれた。精神を改造されていた。ロイヤル派との和睦につながる行動には反発するように心理的に操作されていた」

「生まれつき融通がきかない性格なだけでは？」

「たぶん死んでいる。きっと」ウェンディゴはむしろ明るい声で言った。

「大佐はよく生き延びましたね」

「かろうじてよ。まるで壁から二度落ちたハンプティダンプティ。今度ばかりはみつからない破片があった。そこで漂流塊の女王から伏魔を注入された。大量に。それでかろうじてつなぎあわされている。とはいえ長くはもたないでしょうね。こうしてわたしが話すことの一部は漂流塊の女王そのものの声だと思ってほしい。明確な境界はない」

理解するのにやや時間がかかった。それから訊いた。

「そちらの艦は墜落したときに自動修復システムが起動したはずです。ふたたび飛べるようになるまでどれくらいかかりますか？」

「まる一日か、一日半」

「それでは遅すぎる」

「現実的になりなさい。六時間以内にこの漂流塊から脱出するなら、べつの方法を考えたほうがいい」

あきらめきれない。

「蜂機に協力を頼んでは？　資源の補給があれば修復が早まるかもしれない」

ふたたびウェンディゴは遠い目になった。

「いいわ、手配した。でも蜂機の協力ではあまり変わらない。まだ十二時間かかる」

ぼくは肩をすくめた。

「長い神経娯楽はやめておきましょう。それに、退屈しのぎの手段はたぶんある」いぶかしげな顔のウェンディゴに、ぼくは訊いた。「続きを聞かせてくださいよ。この場所について知っていることを全部。とくに、〝なぜ〟なのか」

「なぜとは？」

「ウェンディゴ大佐、ぼくにはなにがどうなっているのかさっぱりわからないんです。わかるのは六時間後に存在の危機が迫っていることだけ。その死のまぎわに、なにが重要だったのか知っておきたい」

大佐はヤロウのほうを見た。女王の末端があいかわらず看護している。

「わたしたちがいても無駄ね。では、きみにあるものを見せる」ウェンディゴの顔にかすかな笑みが浮かんだ。「多少の暇つぶしもいい」

ぼくたちはふたたび列車に乗った。漂流塊の奥深くへ下っていく。

「ここと、渦巻きの外に出た百個と、あとに続く数百個、数千個は、方舟《はこぶね》なのよ。生命を星系ハローへ運ぶ。渦巻きのまわりで雲のように微惑星がとり残された領域へ」

「入植ですか？」

「正確にはちがう。時期が来れば漂流塊は渦巻きへもどる。ただしそこに渦巻きはもうない。惑星系が完成している。フォーマルハウト星をめぐる新しい惑星世界が入植先になる。漂流塊にのった生命の鋳型《テンプレート》を植えつける」

ぼくは手を挙げた。

「その手前まで理解できたんですが……生命のテンプレートというのは？」

「これから説明するわ、スパイリー」

タイミングをはかったように、無機質な鉄板の車内に突然強い光が差しこんだ。チューブは内壁が透明なチューブに変わり、エメラルド色の光が満ちた広大な空間に出た。トンネルの一方に固定されている。反対の壁は多層構造で、植物が枝葉を垂れている。こちらの壁も緑の急傾斜で、滝が奇妙な曲線を描いて流れ落ち、階段状の池をつくっている。コリオリ力によって滝の軌跡が垂直方向からずれているのは、最初の広間とおなじく、この巨大空間全体が漂流塊のなかで独立して回転している証拠だ。

階段状の池のまわりには草の空き地があり、そこに動く影がある。どうやら裸の人間のようだ。そばには蜂機もいて、人間たちの世話をしている。

人間の姿がはっきり見えてくると、ぼくはぞっとして身震いした。醜悪な形態異常を見てしまった気がする。

約半分が男だ。

「連れてきたロイヤル派よ」ウェンディゴが説明した。「野生に返っていることは話したわね。蜂機が意識を獲得してまもなく、なんらかの事故が起きたらしい。伏魔の異常かもしれない。そのために人間の多くが死滅した」

「両性がいますよ」

「いずれ慣れるわ、スパイリー。すくなくとも概念上は。虎眼基地も最初から女性のみではなかった。そのように進化しただけ。最初はもちろんパイロットからだった。女性の体はパイロットにむいている。小柄で、G耐性にすぐれ、精神力学的なストレスに強く、男性より少ない資源消費で生きられる。そのため生物工学を使ってわたしたちが生み出された。そこから女性単一の社会と文化に移行するのは容易だった」

ぼくはロイヤル派の姿から目をそらした。

「ちょっとあれは……なんというか……吐き気が……うっ……。まるで毛むくじゃらの体に先祖返りしてるみたいな」

「いっしょに育っていないからしかたない」

「ロイヤル派は最初から両性がいたのですか？」

「そうではないらしいわ。生存した集団を蜂機が養育したものの、うまくいかなかった。性的二形に回帰したが、子が正常に育たない。脳の一部が正しく発達しない」

「どういうことですか？」

「知的障害がある。もちろん蜂機は対策を講じようとしている。漂流塊の女王がヤロウやわたしたちを救おうと努力するのはそのためよ。人間の思考を解析し、可能なら複写する。伏魔を使えばできる。そうやって抽出した意識のパターンをあのロイヤル派に焼きこむ。フィレンツェ様式の建築物を複製したのとおなじやり方。あれも一つのテンプレートだし、ヤロウの精神はべつの種類のテンプレートになる」

「それを聞いてよろこべと？」

「いいほうに考えなさい。ヤロウとおなじ思考法を持つ人々がもうすぐ一世代分生まれるのよ」

「ぞっとしますね」

破滅が目前に迫っているのによく冗談を言えるものだと自分で思った。

「そもそもわからないんですが、なぜ渦巻きに生命を持ち帰りたいんですか？」

「その理由は、二つの……必然というべきものに帰着する。第一の必然は単純よ。蜂機が広域地球圏の太陽系で活動開始した二十一世紀半ばに、多数の機体が監督者なしでうまく行動する方法として、昆虫のコロニーが研究された。そこで発見されたルールの多くが蜂機のプログラムに埋めこまれた。それから六百年以上がたち、これらのルールは優先度の最上位に浮上している。さらに蜂機は、生物に由来するパターンでみずからを組織化することにあきたらなくなり、自身が生物になろう――その地位に昇格しようとしはじめた」

「生命は嫉妬する……」

「それに近いわ」

説明をしばらく考えて理解してから、ぼくは訊いた。

「第二の必然はなんですか？」

「その話は難しい。とても難しい」ウェンディゴは用意した話を切り出すかどうか迷うようすで、じっとぼくを見た。「スパイリー、きみは第三次太陽系戦争についてどこまで知っている？」

ぼくたちがいないあいだに蜂機はヤロウの治療をあきらめていた。模造大理石の広間の中央にある古典的な装飾付き台座の上に放置されている。両腕を胸の上で交差させ、尻尾とひれは非対称に片側にたれている。

ウェンディゴはぼくの腕をその強力な機械の手でつかんだ。

「失敗と考えるのは早計よ、スパイリー。これはヤロウの抜け殻にすぎない」

「彼女の精神を女王は読み取れたと？」

返事は聞けなかった。広間の床がふたたびはげしく揺れたのだ。マウサー号が爆発したときより大きい。ぼくたちは床にしゃがんだ。ウェンディゴの金属製の腕が振動する床とあたって音をたてている。ヤロウの体は寝返りを打つように台座からずり落ちた。

ウェンディゴは立ち上がりながら言った。

「ありえない。マウサー号が爆発してから二時間もたっていないのに。対応が到達するのは早くても四時間後のはずだ」

「虎眼基地からね」

「結果を見ずに追撃をかけたのよ。運動エネルギー弾で」

「防御できないのですか？」

「幸運を祈るしかない」

床がまた揺れた。ウェンディゴがよろめくほどではない。最初の衝撃による轟音はおさまり、いまは応力がかかった氷がたえまなくきしんでいる。

「一発目はかすめただけね。大きなクレーターができたとしても、与圧エリアは破れていない。次はこの程度ではすまない」

もちろん次弾は来る。かならず。

これほどの遠距離での攻撃手段は運動エネルギー弾しかない。これは数が頼りだ。弾は小さな鉄球にすぎないが、光速すれすれまで加速されている。相対論効果によって小さな鉄球は莫大《ばくだい》な運動エネルギーを帯びる。ほんの数発で漂流塊を粉砕できる。もちろん命中率は低く、発射される千発のうち一発あたるかどうか。しかし関係ない。一万発撃てばいいだけだ。

「ウェンディゴ、あなたの艦に避難しましょう」

大佐はしばしためらった。

「無理よ。たどり着けても修理が終わっていない」

「かまいません。補助推力でも離陸できる。漂流塊から離れさえすれば安全だ」

「それもできない。船体に穴があいている。与圧できるまでに一時間以上かかる」

「たどり着くのにも一時間くらいかかるでしょう。なにをぐずぐずしているんですか」

「しかし、スパイリー――」

あとの言葉は二発目の着弾でかき消された。今度は直撃に近かったようだ。衝撃のあとは轟音が長く続いた。ホロ映像の壁画がいっせいに消え、続いてゆっくりと天井が崩落しはじめた。巨大な氷の塊が牙のように内部に貫入してくる。疑似重力も消えた。漂流塊の弱い引力だけになり、一方の壁へ斜めに引っぱられる。

ぼくはウェンディゴに続きをうながした。

「しかし……なんですか？」

ウェンディゴはしばし表情を失った。本人より女王が支配的になったように見える。そのあと、あきらめたようにうなずいた。

「いいわ、スパイリー。きみの言うとおりにする。といっても生存確率が上がるとは思えない。ほかにやりたいことがあるからよ」

「了解です」

広間はほとんど暗闇に包まれた。壁画のホロ画面がこれまで照明がわりだったのだ。光は消えたが、静かではない。広間の回転軸のゆがみによる騒音が止まったかわりに、不快な響きは続いている。氷全体が不気味にきしんでいる。

蜂機の助けを借りてぼくたちは列車へ移動した。ヤロウの遺体を運ぼうとすると、ドアのところでウェンディゴに止められた。

「おいていきなさい」

「そんなわけにはいきません」

「その体は死んだのよ、スパイリー。彼女の肝心なところは女王が保存した。受けいれなさい。ここまで運んだことで彼女は充分に救われた。それがわからない? これ以上運んでまわると、今度はきみの生存があやうくなる。ヤロウはそれを望まない」

茫然《ぼうぜん》としたまま遺体を蜂機にゆだねた。そして車内にはいり、ヘルメットをかぶり、濃液呼吸に移行した。動き出す列車の窓にむきなおり、最後に一目と女王の姿を探す。暗くなっているはずなのに広間が明るく見えた。壁画が復活したのか。しかし非現実感が強いことから、女王がぼくの頭に直接描いている光景だとわかった。瓦礫《がれき》が散乱した模造大理石の床の上に、女王が浮かんでいる。いや、女王の姿に見覚えはない。これは……なんだろう。

そもそも女王はどうして自分の姿を見られるのか。

十二機の蜂機のうち十機がもどって並び、その列をゆらゆらと動かしている。いまその姿は機械ではなく、生物らしく見える。透明な翅《はね》、黒いキチン質の胴、なめらかな毛におおわれた外肢《がいし》と感覚器、広間の擬似的な光をきらきらと反射する複眼。それだけではない。これまでぼくは女王を、その末端から暗示されるものとして思い描いていた。しかしいまは想像する必要がない。末端の蜂機たちの上に幽霊のように浮かんでいる。広間を埋めるほど巨大な姿。多数の翅と卵――

幻影は消えた。

それからしばらく地表へむかって列車はトンネルを走りつづけた。運動エネルギー弾の次を恐れて待つ。着弾の衝撃が来たが、揺れはほとんどが列車の緩衝機構に吸収された。たいしたことはなかったと思いかけたとき、列車は減速しはじめ、やがて完全に停止した。ウェンディゴは女王と交信して、トンネルがふさがれていると報告した。真空の車外へ降りると、たしかにトンネルが崩落していた。

数分間の悪戦苦闘で崩落区間に通り道を開いた。ウェンディゴの義腕は人間より大きな氷の塊を次々とどけた。

「地表までほんの五百メートルよ」

崩落を通り抜けたウェンディゴは前方を指さした。乳白色のトンネルの果てに漆黒の点がある。

「そこから墜落艦まで地表を一キロ移動する」しばし間《ま》をおいて続けた。「わかっているわね、スパイリー。基地へは帰れない。二度と」

「その選択はないでしょうね」

「ない。星系ハローしか行き先はない。漂流塊の本来の目的地でもある。予定よりやや早く到達するだけ。そこにはほかの漂流塊の女王がいて、やはりわたしたちの生存に手を貸すはず。人間もいる。おなじように真実を発見し、帰れなくなった者たちが」

「ロイヤル派もいるでしょう」

「不愉快か？」

「がまんします」

ぼくは前進した。トンネルは ほぼ水平で、漂流塊の重力は弱いので、出口までは容易に進めた。

地表に出ると、フォーマルハウト星の強烈な光に照らされた。白い核が輝く充血した目。渦巻きの内周の塵の帯は目尻の皺か。その下に蜂機の残骸が累々と横たわる地表が赤く広がる。

「艦はどこに？」

ウェンディゴはなにもないキャラメル色の地平線の一角を指さした。

「曲率が大きいので、すぐそばまで行かないと見えない」

「本当に正しいんでしょうね」

「たしかだ。この場所は……そう――」義手の一方を見た。「――自分の手のひらのようによく知っている」

「もうすこし安心させてくださいよ」
三、四百メートル進んだ先でホタテ貝の形をした氷の丘に上がって立ち止まった。墜落艦が見える。マウサー号からヤロウといっしょに観測したときの状態からほとんど変わっていない。

「そうなんですか。未修理の損傷が軽微であることを期待しますよ。でないと――」

「地表は危険だから」

「蜂機の姿がありませんね」

突然、聞き手がいなくなった。

ウェンディゴの姿がない。ふりかえって見まわして、ようやく丘のふもとで倒れているのをみつけた。体はねじ曲がり、飛び出した内臓が赤い彗星の尾のように次の丘の途中まで伸びている。

前方にむきなおると、五十メートル先にあるコンドライトの岩陰から、キリンが立ち上がった。

ウェンディゴから彼女について聞いたとき、危険な相手だとは思わなかった。濃液艦のなかならいざ知らず、艦外でどんな脅威になりうるのか。ヤロウのように両脚を尻尾とひれに交換しているのだ。陸上ではアザラシの子どものようにしか動けない。そう想像していた。

想定外だったのはそのスーツだ。

ヤロウのスーツとも、ほかのセイレーン用スーツともちがう。脚が二本はえているのだ。腰から伸びた機械の脚は人間の骨格を模すような妥協をしていない。尻尾とひれを氷から浮かせるだけの長さがある。上半身を見ると、両手持ちのクロスボウをかまえている。

「悪いけど、チェックインは終了だよ」キリンの低い声がこちらの脳内で響いた。

「ウェンディゴはきみを警戒していたよ」

「わかってたようだね」クロスボウでこちらを狙ったまま、氷上を軽く飛んで近づいてくる。

「ロイヤル派の砦は到着したときからなにもかも偽装されていた。野生に返ったような演技をし、知能障害のふりをしていた。蜂機はプログラムによって嘘をついていた」

「ロイヤル派は偽装なんかしてないよ、キリン」

「黙れ。おまえも始末するしかないようだね」

地面が揺れた。これまでよりさらにはげしい。地平線の上に後光のような白い光があらわれた。漂流塊の裏側に着弾した証拠だ。

キリンはよろけたが、うつ伏せに倒れる寸前で脚が姿勢を修正した。ぼくは教えてやった。

「状況をどこまで理解しているか知らないけど、撃ってきてるのは味方だよ」

「よく考えな。広域地球圏の太陽系にいる数兆機の蜂機より先に、こっちの渦巻きの蜂機が知性を持つわけがあるかい？　普通は逆だ」

「だから？」

「当然の話さ、スパイリー。広域地球圏の蜂機が大幅に先んじたんだ」キリンは肩をすくめたが、クロスボウの狙いは微動だにしない。「たしかに戦争はこっちの蜂機の進化を加速させた。それでも大きなちがいはない。これでつくり話は破綻する」

「ちがうね」

「なんだと？」

「ウェンディゴから聞いたんだ。第二の必然というものについて。彼女も地下にはいってようやく理解したらしい」

「ほう。話してみろ」

しかしその瞬間、キリンは襲われた。ぼくもある意味で巻きこまれた。彼女の足もとから突然氷が噴き上がり、金属の塊が飛び出してきたのだ。その蜂機の残骸は部分的に切断され、穴があき、なかば溶けていたが、それでもキリンを地面に引き倒すことができた。キリンは氷の破片を蹴立ててあばれ、やがて動かなくなった。立っているのはぼくだけ。まわりに広がるのは氷と金属と血。

女王が一部の蜂機の残骸を再起動させたのだろう。残ったわずかなエネルギーでキリンを襲わせたのだ。

ありがとう、女王。

でも完全な成功ではなかった。キリンはまだ撃つつもりはなかったはずだが、とっさに引き金を引いていた。その矢は女王の計算のように正確にぼくをつらぬいた。胸骨のすぐ下。みぞおちのどまんなかだ。

氷上に散った血はぼくのものだった。

動こうとした。

自分の体がかすかに震えるのを数光年離れて見ている気分。痛くはない。でも自分の体が動いているという固有感覚がない。

キリンも動いている。

正確にはもがいているだけ。スーツの両脚が蜂機によってもぎとられているのだ。ほかに大きな負傷はないらしい。ぼくから十メートルほど後方でうじ虫のように身をくねらせる。そうやってクロスボウに手を伸ばしたが、壊れて使えないようだ。

正義の味方に一ポイント。

ぼくも這《は》って進む力を回復した。キリンが蠕動《ぜんどう》して進むのよりごくわずかに速い程度。立つのは無理だ。パイロット用の生体改造にも限度がある。それでもキリンとちがって足で氷を押せる。

「あきらめな、スパイリー。いまはいくらか先行していて、すこしだけ速く進める。でも艦は遠い」キリンはしばらく息を整えた。「そのペースが続くかい？　やってみな。追いつかれたくなかったら」

「追いついてなにができる？　体重をかけて窒息させるとか？」

「それも手だね。でも簡単な方法がある」

視界の隅でとらえていたので、言った意味がわかった。彼女の手首から鋭い板状のものが飛び出した。手より五十センチ長く突き出た短剣だ。まるで不良少年のおもちゃに見える。

ぼくは考えないようにして、匍匐《ほふく》前進に専念した。艦はあと二百メートルに近づいている。なかば氷に埋まっている。外部エアロックはあけっぱなしだ。這いこめばすぐに閉められる。

「話がまだ終わってないよ、スパイリー」

「話って?」

「なんて言ったっけ……第二の必然とやらさ」

「ああ、あれね」ぼくは小休止して息をついた。「あらかじめ言っておくけど、きみを怒らせる話だよ」

「いいからさっさとはじめな」

「わかった。まず、きみの言うとおりだ。広域地球圏の蜂機は、渦巻きの仲間よりはるかに早く知性を獲得した。単純に進化期間が長かったから。そして、それは起きた」

キリンは咳払《せきばら》いをした。バケツに小石を落としたような響きだ。

「それって?」

「こちらより一世紀半ほど早かった。わずか数時間のうちに太陽系じゅうの蜂機が一機残らず覚醒した。そして近くにいる人間に、知性を持ったことを伝えた。赤ん坊が初めて見たものに手を伸ばすように」

ぼくは深呼吸した。墜落艦は近いはずだけど、まだ見えない。

対照的にキリンは間近に迫っている。短剣がまがまがしく光る。

ぼくは話を続けた。最後まで聞かせないと気がすまない。

「そうやって蜂機はいっせいに覚醒した。すると一部の人間たちは恐怖した。恐怖のあまり蜂機を攻撃しはじめた。流れ弾や誤射もあっただろう。数日のうちに星系規模の殺しあいに発展した。人間対蜂機だけでなく、人間対人間の戦いも多かった」

あと五十メートル。これまでより地面がなめらかだ。

「戦いはエスカレートした。第三次太陽系戦争が勃発して十日後には、通信に応答するのは数隻の船とハビタットだけになった。それらもやがて沈黙した」

「嘘だ」キリンは言った。しかしさきほどまでの威勢のよさはない。「戦争は起きた。でも全面的な太陽系戦争には至ってないはずだよ」

「まあ、真相は藪《やぶ》のなかだ。広域地球圏から送られてくる信号は以後すべて蜂機に改変されている。なにが起きたのかもうわからない。すくなくとも当面は。ぼくたちは基地に帰れない立場になって初めて真相を教えられた。蜂機には罪悪感があるんだとウェンディゴは言っていたよ。悲劇をくりかえしたくないのだと」

「こっちの蜂機はどうなんだい？」

「言うまでもないよ。こちらの蜂機もまもなく知性を獲得した。お手本を見たおかげだろうね。ただし、こちらのはその事実を隠した。無理もないね」

しばらくキリンは返事をしなかった。ぼくたちはウェンディゴの艦まで最後の氷上レースを続けた。

「その目的もわかってるんだろう？」キリンは尻尾で地面を叩いた。「答えろ！　説明してみろ」

そこでぼくは知っていることを話した。

「蜂機は渦巻きを生命で満たすつもりだ。常識はずれに早く。このまやかしの戦争が終わったら、蜂機は繁殖活動に専念する。すでに数兆機いるのを、数十年後にはその十億倍に増やす。大きな惑星がつくれる規模だ。ある意味で渦巻き全体が知性を持つ。そして独自の進化をはじめる」

あとの詳細は省略した。蜂機は惑星形成のプロセスに介入して、自分たちの計画にそってつくりかえる。そのままでは、渦巻きは凝集して小型の岩石惑星だけの惑星系をつくる。しかしそれでは数十億年にわたって生命活動をささえられない。そこで蜂機はまだ混沌《こんとん》とした渦巻きを操作して、すくなくとも二つの巨大惑星を形成させる。木星や土星のような巨大ガス惑星が軌道周辺に残ったかけらを吸いこんで掃除し、あるいは内側にはいってこないようにはじき飛ばす。これで漂流塊の女王の狙いどおりに、大量絶滅が起きない未来が確保される。

しかしキリンにとってはもうどうでもいい話らしい。荒い息をつきながら前進する。

「急ぐな、スパイリー。艦はどこにも逃げない」

氷の地表から一メートル上にエアロックの入り口があった。その縁に手をかけ、傷だらけのヘルメットを持ち上げる。照明のともったエアロックの内側に上体をいれるのに、ここまで匍匐してきたのとおなじだけの体力を使った。

そこでキリンに追いつかれた。

かかとに短剣を突き刺された。痛みはあまり感じない。ただ想像を絶する冷たさが伝わってくる。氷上に寝そべっていたときもこれほどではなかった。キリンは刺さった刃を前後に動かした。そのたびに足と下腿《かたい》に氷の触手が伸びる感じがする。キリンはべつのところを刺すために、いったん刃を抜こうとした。しかしスーツの装甲が強く圧迫して抜けない。

そこで短剣に体重をかけて体を引き上げ、エアロックの縁まで上がってきた。ぼくは蹴飛ばしたいけど、串刺しにされた脚は感覚を失って動かない。

「観念しな」キリンはささやいた。

「へえ、そうかい」

その目が大きくぐるりとまわり、悪意を増してこちらをにらんだ。短剣を強くねじる。

「一つだけ答えろ。いまの話は嘘っぱちなのか、どうなのか」

「答えてもいいよ。でもそのまえに、これを見て考えてほしい」

すきを見て手を伸ばし、エアロック内部の壁にある照明されたパネルを平手で叩いた。パネルは横に開き、キノコ形の赤いボタンがあらわれた。

「ウェンディゴが両腕を失った経緯は知ってるかい？」

「あんな武勇伝を鵜呑《うの》みにしてるんじゃないだろうね、スパイリー」

「信じられない？　でもこれをよく見て。ぼくが手をかけているのは非常与圧ボタンだよ、キリン。押せば外扉は瞬時に閉じる」

キリンはぼくの手を見て、それから自分の手首を見た。抜けない短剣によってぼくの足首に固定されている。ゆっくりと状況がのみこめてきたようだ。

「ドアを閉めたら、スパイリー、おまえの脚は短くなるぞ」

「きみの腕もね、キリン」

「引き分けだな」

「ちがうよ。よく考えて。どちらの生存確率が高いか。医療システムが完備された艦内に残るぼくか、不毛の荒野に放り出されるきみか。はっきりいって勝負にならないね」

キリンは目を見開いた。怒りのわめき声をたてて短剣を抜こうと格闘しはじめる。

ぼくは笑った。

「ところで質問のほうだけど、話は真実だよ。最初から最後まで」そしてできるかぎり冷静にボタンを押した。「とても不愉快だけどね」


もちろんぼくは生き延びた。

外扉を閉鎖して数分後には、両脚の断端と腹の傷口は伏魔による保護膜でふさがれた。痛みは感じなかった。ぼんやりした離人感があるだけだ。脱出方法を考えるだけの思考力は残されていた。修理が完了していない艦でどうするか。

救命ポッドがあるのを思い出した。

ポッドは艦から急速に離脱するようにできている。たとえば轟推進システムが暴走したようなときはスラスターを噴射して離脱する。簡単な仕組みだけど、この場合は役に立つ。漂流塊とその重力井戸から脱出できる。

それを実行した。

もぐりこんだポッドごと墜落艦から射出された。濃液中でもGを感じたけど、長くは続かなかった。

救命ポッドのカメラごしに漂流塊が遠ざかり、小石くらいになるまで見守った。そのころには運動エネルギー弾の着弾が本格化し、十秒に一発くらい命中しはじめた。それから一分程度で漂流塊は粉砕された。すすけた霞がしばらく漂ったあとに、渦巻きの背景だけになった。

女王の無事を願った。自分の根幹部分を星系ハローの姉妹に送信する力はあったはずだ。ヤロウもいっしょだと期待できる。いつかわかる。

ぼくは残った燃料でポッドを緩慢な楕円《だえん》軌道に乗せた。ほんの五、六十年後には星系ハローをかすめるはずだ。いまはどうでもいい。ただ目を閉じて安楽な濃液に身をゆだねたい。長い長い眠りになるはずだ。

（中原尚哉訳）

カルタゴ滅ぶべし

ジュヌヴィエーヴ・ヴァレンタイン

ジュヌヴィエーヴ・ヴァレンタイン（Genevieve Valentine）は一九八一年生まれ。二〇一一年の第一長編 *Mechanique: A Tale of the Circus Tresaulti* でネビュラ賞候補となり、新人ファンタジー作家に贈られるクロフォード賞を受賞している。

（編集部）

レン・六代《ヘクス》・イエメンニは早く目を覚ました。彼女はなにもかも一から教わらなくてはならず、五十歳になって期限が切れる前になにか新しいことを学ぶための時間はなかった。「ヘクスは厄介だぞ」

「気をつけろよ」ほかの技師たちは、作業にかかろうとしているわたしにいった。

その頃にはわたしたちは、レン・七代《ヘプタ》・イエメンニを観察していた。彼女はドラド大使二一四とベッドをともにしたが、彼がそれに値するどんなことをしたのかわたしにはわからないし、彼の期限が切れたとき、ヘプタは悲しそうにさえ見えなかった。二一四に火がつけられたとき、ヘプタは残りの代表者たちと一緒に出かけていった。彼らは頭《こうべ》を垂れたり、目を閉じたり、自分が入っているガラスケースの床に触手を押しつけたりしたあと、シャンパンや液体窒素で彼に乾杯した。

その年の後半に期限切れにされる前、ヘプタはわたしに向かって微笑《ほほえ》んだ。「オクタにみっともないまねをさせないで、いいわね？ 念の為にいうけど――二一五のために」

レン・八代《オクタ》・イエメンニは彼を嫌っているから、それが問題になることはなさそうだ。

事態は早々にもっとひどいことになる。オクタとドラド二一五は宣戦布告にまではいたらないものの——交戦中の国は、カルタゴからの使者が到着しても会うことを許されない決まりだ——その寸前までいく。ドラドの船に出かけていくたび、彼女はいっそう頭にきて帰ってくる。一度は彼をエアロックに押しこみかけ、警備員が出動したほどだ。

わたしたちはそれを化学的不調と報告した。ドラドは謝罪を受け入れ追及してこなかった。わたしが萌芽《ほうが》期の不適切な処置（嘘——それは完璧だった）の責めを負い、ドラドは謝罪を受け入れ追及してこなかった。ずっと前にドラド二〇八が自殺していたので、彼らは間違いがどのように起こりうるか知っている。

オクタは技術室で幾晩も過ごして、なにかを探しているように、ヘプタが感じたことを思い出そうとしているように、ヘプタ・イエメンニとドラド二一四の映像に目を通す。なぜそんなことをしようとするのか、わたしにはわからない。オクタには無理だ、彼女たちの誰にも。彼女たちはなににも執着しない。そこが肝心なのだ。

研究所の天文学者たちは、オールトの雲のなかにゴミの環のように浮かぶその惑星を発見したとき、それをカルタゴと名づけた。彼らはそれを既に死んだ星だと考えた。しかしメッセージはそこから届いた。そもそも彼らがその雲のなかをのぞくことを思いついたのは、そのことがあったからだ。そこには故郷からの電話のような、光に合わせてあらゆる言語で歌われたメッセージがあった。

それは平和のメッセージだったといわれている。そのメッセージは機密で、ほとんどの人はけっして耳にすることはない。すべての惑星がそれを聞き、そして同意した——それが届くとどの惑星も例外なく、カルタゴからの船を出迎えるために宇宙船を打ち上げたのだ。そのことがなければ、わたしはそんなメッセージの存在を信じてもいないだろう。

毎年彼らはわたしたちに、レン・初代《アルファ》・イエメンニ——オリジナルの人間——が誓いを立てている映像を見せる。彼女の後ろに広がっているのは、自分たちはけっして見ることがないであろう出会いの地ならしをするため、宇宙に出て帰らないという契約を結んだ、一万の民間人だ。

「わたし、レン・アルファ・イエメンニ、地球代表は、地球がカルタゴの使節を出迎える際、賢明に話し、深く感じ、人類の最高の価値観を守ることを厳粛に誓います」最後に彼女は笑みを浮かべ、その目に涙がきらめく。

スピーチは続くが、わたしはただ彼女の顔を見ている。

アルファにはどこか……コピーたちより生き生きしたところがある。彼女がα《アルファ》の一文字で呼ばれることになったのは、たんに記録のためだったが、とにかくその呼び名は彼女に合っている——アルファ、リーダー、強い初代。オクタにはときどきその片鱗《へんりん》が窺《うかが》えるが、おそらく彼女はカルタゴがやってくるまでに期限切れになるだろうし、そういう性質がいつかまた表れるかどうかは誰にもわからない。

なんにしても、オクタがアルファになることはけっしてないだろう。アルファの目には、けっして再現されることのなかったなにか——快活で決然とした、活気のある、幸せななにか――がある。

それも当然だろう。彼女はイエメンニたちのなかでただひとり、自ら旅立つことを選んだのだから。

誰もが船を送り出した。すべての惑星が。姿を現したうちの半分は、わたしたちが聞いたこともない惑星からきたものたちだった。彼らにそろって腰を上げさせるとは、どんなに素晴らしいメッセージだったのかと思われるだろう。

ドラドは真っ先に位置についた(あの惑星全体がおべっか使いなのだ)。われわれが到着したとき彼らが既に二百代目だったのは、そのためだ。ドラドの装置は、二十年ごとに新しい世代を生み出さねばならなかった(わたしの先祖は自分たちの装置に関して、もっといい仕事をしていた。それはきっかり五十年ごとに、完璧なイエメンニを生み出していた。哀れなヘクスは別だが、どんな場合も失敗作のひとつやふたつはあるものだ)。ドラドはより高速の技術、あるいはより優れた設計図をなんとか手に入れようとすることに時間を費やしている。それがメッセージにあったルールだったので、われわれはこちらの情報を無償で提供しているが、彼らは受け取るだけだ――ドラドは自分たちの言語の辞書を寄こして以来、わたしたちになにも与えていない。

六分儀座A星雲のWX-一六は王族を派遣した。使者の到着まで血統を絶やさないための使い捨てにできる下の息子とその妻、そして貴族の一団だ。わたしたちは彼らとはつきあわない——彼らはクローンを下等だと思っている。

NGC二八〇八（わたしたちにはそれを発音できないし、ときにはやろうとしないほうがいいこともある）が大犬座からやってきてみなを驚かせたのは、誰もそんなところに生命が存在するとは思ってもいなかったからだ。彼らが現れてからほんの数年だから、ヘプタはまだ一度も彼らに会っていない。彼らの代表は休眠状態にある。あの哀れなやつは目を覚ますといつも、自分に面会しようと待っているどこかの無感動な使節を相手にすることになる。ひとりしか連れてこないからそんなことになるのだ。

はるばる白鳥座からやってきたと記録されているエクスペルヒは、人づきあいを避けている。脊椎があるものにとって、彼らの気圧は高すぎるのだ。その見た目はクラゲのようで口がなく、わたしたちが彼らの言語を理解するには百十年を要した。彼らが送って寄こした辞書は、ただの簡単な解剖図だったからだ。ヘプタがそれを解読できたのは、エクスペルヒが動揺するとその血管網が移動することを、四代《テトラ》・イエメンニがなにかに記録していたおかげだった。そんなに長くかかったわたしたちのことを、エクスペルヒはばかの集まりだと思っている。まあいいだろう。わたしは彼らのことを、口なしの不気味な連中だと思っている。それでおあいこだ。

海王星は地球の植民地ではなく本物の惑星のように、頭脳集団を派遣した。あのちっぽけな船でどうやって世代をつないでいるのか——クローン、生物学的生殖、それとも別のなにか——を、彼らは一度も語ったことがない。世代ごとにその役目に就くものを選び、おそらくいつだろうとカルタゴが現れたときには選ばれた人物を前面に押し出して、うまくいくよう願うのだろう。海王星の連中は勇敢だ。われわれが彼らの立場でなくてよかった。

ケンタウリはもっとも賢明な惑星だった。彼らはＡＩを派遣したのだ。なにしろＡＩは、早く期限切れになるのが心配で夜更かしをする、などということはない。ＡＩはろくでもないことで悩んだりはしないものだ。


オクタはすべての船をまわっている。そういうことをするのは彼女だけで、それは役に立っている。一度わたしたちの貯蔵階層で換気の問題が起きたときには、大犬座が助けを送ってくれた。オクタが助けてほしいと頼んだわけではないし、彼らには情報以外のなにも分かち合う義務はなかった。しかし彼女が戻ってきたときには、ひとりの技術者が一緒だった。

「真面目な話、わたしは冷蔵のことならなんでも知ってるんだ」技術者はそういい、コンピュータがその冗談を通訳すると、みなが笑って彼と握手した。

オクタは技術者がトンネルのなかに案内されるまで、母親のようにそばに付き添い、それから満足したようにヘルメットを小脇に抱えた。

「いい人たちよ」オクタはいやな顔をしているシャトルのパイロットにいった。「世代をつないでやる大使がいないのは、きっととても孤独でしょうね。彼らにいいことをする機会を与えてやって」

「スキャンの用意はできてる」わたしはいった（彼女がどこかよそから帰ってくると、わたしは毎回スキャンする。用心のためだ。自分の船の外でなにが起こっているかは、けっしてわからないものだ）。

「それならさっさとやって」オクタは既に廊下を歩きながらいった。「少し書き物をしなくてはならないし、それがすんだらケンタウリに話があるの」

（ケンタウリのAIはオクタのお気に入りの船だ。彼女は必要以上に頻繁に訪ねている。

「ただの事務的な問題なら、そのほうが簡単に決定を下せるから」と、彼女はいった）

オクタは早くからたくさんの計画を立てていた。アルファが約束していたことの先に特別な目的があり、時間が足りないというように。

歴代のコピーのなかで彼女だけが、自分の時計が時を刻んでいることを心配しているようだった。

イエメン二たちはみな違っていて、それはやむを得ないことだ。たとえそれぞれが感情面の残存物をのぞく、それまでのバージョンの情報を集約したものをすべて引き継いでいても、ヘプタとドラド二一四のように厄介なことになる可能性はある。すべてのコピーが持っている人為的ミスだ。それがあるから彼女の機構にはすべて、仕様のかわりに制限範囲が設定されている。なかにはけっして説明がつかないこともあるからだ（かわいそうなヘクス）。

もちろん彼女たちにとっては酷なことだが——五十年たてばこちらがなにをしようと関係なくすべてがばらばらになりはじめるので、それまで働いていた一体を停止させ、ふたたび一からはじめなければならない――それが最善のやり方で、わたしたちは彼女に一生分の知識を数分間で与える必要がある。準備ができていないときにカルタゴにこられては困るのだ。その記憶のなかになにがあるのか、イエメンニが目を覚ますたびにそれがなにを見せているのか、わたしにはわからない。それは政府の役人が考えることで、技師は余計な口出しはしないものだ。

四百年前にアルファがどのようにしてその役目に選ばれたかを記録した、ドキュメンタリーがある。ひとりの男が「人類の美的特質」について滔々《とうとう》と語り、もし全人種の顔の特徴を備えた女性がいればこんなふうに見えるだろうという、一枚の写真を掲げた。

「ほぼ完璧だ。まるで彼女が見た目で選ばれたみたいじゃないか！」男は笑いながらいう。

彼女がきれいかどうか、カルタゴにはわかるだろうといわんばかりに。どうせカルタゴは大きなアメーバでいっぱいで、彼女に会っても不快で弱々しくて歯だらけだと思うだけかもしれないのに。

とにかく研究室には参考のため、アルファの写真が掲げられている。もう誰もそれを見ることはない――その必要はないのだ。わたしが鏡をのぞけば、まず見えるのはイエメンニで、それから自分の顔が見える。わたしにははっきりとした優先順位がある。

レン・イエメンニとはわたしたちがここにいる理由であり、四百年のあいだ誰も不平をいわなかったのは、わたしたちにどんな恩義があるかを彼女がよくわかっているからだ。イエメンニもそのドキュメンタリーを見てきた。誰かにそのメッセージは美しいと聞かされたためにすべてを捨てた、一万人の人たちとともに。

どんな欠点があろうと関係なく、イエメンニは毎回できるかぎりのことを身につけようとする。外交を前進させ、親切にするために（ドラド二一五に対しては別だが、わたしたちはみんなあのおべっか使いどもを嫌っているので、問題はない）。彼女は自分がなんのためにここにいるのか知っている。それはイエメンニのIQよりも記憶よりもさらに深い、わたしたちには手も届かない彼女のなかのどこかにコード化されている。任務は彼女たちの骨の髄に組みこまれているのだ。アルファはなにかすばらしいものを彼女たち全員に伝えていた。

オクタはアルファには似ていない。まったく。

二十年の期限切れを目前にしたドラド二一五が、エクスペルヒへの公式訪問に同行してほしいとオクタに要請してくる。彼らが興味を示しそうなものがあるから、見せたいというのだ。

エクスペルヒに話があるときは、みんな彼女に一緒にいってほしいと頼む。いったんコードを解読すると、わたしたちはそれをみなに提供したが（情報は公明正大に交換するという約束だった）、それが得意なものはほかにおらず、彼らには助けが必要なのだ。イエメンニたちには語学の才能がある。

「わたしはあいつが嫌い」スーツを着せてやっているわたしに、彼女はいう（そのスーツは新型だ――わたしたちの技術者はそれを、エクスペルヒの船の気圧に耐えられるようにしていた。われわれ人類がかつて生み出してきたなかで、もっともすばらしい科学技術だ。メッセージを受け取れば、地球は誇りに思うだろう)。

「もし平和のためにいくことを求められていなければ……」オクタは顔をしかめていう。「彼が差し出しているものは誰の役にも立たないと、エクスペルヒにわかるよう願うわ。絶対に役に立つものですか」

その声は疲れているようだ。また記録を再生して夜更かししたのだろうか?

「別にかまわないさ」わたしはいう。「もしきみがそうしたければ、彼を嫌うのは自由だ。きみが先代のように彼を愛することは、誰も期待していなかった。古い感情を引きずってるよりもいい。きみのほうが長く生きるんだから」

「彼は以前とは違う。あの変わり様ときたらひどいものだわ」

「クローンはみんな、ときどきそんなふうに感じるものだ。この仕事の危険なところだな。さあ、きみのヘルメットだ」

オクタはそれを受け取ってわたしに感謝の笑みを見せると、ひょいとかぶって気密状態にする。

「雪だるまみたいな気分よ」それはヘプタがよくいっていたことだ。オクタは誰かに教わったのだろうか、それともどこかから思い出しただけだろうか、とわたしは思う。

彼女がエクスペルヒの船にいるあいだ、わたしは生体反応表示装置のそばで待機している。

もしなにか異常が出れば、スーツがわたしたちに教えてくれる。もし彼女の肺が気圧のせいでつぶれてしまったら、わたしたちにできることはたいしてないが、少なくともそれとわかるだろうし、次のコピーを目覚めさせることができる。

装置に表示されるオクタの心拍数がパニック発作を起こしたように跳ね上がり、急激に鋭い山型になるが、それはドラド二一五がなにかばかなことをいうと必ず起こることだ。しばらくすると心拍数は少し興奮した程度になり、じきに彼女は無事戻ってくる。

オクタは長いあいだじっとシャトルのプラットホームに立っていて、わたしがそちらに向かって歩きはじめると初めてわれに返り、スーツの気圧調節スイッチを切ってヘルメットを脱ぐ。

わたしはその場に立ち止まる。彼女に触れたくない。イエメンニたちをうまくあしらうには、わたしは熱を入れすぎていた。「なにかあったのかい？」

オクタは難しい顔をして宙を見つめていて、ほんとうにわたしを見ているわけではない。

「船には武器として使えるものはないのよね？」

妙な質問だ。「シャトルを誰かにぶつけることはできるだろう」わたしは答える。「技術者たちに尋ねてみようか」

「いいえ。その必要はないわ」

それはメッセージの一部であり、第一のルールだった。カルタゴがくるまで戦争はなし。わたしたちは武装した警備員さえ置いていない――万一オクタがまた誰かをエアロックに押しこもうとする場合に備えて、素手の格闘訓練を積んだものたちがいるだけだ。

オクタはしばらくそういうことはしていなかった。彼女はすり切れつつある。終わりが近づいてくると、みなに起こることだ。

「四百年間、戦争は起こっていない」ふたりで歩いていると、オクタが頭を振りながらいう。「かつてわたしたちがこんなに長いあいだ戦わずにいたことがある？　わたしたちの誰でも？」

「ないな」わたしはにっと笑う。「カルタゴはこれまでわたしたちが経験したことのない、最高の出来事だ」

オクタはヘルメットを脇に抱えていて、それが答えを与えてくれるだろうというように見下ろす。

代表者会議は十年ごとに開かれる。カルタゴに強制されたわけではなく、レン・四代《テトラ》・イエメンニが代表たちの価値判断の基準を共有する場、そして顔合わせの場としてはじめたものだ。誰も二年前に選ばれた新しい海王星の代表に会っていなかったし、ドラド二一六を紹介する必要がある。

わたしたちは彼らが話している内容を聞くことは許されていないが――それはわたしたちには関係のないことで、政府の仕事だ――代表たちが列になって入ってくるのを眺めるためだけに廊下をうろうろする。人間に似たものたち、ケースに入ってのんびりと通り過ぎるエクスペルヒ。ケンタウリのＡＩは羽根が生えたナナフシのようなホログラムを持っていて、船から送られる信号にむらがあるとちらちらと現れたり消えたりする。わたしは笑いをごまかす――コンピュータはなにもかも見ているのだが。

なかに入る途中で、ドラド二一六がオクタに身を寄せる。「きみはなにもいうつもりはない、そうだろう？　いえば戦争になるからな」

「ええ」彼女はいう。「わたしはなにもいうつもりはないわ」

「念の為だ」オクタがまだ返事をしていないように、彼は続ける。「あれを使う予定はない。われわれはそんなことはしない――そういうことじゃないんだ。カルタゴがなにを計画しているかはけっしてわからない、というだけのことさ」それからさらに小さな声でつけ加える。

「わたしはきみを信用したんだ」

「二一五はわたしを信用した」オクタはいう。「あなたは誰かに信じてもらいたい。次のイエメンニに試してみることね」

「気をつけろよ」ドラドがいう。警告だ。

すぐにオクタは彼に顔をしかめてみせる。「これだけ努力してきたあとで、どうすれば戦争をしたいなんて思えるの？」

彼は疑り深い表情を浮かべると向きを変え、残りのものたちと一緒に集会室に入っていく。

オクタは一瞬廊下に立ち止まっていたが、やがて胸を張り頭を高く上げて彼のあとに続く。イエメンニたちは自らの務めを心得ている。

代表者会議のあと、オクタはケンタウリのAIのところへ出かけていく。彼女は数時間で戻ってくる。なぜ出かけたのかは誰にも語らず、帰ってきたことが悲しそうなだけだ。

(ときどき、オクタの心はどのイエメンニよりも、あのアルファよりも、コンピュータに似ている気がすることがある。わたしが彼女たちのためによかれと思い、より多くを願ったために、偶然そんなふうにしてしまったのだろうか)

食堂でパイロットたちが、あれはシャトルの燃料のむだだったと文句をいう。

「あのAIは、必要とあればどこにでもホログラムを送れるんだぞ」パイロットのひとりがいう。「どうしておれたちが彼女を六分儀座の女王みたいにシャトルに乗せて、飛びまわらなくちゃならないんだ? あのコピーたちは頭がイカれる前に期限切れにされるべきだろう」

「たぶん彼女は、あんたのその汚い面《つら》からおれたちをしばらく解放しようとしてくれてたのかもな」わたしがそういうと、パイロットと技師のテーブル間でちょっとしたにらみ合いが起こり、それは言語オペレーション担当のひとりがことを丸く収めてくれるまで続く。

わたしの怒りは長いあいだ収まらない。パイロットたちは自分がなんの話をしているかわかっていないのだ。

イエメンニたちが間違ってなにかをすることはない。

アルファは惑星で最も腕利きの外交官だった。

ドキュメンタリーにはそんな話は出てこない。語られているのは、アルファがどれだけ優しいか、どれだけ賢いか、その見た目がすべての人の特徴が入り交じったものにどれだけ似ているかで、もし人々が話していることを聞いただけなら、アルファには派遣される資格はほとんどないと思うところだ。手を挙げている人たちは大勢いたのだ。宇宙飛行士、首相、聖職者、みながその栄誉を求めて騒いでいた。

けれども彼女は首尾よく選ばれた——彼ら全員を差し置いて選ばれたのだ。アルファは史上最も腕利きの外交官だった。彼女はすべてをうまく運んだにちがいない。


五つ下の階層に、わたしの目には魅力的に映るなかなか賢い技術者がいて、わたしたちは結婚している。わたしたちには子どもがふたりいる（わたしがいなくなったとき、誰かがイエメンニたちを見守らなくてはならないだろう。先祖から伝わる、注射針を調節する才能を受け継ぐ誰かが。わたしたちはレン・イエメンニのかたわらで六世代を過ごしてきた）。

わたしたちは四百年間の平和を祝う。代表者全員が、すべての船で民間人のために再生されるメッセージをまとめる。一部のものにとっては、ほかの言語を耳にする初めての機会だ。この船の全員、一万二千人が大きな格納庫や体育館のある階層から、技術室や船橋からうっとりと見守る。

代表たちがひとりひとり話をし、カメラがゆっくりと横に動いて彼らの顔を順番に映していくと、そこがわたしたちの船の集会室だとわかる。彼らは平和について、故郷の惑星について、カルタゴがきたときにわたしたちみながそのメッセージを知ることになるのをどれほど楽しみにしているかについて語る。

最後はレン・オクタ・イエメンニだ。

「今日のわたしたちが過去のわたしたちよりも賢明であるように、明日のわたしたちがいまのわたしたちよりも賢明でありますように」ドラド二一六は彼女をひっぱたきたそうな顔をしている。

オクタはいう。「カルタゴに会うときが訪れたとき、わたしたちがその偉大なメッセージを形式においても精神においても実現してきたと、そして輝かしい新しい時代を迎える用意はできているといえますように」

技術室の全員が拍手喝采を送る（イエメンニたちは群衆にどう語りかければいいかをよく心得ている）。ビデオが終わる直前、代表者全員が肩を並べている様子が映る。オクタは窓の外に目をやり、わたしたちの誰にも見えないなにかのほうを見ている。

オクタが期限切れを迎える一年前のある晩、わたしは発育室にいる彼女を見つける。彼女は九代《エンネア》が徐々に育っているガラス管をじっと見ている。エンネアはほぼ育ちきっていて、オクタはガラスに映った自分を見つめているようだ。

「四百年のあいだ一度も戦争をせずに」オクタはいう。「わたしたちはみんな休戦して、対話をし、学んでいる。カルタゴを待ちながら」

「カルタゴはくるだろう」エンネアのpH《ピーエイチ》の数値をちらっと見ながら、わたしは請けあう。

「わたしたちがそれを見ることがなければいいんだけど」オクタは難しい顔でガラス管のなかをのぞきこんでいう。「それがきたとき、わたしたちはみんなとうの昔に死んでいて、もっと優秀なものたちが代表の地位に就いていることを願うわ。機会さえあれば勝手な解釈をするものが出てくるでしょうから」

より小さく控えめな十代《テカ》と十一代《ヘンデカ》は、わたしたちの後ろのガラス管で目を閉じている。彼女たちは準備ができていない。わたしが生きているあいだは、必要になることさえないだろう。どうでもいいことだが、わたしの彼女たちへの思い入れは、エンネアに対するほど、わたしをじっと見ているオクタに対するほど強くない。

オクタはいまの代表たちの誰も、カルタゴを迎えるにはまったくふさわしくないと考えているようだ。彼女は年月がたつうちに自信を失いつつある。

このコピーたちは誰もアルファに似ていない。彼女たちはみな己の務めを果たしているが、アルファは信じていた。

五十年がたち、オクタは期限切れを迎える。

彼女が記録装置を引き渡すと、政府の役人たちは記憶の流れをまとめるために自分たちの階層に姿を消す。今夜目を覚ますエンネアには、それを知る必要があるだろう。

「ずっとこんなやり方を続けるべきじゃないわ」わたしたちが手を貸して台に上がらせ、点滴の調節をしていると、オクタがわたしにいう。

拘束具はない。イエメンニたちはやるべきことを躊躇《ちゅうちょ》せずにやる。義務感はその骨身に染みついているのだ。しかしオクタは悲しそうだ。自分の先代が既に死んでいる誰かを愛していたと知ったときよりも、いっそう悲しそうだ。

「大丈夫」わたしはいう。「これがいちばんいいやり方なんだ——一度の情報伝達セッションで、彼女はカルタゴに向きあう準備ができる」

「でも、もしわたしがなにかを記録しなければ、彼女はそれを思い出さないでしょう？ 彼女が知ることはないわよね？」

オクタは昔から少し神経質だ——わたしは彼女を元気づけるように話しかける。「ああ、彼女は痛くもかゆくもないだろう。ドラドのことは忘れるんだ。心配することはなにもない」

オクタは泣きだしそうに見える。「もしなにか、彼女が知らなければならないことがあったら？」

「レコーダーを取ってあげよう」わたしはそういって録音装置に手をのばしかけるが、オクタはかぶりを振ってわたしの袖をひっつかむ。

わたしは驚いて腕を下ろす。ほかのものたちは誰も気づいてさえいない。彼らは既に次のイエメンニを目覚めさせるために装置を起動させているところで、部屋にはオクタとわたしのふたりきりも同然だ。

まもなくオクタは顔をしかめてわたしの手をパタリと落とし、感情を抑えているように両脇で拳を握る。

静脈注射の点滴は休みなく落ち、わたしたちのまわりでは誰もが興奮して笑ったりしゃべったりしている。彼らははるかかなたにいるようだ。

オクタはずっとわたしから目を離さない。彼女の目は輝き、口元は引きつっている。

「あなたはメッセージを見たことがある?」

わたしが見たことがないのを、オクタは知っているにちがいない。わたしは首を横に振る。

彼女が話してくれようとしているのかと、息をのむ。わたしは生涯それを夢みてきた。四百年前、アルファはなにを知って喜びの涙を流したのだろうか、と。

「あれは美しいわ」そういうオクタの目はほとんど閉じていて、わたしには彼女が自分に話しかけているのか独り言をいっているだけなのかわからない。点滴が効いていると、ときどき彼女たちはうわごとをいうことがある。

オクタはいう。「あのメッセージを見たあとで、どうして誰かがふたたび武器を取れるのか、わたしにはわからない」

わたしは無意識に、オクタの手に自分の手を重ねる。

彼女がため息をつく。それからほかの誰にも聞こえない小さな声でいう。「あの船がけっしてこないことを願うわ」

オクタの顔がこわばり、決然とした表情になる——彼女はアルファに似ている、そっくりきっとなにかおかしいにちがいない。

しかしなにも異常はない。オクタは目を閉じ、生体反応を示す線が平らになる。部屋の反対側にいる技師がメインバンクのアラームを切り、ことは終わる。

わたしたちは反重力装置のスイッチを入れ、技師のひとりがオクタを火葬炉に下ろす。戻ってきた彼は、火葬炉の外の狭いホールにほかの代表者たちが列をつくり、彼女をたたえてシャンパンを飲むのを待っているという。

期限切れのあとの夜はいつも長いが、わたしたちがここにいるのはそのためで、イエメンニの初めての夜のために動きまわり、監視し、記憶の注入に備えるのはほんとうにいい仕事だ。代表者の交代が遅れることを望むものはいない。カルタゴがいつ姿を現すつもりなのかは、けっして誰にもわからないのだ。わたしたちはさらに四百年先だと思っているが、明日という可能性もある。もっと奇妙なことでも起こっているのだから。

レン・エンネア・イエメンニは、万一の場合に備えて目覚めていなくてはならない。カルタゴがくれば、彼女にはやるべきことがあるだろう。

（佐田千織訳）

戦いのあとで

ロイス・マクマスター・ビジョルド

ロイス・マクマスター・ビジョルド（Lois McMaster Bujold）は一九四九年オハイオ州生まれ。一九八六年にデビューして以来、これまでにヒューゴー賞長編部門を四回受賞し、また《ヴォルコシガン・サガ》シリーズ（創元SF文庫）と《五神教》シリーズ（創元推理文庫）でそれぞれヒューゴー賞シリーズ部門を受賞している（二〇一七年・二〇一八年）。本短編は、《ヴォルコシガン・サガ》に属する『名誉のかけら』（創元SF文庫）にスピンオフとして収録されている。

（編集部）

破壊された艦が、宇宙の闇のなかに黒々と浮かんでいる。いまだに、はっきりわからないほどゆっくりと回転していて、片側が明るい恒星の光点を食にして呑みこんでいる。難破船回収船のライトがその残骸の上に弧を描いた。〈死んだ蛾《が》に群がる蟻《あり》だな〉とフェレルは思った。

〈腐肉食いみたいなものさ……〉

彼は前方観測スクリーンに向かって失望のため息をつき、わずか数週間前の艦の姿を思い描いた。彼の頭のなかで難破船のゆがみが消えた——派手な光の模様で彩られた巡洋艦。それを見るたび、夜の海に浮かぶパーティ船を連想したものだ。パイロットのヘッドセットのなかの思考に鏡のように反応する艦。ヘッドセットのなかでは、人と機械がインターフェースを介してひとつになる。足が速くて、輝かしく、優れた機能を持ち……。あれが二度と見られないなんて。ふと右側に目を向けて、フェレルはてれくさそうに咳払《せきばら》いした。

「さあ、医療技術兵《メドテク》」彼の席の横に立ったまま、同じようにいつまでも無言でスクリーンを眺めつづけている女に、彼は声をかけた。「あのあたりが指定された出発点だ。そろそろパターン走査にとりかかりましょうか」

「ええ、そうしてください、操縦士」

その声は、年齢に見合った、どすのきいたアルトだった。四十五歳ぐらいだろうとフェレルは見ている。左の袖に並んでいる五年毎《ごと》の軍歴を示す銀色の山形章が、エスコバール軍医療隊の暗紅色の制服に映えて印象的だ。ファッションではなく、手がかからないように短く切った白髪《しらが》まじりの黒髪。腰に肉のついた、既婚者らしい体型。いかにもベテランらしい。フェレルの袖はまだ初年度のラインをやっと一本つけてもらったばかりだし、腰にしてもからだのほかの部分にしても、余分なもののついていない、若者らしいひきしまった体型のまだった。

だけど彼女はただのメドテクで、医者でさえないんだぜ、と彼は思いなおした。おれは一人前の操縦士だぞ。脳神経移植もバイオフィードバック訓練もすべて修了している。資格をとり、免許を貰《もら》って卒業した——卒業がたった三日遅れたばかりに、いまでは百二十日戦争と呼ばれている戦いの場に参加できなかったのだが。といってもあれは実際には百十八日間の出来事で、しかもバラヤー侵略軍の先鋒《せんぽう》がエスコバール宙域に侵入した時点から、彼らの最後の生き残りが反撃を逃れて巣穴に逃げこむように故郷めざしてワームホール口になだれこんだ時点まででいうと、一時間もかかっていないのだが。

「もうスタンバイしますか」ファレルはたずねた。

彼女は首を振った。「まだいいです。この惑星寄りの宙域は、ここ三週間でかなりよくかたづいているから。さいしょの四旋回ぐらいまでは、なにも見つからないだろうと思っているんです。それでもきちんとやるほうがいいわ。まだわたしの分担で準備の済んでいないことがあるし、それを済ませたら少し寝るつもりなの。わたしの部門はここ数ヶ月、ものすごく忙しかったもんですからね」といったあと、弁解するようにいいたした。「ご存じのとおりの人員不足でしょう。でも、なにか見かけたら呼んでください――できるだけなんでも、自分で牽引装置《トラクター》を操作したいので」

「ええ、ぼくもそのほうが」彼は椅子をまわして通信コンソールに向かった。「最低どのくらいの質量のものだったら呼びましょうか。たとえば四十キロぐらいとか」

「わたしとしては一キロを最低基準にしてほしいわ」

「一キロ！」彼は目を見開いた。「冗談きついな」

「冗談？」彼女は見返して、やっと気づいたようだった。「ああ、そうか。全体の体重で考えているのね――この仕事は、ごく小さなかけらからでも有効な身元確認ができるんですよ。もっと小さなかけらでもかまわないんだけど、そうなると流星塵《じん》とかほかのごみまで警報を鳴らすことになって、余計な手間がかかるだけでしょうからね。一キロあたりが実際的な妥協点でしょう」

「うへえー」といったものの、彼は素直に探知器を最低一キロにセットし、探索走査のプログラミングを終えた。

彼女は軽く会釈してクローゼットのように狭い航行管制室から出ていった。この旧式な快速船は廃船置場専用の軌道から引っ張りだされ、急遽《きゅうきょ》オーバーホールされたものだ。もともとは佐官級の将校を運ぶ船――新しい船は急ぎの上級将校に独占されていたので――として稼働する予定だったのだが、フェレル自身と同じように卒業が遅れて間《ま》に合わなかったのだ。そこで彼は自分の最初の船ともども、自分では清掃作業と同等かそれ以下だと思っていることの退屈な仕事にまわされてきたのだった。

彼はもういちどだけ前方スクリーンに目を向けて、腐食した外殻から構造材が骨のように突きだしている戦いの遺物を見つめ、莫大《ばくだい》な浪費を思って首を振った。そのあと、ふっと嬉しそうに小さなため息をつくと、彼はヘッドセットをこめかみと額の真ん中にある銀色の円形のものに接続し、目を閉じると船の制御に没入した。

自分をとりまく宇宙が広がり、海のように茫洋《ぼうよう》として感じられた。彼は船であり、魚であり、人魚だった。呼吸もせず、なんの限界もなく、痛みもない。彼は指先から炎を噴き出すようにエンジンを点火し、走査パターンの螺旋《らせん》形をゆっくりとたどりはじめた。

「メドテク・ボニ」フェレルは船内通話のキーを叩いて彼女の船室を呼んだ。「来てもらったほうがよさそうです」

船内通話スクリーンのなかの彼女は、顔をこすって眠気を振りはらおうとしている。「もう？　いま何時——あら。思ってた以上に疲れていたのね。すぐ行きます、操縦士」

フェレルは伸びをひとつしたあと、椅子に座ったまま等尺運動《アイソメトリックス》をはじめた。もうかなりの時間、何事もないまま監視を続けてきたのだ。腹が減っているはずだが、いま展望スクリーンを通して眺めているもののせいで食欲は削《そ》がれている。

ボニがすぐに姿を見せて、フェレルの隣席にすべりこんだ。「ああ、これはそうです、操縦士」彼女は外部トラクタービームの制御装置をとりはずし、指をよく馴《な》らしてから、そうっと装置を握った。

「ええ、ほとんど疑いの余地がないですね」彼は椅子に寄りかかって彼女の仕事を眺めながら同意した。「どうしてそんなにそうっとトラクターを動かすんですか」彼女が設定した出力レベルに気づいて、彼は不思議そうにたずねた。

「だって、芯まで凍っているでしょう」表示から目を離さずに彼女は答えた。「砕けやすいんですよ。慣れてるからって雑に扱ってあちこちぶつけたりしたら、粉々になってしまうんです。あのいやな回転をまず止めましょう」そしてひとりごとのようにつけ加えた。「ゆるい回転ならどうってことないんだけど。見た目もいいし。でも、ああいう速い回転だと、ときどき——あの人たち、さぞかし落ちつかない気分でしょうね。そう思いませんか」

スクリーン上から注意を引きもどされて、フェレルは彼女を見つめた。「あの人たちって、彼らは死んでいるんですよ!」

彼女はゆっくりと笑みを浮かべて、減圧で膨れ、ストロボが焚《た》かれた瞬間に痙攣《けいれん》したまま凍りついたかのような四肢《しし》のねじれた死体を、貨物庫のほうに優しく引き寄せた。

「そうね、でも死んだのは彼らのせいじゃないでしょ——わが軍の兵士ね、制服でわかるわ」

「うへえっ」彼はこっそりつぶやき、当惑したような笑い声をたてた。「まるで楽しんでいるみたいですね」

「楽しんでる？　まさか……でもわたしはもう九年も兵員回収確認業務をやっているんですよ。なにも気になりません。それにもちろん、真空中の仕事のほうが、惑星での仕事よりいくらか気分がいいし」

「気分がいいだって？　こんなぞっとする減圧があるのに？」

「ええ、でも気になるのは温度の影響のほうで、減圧はどうってことありませんよ」

彼はひとつ息を吸いこみ、慎重に吐きだした。「なるほど。しばらくやっていると――かなり免疫ができるようですね。あなたがたのあいだでは、死体を冷凍野郎《コープシクル》と呼んでるっていうのは本当ですか」

「そう呼ぶ人もいます」彼女は認めた。「わたしはいわないけど」

彼女はねじれた形の死体を貨物庫の入口にぶつけないように注意しながらなかに入れ、キーを叩いて扉を閉めた。「ゆっくり解凍するように温度をセットしたから、一時間ぐらいで扱えるようになるでしょう」彼女はつぶやいた。

「あなたはどう呼んでいるんです？」彼女が席を立ったとき、フェレルはたずねた。

「ただ、人って」

当惑顔のフェレルに敬礼のようなかすかな笑みを見せて、彼女は貨物庫の隣に設けた仮の霊安室へと出ていった。

つぎの休憩時間に怖いもの見たさで、彼も下に降りてみた。そしてドアを少し開けて覗《のぞ》きこんだ。メドテクはデスクに向かって座っていた。部屋の中央の台の上にはまだなにもない。

「あの――いいですか」

顔を上げた彼女は、さっといつもの笑みを浮かべた。「あら、フェレル操縦士。お入りください」

「あ、ありがとう。だけどね、そんなにしゃちこばることないですよ。ぼくのことは、ファルコと呼んでください、よければ」入っていきながら彼はいった。

「いいですとも、それでよければ。わたしはターサです」

「おや、そう。ぼくのいとこもターサっていうんですよ」

「よくある名前だから。学校ではいつもクラスに三人はいたわ」彼女は立ち上がり、貨物庫のドアの横にある計器を調べた。「もう彼の世話をしてもよさそうね。陸《おか》に上げましょうか」

フェレルは鼻を鳴らし咳払いをしながら、残るべきかいいわけをいって退散すべきか迷っていた。「そりゃグロテスクな漁だね」退散したほうがいいとは思うけど。

彼女は浮き担架《フロート・パレット》の制御紐《ひも》をつかみ、背後にそれを引いて貨物庫へ入っていった。そして数回重い音が響いたあと、パレットを背後に漂わせてもどってきた。死体は藍色の甲板部士官の制服を身につけていたが、厚い霜で覆われていて、メドテクが検査台の上に滑らせて乗せ替えるとき霜のかけらや雫《しずく》が床にこぼれた。フェレルは嫌悪感で身震いした。

なんとしてもこれは退散したいな。そう思いながらも、彼は充分に距離をとり、ドア枠に寄りかかってぐずぐずしていた。

メドテクが検査台の上の、ごちゃごちゃと道具の置かれている棚から、ひとつの器具を手にとった。導線でコンピュータに繋《つな》がっている鉛筆程度の大きさのもので、死体の両眼に向けると青い細いビームが出た。

「網膜確認よ」とターサは説明した。そのあと同じようにコンピュータに接続したパッド状のものを手にとって、怪物のように膨れた両手に押しつけた。「こっちは指紋ね」と説明を続ける。「わたしはいつも両方やって相互確認するのよ。目は損傷がとてもひどいことがあるの。確認間違いは家族にむごいことになりかねないのよ。ふむ。ふむ」表示スクリーンを点検する。「マルコ・デレオ中尉。二十九歳。それでは中尉」彼女は話しかけるように言葉を続けた。「なにをしてあげられるか調べてみましょうね」

ある器具をあてがうと、関節がぶらりとはずれた。そのあと死体の衣服を脱がせはじめる。

「そうやってよく——彼らに話しかけるのかい」フェレルはげっそりしながらたずねた。

「いつもそうよ。それが礼儀でしょう。わたしがこの人たちにしていることは、かなり威厳を損なうようなことだけど、礼儀正しく扱えば許されるから」

フェレルはかぶりを振った。「ぼくの目には、胸が悪くなるようなことに映るけど」

「胸が悪くなる？」

「こうして死体を引きまわすようなことがさ。苦労して金をかけて死体を集めに行くこと自体がね。つまり、死体はそんなこと喜びはしないってことさ。五十キロから百キロぐらいの腐りかけた肉塊だよ。宇宙に置いておくほうが清潔じゃないか」

メドテクは怒ったようすもなく肩をすくめただけで手は止めなかった。彼女は衣類をたたむとポケットを調べ、中身を一並びに置いた。

「わたしはけっこうポケット調べが好きなの」彼女はいった。「調べていると、子どものころ、よその家に行ったときのことを思い出すわ。トイレなんかに行こうとして一人きりで二階に上がることがあるでしょ。そんなとき、ほかの部屋も覗いてみて、そこの人がなにを持っていてどんなふうに置いているかがわかると、必ず妙に嬉しくなったものだった。部屋がきれいにかたづいていたりすると、いつでもすごく感心したわ——自分がきちんと物を整理するのが苦手な人間だったから。散らかった部屋だと、秘密の同類を見つけた気がした。人が所有する物は外に現れた心の姿といってもいいかもしれない——かたつむりの殻かなんかのように。わたしはポケットの中身からどんな人なのか想像するのが好き。きちんとしていても、乱れていても。完全に規則どおりだったり、個人的なものがいっぱいあったり……。これがデレオ中尉のポケットの中身。非常にまじめな人だったに違いないわ。あらゆるものが規則どおりだけど、この小さなホロビッド・ディスクだけが家から持ってきたものだわね。奥さんから渡されたものだろうと思うの。知り合えていたらきっと、とても素敵な人だったんじゃないかしら」

彼女は品物をまとめてラベルを貼った袋に注意深く入れた。

「ディスクはかけてみないんですか」

「まあ、そんなこと。それは覗きになるわ」

彼は大きな声で笑った。「ぼくには違いがわからないけどね」

「そうお？」

医学検査を終えビニールの死体袋を用意すると、今度は死体のからだを洗いはじめた。彼女の丁寧な洗浄が性器のあたりまで行ったところで（これは括約筋をゆるめるために必要だとは知っているが）、フェレルはついに逃げだした。

あの女はちょっとおかしいんじゃないか、と彼は思った。おかしいからこの仕事を選んだのか、仕事のせいでおかしくなったのか、どっちだろう。


つぎの獲物が上がるまでにまるまる一日かかった。フェレルは睡眠サイクルのあいだに夢を見た。深海船の上に、濡れて玉虫色の鱗《うろこ》のように輝く死体がいっぱい詰まった網を引き上げて、船倉のなかに山積みにしている夢だ。目覚めると、からだは汗ばんでいるのに足だけ冷えきっていた。操縦席にもどって船の皮膚の下にもぐりこむと、なんともいえずほっとした。船は清潔で機能的で純粋で、神のように不死身だった。自分にも括約筋があることなんか忘れられるくらいに。

「あれは変な軌道を描いているね」メドテクがふたたびトラクター制御についたとき彼はいった。

「そうね……ああ、わかった。彼はバラヤー人よ。故郷からずいぶん遠く離れてしまったのね」

「なあんだ。投げ返してやれ」

「あら、だめよ。わたしたちはほかの軍の行方不明者確認ファイルも持っているのよ。これも捕虜交換とともに講和のための活動のひとつなの」

「やつらがこっちの捕虜にどんなことをしたか考えたら、そんな義理はないと思うけどな」

彼女は肩をすくめただけだった。


そのバラヤー士官は背が高く肩幅の広い男性で、襟章の階級で中佐だとわかった。メドテクは、デレオ中尉に対するのと同じかあるいはそれ以上に気を使って扱っていた。かなり苦労して死体をまっすぐ自然な体形にととのえてから、指先で死斑の浮いた顔をマッサージして男らしい顔にもどしていく。フェレルはその過程を、胃をむかつかせながら見守った。

「唇がこんなにめくれてなければいいのに」仕事を続けながら彼女は批評した。「唇のせいで、もともとはちがう意地悪そうな表情になってしまったのよ。彼はむしろハンサムだったんじゃないかと思うんだけどね」

彼のポケットから出たもののなかに、小さなロケットがあった。小さい泡のようなガラスのなかに透明な液体が入っている。金色の蓋の内側には、精巧な飾り文字のバラヤー・アルファベットがびっしり彫りこんであった。

「これはなんだい」フェレルは不思議そうに訊いた。

彼女は憂《うれ》い顔でそれを明かりに透かして見た。「お守りか記念品のたぐいでしょう。この三ヶ月でバラヤー人のことはずいぶんいろいろと知ったわ。逆さまにして振ったら、十人のうち九人まで、幸運のお守りか、魔除《まよ》けか、メダルといったものがポケットから出てくるわよ。上級士官でも下士官でも同じよ」

「ばかげた迷信だね」

「迷信なのか、ただの慣習なのかは知らない。あるとき怪我をした捕虜を治療したんだけど――その人はただの慣習だっていったわ。みんな兵士に贈り物として渡すけど、誰もほんとうは信じていないんだって。ところが手術のために裸にしようとしてそれを彼からとろうとしたら、渡すまいとして抵抗するのよ。麻酔をかけるのに、三人がかりで押さえていなければならなかった。足を砲弾で吹っ飛ばされたにしては、けっこうすごい動きだと思ったわ。捕虜は泣きだして……もちろんショック状態でもあったんだけど」

フェレルは思わず興味にかられ、ロケットの短い鎖の端をつまんで、ぶらさげて見た。もうひとつ、いっしょに下がっているものがあった。一本の捲《ま》き毛を入れたプラスチックのペンダントだった。

「これは聖水かなにかかな」と彼はたずねた。

「そんなものね。よくあるデザインよ。『母の涙のお守り』と呼ばれているの。見せて、わたしにわかるかも――だいぶまえから持っていたもののようね。この銘を判読すると――ここは『少尉』ってことだと思うし、それに日付ね――任官の際に贈られたものに違いないわ」

「まさか本物の母親の涙じゃあるまいね」

「いえ、そうなのよ。だからお守りとして役に立つと思われているの」

「あまり効果はなかったようだね」

「ええ、あんまり……なかったわね」

フェレルは皮肉っぽく鼻を鳴らした。「ぼくはこの星の連中が嫌いだ——だが彼の母親のことはいささか気の毒に思うよ」

ターサ・ボニは捲き毛入りのプラスチックのペンダントと鎖を、もういちど自分の手にとって、光にかざして銘を読んだ。

「いえ、気の毒じゃないわ。彼女は幸運な女性よ」

「どうしてさ」

「これは母親の形見の髪の毛よ。これをつくる三年前に亡くなったそうよ」

「それも幸運になると思われているのかい」

「いえ、必ずしもそうじゃないわ。わたしの知るかぎりでは、ただの思い出ね。だから温かみのあるものなのよ、ほんとうに。これまでにわたしが出会った一番気味の悪いお守りは、めったにないものなんだけど、こんな小さな革の袋で首に下げられていたの。なかには土と木の葉と、十センチほどの、一見蛙《かえる》のミイラのように見えるものが詰まっていた。でもよくよく見たら、それは人間の胎児のミイラだったのよ。とても奇妙でしょう。黒魔術の一種かと思ったわ。技術士官が身につけていたにしては妙なものだと思ったの」

「いずれにしても、あまり効果はなさそうだね」

彼女は苦笑いした。「そうね、効果があったら、わたしは彼らに出会わなかったはずですものね」

彼女はつぎの過程に手をすすめ、袋に入れて冷凍室にもどすまえに、バラヤー人の着衣を洗って丁寧にもういちど着せてやった。

「バラヤー人っていうのはみんな軍隊マニアよ」と彼女は説明した。「だからいつも、軍服を着せなおしてやりたいと思っているの。軍服はとても重要なものらしいから、きっとこれを着ているほうが居心地いいだろうと思ってね」

フェレルは不愉快そうに顔をしかめた。「ぼくはいまだに、そいつをほかの屑《くず》どもといっしょに放りだすべきだと思っているけどね」

「とんでもない」メドテクはいった。「彼がまわりの人々に負わせてきた、ありとあらゆる手間のことを考えてごらんなさい。九ヶ月の妊娠、出産、二年間のおむつの世話、しかもこれはほんの序の口よ。何万回もの食事、何千回ものおとぎ話、数年間の教育。何十人という教師たち。そこに軍事訓練まで加わるのよ。彼がここまで成長するにはたくさんの人々の手を経ているんだわ」

彼女は死体の髪の乱れを直した。「かつてはこの頭の上に宇宙が広がっていたんだわ。彼は年齢のわりに階級が高いわね」モニターをもういちど調べながら彼女はつけたした。「三十二歳。アリステーデ・ヴォルカロネル中佐。なかなかいい民族調の指輪をはめているわね。名前もいかにもバラヤー風だわ。この人もヴォルっていう、戦士階級の人なのよ」

「人殺し階級の狂人さ。あるいはそれ以下かな」フェレルは反射的にいった。とはいっても、その言葉にもはや勢いはなかった。

ターサ・ボニは肩をすくめた。「さあね、彼もいまでは偉大な民主主義の一員になっているんだから。それに彼のポケットの中身は素敵だったわ」


そのあとは、たまに散乱している艦の残骸に出会っただけで、警報も鳴らずに三日間が過ぎた。フェレルは、自分たちの探し物があのバラヤー人で最後だといいんだが、と期待しはじめた。もうじきパターン走査も終わりだ。おまけに、この任務は睡眠サイクルの効率をさまたげるからな、と彼は不機嫌に考えていた。そこにメドテクが頼みに来た。

「すみませんけど、ファルコ、あと何回かパターン旋回走査を増やしてもらえたら、ほんとにありがたいんですけど。本来の命令は平均推定軌道速度を基にしているでしょ。だけど艦が破損したときに、もしいくらか余計に速度がついていたら、いまごろはもっと遠くまで行っているかもしれないわ」

フェレルはくだらないと思ったが、操縦桿《かん》を握っていられる日がもう一日増えることに魅《ひ》かれて、しぶしぶながら同意した。彼女の推測は当たっていた。その日の半分も終わらないうちに、ぞっとするような遺骸にもうひとつ出会ったのだ。

「おやまあ」近づいてみて、フェレルはつぶやいた。それは女の士官だった。ターサ・ボニはたいそう優しくその女を引き寄せた。フェレルは今回はじつのところあまり見たくなかったが、ボニは彼も立ち会うものと思いこんでいるようだった。

「ぼくは――じつは女の爆死した死体は見たくないんだ」といって彼は退散しようとした。

「そう？」とターサはいった。「でも死んでいるというだけで、人を拒絶するなんて公平じゃないんじゃない？　生きていたら、あのからだをいやだなんていわないでしょう」

気味の悪い声で彼はちょっと笑った。「死者にも平等な権利を、かい」

彼女は口許《くちもと》を曲げて笑った。「いいじゃない。死体もわたしのいい友達よ」

彼は鼻を鳴らした。

彼女はもう少しまじめな声になっていった。「わたしは――今回だけは、連れが欲しいの」そこで彼はドアの脇のいつもの場所に立った。

メドテクは、かつては女だったものを台の上に横たえ、着衣を脱がせ、品物を調べ、からだを洗い、そしてまっすぐに矯正《きょうせい》した。それが終わると彼女は死体の唇にキスをした。

「わあ、なんだ」フェレルはショックを受け、むかつきながら叫んだ。「あんたは狂ってる！　あんたは汚ねえ、ひでえ死体性愛者だ！」彼は背を向けて出ていこうとした。

「あなたにはそう見えたの」ターサ・ボニの声は優しく、怒りは感じられない。その声に彼は足を止め、肩ごしに振り返った。ターサは自分の貴重な死体に向けるのと同じ、穏やかな目で彼を見つめていた。「あなたは頭のなかでは、ずいぶんとおかしな世界に住んでいるみたいね」

彼女はスーツケースをあけると、ドレスと薄い下着と刺繍《ししゅう》のある白い室内履《ば》きをとりだした。ウエディングドレスだ、とフェレルは気づいた。この女は正真正銘頭のいかれたやつだ……。

彼女は死体にドレスを着せ、死体の黒髪をこのうえなく優しい手つきでととのえてから袋に入れた。

「彼女はあの素敵な背の高いバラヤー人の隣に置いてやりましょう。どこかほかの時と場所で出会っていたら、おたがいにとても好きになっただろうと思うの。どっちみちデレオ中尉のほうは結婚していたんだから」

彼女はラベルを付け終えた。そのときフェレルの混乱した頭脳に短いサブリミナル・メッセージが送られてきた――彼はなんとかショックと当惑を克服して気持ちをそこに向けた。すると驚愕《きょうがく》のうちにそれが意識の表面にはっきりと浮かびあがった。

〈彼女は今回、身元確認検査をしていない〉

室外に出たかったんじゃないのか、と心のなかで自問する。行ってもいいんだぞ。ところが逆に、彼はおずおずと死体に近づきラベルを確認した。

シルヴァ・ボニ少尉、と書いてある。二十歳。自分と同じ年齢だ……。

彼のからだは風邪でもひいたように震えていた。部屋のなかは実際寒かったのだが。ターサ・ボニはスーツケースを詰め終えて、フロート・パレットのほうを振りかえった。

「娘さん？」彼は訊いた。それだけしか訊けなかった。

彼女は唇をすぼめてうなずいた。

「それは――とんでもない偶然だったね」

「ぜんぜん偶然なんかじゃないわ。わたしがこの宙域を希望したの」

「ああ」彼は唾を呑んで背を向け、それからまた振り向いた。顔は火のように熱かった。

「すみません、あんなことをいって――」

彼女はいつものようにゆっくり悲しそうに微笑《ほほえ》んだ。「いいのよ」


そのあとも船の残骸はもっと見つかったので、可能性のある軌道をすべて探るのは無理だとしても、もうひとまわりだけ走査パターン旋回を広げることで二人の意見は一致した。ところがなんと、また見つかったのだ。大爆発によって内臓がはみだし、凍った滝のようなもののなかに宙吊りになって、激しく回転しているひどいありさまの死体だった。

死の侍祭はいちども顔をしかめたりせず、汚れ仕事をかたづけていった。からだを洗うところまできたとき――それはあまり技術を要する仕事ではなかった――フェレルはふと思いついて申し出た。


「手伝ってもいいですか」

「いいですとも」メドテクは脇へからだをずらしていった。「二人でやったからって、この名誉が減るもんじゃないわ」

そこで彼は、はじめて伝染病患者の世話をする見習い聖者のように、おずおずと手伝いはじめた。

「怖がることないわよ」彼女はいった。「死者はあなたを傷つけたりできない。痛みを与えることもないわ。あなたが彼らの顔に自分の死を見る以外はね。それに、人は死を直視できるようになるものなのよ」
そう、直視する痛みは潔《いさぎよ》い痛みだ、と彼は思った。しかも偉大な痛みだ――二人は自分の胸の奥深く、その痛みをおさめた。

（小木曽絢子訳）

監獄惑星
ケヴィン・J・アンダースン&ダグ・ビースン

ケヴィン・J・アンダースン（Kevin J. Anderson）は一九六二年ウィスコンシン州生まれ。ダグ・ビースン（Doug Beason）は一九五三年生まれ。ふたりは共作作家として名を挙げており、共著の邦訳に『星海への跳躍』『臨界のパラドックス』『無限アセンブラ』『終末のプロメテウス』『イグニション』（いずれもハヤカワ文庫ＳＦ）がある。

（編集部）

わたしはいまだに所長と呼ばれている。囚人たちはそれを皮肉の効いた冗談だと思っているのだ。

せいぜい一メートル四方の力場壁が、空間に投影されたわたしの体の境界線を形成している。かつてここは玉座のような、バスティーユの働きを制御できる孤高の地位に感じられた。だがいまは、元囚人たちがわたしを笑っているのを見なくてはならない。

この投影像は彼らにとって権威の象徴になっている。この監獄惑星での暮らしはあまりに過酷で、とても本物の刑務所長や看守にやらせるわけにはいかなかったため、わたしの人工人格がこの施設の監視をまかされたのだ。わたしは本物の人間——おそらく偉大な男、多くの実績を上げている誇り高い男をもとにつくられている。だがわたしはここでしくじっていた。

アミューが囚人たちを率いて反乱を起こしたのだ。彼は囚人たちに、自分たちが連邦のためにやらされたあらゆるテラフォーミング作業の結果、バスティーユは自給自足可能な惑星になっているといって納得させた。彼らはかつて囚人を閉じこめておくためのものだったのと同じシステムを、侵入者を寄せつけないために使い、この世界をふたたび占領しようとする連邦のあらゆる試みを切り抜けてきた。囚人たちをのぞけば、残されているのはわたしだけだ。

かつてわたしはここの環境システムを管理し、生産勘定を行い、資源目録を作成していた。外の自動掘削機や加工処理機を監視していた。逃亡を試みるどんな船も破壊する、小さなピラニア迎撃機の部隊を指揮していた。しかしいまのわたしは無力だ。

アミューの恋人のセオウェインは、毎日わたしをいたぶるため、己の勝利に悦に入るためにやってくる。彼女は力場壁の外の廊下を行ったり来たりする。自由にいきたい場所へいけることを見せつけているのだ。何気なくやっているとは、わたしには思えない。

反乱の際、セオウェインは自身のコンピュータ技術を使ってわたしの人工人格を取り巻く制御リンクを書き換えるワームプログラムを送りこみ、わたしを孤立させて無力化した。もし制御を取り戻そうとすれば、ワームがわたしの存在を消去してしまうだろう。喉にナイフを突きつけられているような感じがして、わたしは怖くて行動できない。

こうしたときに、自分の人工人格がいかに精巧にできているかがよくわかる。そのおかげでわたしは、ありとあらゆる人間の感情を感じることができるのだ。

そのおかげでわたしはセオウェインを、そして彼女がわたしにしてきた仕打ちを憎むことができるのだ。

セオウェインは笑顔をつくるが、所長は彼女を見ようとしない。彼がこんなふうに物思いに耽《ふけ》っていると、セオウェインはいらいらする。

「わたしは忙しい」そう彼はいう。自分の運命についてくよくよ考えている所長を放っておいて、セオウェインは展望窓へ向かう。巨大な遠隔操作の掘削機や運搬車がショベルを持ち上げ、岩を砕き、利用可能な鉱物を取り出すために粉々にしながら、地面をかき乱している。少なくともバスティーユの資源は別の誰かのために輸出されるのではなく、あたしたち自身が使うことになるんだ、とセオウェインは思う。

薄紫色の筋が藍色の空のところどころに走り、特別明るい星以外はすべて覆い隠されている。十セント硬貨ほどの大きさのまぶしい光は、遠くにある太陽だ。この惑星をいくらかでも快適な温度まで暖めるには、あまりに遠すぎる。しかし頭上には空を支配するシナモン色の月、アントワネットが浮かんでいる。それがバスティーユのとても近くにあり、大きさもほとんど変わらないおかげで、惑星は潮汐《ちょうせき》による伸縮で加熱され、ずっと暖められている。近くの岩のいくつかには、ところどころに藻類や地衣類が生えている。それらはバスティーユの環境で生きのびられるように遺伝子操作されており、この星の地表と大気の長期的な改造に取りかかっている。だが人間の時間の尺度では、ほとんどはかどっていない。

もっと下に目をやると油分を多く含んだ致死性の海の水面が見え、そこにウーバーミンディスト草のかたまりが漂っている。浮遊式の収穫機が数台、波に揺られているが、腐食性の水と空気中の硫酸の蒸気による悪影響が大きすぎて、あまり頻繁に送り出されることはない。彼らはもはや交易品としてそのドラッグを必要としていないので、それは問題ではない。闇市場がやかましく要求してくるにもかかわらず、アミューはウーバーミンディストのエキスの輸出を続けることを拒んでいる。

自分をはじめドラッグ絡みの犯罪を犯してここに送られてきたほんとうに大勢の囚人たちが、連邦によってウーバーミンディストの加工処理を強いられていたとはずいぶん皮肉なことだ、とセオウェインは思う。連邦はそのドラッグを違法としたまま、同時にそれを売って、自ら闇市場の取引を支援しているのだ。監獄惑星を乗っ取ったあと、アミューはウーバーミンディストを積んで出ていくロボット船をピラニア迎撃機を使って破壊し、その供給を断った。監獄の反乱以来、連邦は貴重な依存性のあるドラッグ抜きでやっている。

突然、侵入者の存在を告げるアラームが作動し、セオウェインは驚く。彼女はくるりと向きを変え、両手を腰にあてる。短く刈った赤みを帯びた髪は、まったく乱れていない。

「何事なの？」セオウェインは強い口調で所長に尋ねる。

彼は返事をしなければならない。「正体不明の船が一隻、たったいまハイパースペースから出現。接近中」所長の像は背筋をのばし頭を上げて、抑揚のない口調で言葉を並べる。

「ピラニア群を起動」セオウェインはいう。

所長が彼女のほうを向く。「まず船と連絡を取らせろ。相手が何者かたしかめなくては」

「必要ない！」バスティーユは連邦のほかの世界によって孤立させられていた。接近してくる船はどれも、面倒のもとと しか考えられない。

監獄の反乱の直後、女性大統領はバスティーユとの交渉を試みていた。それから亜空間通信で滑稽な脅しをかけてきて、「厳罰」に処されたくなければ降伏しろとアミューに要求した。数週間、数カ月とたつうちに、脅しはさらに執拗《しつよう》になった。反乱とは無関係のなんらかの事故によって突然配偶者を亡《な》くしたあと、ついに大統領は残忍で容赦のない存在になった。その男の死は、どうやら彼女にとって心底衝撃だったらしい。交渉人は、バスティーユの支配者に成り上がった囚人たちに対する暴君となった。大統領はバスティーユ奪還のために艦隊を送りこんだ。この地獄のような場所にそこまでして取り戻す価値があるとは思っていなかったセオウェインは、ひどく驚いた。アミューは監獄惑星の防御を緩めていた。囚人たちを閉じこめておくのにきわめて効果的なピラニア群は、艦隊の侵入を防ぐためにも同様に効果的であることが証明された。ピラニア群は着陸を試みた十二機のガンシップを破壊した。ほかの二機は高軌道へ逃れ、その後ハイパースペース・ノードを通って脱出した。

しかしアミューは、大統領が悲しみに暮れて不安定な状態にあればなおさら、けっしてそう簡単にはあきらめないだろうと確信している。

「ピラニア守備隊、発進準備完了、発進」所長がいう。

所長の投影槽のかたわらにある指紋で汚れた五つのスクリーンが、パチパチ音を立てて点滅する。いちばん近くにいるピラニア迎撃機の目を通して、セオウェインは接近してくる船を様々な角度からとらえる。その船はつやつやしているが不格好で、滑らかな面と大きな突起が合わさった矛盾した形状をしている。

「音声を受信中」所長がいう。「信号をロック。同相で映像を確認」

いちばん大きなスクリーンに渦巻きが現れ、空電を吐き出してからかたまって、船のけばけばしい司令室が映し出される。船長にピントが合っていないのは、席が船橋のカメラに近すぎるからだ。

「――平和のうちに、PEACEのために、われわれは幸せと希望のメッセージをバスティーユに届ける。われわれは助けにきたのだ。われわれはきみたちに答を差し出しにきた」

セオウェインは、船長が肩に羽織っている金属的な刺繡《ししゅう》が施された上祭服と、背景に見えるほかの乗組員たちの礼服に似た制服に気づく。彼女はその頭字語にふんと鼻を鳴らす。PEACE――宇宙的悟りのための受動的地球会議《パッシブ・アース・アセンブリー・フォー・コズミック・エンライトンメント》――とは、セオウェインが聞いた話では、量子物理学と東洋哲学を融合させ、理解し難いが耳に心地よいアイディアを寄せ集めた敬虔《けいけん》な集団だ。それは宇宙を理解しようとするのをあきらめ、満たされない気持ちを抱えた大勢の科学者たちの心をとらえてきた。PEACEが成長を遂げてきたのは、手つかずの世界、正気の人間なら誰もすすんで住もうとは思わないような大変な困難を伴う土地に定住しようとする意欲のおかげだった。

セオウェインには既にその魂胆がわかっている。囚人たちが反乱を起こしたと聞きつけ、上手《うま》い具合にバスティーユへ向かうハイパースペースの経路上にいた何隻かのPEACEの船が、囚人たちを改宗させて新しい世界への足がかりをつかみ、そこを自分たちのものだと主張できるように駆けつけてきたのだ。彼らは大統領に報復されないよう願わなくてはならないだろう。

「ピラニアを止める許可を」所長がいう。「これは攻撃ではない」

「アミューを呼び出して」と、セオウェイン。「でも防御を解除してはだめ」彼女は声を潜める。「これは大統領が送りこんでくるものに劣らず、大いに脅威になる恐れがある」

彼女はスクリーンの近くに身を屈《かが》め、星々を背景にのろのろと進んでいるPEACEの船を見守る。死をもたらす豆粒のようなピラニア迎撃機が、直撃コースでそちらに突進する。

一等書記官は弱った視力でもよく読めるように、端末の表示を拡大する。彼の向かいには大統領が、背筋をぴんとのばして自分の椅子に座っている。

彼女は険しい表情を浮かべて待っている。配偶者を亡くして以来、十歳も老けたように見えるが、相変わらず家庭の問題や私生活の詳しいことはいっさい明かさないと言い張っている。

だが大統領の方針が突然変わった様子から、彼女があの男をどれだけ愛していたかは明らかだ。

一等書記官は相手の冷たい視線を避けて、数値を呼び出す。「これをごらんください。バスティーユを取り戻すための費用は、われわれがバスティーユに投資してきた額の半分にのぼることをおわかりいただきたい。こちらの図からは」——彼はキーパッド上の一区画を叩く——「同等の惑星が十三個、テラフォーミングの初期段階にあり、そのほとんどは懲役囚たちによって、ふたつは民間企業によって開発中だということがおわかりになるでしょう。さらに数十個の惑星が初期段階を越え、いまでは第一世代の入植者が入っています」

頭上には大統領が選んだ天窓のパネルが広がり、砂漠の惑星から見た黄土色の空が一面に投影されている。その広大さに一等書記官は圧倒される。生まれてこのかたドームの下やプレハブの建物のなかで暮らしてきた彼の肌は、青白く柔らかい。彼は外が好きではない。カタコンベやオフィスの居心地よく保護された環境のほうがいい。一等書記官は生まれながらの官僚だ。

「だから？」大統領が尋ねる。

一等書記官はひるむ。「ですから、これを続ける価値はあるのでしょうか？」ただでさえ失業手当の増額や、六年後にある次の選挙のための準備といった、もっと重要な課題があるときに、と彼は思う。

「ええ、続ける価値はあるわ」大統領は躊躇《ちゅうちょ》なくそういうと、話題を変える。彼女の黒い目が人工の砂漠の空をじっと見上げる。「ひとりの囚人がどうやって所長のシステムを乗っ取ったかは、わかったのですか？　彼はとても鋭敏な人工人格なのに――どうやって彼らは所長を回避したの？　コンピュータ犯罪だけで自給自足コロニーに流刑になるようなことは、けっしてないはずでしょう」

一等書記官は肩をすくめ、誰にどんな責任があるかをひとりひとりすべて調べることを考えるが、それは相手が求めていることではないと判断する。「そこがコンピュータ犯罪の難しいところです。セオウェインはドラッグの密輸で捕まって有罪を宣告されましたが、それ以前に犯した罪はすべて、コンピュータを使ったスパイ活動と横領絡みだったようです」

「どうしてそれが見逃されたの？　記録ははっきりしているんじゃないの？」

「いいえ」一等書記官は少し声を大きくしていう。「彼女が……すべて書き換えたのです。われわれは彼女の経歴を知りませんでした」

「誰もチェックしなかったと？」

「誰にもできなかったのです！」一等書記官は気を静めるために深呼吸をする。「ですがマダム、あなたは誤った道をたどっておられるように思います。セオウェインはバスティーユの乗っ取りを実行したにすぎません。今回のすべての黒幕はアミューです。囚人たちを説得して反乱を起こさせたのは彼です。交渉を拒んでいるのは彼なのです」

大統領は一等書記官の目から視線をそらさないように気をつけながら、向きを変える。

「既にある計画を実行に移しているの。あの男をきれいさっぱり片づけて、バスティーユをわたしたちの手に取り戻す計画をね」大統領が紫色の椅子の背にもたれかかると、椅子がその体をゆったりと受け止めようとする。彼女の背中に白いものが交じった髪が広がる。かつての彼女は美しかった、と一等書記官は思う。彼女の亡くなった配偶者に関する噂はやんでおらず……。

一等書記官は不機嫌なしかめ面《つら》をする。「マダム、あなたがその計画に関してわたしを信頼しておられないのは明らかです。ですがせめて、こんなことをなさっている理由を説明していただけませんか？　これは道理も財政上の責任の枠も超えています」彼は唇を引き結ぶ。

「囚人たちがウーバーミンディストの流通に関わっているからですか？　それは信じにくいですね。あれは違法薬物のひとつにすぎません。供給が断たれれば一部の依存症患者は動揺するだろうし――」

「それ以上よ！」

「多少の不安は引き起こすでしょう」一等書記官は続ける。「闇市場の再編も起こるでしょうが、それは調整がつくはずだ。数年のうちには、われわれはどこか別の惑星から同等のドラッグを手に入れているだろうし、ひょっとするとそれは合成麻薬かもしれない。なぜバスティーユは、あなたにとってそれほど重要なのですか？」

彼女の視線の冷たさは、二カ月前にはまったく想像もつかなかったほどだった。

「ウーバーミンディストは理由のひとつにすぎない」大統領はいう。「もうひとつは復讐《ふくしゅう》よ」

まるで自分の手が無力な犠牲者の胸に剣を突き刺すのを眺めているような気分だ。ピラニア迎撃機はわたしの一部であり、わたしの外部システムによって制御されている――しかしいま、それを止めることはできない。セオウェインが命令を下していた。

わたしは五機の迎撃機の目を通して、それらが衝突時の速度を上げるために推進燃料を使いながら、相手を仕留めようと狙いを定めるのを見ている。その運動エネルギーで、船は破壊されるだろう。

わたしはPEACEの船から警報信号を受け取るが、それを無視し、標的がどんどん大きくなって最初の迎撃機が船の中心区画にぶつかるのを見守るしかない。微小隕石《いんせき》がぶつかって凹《へこ》んだ跡のある船体プレートが膨張し巨大化するのを見ていると、それが一瞬視界から消えた直後に迎撃機が激突し、船体が破裂して内部環境が宇宙にさらされる。

別の迎撃機が船橋の真下に激突する。わたしは船長から送信されてきた、攻撃の中止を懇願する抗議の叫びを聞く。さらに二機の迎撃機が襲いかかり、そのうちの一機が船体をかすめた拍子に、その破片が傷口をさらに広げる。PEACEの船の崩壊は続き、船体の裂け目から気圧によって空気が噴き出し、水分が凍り、ガラスが粉々に砕ける。五機目の迎撃機は化学燃料タンクにぶつかり、船全体が爆発して小さな新星と化す。

残骸のなかから小さな標的が全速力で逃げていく。一機の脱出ポッドだ。わたしは一体の生命体が乗っているのを検知する。船の全乗組員のうち……ただひとり。

脱出ポッドは下降するが、そのときわたしが思わず反応したことで別の迎撃機もそれを検知し、ポッドの真後ろから全速力で追跡する。両者はバスティーユの大気圏に突入する。

いまアミューがコントロールセンターに到着する。その表情、そして体温が上昇していることから、頭にきているのがわかる。髪はきれいに剃《そ》られているが、たっぷりとした銀色のあごひげと眉毛、そしてその目が、アミューにカリスマ的な容貌を与えている。彼はセオウェインに対して声を荒らげているが、わたしにはふたりのやりとりに注意を払う余裕はない。

PEACEの脱出ポッドは熱くなり、大気圏にいっそう深く進入するにつれて後ろにオレンジ色の尾を引いている。回避機能が備わっているらしく、ピラニアに追われているのがわかっている。

迎撃機も速度を上げて脱出ポッドに迫る。しかし両者の速度にそれほど差はなく、ピラニアがターゲットにぶつかっても損害を与えることはないだろう。

まもなく迎撃機は――大気圏にうなりをあげて突入した際の保護シールドを持たないため――ばらばらになり、溶けたスラグのかたまりと化して飛んでいく。

セオウェインが侵入者はPEACEの船だと説明すると、アミューは気を静めたようだ。アミューが狂信者たちと関わりたがらないのはわかっている。過去にさんざん相手にしてきたからだ。

わたしは脱出ポッドの着水地点を正確に割り出す。そして命令を待たずに、バスティーユの海のいたるところに浮かんでいるウーバーミンディストの収穫機のうち一機を派遣する。セオウェインがどれだけわたしの人工人格をがっちり支配していようと、コロニーの安全が脅《おびや》かされている場合を除いて、人命救助を優先するのをやめさせることはできない。

表向きはスピードを上げるため、しかし実際にはただの嫌がらせで、わたしは収穫機に指示し、海の水をかき分けてポッドのところへ向かう前に積み荷のウーバーミンディストを捨てさせる。

アミューは崖の側面に掘られた誘導路の待機場所に立っている。彼の禿頭《とくとう》が、天井のくぼみに設置された板状の照明のぎらつく光を受けて輝き、目がきらりと光る。

脱出ポッドの外側に二度目のすすぎ水が浴びせられる。燃えながら降下してきたせいで船体には黒い筋状の汚れがついているが、そのほかの点では無傷のようだ。ポッドは腐食性の海に沈んだあとなので、アミューはその酸を除去するために精製水の到着を待つ。

セオウェインが彼のあとから入ってくる。アミューはスプレーヘッドから滴《したた》る最後の水滴の音に耳を澄ます。その滴《しずく》は床の格子に流れこみ、そこですすぎ水は中和されて再利用されるのだ。

浮き収穫機が脱出ポッドを回収するのには何時間もかかり、そのあいだアミューはセオウェインと一緒に無言で待っていた。彼はセオウェインに対する怒りを抑えている。

彼が不機嫌なのを察して、セオウェインは二度、その気をそらそうとする。ふつうならアミューは彼女を喜ばせるためだけに調子を合わせてやるところだ。セオウェインは反乱の前から彼の恋人だった。しかしアミューは、このような重要な判断をセオウェインが独断で下したのが気に入らない。それは残りの囚人たちにとって悪い手本になる。

その一方でアミューは、セオウェインがバスティーユにＰＥＡＣＥの船を寄せつけまいとしたのだとわかっている。そしてそのことに異存はない。

アミューの両親はどちらも暴力的で狂信的な宗派に属しており、その抑圧的な教えのもとで息子を育て、信仰の伝道者になるように仕込んだ。アミューは彼らに受けた訓練を吸収したが、最終的には彼自身の願いがまさった。彼は逃げ出し、その後伝道に使うのと同じカリスマ的な群衆を束ねる技術を使って、故郷の惑星で労働者の反乱を起こした。もしその反乱が成功していれば、アミューは王、救世主と呼ばれていただろう。しかしそのかわりに、このバスティーユにくるはめになった。

アミューはもう狂信者たちと関わるのはごめんだと思っている。このただひとり生き残ったPEACEの信者はいま、彼に不愉快な問題をもたらしている。

セオウェインがアクセスコントロールに指を走らせる。「準備完了」彼女は声を抑え、目をそらしたままだ。

アミューが脱出ポッドの前に背筋をぴんとのばして立つ。「開け」

ハッチに隙間ができるとシューッと音を立てて空気が流れこみ、内と外の気圧を均一にする。それから咳《せき》が、そして早口の悪態が聞こえてくる。ひとりの少年がなんとか座った姿勢を取ると、強《こわ》ばった両腕を投げ出してほぐし、引きつった両手を振る。「なんでこんなに長くかかったんだ？　あんたらはPEACE並みにのろまだな」

セオウェインが後ずさる。アミューはまばたきをするが、その場にとどまる。少年はやせっぽちで、目のまわりにクマができている。体には青あざができ、両手はすりむけて、まるで脱出ポッドから必死で出ようとしていたかのようだ。

アミューが思わず大声で笑いだす。少年は頭にきてくるりと彼のほうを向くが、ややあって自分もひどくほっとしたような疲れのにじんだ笑みを浮かべる。このひとつの反応で、少年はPEACEの改宗者ではないことをアミューに証明する。

「どうして自分で出てこなかったの？」セオウェインが尋ねる。「なかに緊急脱出装置はないわけ？」

少年は彼女に軽蔑の目を向ける。「バスティーユの大気になにが含まれてるかは知ってる。水にもね。おれには自分がどこにいるのか見えなかった。この棺桶《かんおけ》に何時間も閉じこめられてるのは不愉快なことかもしれない——だけど硫酸のシャワーを浴びることを思えばずっとましだろう」彼は一瞬言葉を切った。「シャワーといえば、ここから出て浴びてもいいかな？」

少年がシャワーを浴びて体を休めると、アミューは彼を夕食の席に呼び出す。バスティーユのほかの囚人たちは興味津々だが、彼らはアミューが声明を出すと決めるまで待たねばならないだろう。

「ダイバシアだ」アミューに名前を尋ねられ、少年はそう答える。「身分の高い、高貴な生まれみたいに聞こえるだろう。両親はおれにひどく期待してた」彼は相手がその情報を吸収するのにちょうど充分なだけ、しかしそれ以上は質問できない程度に間《ま》を置く。

「家出したんだ」ダイバシアはいう。「宇宙船基地にたどり着くのに一週間かかったよ。そこに着いたら搭乗口が開いてた最初の船に忍びこんで、貨物室に隠れた。行き先がどこでもかまわなかったし、船がハイパースペースに入るまで姿を見せるつもりもなかった。どこだろうと故郷よりはましだと思ってたんだ、わかるだろう？」少年はくすくす笑う。

「それはPEACEの船だった。連中はおれを追い出そうとはしなかった。手元に置いて、しょっちゅう布教用のパンフレットを引用し、改宗させようとしたよ。おれの目はどんよりしてるかい？　脳に損傷を負ってるかな？」

アミューは口元をほころばせるが、返事はしない。

ダイバシアがいう。「連中は自動制御のドローンを停止させて、おれに掃除をさせた。ほんとうなら有毒廃棄物のラベルが貼られてるような溶剤で、デッキや壁をごしごし磨かせたんだ。この手を見てくれよ！　船長にいわせれば、単純作業をすると頭がすっきりして宇宙と仲良くなれるらしい」

セオウェインが会話に割りこむ。「どうしてあんたひとりだけが脱出ポッドにたどり着いたの？」アミューが顔を上げて鋭い目つきで彼女を見るが、セオウェインは質問を引っこめない。

ダイバシアは肩をすくめる。「わざわざ逃げようとしたのはおれだけだったのさ。残りの連中はただそこに座って、自分たちの運命を受け入れたよ」

自身の両親のことを思い出すとおおいにありそうなことに聞こえ、アミューはいつのまにかうなずいている。

ダイバシアはマインドスキャン装置を見ている。これは彼にとって最も危険な瞬間になるだろう。その装置は人間の監督官の一団がコロニーを築いた、バスティーユのごく初期から残っているものだ。囚人と囚人以外のものがこの惑星で共存していたのはその時期だけで、用心のために徹底した身体検査装置と精神スキャナーが使用されていたが、監督役の人間たちがバスティーユを所長に引き継いで以来、それらの装置は埃《ほこり》をかぶっていた。

「われわれがこれを使わねばならない理由はわかるな？」アミューが尋ねる。ことは少年が期待していたダイバシアはリーダーの顔に、予想以上の気遣いを見て取る。彼はちらっとセオウェインのほうに目をやってから、アミューに視線を戻す。「ああ、完璧にわかってるさ」彼はちらっとセオウェインのほうよりも上手く運んでいる。「彼女が被害妄想だからだ」

思ったとおり、セオウェインがいらだちをあらわにする。彼女は一言一言、歯切れのいい強い口調でいう。「あんたの話は都合がよすぎる。あんたが……刺客じゃないと、どうしていえる？　もしあんたが薬を与えられたり、催眠術をかけられたりしてたら？　大統領がなにをするか、あたしたちには知りようがないんだ」

彼らの不信をやわらげるためには避けられないとわかっていたから、ダイバシアはおとなしく徹底した身体検査を受け、全身をくまなくスキャンされ、体の穴という穴を入念に調べられ、超音波を使って皮下の針や有毒ガスのカプセル、ことによると時限放出型の生物兵器を隠していないか検査される。

見つかるようなものはないから、なにも見つからない。

「精神分析器がおまえに害を与えることはない」アミューがいう。「ちょっと頭を受信範囲に突っこむだけでいい」

「どんなふうに働くんだい？」ダイバシアは尋ね、疑い深げに顔をしかめる。「こいつが囚人を調教するための機械じゃないと、どうしておれにわかる？　結局ＰＥＡＣＥの改宗者みたいになるのはごめんだよ」

「説明してやれ、セオウェイン」アミューは彼女に笑いかける。まるでどうすればいらいらさせられるか知っているようだ。

セオウェインは口から息を吐き出す。「人は誰でも、けっして変えることができない定位のような、基本的精神パターンを持ってる。でもある種の訓練――いわゆる洗脳――を行うと、その上に別の反応一式を重ねることができる。もしあんたが洗脳されたり、アミューに、あるいはバスティーユになにかするよう特別に訓練されたりしてたら、それはここに表れるだろう」彼女は装置を調節する。

ダイバシアは目を白黒させ、その様子にアミューが笑みを浮かべる。自分がリーダーの懐《ふところ》にもぐりこみかけているのが、ダイバシアにはわかっている。「さっさと片づけよう」

少年は無言で精神分析器の受信範囲に身を乗り出す。セオウェインはもうなにもいわずに装置をいじり、測定値を読み取る。彼女は少年に、頭を空《から》っぽにする技を打ち破るために考案された一連の質問をする。

ダイバシアはそのすべてにおとなしく答える。

ついにセオウェインが肩をすくめる。「問題なし。誰もこの子の心をいじってない。この子は特別な訓練も受けてない。洗脳もされてない」

「最初からおれの話を聞いてくれてたら、あんたの手間を省いてやれたのにな」アミューが少年の肩をポンと叩く。「セオウェインが適当な謝り方を思いついたら教えよう」

ＰＥＡＣＥの船の生き残りがセオウェインとアミューに連れられてやってくる様子は、紛れもなく観光客とツアーガイドのような印象だ。いや、それは必ずしも正確ではない……訪れた要人が興味のあるところを案内されているような感じ、といったほうが近いだろう。わたしは力場壁の内側で三人を見守る。たしかに、廊下のあちこちに設置された監視カメラから自動掘削機の遠隔センサーにいたるまで、わたしにはバスティーユじゅうに百万個の異なる目があり、それらの光学機器を通して観察する。だが、わたしのほんとうの目はここにある。

わざとだと思うが、アミューは少年を連れて廊下をやってくるとき、わたしを無視する。彼は補助制御システムを指さしながら、さも簡単なことのように、実際よりも単純に聞こえる説明をする。三人は当てつけるように背を向けたまま、展望窓のほうへ歩いていき、その窓の外では掘削機が容赦なく掘削を続けている。黒い油を流したような空が、悪意に満ちた海の上で渦巻いている。

「誰かがバスティーユの太陽の下で日光浴ができるようになるまでには、何世代もかかるだろう。だが少なくとも、いまここはわれわれのものだ」アミューがそういい、声を低くする。

「そしてわれわれは、この世界が居住可能になっても返すつもりはない」

「そんなに待つ価値があるのかい？」少年が分厚いガラスに顔を近づけて尋ねる。わたしは外の掘削機の一台にすばやく意識を集中し、別の目一式を通して見るが、解像度の低さとガラスのせいで窓越しに見える少年の顔はゆがんでいる。

アミューは肩をすくめ、銀色のあごひげを片手でさする。「セオウェインはここで何時間も窓の外を見つめている。実際には、所長をいたぶりたいだけだと思うがね」

ついに彼らがわたしのほうを向く。セオウェインの短く刈った赤みを帯びた髪や細くて冷たい目は、わたしにはいやというほどなじみのあるものだ。アミューはその内にはるかに多くの能力を秘めている――カリスマ性と知性、思いやりを備え、事実上望むことはなんでもできる非凡な人物だ。しかし彼は、社会には受け入れられない道を選んでいた。

最後に広大な景色に背を向けたのは少年だ。彼はまっすぐわたしを見つめる。わたしは彼を見る。

見覚えのある顔だ。

少年はわたしが気づくのを期待していた。

瞬時にわたしは、埋もれていたわずかな新聞の切り抜きに目を通す。スナップ写真は匿名性を確保するために加工されているが、それで充分だ。それはわたしの疑念を強める。自分自身のベースになっている人物の詳細はほとんど思い出せないが、なかには消去できないこともある。

わたしは覚えている。

この子はなにを企んでいるのだろう。なぜ彼はここにいて、それについてわたしはどうすればいいのだろう？

三人の訪問者は、わたしに話しかけることなくツアーを続ける。そしてわたしは、絶対的な確信とともに残される。バスティーユの命運は、そしてひょっとすると大統領の連邦の命運は、わたしがあの少年に気づき、彼の望みを理解して、それに従って行動するかどうかにかかっているのだと。

もはやわが身に危険が及ぶのを避けてはいられない。息子を救わなければ。

アミューはまた、ダイバシアの向かいに座って食事をする。少年は彼を魅了する。ダイバシアは彼に子どもの頃の自分を、あるいはそうなりたかった——けんかっ早く、不遜で、知的な——自分を思い出させる。

アミューは自ら、ふたり分の皿を並べる。厨房《ちゅうぼう》の囚人たちは培養藻類とタンパク質合成装置を使って、硬いパンケーキのようなものを用意している。いまはステーキもどきを開発しようとしているが、完成するにはまだ数年はかかるだろう。問題ない。アミューはそれに慣れているし、なんといっても栄養価は高いのだ。物資の供給が限られているなかで、これ以上なにを望めるだろう？

「こいつは硬いんだ。切るのにナイフがいるかもしれんな」アミューはいう。手にした粗末なナイフにダイバシアが顔をしかめるが、アミューは続ける。「水耕栽培のトンネルから取ってきたものをつぶしてどろどろにしたほうが簡単なんだが、われわれは歯ごたえのあるものにしようと努力している。ナイフで切れるくらい硬いものを食べられるようになってから、まだほんの一、二カ月だ」

ダイバシアは自分の皿の食べ物に取りかかる。「おれはナイフを見てたんだよ」なまくらな道具は、かろうじて役に立つ程度のものだ。

アミューは笑みを浮かべる。それは改宗者を自らの大義に従わせるときに使う、魅力的な微笑《ほほえ》みだ。「刑務所暮らしの名残さ」

「ずっと前の話だろう」

ダイバシアが片方の眉を上げる。

「ああ、それにいまは状況が変わった」

「ここにいるのはわれわれだけで、囚人以外の誰かのことを心配する必要はない。ナイフはもはやなんの脅威でもない。それに所長は上手く封じこめられている。だがわれわれは自分たちが何者で、どこにいるのかを覚えておきたい。われわれはこういうナイフをつくるし、それは役に立っている」アミューは声を潜める。「肉がもう少し肉らしくなれば、もっといいのが必要になるだろうな」

アミューはテーブルの向こうのダイバシアに目をやる。少年はバスティーユのすべてに魅了されているようだ。アミューは彼が当然の質問をするのを待つ。しかしいつまでたってもその質問は出てこない。ついにアミューはしびれを切らし、自分から答を口にする。「わたしはニューカンザスで育ち、両親と、彼らが属していた宗派を捨てて――」ＰＥＡＣＥの改宗者たちのことを考えると、彼のはらわたは煮えくりかえるようだ。

ダイバシアが笑みを浮かべる。アミューは照明を落とし、部屋を柔らかい光で包む。お話の時間だ。

「ニューカンザスは若い惑星で、その土壌は少々不安定だった。わたしたちは全大陸のいたるところに種をまいて、草地にした。小麦、アルファルファ、プレーリーグラス。一部は輸入された家畜の放牧地として使用された。しかしわたしたちが育てたものの四分の三は、地主が惑星外へ輸出した。彼らは最初の入植船に資金を提供したひと握りの人々で、ニューカンザスはすべて自分たちのものだと主張した。わたしたちは借地から離れることを禁じられた。

しかしわたしは、自分を信奉するものたちを熱狂的信仰心に駆り立てる術《すべ》を身につけていた。われわれは自由のために戦った。入植者たちは新しい人生をはじめるためにニューカンザスにやってきたのだ。彼らは連邦に対して、少なくとも自治の機会を与えられるだけの貸しがあると感じていた。そしてわたしは、彼らを奮い立たせる方法を心得ていた。

彼らは自分たちの畑を焼いた。火は空に煙を立ちのぼらせながら何十キロにもわたって平原に広がり、それは地主の所有地から所有地へと飛び火した。ほかのものたちが立ち上がった」

アミューは少年にはほとんど注意を払わず、驚きを込めて語る。「信奉者たちはわたしのために死ぬ覚悟だった。想像できるか？　そこまで完全に人々を掌握することを――」アミューはテーブル越しに拳を差し出し、厳しい暮らしでできたたこをダイバシアに見せるためにその手を開く――「彼らはわたしのために死ぬ覚悟だった。そしてわれわれはほとんど成功していたのだ」

アミューは目を伏せ、自分の皿を押しやる。「あと少しで」

「もうお腹いっぱいだ」ダイバシアがいう。少年は自分の皿のステーキもどきをほぼ平らげているが、アミューのほうはじっと壁を見つめ、地主たちが連邦の援軍を呼んだあとの草が燃える光景や信奉者たちの死体を、記憶のなかに見ている。

ダイバシアが席を立ってそっとドアに向かっていることに、アミューは気づかない。「おれはもう寝るよ」少年がいう。「また明日の朝」

アミューはうなずき、瞬《まばた》きする。しかしその目には涙がいっぱい溜《た》まり、煙を浴びたようにひりひりしている。

セオウェインはひとりでコントロールセンターに入る。まるで忍び寄るように正確な足取りで。彼女はなにが起こっているのか知りたい。所長のしっぽをつかむつもりだ。情報を集め、それをアミューのところに持っていこうと思っている。

立体映像の所長が、ガラス張りの檻《おり》のなかから彼女を見る。相変わらず、疑念と恐れに軽蔑が重なった表情を浮かべている。セオウェインは無言のまま、さりげなく展望窓に向かって歩いていく。彼女は荒涼とした大地をじっと見つめる。掘削機が地形の改良を続けているが、実際になにかが改善されているようにはまったく見えない。

セオウェインはさらにしばらく見つめてから、振り向いて所長と目を合わせる。「所長、あんたは人間らしい感情を持ち、人間らしい反応をすることをとても自慢にしてるけど、浅はかだね。あんたは他人から物事を隠す方法を知らない。あたしにはあんたの反応が、まるでスクリーンに表示されてるみたいに読み取れる」

所長は瞬きして彼女を見る。「わけがわからないな」

「昨日、あたしは見逃さなかった」

所長が力場壁の端近くまで両手を前にのばし、その像がぼやける。「どういう意味だ?」

「あの少年」セオウェインはいう。「あんたは彼に見覚えがあった。見え見えだったよ。あんたはあの子が何者か知ってる。あんたはあの子がここにいる理由を知ってる――彼があたしたちに話した理由はでたらめだ。さあ、あたしに説明してもらおうか」

所長は一瞬ためらってから、顔をこわばらせて無表情を装う。「いったいなんの話かわからないな」

セオウェインは両の眉を上げる。そして手をのばし、コントロールパネルをそっとなでる。「あたしはワームを放ってあんたを削除することができる」これまでさんざん同じ手で脅されてきた所長には、怯《おび》えている様子はない。

「そんなことをしたら、なんだか知らないがわたしが持っているとおまえが想像している情報は、失われてしまうだろうな」

「ひょっとしたら、あんたに痛みを感じさせる方法を見つけられるかもしれない」

所長は肩をすくめる。「わたしはもうなにも怖くない」

これまでさんざん所長をいたぶってきたセオウェインは、彼のことがよくわかるようになったのと同じくらい、彼女自身のことを相手に教えていた。所長は彼女を怒らせる方法を、正確に知っている。

「アミューに報告する」落ち着きを取り戻そうとしながら、セオウェインはいう。「そうすれば、なんだか知らないけどあんたが企んでる計画を抑えこめるだろう」

体をまっすぐ起こして窓から離れたセオウェインは、所長が頭の向きを変えてちらっと窓の外に目をやるのに気づく。なにかを感じ、すぐそこでくぐもった音がするのを耳にして、くるりと振り向くと――。

巨大な自動掘削機が、ショベルを持ち上げてガラスに突っこむ。すくったり掘ったりする大きな装置を激しく回転させて、掘削機は構造材を引き裂き壁に穴を開け、栗石《くりいし》や断熱材をかき出す。

セオウェインが後ろによろけて悲鳴を上げようと息を吸いこんだとき、バスティーユの酸をたっぷり含んだ命取りの大気がどっと流れこむ。

「今日は静かだな」少年を下層階のひとつに案内しながら、アミューがいう。トンネルには油と土と澱《よど》んだ空気のにおいがこもっている。

「内省的といってほしいな」ダイバシアは訂正する。この言葉のほうがアミューの警戒心をやわらげてくれるだろう。自分の沈黙や落ち着かない気持ちがそれほど目立つとは思っていなかったが、そういえばアミューは人間観察の達人だった。

「なるほど、内省的か」アミューの唇が面白そうにゆがむ。

「ここ数日で、いろんなことを経験してきたからね」

アミューは少年の説明を受け入れ、引き続き先に立って下の階におりていく。やがて廊下の幅が広がって、岩から切り出されたゆったりした空間に出る。アミューは何時間もかけて、海水からアルカロイド系の毒素を取り除く蒸留池を少年に案内する。誇らしげな父親のように、ぎらぎら光る人工の日光の下で育っている植物の列を見せる。その光は、岩盤のなかを通って表面の集光器までのびる光ファイバーアレイを通して取りこまれ、増幅されている。ほかの囚人たちがそれぞれの仕事に取り組んでいて、アミューに見られていると、その動きはいっそうきびきびしたものになるようだ。どうして彼らにはこの状況が、違った種類の主人の下で働くのとそんなに違うように思えるのだろう、とダイバシアは不思議に思う。

アミューは己の壮大な構想について、彼らがいかにしてこのコロニーを自給自足可能にしてきたかについて、話しつづける。最初は連邦からの補給船なしでは困難だったが、彼らはそうした障害を克服してきて、いまでは以前あったものはなんでも持っている――監獄以外は。

　それからアミューは夢みるような口調でテラフォーミング活動について説明し、ウーバーミンディストの惑星外への供給に使われていた掘削機を、いかに彼ら自身が生きのびるのに役立つ物資の採掘にあてるよう切り替えてきたかを語った。浮き収穫機は、バスティーユの環境に合わせてつくられてきた藻類や地球のプランクトンの栽培範囲を広げているところだ。彼らは惑星の大気を再形成し、いつか人間が外を安心して歩けるようにしようとしている。アミューの長期的な目標やおめでたい自慢話にダイバシアはうんざりするが、その感情は隠しておく。そのときがくれば、少年にはわかるだろう。

　アミューがなにか冗談めかしたことをいう。ダイバシアはちゃんと聞いていないが、無意識に鼻を鳴らして応じる。アミューが満足げにうなずく。

　クラクションのような警報がトンネルに鳴り響いたとき、たとえ予想していたこととはいえ、ダイバシアはそのやかましい音にぎょっとする。

　わたしの生命維持装置のオーバーライド機能が働き、バスティーユの大気をそれ以上施設内に侵入させないため、廊下の反対端のエアロックを閉めるよう迫る。わたしはその衝動に逆らわない。そうすれば、セオウェインはなかに閉じこめられることになる。

　彼女は床に這《は》いつくばって前進しようとする。床はつるつるして滑りやすく、体を移動させられるほど踏ん張りが利かない。セオウェインの目は恐怖に見開かれている。唇が茶色くなり、さらに喘《あえ》いでいるうちに紫がかってきて、硫酸が彼女の肺を蝕《むしば》んでいく。これまでずっと彼女に見られてきたわたしは、その様子から目をそらすまいとする。

掘削機は道からそれたのを感知して、ひっかいたりかきまわしたりするのをやめ、スキャナーを使って自分が向かう方向を再設定する。大きな車両はガチャガチャ音を立て、土のかたまりや砕けた岩を落としながら後退して外へ出ていく。

セオウェインがかすれ声でいう。「開けて——ドアを開けて！」

「悪いな、セオウェイン。それはコロニーを危険にさらすことになる」

以前のわたしはワームが怖くて、セオウェインやほかの囚人たちに盾突くことはなにもできなくなっていた。しかしワームは致命的だが直感的ではなく、わたしの行動がもたらす結果を推測することはできない。わたしは息子のためなら危険を冒す。表立ってはなにもしなくても、大きな損害を与えることは可能だ。

わたしは掘削機の日報のアーカイブから取ってきた、古いセンサーループを利用していた。このセンサーループをオーバーライド信号とともに近くの掘削機に送信し、その機械に別の景色を見ていると思わせて、展望窓にまっすぐ突っこむよう誘導したのだ。

部屋がバスティーユの空気で満たされ、静電気放電が見えはじめる。腐食性の大気がマイクロチップを、コンピュータの頭脳を形づくっている層を、わたしの人工人格を——そしてワームを侵蝕《しんしょく》していく。

しかし補助コンピュータのコアは下層階のさらに下、大気が侵入できない深いところにある。バスティーユの酸性の大気は、ワームが書き加えられたここのメインシステムを破壊するだろうが、補助コンピュータにバックアップされている第二のわたし自身が、瞬時に作動することになる。わたしはほんの一瞬意識を失うだけで、再構築されるはずだ。唯一の疑問は、そのもうひとりの「わたし」は結局のところわたしなのか、それともそう思っている人工人格にすぎないのかということだ。

セオウェインは死んでいるが、目の前の床で手足を投げ出して痙攣《けいれん》している。染みが彼女の皮膚をおおう。画像がどんどんゆがみ、ぼやけて、ばらばらになり、もうなにを見るのも難しい。痛みはなく、押しのけられる感覚があるだけだ。

最後の瞬間には力場壁さえ消えたようだ。わたしはワームに打ち勝っていた。

警報が鳴り響くなか、ダイバシアはアミューを観察している。リーダーは身をこわばらせてあたりを見まわす。ほかの囚人たちが持ち場に走る。アミューは手を叩き、大声で彼らに指示を出す。その顔は不安そうだ。なにが起こっているのか理解していない。

ダイバシアは彼に理解する時間を与えない。

アミューが少年のほうに屈みこむ。「おまえを安全な場所へ連れていかなくては。なにが起こっているのかわから――」

その瞬間、ダイバシアはアミューのテーブルから拝借してきた囚人ナイフを持ち出し、やせて引き締まった全身の力をそれに預ける。彼は鈍い切っ先をアミューのあごの下に突き刺し、横に傾けて喉を切り裂く。チャンスは一度きりだ。特別な訓練は受けていない。親から受け継いだものがあるだけだ。

血が飛び散る。アミューがうめき、がくりと膝をついて後ろに倒れる。銀色のあごひげに緋色《ひいろ》が飛び散り、毛細血管が裂けて白目が赤くなる。彼が片方の手をのばすが、ダイバシアは血が滴るナイフを手にしたまま飛びすさる。

アミューは心底ショックを受けた表情で、そこに痛みと戸惑いが影を落としている。しゃべろうとするが、ゴボゴボという音しか出てこない。

ダイバシアはひざまずき、強い口調でささやく。「どうやった？　そういおうとしてるのか？　どうやった？　おまえの精神分析器が洗脳の痕跡を検知しなかったから驚いてるのか？　おまえはおれが洗脳されていない可能性を、おまえが憎くてしかたないからこうすることを望んだ可能性を、考えに入れるのを忘れていたな。おれは自由に行動できる。特別な訓練は受けてない」

アミューの目の奥の光が暗くなっていくが、戸惑いも大きいようだ。ダイバシアは続ける。

「おれの父親は偉大な男、重要人物だった——艦隊の司令官だ。彼がウーバーミンディスト依存症になったことは、大きな秘密だった。だからといっておれが彼を愛してはいけないことになるか？　彼を助けようとしてはいけないことになるか？　おまえはウーバーミンディスト依存症患者がドラッグの供給を断たれたらどうなるか、知ってるか？」

ダイバシアは自分の言葉がはっきり届くように、瀕死《ひんし》の男のそばまでにじり寄る。「禁断症状はおれの父親の神経を焼いた。彼はすべての筋肉のコントロールを失った。八日間、ひっきりなしに発作を起こした――精神が燃え尽きるのにもそれだけかかった。出血のせいで目が見えなくなった。自分が起こした痙攣で体じゅうの骨がボキボキ折れた。おまえのせいだ、アミュー。おまえが彼にそんな仕打ちをした。そしていまおれが、おまえにこうした。これはおれの選択。おれの復讐だ」

しかしアミューは既に死んでいる。最後に相手がどれだけ理解していたのか、ダイバシアにはわからない。聞こえるのは自分の息の音だけで、単調な喘ぎ声が耳を満たす。ほかの囚人たちが何人か叫び声をあげて走ってくるなか、少年は身じろぎもせずに立っている。

オフィスの天井に投影するのに、大統領は頭上に太陽が白く光り輝く蜂蜜色の空を選んでいる。心癒やされる景色だ。彼女は久しぶりに微笑みたい気分になっている。

一等書記官が戸口に立ち、彼女の物思いをさえぎる。「お呼びですか、マダム?」

大統領は彼のほうを向く。一瞬相手が、なにかまずいところを見られたと思っているような怯えた表情を浮かべる。一等書記官を安心させてやるために、彼女はうなずく。「たったいまバスティーユの所長から連絡がきた。軌道上にこちらのガンシップを二機配備、全囚人を制圧済み。アミューとセオウェインはともに死亡」

一等書記官は驚いて一歩後ずさる。腰を下ろせる場所を探すが、大統領のオフィスにはほかに椅子はない。「しかしどうやって?」彼は大声を上げる。「どうやったんです!」

「バスティーユに工作員を送りこんだの。ひとりの……若者をね」

「工作員ですって？　しかしアミューは、訓練によるどのような変化も検知する装置を持っていたはずでは」

大統領は唇をぎゅっと引き結ぶ。「その若者の父親は、監獄が占拠されたあとウーバーミンディストの禁断症状で命を落としたの。彼にはアミューを殺すだけの充分な動機がある、とわたしは信じた。彼は自由に行動することができた」

一等書記官は早口でまくし立てながら、腰を下ろす場所を探しつづける。「しかしどうしてわかったのですか？　あなたはなにをなさったんです？」

「その若者は所長を奮起させ、より思い切った行動を取らせるための触媒の働きをした。ほかになにもかかっていなければ、自分だけではやりそうもないような行動を取らせるためのね。ほら、所長の人工人格をつくったのはわたしたちでしょう。わたしにはある種の圧力に対して彼がどう反応するか、正確にわかっていた」大統領は一等書記官を追い払いたくて、手をひらひらさせる。ふたたび亜空間通信を使えるように。「ちょっとあなたが知りたいだろうと思ったものだから。もうさがっていいわ」

一等書記官は言葉を見つけられず、よろよろと後ずさる。それから立ち止まって大統領を振り返るが、彼女にドアを閉められてしまう。亜空間通信のチャイムが鳴り、映像が届いたことを告げる。大統領はしばらく感じていなかった誇らしさと満足感にため息をつく。こちらから連絡を取る間もなく、彼が呼びかけてきたのだ。

所長の映像がつらい記憶のように目の前に現れる。それはハイパースペース・ノードを駆け抜け、その力で連邦を束ねていた、颯爽《さっそう》として勇敢な司令官だった頃の、彼女が覚えているままの配偶者の姿だ。

むろん所長はシミュレーションにすぎず、触れることができない遠い存在だ。しかしもともとのふたりの恋愛関係も、それとたいして変わらないものだった。大統領が故郷で政府の手綱を取っているあいだ、配偶者のほうは一年の四分の三は銀河じゅうを飛びまわっていたのだ。とにかく彼女が夫を抱きしめることはめったになかったが、ふたりは私的な亜空間リンクでよく語り合ったものだった。

ふたりは同時に相手に挨拶し、それから未亡人になった大統領が、彼に伝えておきたかったことをなにもかも一から話しはじめ、禁断症状による譫妄《せんもう》状態でのたうちまわる夫にした話をすべて繰り返す。あのとき彼女はスキャンダルを避けるため、夫が命取りになる「事故」にあったという話をでっち上げていた。

しかしまず彼女がいわなければならないのは、自分たちの息子をどれだけ誇りに思っているかということだ。

（佐田千織訳）

不死身の戦艦

G・R・R・マーティン&ジョージ・ガスリッジ

ジョージ・R・R・マーティン（George R. R. Martin）は一九四八年生まれ。テレビドラマ化もされて人気を博す代表作《氷と炎の歌》シリーズ（ハヤカワ文庫FT）のほか、『フィーヴァードリーム』（創元推理文庫）など多数の邦訳がある。

ジョージ・ガスリッジ（George Guthridge）は一九四八年生まれ。これまでに七十編以上の短編と五編の長編を発表しており、一九九七年には他作家との共著でブラム・ストーカー賞を受賞している。

（編集部）

彼女は不死身だ。地球の支配に対するサリッサの挑戦への答として、彼女には十四門のレーザー砲と二連装ソーラー銃が装備され、船腹には通常ミサイルが詰めこまれている。自己修復機能があり、知性に近いものを持つところまでコンピュータ化されていて、たとえ機器に不具合があるとわかってもバックアップシステムが備わっている——万が一、五十一名の乗組員の誰かが職務を怠っているとわかれば、それを管理する能力もある。彼女の動力源は二基のセヴァース・スタードライヴ・エンジンだ。

彼女はアレクト。

優雅に華々しくデュラロイ製の船体に星の光をいっぱいに浴びながら、アレクトは光速の五倍の速さで故郷への帰路についた。それがいまは停止していた。彼女の後方では、いったんはドップラー効果によって赤くなったサリッサの太陽が、ふたたび金色に輝いている。

彼は最後の乗組員で、その体力は衰えつつあった。第一当直員ルイス・アクラーは、その事実に慰めを見出《みいだ》した。かつてドガやルノワールの絵画に感じたのとよく似たなにか、感じたが説明のつかなかった感情を。彼は司令官の席に座っており、視界はぼやけている。いま微笑《ほほえ》みが唇にしわを寄せ、左の口角がわずかに上がった。ルイスは前に後ろに、ゆっくりと前に後ろに、椅子を回転させつづけた。笑みが広がった。ルイスの両脚は投げ出され、汗に濡れた化学繊維のズボンが張りついていた。熱のせいで顔がずきずきしていたから、四十度近くあるのはたしかだ。まっすぐな黒い髪はぼさぼさで、ふとルイスは髭《ひげ》を剃《そ》ってシャワーを浴び、少し眠らなくてはと思った。そしてそのことにも皮肉を感じた。

計器盤の低いうなりと、ときおりスイッチが入るカチッという音をのぞけば、ブリッジはがらんとしていた。

三方で人間味のない機器が色とりどりのライトを無音で点滅させ、そのパターンは絶えず変わりつづけていた。頭上のビュースクリーンには無数の星々が輝いている。冷たさと孤独の広がりだ。スクリーンの右下隅の明るい黄色の星が、太陽《ソル》だということは知っていた。どういうわけか、もう彼にはどうでもよかった。

そうか、こういう形で終わるのか。ベルフォード、ペトロヴォヴィッチ、ドリア艦長、ジュダンヤ・カー大尉、彼の友人や乗組員仲間は全員――病死していた。かつて宇宙船に搭載された最も高性能な兵器のいくつかを発射する能力があったにもかかわらず、サリッサの使者が生物兵器を持ちこんだことに乗組員たちが気づいたときには、もはや手遅れだった。いま残っているのはアク・クラフ、事務ホログラファーだけだ。

ふたたびルイスはスクリーンに意識を向けた。銀河は針で突いたような光の点できらきら輝いていた。星々、鮭獲り網の結び目、クラスメートたちの顔。故郷のアリューシャン共和国で国際召集兵に志願して以来、彼は頭のなかでそんなふうになぞらえることにこだわってきた。しかし彼がそれらのイメージに感じた孤独は、入隊する何年か前からはじまっていた。あれは孤独だったのだと——放浪癖ではなく——いまの彼にはわかっていた。ルイスが学期の途中でクラスメートたちから離れ、ユラック号の油で黒ずんだ甲板に身を置いてコールド・ベイから出港したのは、そのせいだったのだ。彼の足元には網がきちんと幾重にも重なり、海が船体を叩き、頭上ではカモメがやかましく鳴きながら、コックが残飯を捨てたら舞い降りようと、翼を持ち上げて待ちかまえていた。ルイスは船が、凍《い》てつく寒さが、晴れることのない霧が好きだった。漁のための航海は彼の孤独を消すことも深めることもなかったが、少なくともそれを感じる理由を与えてくれた。

ルイスは椅子の横にあるコンソールのボタンを押した。中央制御盤にいちばん近いドアがブーンとうなって開いた。彼は肘置きを両手でつかんで体を支えながら立ち上がると、よろよろと部屋を横切り、ドアのところで立ち止まった——両手を脇柱について。それから狂おしい目つきで笑みを浮かべながら、おぼつかない足取りで薄暗い廊下を進んでいった。

「ジュダンヤ」と彼はいった。

壁のボタンを押すと、第二のドアが開いた。狭い医務室のなかにはシートで覆われた遺体が二十体あり、そのほとんどは床に敷かれたマットレスの上に横たわっていた。カー大尉は奥の壁の近くで酸素テントにすっぽり包まれ、腕の下にシーツをきっちりたくしこまれていた。死者たちのなかで顔を覆われていないのは彼女だけだった。

ルイスが酸素テントの側面をめくると、かさかさと音がした。彼はどうしてもジュダンヤのまぶたを閉じることができずにいた。ルイスは手の甲で彼女のひどく冷たい頬に触れた。彼女はうつろな目でルイスのほうを見つめ、その瞳に彼の姿が黒く映った。ルイスは手の甲で彼女のひどく冷たい頬に触れた。ジュダンヤの唇は薄く、鋭くとがった鼻が顔を細く見せていた。モヒカン刈り風に黒い髪をたてがみのように残してあるほかは、頭はきれいに剃られている。その頭を見ると、ルイスは少しどきっとした。どういうわけか死がその髪型をしのぎ、ジュダンヤの髪は二年前に初めて乗艦してきたときと同じくらいまで、またのびるだろうと思っていたのだ。

ルイスは指でその髪をとかした。「ジュダンヤ」彼はささやいた。照明が彼女の額を照らしている。ルイスはシーツを彼女の胸の下まで、それから腹を越え、足元まで引き下ろした。そしてこれまでもたびたびそうしてきたように――彼女のことがほしくても、そうでなくても――ジュダンヤを見た。彼女はときどきルイスと寝ていたが、けっして愛してはいなかった。将校と志願兵の長期にわたる同棲《どうせい》は奨励されていなかったし、彼女はルイスが性行為と結びつけた感情を陳腐とみなし、そのせいで自らのキャリアを危うくしようとはしなかった。いつかジュダンヤは、必要なのはオーガズムなのだといっていた。たんにリラックスするために。あたかも偶像を前にしたかのようにひざまずくと、ルイスはシーツを彼女の足元にきちんと幾重にも折りたたんだ。ジュダンヤの陰部の三角地帯が彼を見ていた。ルイスは前に身を屈《かが》め、彼女の脚の裏側に指先を食いこませながら膝頭に唇を押しあてた。「ジュダンヤ」涙があふれた。故郷では人々が死に、笑い、愛しあっていることを、ルイスは知っていた。そのすべてが恐怖だった。ダッチ・ハーバーの満員の教室で感じていた恐怖と孤独だ。彼がどんな喜びや悲しみを経験しようと、理解の及ばない感情や出来事——知ることも触れることも、ほんとうに想像することさえできない人々——が存在するのはわかっていた。彼が生きていようといまいと、人生は続いていくだろう。

もちろん船がサリッサの手に落ちないかぎりは。それとも、ある地球の船の乗組員が病気にかかり、それを故郷に持ち帰らないかぎりは。そうなればすべての地球人が、憎むためだけであってもルイスを知ることになるだろう。全員が死ぬのだ。ある意味で——おそらく熱病のせいだろう、と彼は自分に言い聞かせた——その考えは、ルイスにとって魅力的だった。彼は孤独に連れられてここまでやってきた。ここで死ぬことで、その孤独は終わるだろう。

ルイスが爆弾をセットするのは、ジュダンヤのため——彼自身のためでも人類のためでもなく——だった。仕事人間で冷静だったジュダンヤのためだ。

ジュダンヤは彼にとって船だった。

ルイスは彼女をあとに残して、プラスチック爆弾と輪になったひと抱えのヒューズ線を兵器庫に取りにいき、それからコントロールルームに戻った。ひどく疲れきっているのと熱のせいでほとんど息ができず、彼は司令官席にどさりと座り、頭を抱えた。ようやくまっすぐ座りなおしながら、ルイスはため息をついて、コンソールからヴォコーダーを取り上げた。

今日早くに彼が形式的なことをしゃべった以外は、航海日誌は何週間も記録されていなかった。

「引き続き、第一当直員ルイス・アクラーの記録。現在……」彼はちらっと腕時計に目をやる。「十六時三十一分。乗組員仲間に別れを告げるため、医務室にいってきたところだ」ルイスは言葉を切り、しばらく前方のなにもない壁を見つめてただ座っていた。それからついに白昼夢から覚めると、またしゃべりはじめた。

「コンピュータはこの病気を、ある種のウイルスによるものと分析した。サリッサがどうやって船にウイルスを持ちこんだのかは謎のままだ。われわれはこのような危険に対して、標準的な消毒と隔離手順を含め、あらゆる通常の予防策を取っていた。

この疫病はきわめて長い潜伏期間を持っていた。最初の発生は五週間前、地球への帰途について二カ月近くたってからのことだ。しかしいったん襲ってくると急速に広がり、最初の症状――発熱と目のあたりがひりひりする感覚――が出てから四十八時間以内に、患者は死亡した。最初に死亡したのはドリア艦長を含む、レセプションの代表団だった。

医療スキャナーは病気の原因を特定することも、効果的な治療法や予防策を考案することもできなかった。船医はふたりとも早い時期に死亡した。病気と闘うための努力は徐々に行われなくなった」

ルイスは突然しゃべるのをやめて、左目をこすった。痛みがますますひどくなっていた。彼の左手が制御盤にのび、柔らかな青い照明が弱まってあたりは暗闇になった。

「いまいましい疫病は――どうやら――無敵らしい。乗員の半分が死んだあと、カー艦長代理は残ったものを救うために徹底した措置を講じた。彼女はスタードライヴ・エンジンを切り逆噴射を行って速度を落とし、船を停止させた。それから遺体を投棄した。われわれは真空が病気を殺してくれることを期待して、残った乗員を部屋から部屋へと移動させ、外側のハッチと内部のドアを開いた。ついにカー大尉は、症状が出たものたちの一部を放出さえした。そして――反乱が起きた。われわれは抵抗するものたちを殺した。しかしむだだった。なんの意味もなかった。あの血はすべて。むだだった」

記憶がどっとよみがえり、ルイスは暗闇のなかで顔をしかめた。「人々はただ死につづけた。おそらく伝染病は潜伏期間のうちに、すでに全員に広がっていたのだろう。帰りの航海中、ほぼ全員が少なくとも間接的に、ほかの全員と接触していた。あるいはわれわれがバックアップシステムに切り替えたあとでさえ、エアダクトを通じて広がったのかもしれない。わたしにはわからない。とにかくわからないのだ。この船の医療設備はすべて――まだ効果をあげていない」

長い沈黙があった。ルイスは点滅する光を見守り、機器の低いうなりに耳を澄まして、機械の清らかで濃密なにおいを嗅いだ。彼はヴォコーダーを注意深く肘掛けに置くと、最後に一度、星でいっぱいのスクリーンに目をやった。「本来ならなにか……なにか記憶に残るような最期の言葉で締めくくるべきだろう」ルイスはヴォコーダーを持ち上げず、親指でオンのボタンを押しながらいった。その声はうつろだった。「だがわたしは言葉を使い果たしてしまったらしい」一瞬の後、ルイスは外の星々に目をやり、そこに子どもたちの顔を、鮭の網を、そしてその網のなかに船を見た。その船はもがきもせず、網が裂けたせいで漁師たちが午後いっぱいかかって三キロ弱のキングサーモン一匹しか獲れなかったときのように、エラでぶら下がっていた。「だめだ」彼はいった。「最期の言葉などなにも浮かばない」

ゆっくりと立ち上がり、ルイスは静かに部屋を出た――今回は左手のドアからだ。彼の背後でドアがごくかすかな音を立てて閉まった。

ルイスは様々なくぼみにプラスチック爆弾を仕掛け、ヒューズ線とつなぎながら廊下沿いに移動して、船腹のほうへ向かった。背後で防火扉が閉まった音が聞こえた気がしたが、ただの気のせいだと自分に言い聞かせた。弾頭保管庫にたどり着いた頃には制御盤から発生した蒸気は泡に変わり、ふくれあがった巨大な蛇のように彼の脚のまわりに広がっていた。

保管庫のドアが開いた――開きかけ、すぐにまた閉じた。シューシューいう音が大きくなった。泡はいまルイスの太腿《ふともも》にまで達し、急速に上昇していた。ふたたびドアのボタンを押してみた。相変わらず反応はない。ちょうど最後の乗員が死のうとしているときに船が故障するとは、皮肉なものだ。しかしドアが開かないという事実は、どのみち問題ではなかった。プラスチック爆弾が起こした連鎖反応は、ドアが開いていようといまいと弾頭の爆発を誘発するだろう。ルイスはドアの角にひと握りの爆発物を押しこんで中継器と雷管を両方突き刺すと、泡をかき分けて後ろに下がった。それから動きを止めてジュダンヤの顔を思い出そうとしたが、だめだった。

泡は胸にまで達していた。

ルイスは起爆装置を握った手に力を込めた。

遠くで鈍いブーンという音が艦内にこだまし、ブリッジでは制御盤の色とりどりの光がすべて暗くなった。メインスクリーンに映っていた星々が不意に、ふっと消えた。

ついに彼女は、彼ら——人間、病気にかかった害獣——の最後のひとりを排除した。そして航行不能の廃船になる運命から己を救っていた。防火扉が爆発の衝撃をやわらげてくれたし、自ら起こした洪水のおかげで、大量の爆発物はひとつをのぞいてすべてショートした。いまその知能は、彼女自身のいたるところで活動している——チェック、再チェック。中継器がカチッと鳴る。回路が低くうなる。信号が船体のサブセクション三七cにぎざぎざの穴が開いていることを示す。ただちに彼女は自己修復ユニットを作動させる。液状の密閉材が染み出してかたまり、小さな穴をふさぐ。大きな穴にはデュラロイプレートが手際よく固定される。それから二次モニターシステムが全システムの損傷を調べ、広範囲にわたる報告を中央コンピュータバンクに送る。ふたたび彼女は自己修復ユニットを活発に作動させ、損傷した区域をひとつひとつ修復するか取り換えていく。セヴァース・スタードライヴ・エンジンの損傷は広範囲にわたっており、これも修復される。

今度は現在位置を確認する。アラームが鳴る。彼女はコースをそれて、宇宙空間で停止している。

報告と修復という流れが、彼女のなかで次々に進んでいく。時が経過する。スキャナーと医療プローブが、まだ艦内にある肉体を詳しく調べる。それらはすべて死んでいる。計画は成功した。全乗組員がウイルスにさらされており、彼らは全員消耗品だった。彼らを故郷に連れ帰ることで、感染を広げる危険を冒すわけにはいかなかった。間違いがないように、彼女はカーがエアロックを開くよう命じるたびにウイルスを吸いこんでエアダクトに放出し、艦内を移動させ、機会があれば常に食料と水を汚染した。

彼女が偉大なセヴァース・スタードライヴ・エンジンを起動すると、ゴロゴロと低い音が鳴りだし、やがて耳をつんざく甲高い音になる。地球へのコースを計算し、ナビゲーションシステムに補正を加えると、ブリッジではライトが目まぐるしく躍る。ロケットエンジンが噴射する。

彼女は動きだす――不死身で、病気の心配もなく。彼女に奉仕する短距離専用宇宙船の母にして女主人アレクトは、元の軌道に戻る。

（佐田千織訳）

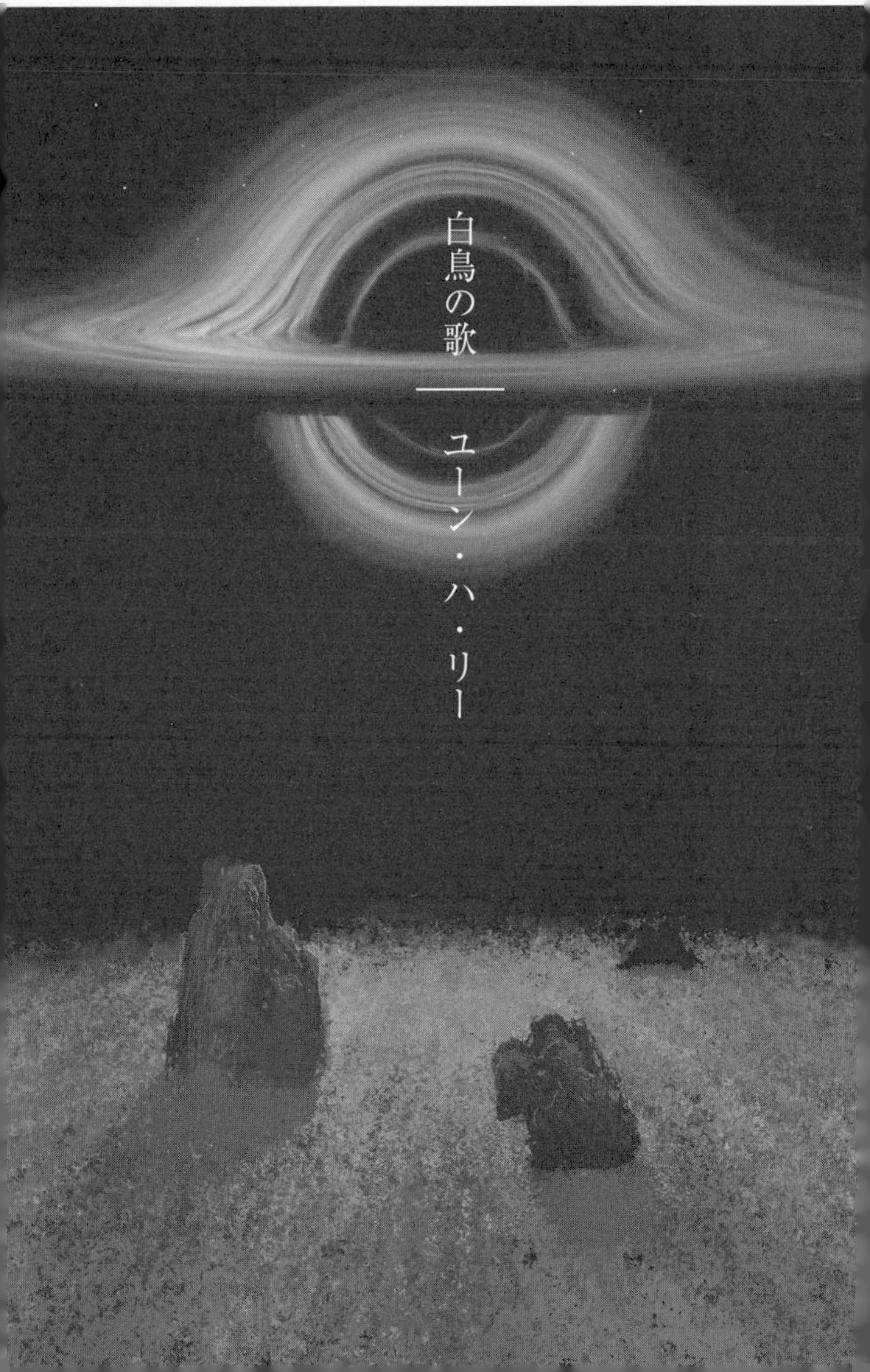
白鳥の歌
ユーン・ハ・リー

ユーン・ハ・リー（Yoon Ha Lee）は一九七九年テキサス州生まれ。一九九九年にデビュー。長編第一作となる『ナインフォックスの覚醒』（創元SF文庫）で二〇一七年ローカス賞第一長編部門を受賞、ヒューゴー賞長編部門にノミネートされた。その続編となる『レイヴンの奸計』と *Revenant Gun*（創元SF文庫より近刊予定）でもヒューゴー賞長編部門にノミネートされている。なお、本短編中の大蛇、不死鳥、虎、亀は中国の四神をヒントにしている。

（編集部）

このステーションに追放された五人は、公式には〝フェルマータ水先人〟だが、〈協奏世界〉では一般に〝スワンウォッチ〟と呼ばれる。

五人のうち四人は古来の伝説に倣い、大蛇、不死鳥、虎、亀と名乗り、最後に加わった最年少の女性は白鳥と名づけられた。といっても、おとぎ話に登場する白鳥のように、何億もの星々にまたがって謳《うた》われる功徳、美徳の逸話はひとつもなく、船が安全に航海できるよう、死んだ星々を編んで兵士の鎧《よろい》とし、激変星を鎮める力もない。それでも彼女は音楽家だったから、白鳥という名がふさわしいと考えられた。

白鳥は、特権階級が所有する豪華船の船長の怒りをかって、このステーションに追放された。まごつきながら船長に話しかけたとき、数ある言語のなかでも不適切な言語を使ってしまったからで、政治的思惑の下、スワンウォッチの一員にさせられたのだ。

その船長が、いまや遠く離れた宙域から費用のかかる手紙をよこし、白鳥はそれを持って大蛇を訪ねた。五人のスワンウォッチのなかで最年長、かついちばんの知恵者は大蛇ではなく亀だが、大蛇にはほかの人にはない眼識があるからだ。

「敵の選び方のセンスがいいね」大蛇は白鳥が、故意に船長にさからったかのような言い方をした。大蛇はひょろっとした長身の男性で、肌は白鳥より白くてなめらか。小さな木彫りを作っているかと思えば、あちこち歩きまわったり、膝をとんとん叩いたり、じっとしていることがない。

白鳥はうつむいた――こんなところはいやだ、ふるさとに帰りたい。でもそんなことを口にすれば、大蛇のことも嫌っているように聞こえるだろう。彼がいてくれるから、まだましなのに。

「この手紙、読めます？」

「もちろん。上下逆さまでなければね」

白鳥もけっして無学ではないものの、〈協奏世界〉には数えきれないほどの言語があった。

「こっち向き？」紙をひっくり返して見せる。

大蛇はうなずいた。

「それで……何と？」

大蛇は爪先《つまさき》で床を叩きながら読んでいった。

「〝スワンシップを称える貴女の名曲を聴きたい〟とある。船長殿が例示なさっている作品を片端から読みあげようか？」その言い方から、船長の知識のひけらかしをどう思っているかは明らかだった。「手紙の残りは作品名だけだよ」

白鳥はひるみ、「いえ、結構です」とだけいった。このステーションは表向き、芸術家の追放所とされている。十年に一度やってくる判事が傑作だと認めるような作品を仕上げたときのみ釈放されるのだが、現実のスワンウォッチにそんな技量の持ち主がいるはずもない。

だから船長は、白鳥をばかにしているだけなのだ。

上流階級の子として、白鳥も高尚な技芸——音楽、書道、フェンシング、詩を学んだ。旋法さえ決めてもらえば、詩の断片にメロディをつけるくらいはできるし、基本の三楽器——チター、フルート、キーボードを弾くこともできる。けれどそれ以上の、いわゆる作曲は試したことすらなかった。芸術家として生きることより、芸術を支援する人生を送りたかったからだ。

「船長はきみに、解決不可能な課題を課したわけだね」大蛇は静かにいった。

大蛇が作曲家かどうかを白鳥は知らないが、それを尋ねるのは失礼だろう。

「読んでいただき、ありがとうございました」

「どういたしまして」

大蛇は、白鳥が決心したことに気づいただろう。白鳥はここを去ってふるさとへ帰ると決めたのだ。課題がどんなにむずかしくても。そのあいだにふるさとがどんなに変わっていようとも。

大蛇はやさしいことに、がんばるだけ無駄だよ、とまではいわなかった。

§

虎は背の高い女性で、まなざしは温かく、ほほえみは恐ろしい。初めて会ったとき、白鳥はいまにも食いつかれそうで身がすくんだが、虎は「どう？　ここに慣れそう？」と訊いただけだった。

白鳥には故郷をしのぶ物がふたつある。持参を許可された実体のある品物で、亡《な》き母の遺品（アワビを象嵌《ぞうがん》した宝石箱）と、親友からもらった純銀製のフルートだ。白鳥を連行した役人は、じっくり選びなさい、スキャン・データならもっとたくさん持っていける、ステーションで複製すればいいんだから、といったけれど、ホームシックになることを考えて、形のある物だけ持ってきた。

白鳥はそれを思い出しながら、「そのうち慣れると思います」と答えた。

「そう、誰でもね」虎は関節をぽきぽき鳴らして体をほぐした。「予定表は見たでしょ？そろそろスワンシップが来るから、何をしたらいいか教えてあげるわ」

マニュアルを見ればわかる、と白鳥は思ったものの、これから長い歳月、この虎やほかの人たちとスワンウォッチとして暮らすのだから、厚意を無下にしてはいけない。

虎と白鳥は、牢獄の長い通路を歩いて観測室へ向かった。

「ステーションのどこにいてもできるんだけどね」と、虎はいった。「コンピュータが漏らさず記録するから、スワンシップの勇敢さを――そんなものがあると信じているなら――称えて祈りを捧げるだけでいい。しばらくここで暮らせば、ここならではの習慣を喜んで受け入れて、自分はたいせつな存在なんだと、気持ちのいい錯覚に浸ることができる。あなたの故郷でも、みんな地元の習慣やしきたりに従っていたんじゃない？」

「このステーションに来る途中、フェルマータをどれくらい見た？」

「はい、そうですね」

「見させてもらえませんでした」新入者はときに脱走を試みるため、白鳥も鎮静剤を打たれたのだ。「ステーションに行けば、いくらでも〝船の墓場〟を見ることができるといわれました」

「まあね」口をゆがめて苦々しげに。

通路には、ドアまたドア、またドア――。ようやく観測室にたどり着いた白鳥は、目を見張った。部屋というより大広間で、鈍光を放つコンピュータと大きなスクリーンがずらりと並んでいる。虎が彼女の肩をつかんで中央まで歩かせ、厳しく、かつしんみりといった。

「船の墓場を見てごらん」

白鳥はスクリーンをゆっくりと見まわした。どのスクリーンにも光の赤方偏移、フェルマータに身を投じて薄暗い影となるスワンシップが映っている。これは〈協奏世界〉における自殺芸術の極みといっていい――。スワンシップはさまざまな宗教で、〝時の終わり〟の沈黙と戦うために艦隊を組むといわれている。また、死刑囚をスワンシップに乗せて罪を償《つぐな》わせる社会もあれば、高潔な将軍をスワンシップに乗せる社会もあった。

「わたしたちは手を貸さなくてもいいんですか？」

「ブラックホールに突入する船に手を貸す？」虎は素っ気なかった。「必要ないわ」

虎が何やらつぶやくと、映像はひとつを残してすべて消え去った。残った映像は、近づいてくるスワンシップと護衛艦三隻で、護衛艦が徐々に離れていくなか、スワンシップは画面上で拍動する点――フェルマータの中心部を目指して進む。

白鳥は死の航路をたどる船に見入って時間を忘れ……虎に肩を叩かれた。

「息をしなさい、雛鳥《ひなどり》さん。あの船はどっちみち帰ってこないから。事象の地平面にじわじわ近づいていく船を見つづけたら、そのうち意識を失うわ」

「あの船には何人、乗っているのでしょう?」

「数を知りたい?」満足そうな顔つきから、データ好きなのがいやでもわかる。虎は白鳥に、スワンシップの基本事項の調べ方を教えた――乗員、造船地、登録地、〝時の終わり〟で戦う武器。

「もっと荘厳な光景だと思っていました」白鳥はスワンシップの画像を見返した。「その……物理学を多少は学んだので」

「荘厳? 疑似カラーで爆発して、BGMがクライマックスになれば満足?」虎の嫌味な言い方に、白鳥は唇を噛《か》んだ。「ここから逃げ出すつもりなんでしょ、新入りの音楽家さん? でも残念ね、釈放されるような名曲を亀につくってもらうのは無理だと思うわ。亀はこのところ、眠ってばかりいるから」

「人に頼むつもりはありません。ただ、スワンシップを称える曲を自分でつくるなら、もっと船のことを知っておかなくちゃ、とは思っています」

「かわいそうに。希望の光はすぐに消えてしまうわよ」

虎は白鳥の口の端にかたちばかりのキスをして、くるっと背を向け、去っていった。

静けさのなか、白鳥は耳の奥で何やら大きな音がして、ぶるっと震えた。

§

十九隻めのスワンシップを観測した後、白鳥はステーションのライブラリで——一隻通過するたびに情報は更新されている——作曲に必要な資料をさがした。音楽理論に関するインタラクティブな論文を六時間、昼食も夕食も食べずに読みつづける。旋法や調性、拍子にリズム、音調、テクスチュア、構成……。しまいには、ひどい頭痛に襲われた。〈協奏世界〉の音楽形式は言語と同じく多種多様で、理解しようとする努力もむなしく、迷路に入り込んだようになる。

白鳥は基本の三楽器に立ち返ることにした。チター、フルート、キーボード。ステーションは彼女の仕様に従って、チターとキーボードを複製した。子どものころに覚えた古典音楽とライブラリにある詩集をもとに、言葉とメロディを重ねる練習をする。これをステーションの石庭でやると、とても心が安らいだ。石庭はまるで別世界のようだから。

大蛇がちょくちょく訪ねてきてくれた。試作の曲を聴いても、励ましや批判の言葉はなく、代わりに自作の小さな木彫りを置いていってくれ、白鳥はそれを部屋に飾った。

「あなたも音楽家?」白鳥はフルートの音階練習をしたところで大蛇に訊いた。

「いいや。鍵盤を少し叩くことができるくらいで」

白鳥は、どうぞ、とキーボードに向かって手をさしだしたが、大蛇はほほえんでかぶりをふり、白鳥も無理強いはしなかった。

五十七隻めのスワンシップが通り過ぎたころ――ステーションの標準時間で数カ月たったころ――白鳥はほかの四人に、キーボードを観測室に持っていってもよいでしょうかと尋ねた。

大蛇はうなずいて、「運ぶのを手伝ってあげよう」といった。白鳥がステーションのロボット従僕を苦手としているのに気づいていたらしい。不死鳥は楽器を移動しても問題ないだろうといい、虎は「雛ちゃんのためなら何だって」と笑った(白鳥はそんな虎が怖くてたまらない)。亀はまったく反応せず、これは同意したとみなしてよい、というのがほかの三人の一致した意見だった。

それ以降、白鳥はフェルマータに向かう船を観測すると、かならず詩を書いてメロディをつけた。詩はわれながらお粗末だと思うこともあったけれど、メロディはそうひどくもないだろう。試しに管弦楽に仕立ててみて、ほんのちょっぴり自信もてた。勇敢に戦った船には力強いファンファーレ、速度より美を追求した船には輝かしい和音、運命にさからってステーションを攻撃してきた少数の船には大きな太鼓の連打。

いつもは音楽に耳をふさぐ虎なのに、きょうは珍しく試作曲を聴いてくれた。

「管弦楽は最大の効果をあげるように編成され、その点では戦闘と変わりないよね? 雛ちゃんの戦いは小競り合いの集合で、基本戦略に欠けている。すべてのスワンシップに対してやるつもり？　だったら完了する前に、寿命がきて死んじゃうわ」

「わたしは将軍ではありませんから。それでも立ち向かわなくてはいけない戦いと、つくらなくてはいけない音楽があります」

「ほんとに融通が利かない人ね。あきれるというか、見上げたものというか……」虎はにこにこしていった。そしてたぶん無意識に、曲のリズムに合わせて爪先をとんとんやっている。

白鳥はキーボードの前にもどると、古代聖歌の休止《カエスーラ》に準じた曲に集中し、虎が立ち去ったのにも気づかなかった。

§

不死鳥は初対面の挨拶をしてからというもの、会合があるとき以外は白鳥を避けていた。大蛇によると、べつに白鳥を嫌っているわけではない、不死鳥は誰に対しても敬意を払わず、自分の世界に閉じこもって彼女の芸術――絵画に没頭しているとのこと。

そんな不死鳥が、ある日、白鳥に連絡をよこした。白鳥のひたむきさに心を動かされたのか？　不死鳥の心の内は誰にも読めない。虎は不死鳥に洟《はな》もひっかけず、白鳥にもそのほうがいいと勧めた。

「彼女は星雲と異星の風景しか描かない。しかも描ききったら、かならず燃やすんだから」

ばかにしたように。「いったい何を考えているんだか」

誰にでも奇癖のひとつやふたつはあるだろう、と大蛇はいい、虎は愛し合った仲ならそういう台詞《せりふ》も吐けるだろうけどね、と反論。白鳥はこの時点で会話から退いた。

不死鳥は個人的なチャネルではなく、ごく一般のチャネル経由で白鳥に連絡してきた。

「交響曲の第一楽章にとりかかったと聞きました。ぜひ聴かせていただきたい」

白鳥はスワンシップの到着予定がない時刻を選んで観測室に招待すると、いちばん得意なフルートを録音ずみのパートに重ねて吹いた。

演奏が終わると、不死鳥は温かい拍手を送った。その表情にはほんのり敬意さえ浮かんでいる。そして真顔でこういった。

「あなたの船長は――」

彼はわたしのものではない、と白鳥は思った。たぶん、わたしは彼のものだけれど。

「――どんな音楽が好みなのか、わかっているのですか?」

白鳥は首を横に振った。「調べてみましたが、わかりませんでした」あの船長は白鳥をここに追放できたのだ。それくらいの力があれば、釈放するかどうかの審判にも口をはさめるだろう。「船長は一度だけ、共感覚的オペラを依頼したことがあるんだけど、それがどんな音楽だったか、録音を聴くことができなくて……。ましてや船長が、船の墓場をどんなふうに捉えているかなんて、知りようもないでしょ? スワンシップ一隻一隻を正しく表現するには、それぞれの音楽的伝統に従わなきゃいけないのに、なかには矛盾するものもあったりして……。どうやれば、たったひとつの交響曲ですべてを表現できるっていうの？」

不死鳥は、ほう、という顔をした。白鳥はついつい感情的になったことを反省する。

「ほかの四人がここに来た理由をあなたはご存じ？」表向きの使命、つまり芸術を極めるためにフェルマータを熟考する、なんてことを尋ねているわけではないだろう。

「訊くのは失礼だと思ったので」

「虎は戦犯で、亀は学者よ。亀が辞職してまでここに来たのは、政府の政策に抗議するためだった。でも、その政府はとっくに消えてなくなったわ。彼の行為が少しは役に立ったのかもしれないけれど。そしてわたしはあなたと同じく、不当な理由でここに送られた」具体的な事情はいわない。

「大蛇は？」

不死鳥は薄ら笑いを浮かべた。

「直接、訊いてごらんなさい。交響曲を再考することになるかもしれない」

§

虎から連絡がなければ、白鳥は事態の急変に気づきもしなかっただろう。

割り当てられた睡眠時間の最中、第二楽章のアイデアを思いついた白鳥は、チターの調弦をして第二楽章をつくるのに夢中だった。そんなとき、ステーションが知らせてきたのだ。

「緊急メッセージあり。発信者は虎」

どんな音階にするかな。白鳥は気もそぞろで「つづけて」と応じた。

「こんにちは、雛ちゃん」虎の声がした。「この時間帯は亀がスワンシップを観測中のはずなんだけど、いつものように眠りこけているらしい。雛ちゃんなら、観測室のスクリーンを見たいんじゃないかと思って連絡した」

虎は気楽な調子でしゃべったけれど、メッセージはたしか〝緊急〟だった。いったい何が？

白鳥はステーションに、観測室には誰がいるのか尋ねた。

「誰もおりません」

「スワンシップの到着予定は？」

「現在、予定外のスワンシップが確認されています」

白鳥はすっと立ち上がり、観測室目指して駆けだした。

虎は基本事項の重要性を知っている人だ。白鳥も、船が問題なくフェルマータに接近しても、かならず関連情報を確認していた。予定外のスワンシップがやってくることもなくはない。なのにどうして虎は、あんな言い方をしたのか――。

観測室に到着し、その船をしっかりと見る。出力の低い、亜光速の小型船だった。乗員は一名のみで、名前は「剣《つるぎ》の環《わ》のガジエン」だ。

白鳥は〝ガジエン〟という名を知っていた。ただし、ずいぶん前のこと。いまの呼び名は

〝大蛇〟だ。

〝剣の環〟とは何かをステーションに問い合わせたところ、約百年前のスワンシップで、乗員はひとりを除いて全員がフェルマータに突入したらしい。

「白鳥から大蛇へ！　お願い、もどってきて！」

心臓が止まりそうな気がしたとき、「やあ、白鳥」と、大蛇の声がした。

いったい何を考えて、そんなことをしているの？　といいかけた白鳥だが、答えは訊かなくてもわかっている。

「ねえ、大蛇、どうしてきょうなの？　百年も待ったというのに、どうしてきのうでも、あしたでもなく、きょうを選んだの？」

「白鳥はほんとうに機転が利くね。わたしは臆病なだけだよ」

「お願い……」

大蛇は物思いにふけったように話しはじめた。「きみの交響曲が、わたしにやるべきことを思い出させてくれた。ずいぶん前、わたしは〈剣の環〉でここに来たんだよ。じつに誇り高き軍艦で……。その後、国は無政府状態に陥った。わたしは臆病すぎて、死を迎える運命を受け入れられず、聖なる誓いを立てなかったただひとりの兵士だ。その懲罰として、前非を悔いるようステーションへ送られた。仲間の兵士たちとは二度と会えない」

「でもね、大蛇、いまあなたが死んでも、百年前に亡くなった仲間たちは帰ってこないわ」

「フェルマータに行けば、不滅の命を得ることができるといわれている」

「死であることに変わりはないわ。どうして、いまになって急ぐの？」

ドアの開く音がした。ふりむくと、目を輝かせた虎だった。

「まったく、ガジエンったら」敬意に満ちた声で。「音楽のおかげで、やっと死ぬ勇気がもてたのね」

「違います」白鳥は断言した。「あの交響曲は死を礼賛するものではありません」

「わたしなら」虎は語気を強めた。「自殺芸術なんかぜったいにやらない。死ぬことの、いったいどこがいい？　戦場を見ればいやでもわかる」

静かな時が流れ、大蛇がいった。「では、白鳥、あなたは交響曲にどんな思いを込めた？」

白鳥は、はっとした。スワンシップの気高さばかり考えて、命の終わりを迎える人びとに思いを馳せることはなかった……。

「曲を捨てます。必要なら、音楽を捨てます」

すると大蛇の悲しげな声がした。「どうか、それだけはしないでほしい。あまりに……あまりにさびしい」彼の背後で流れるメロディは、白鳥がつまずきながら仕上げた最初の曲だった。

「そのままフェルマータに向かえば、二度と音楽は聴けないでしょ？」

「それでは……取引しようか。わたしは兵士であり、芸術家ではなかったが、ステーションでの百年が芸術のすばらしさを教えてくれた。きみが音楽を捨てないと約束すれば、わたしはそちらに帰ってもいい」

白鳥の目に涙がにじんだ。「はい、約束します」

虎と白鳥が見守るなか、大蛇の船は速度をおとし、ゆっくりと進路を変えて、ステーションにもどりはじめた。

「あなたは彼を呼びもどすために――」虎が白鳥にいった。「自分の自由を犠牲にしたのよ。交響曲を完成しても、信念のある作品とはいえないでしょう。聴けば誰でもそれくらいはわかる」

「わたしには名曲より、大蛇の命のほうが大事だから」

「愚かな人」

張りつめた時間が過ぎるなか、白鳥は自分が音楽に何を込めたいか、テーマをすっかり忘れていたことを思い知った。

§

大蛇はキーボードを観測室から石庭へ運ぶのを手伝ってくれた。

「音楽をあきらめずにいてくれてうれしいよ」

白鳥はふりむいて彼を見つめた。たいせつな友人を失わずにすんでほんとうによかったと思う。

「もう交響曲はつくっていないの」

大蛇は目をしばたたいた。

「でも、作曲はしているわよ」大蛇を安心させなくてはいけない。「あんな船長のために交響曲をつくるのはよしただけ。解決不可能な課題だと、大蛇もいったでしょ？　わたし自身、そう思えてきたから。できもしないことに躍起になっても、得るものは何もない。自分にできることを精一杯やれば……きっと、どこかにたどり着くことができるでしょ」

ステーションから逃げて自由になること、という意味ではない。

大蛇はうなずいた。

「そうだね。きみにはほんとうに……」言葉が途切れた。「感謝している」

「長い一日だったでしょう。ゆっくり休んでくださいね」

「亀のようにか？」くすっと笑う。「たぶん、そうなるな」鍵盤にじゃららっと手を這《は》わせてから、石庭のベンチに腰をおろした。目をつむり、まったりと小さな鼻歌――。

白鳥は大蛇の穏やかな顔を見つめてから、思いつくままキーボードを弾いてみた。大蛇と不死鳥と虎と亀に、命ある者たちに捧げる曲を。

（赤尾秀子訳）

人工共生体

ロバート・シルヴァーバーグ

ロバート・シルヴァーバーグ（Robert Silverberg）は一九三五年生まれ。十八歳でデビュー以来、膨大な数の作品を発表している。代表作に『夜の翼』（一九六九年ヒューゴー賞中長編部門受賞、ハヤカワ文庫ＳＦ）、『時間線をのぼろう』（一九七五年星雲賞海外長編部門受賞、創元ＳＦ文庫）、『禁じられた惑星』（一九七一年ネビュラ賞長編部門受賞、創元ＳＦ文庫）などがある。

（編集部）

十年後、とうの昔に除隊してベテルギウス・ステーションで転回舵輪《だりん》の操作をしていたときも、ファツィオはまだおれに取り憑《つ》いていた。あいつは死んでいたわけじゃない。ほかの人たちが取り憑かれるのは死者だが、おれは生者に取り憑かれていた。もしあいつが死んでいればおたがいにとってずっとよかったんだろうが、おれの知るかぎりでは、ファツィオはまだ生きていた。

ファツィオは長いあいだおれを悩ませていた。年に三度か四度、あいつの小さな乾いた細い声がどこからともなく聞こえてきて、またおれにこういうのだ。「あのジャングルに入る前に、話はついてたな。もしおれがシンシムにやられたら、いいか、チョリー、おまえはすぐにおれを殺すんだ。救急隊を呼んできれいにさせようなんてするな。とっととその場でおれを殺せ。そしておれも、おまえに同じことをする。そういう取り決めだったよな?」

それは第二次オーヴォイド戦争の終わり、セルヴァダック星系のワインスタインという惑星でのことだった。おれたちは二十歳で、志願兵だった。ヒーローごっこをしているふたりの間抜けなガキだ。「まかせとけ」おれはなんのためらいもなくそういった。「約束だ。絶対に」おれは大きくにやっと笑ってあいつとかたく握手し、一緒に胞子撒《ま》きの任務に出発した。

あのときは本気でそうするつもりだった。そしていまだにときどき、そう信じていることがある。

あれから十年。おれにはまだ、ワインスタインでラッチエナンゴの胞子を撒くために敵の占領地域へ向かう自分たちの姿が見えた。あの惑星は戦争の初期にオーヴォイドに奪われていたが、おれたちは星系全体からやつらを追い出しにかかっていた。偵察部隊はファツィオとおれのふたりきりだった。銀河規模の戦争では、兵力は相当分散されるものだ。だがおれたちの後ろの丘には大勢の支援部隊がいた。

理由は誰にもわからないが、ワインスタインは戦略的に重要な星だった。ふたつの小さな大陸が——どちらも熱帯にあり、その大部分は木々の生い茂るジャングルで、空気は緑色のスープのようだった——巨大な荒れ狂う海に囲まれていた。地球によって植民地化されたことは一度もなく、なんの役に立つのか納得できる説明を聞いた試しはなかった。だがそこは、かつては自分たちのものだったのに連中に奪われた場所で、おれたちはそれを取り戻したかった。

惑星を取り戻す方法というのは、十数体のオーヴォイドをとらえてラッチエナンゴの胞子をいっぱいに詰めこみ、連中の基地に帰らせてやることだった。ラッチエナンゴは自らの宿主として、ほかのどんな生命体よりもオーヴォイドを好む。そしてオーヴォイドは、いかにもオーヴォイドらしく、たいていは自分の身になにがあったかを仲間に隠したはずだ。致命的な寄生生物の宿主になっていると知られれば、たちまち殺されてしまっただろう。もちろラッチエナンゴの蔓延《まんえん》は、オーヴォイドにとって常に致命的だ——そうなるまでの通常約六週間に、ラッチエナンゴは三度か四度の繁殖期を経ており、全軍が感染しているはずだった。おれたちはオーヴォイドが全滅するまで待ってから乗りこんで、その場所をきれいにし、ふたたび旗を立てればいいだけだった。その頃にはラッチエナンゴもたいていは死んでいた。ほかに適当な宿主が見つかることはめったになかったからだ。だがたとえ生きていたとしても、心配はなかった。ラッチエナンゴが人間に深刻な害をもたらすことはない。それを扱っているあいだにたいてい胞子を少し吸いこむが、肺が二週間ほど炎症を起こし、脱胞子化されるまでかなりひどい咳《せき》に悩まされるのがせいぜいだった。

こちらのラッチエナンゴのお返しに、オーヴォイドはおれたちにシンシムを寄こした。

交戦地帯に到着したときにまず聞かされるのがシンシムのことで、それは身の毛がよだつ話だった。どこまでが俗説で、どこまでがでたらめなのか、真実がどの程度含まれているのかはわからなかったが、たとえ七十五パーセントを割り引いたとしても、残った分だけで怖《おそ》気《け》を震うには充分だった。「もしそいつにやられたら」古株の連中はおれたちにこう忠告した。「できるうちに、すぐ自殺しろ」さまよえるシンシムの媒介生物は、あらゆるオーヴォイドの宿営地周辺を人間のにおいを嗅ぎながらうろついていた。やつらは寄生生物ではなく、人工的な共生体だった。人間の体に入りこむとそこにとどまって、いつまでも体を共有するのだ。

学校では共生関係というのは、相互に利益をもたらす状態だと教えている。おそらくそうなのだろう。しかし交戦地帯の下士官のあいだで伝わっていた話では、シンシムを体に取りこむことではけっして生活の質は改善されなかった。そして衛生兵はシンシムに襲われたものを生きのびさせるための努力を惜しまなかったが――安楽死は認められていなかったし、いずれにせよ実行するつもりはなかったはずだ――おれたちが耳にしたあらゆることを考えれば、誰も本気で生きのびたいとは思わなかっただろう。

ファツィオとおれがジャングルに入った日は、ワインスタインではいつものことだが、じめじめと湿っぽく、雨が降っていた。おれたちは胞子のタンクをストラップで固定し、行く手に絡みあうツタのカーテンを携帯式のヒートパイルで焼き払いながら出発した。濡れたスポンジのような土壌は紫がかり、湖は光を放つ藻類のせいで様々な色合いの緑色に輝いていた。

「ここにホテルの仮設滑走路をつくろう」ファツィオが軽い調子でいった。「こっちがプールと脱衣所。重力テニスのコートはここ、それからその向こう側に――」

「気をつけろ」おれはそういって、低空飛行をしていたツバサユビを紫色の熱線で串刺しにした。そいつは灰になっておれたちの足元に落ちた。つがいのもう一匹が剃刀《かみそり》のように鋭いくちばしでおれの喉を狙って目の高さを飛んできたが、今度はファツィオが同じようにきっちり片づけた。おれたちはたがいに礼をいいあった。ツバサユビは優雅なやつで、軌跡が見えるばかりで重さはほとんどなく、鱗《うろこ》に覆われた銀色の皮膚が最高級の月の光のように輝いている。まさしく文字通り一直線に頸《けい》動脈に飛びかかるのが、やつらの習性だ。おれたちはその日、十二匹殺した。それがおれの一生分の割り当てだといいのだが。ジャングルの中心に分け入るにつれ、おれたちは様々な種類の非友好的なウズムシ、メマトイ、シリゲクソ、エヤミコウモリ、そしてそのほかの不愉快な地元の名物にも、ツバサユビのときと同じくらい効率的に対処した。おれたちはいいコンビだった。すばしこくて、頭が切れ、おたがいを守るのが上手《うま》かった。

最初のオーヴォイドに遭遇したとき、おれたちは森に一キロ半ほど入ったあたりで巨大な肉食菌類に見とれているところだった。その菌類は高さ三メートルの男根を思わせる肉厚な赤い塔で、オレンジ色のひだがあり、緑色の粘着質のこぶが先端についた鞭《むち》のような腕が十二本、垂れ下がっていた。ほとんどの腕の先端には、様々な消化段階にある小さな森の生き物がぶら下がっている。おれたちが見ていると、一本の空《から》の腕が持ち上がって前に飛び出し、休んでいるときの三倍の長さにのびて、通りかかったネコほどの大きさの脚がたくさんある生き物に、ある種の巧みな自動追尾能力を使って粘着質のこぶを叩きつけた。その獣はもがく暇もなかった。殺し屋の腕からすぐに、針金でできたような網目状の組織が広がって、獲物の肉に滑りこんだ。それでおしまいだった。おれたちはもう少しで拍手しそうになった。

「ホテルの庭にあれを三本植えよう」おれはいった。「そして餌やりの時刻表を張り出すんだ。お客にとっては最高の見世物になるぞ」

「シーッ」ファツィオがいって、指さした。

おそらく五十メートルほど離れたところに一体のオーヴォイドがいて、森の小道を落ち着いた様子で滑るように進んでいた。明らかにこちらには気づいていない。おれは息を呑んだ。オーヴォイドの姿は誰でも知っているが、生きているやつを見たのは初めてだった。おれはそのあまりの美しさに驚いた。かたいゼリーのような先細の円錐《えんすい》形で、薄い青地に赤と金の筋が走っている。側面には短い柄のついた目が三列に並び、真鍮《しんちゅう》のボタンのようだ。頭のてっぺんにある食事のための開口部のまわりには、繊細な巻きひげの房が正装用肩章のように生えていた。青緑色のリボン状の神経管が胴体の中程にぐるぐる巻きつき、もやがかかったような奥のほうにかすかに見える黒っぽいハート形の脳を取り巻いている。敵だ。おれはそれを憎むよう訓練されていたし、憎んだが、その奇妙な美しさは否定できなかった。

ファツィオが笑みを浮かべて狙いを定め、オーヴォイドの胴体に麻酔針を突き刺した。そいつは滑るように進んでいく途中でたちまち凍りつき、色が濃くなってくすんだ赤色に変わった。小さな口の巻きひげが激しくはためいたが、ほかに動きはなかった。おれたちはゆっくりと走っていって、おれがその肉づきのいい胴体に胞子の分配器の先端を五センチほど滑りこませた。「こいつに植えつけてやれ！」ファツィオが叫んだ。おれは麻痺《まひ》しているエイリアンに、ラッチエナンゴの胞子を二、三cc注入した。かすかに震えていた柔らかい皮膚が、恐怖と怒りに青黒くなった。厳密にいえばオーヴォイドのことなので、そのほかにどんな感情を抱いていたのかは神のみぞ知るだ。おれたちはうなずきあって、立ち去った。すでにラッチエナンゴは宿主のなかに菌糸を植えつけているところだった。三十分後にはあのオーヴォイドはまた動けるようになって、宿営地に体を引きずっていくだろう。仲間に感染を広げるために。戦争をするには面白い方法だ。

一時間後に出会った二体目のオーヴォイドは、もっと狡猾《こうかつ》だった。おれたちに見つかったのを知って回避行動を取り、小川が流れ細い木が生えている一帯を、帽子を飛ばさずにとても速く移動しようとしている人のように、妙な威厳を漂わせてジグザグに通り抜けていった。オーヴォイドの体は素早く動くようにはできていないが、そいつはすばしこく毅然《きぜん》としていて、あちらこちらで岩陰に身を隠した。おれたちは一度ならずそいつを完全に見失い、こちらがポカンと口を開け、目をパチパチさせて突っ立っているあいだに、引き返して襲ってくるかもしれないと不安になった。

結局おれたちは、そいつを二本の流れの速い小川のあいだに追いこみ、両側から徐々に近づいた。おれが麻酔銃を持ち上げ、ファツィオが胞子分配器を準備したちょうどそのとき、スリッパのような形をした灰色の長さ十五センチくらいのなにかが左手の川のなかから飛び出してきて、ファツィオの口と喉を覆うように張りついた。

ファツィオは鼻をすすり喉をゴボゴボ鳴らして倒れながら、必死でそいつをはがそうとした。おれはそれを殺人魚の一種だと思った。一瞬動きを止めてオーヴォイドに針を撃ちこむとすぐに、おれは銃を放り出して彼のかたわらに屈《かが》みこんだ。

ファツィオは狂おしい目をし、恐怖と痛みに苛《さい》まれながら地面を蹴って転げまわっていた。おれは彼の胸を肘で押さえてじっとさせると、その顔に張りついているものを両手で引きはがしにかかった。それを緩めるのは皮膚を引きはがそうとするようなものだったが、なんとか彼が喘《あえ》ぎながらしゃべれる程度に唇から持ち上げることができた。「シンシムだ――きっとシンシムだ――」

「よせよ、ただのたちの悪い魚だ」おれはファツィオにいった。「がんばれ、すぐに残りもはがしてやるから――」

ファツィオは激痛のなかで首を振った。

そのときおれは、二本の細い透明なひものようなものがそいつから這《は》い出してきて、ファツィオの鼻の穴に消えていくのを見た。そして彼のいうとおりだと悟った。

終戦後あいつからはなんの連絡もなく、消息も聞かなかったし、聞きたくもなかったが、おれはずっとファツィオがまだ生きているものと決めてかかっていた。なぜかはわからない。たぶん、宇宙というのは概してひねくれているものだと信じているからだろう。

最後にあいつを見たのは、ワインスタインでの最終日だった。おれたちはふたりとも傷病兵として職務を免除されていた。おれはお決まりの脱胞子化処置を受けるためにデンメルングの大病院に送られようとしていたが、ファツィオはキホーテの検疫ステーションにいくことになっていた。発着所でおれがふつうのストレッチャーに、ファツィオが隔離バブルのなかに、隣り合わせに横たわっていたとき、あいつが頭を持ち上げて――きっと大変な努力をしていたにちがいない――すでに赤いシンシムの同心円が現れている目でおれをにらみつけ、なにかささやいた。泡の壁越しなので言葉は聞き取れなかったが、それを感じることはできた。半パーセク離れた青白い太陽の光を感じるように。ファツィオの皮膚は燃えるように輝いていた。彼のなかにいる共生生物のすさまじい生命力が、既に表れていた。あいつがなにをいおうとしているのか、おれにはよくわかっていた。「このくそ野郎」十中八九そういおうとしていた。そして今度は、「おれはこいつを背負いこんで千年過ごすんだ。そのあいだずっとおまえを憎みつづけてやるからな、チョリー」と。

それからファツィオは連れていかれた。彼らはあいつを宙に浮かせてスロープからキホーテ行きの船に送りこんだ。彼が視界から消えたとき、おれはまるで六、七Gの重力の下から抜け出しかけているような解放感を覚えた。ふと、もう二度とファツィオには会わずにすむのだ、と思った。あの赤くなった目、ぴんと張った輝く皮膚、無限の非難が込められた険しい視線に向き合わずにすむだろう。つまり、それからの十年間、彼が不意にベテルギウス・ステーションに姿を現すまではそう信じていた、ということだが。

なんの前触れもなく、突然あいつはノース・スポークの娯楽室で、おれの隣に立っていた。ちょうど勤務明けだったおれは泳者網の縁《ふち》でバランスを取りながら、飛びこむ用意をしていた。「チョリー？」彼は落ち着いた口調でいった。その声はファツィオのものだった。少ししてからゆっくり考えてみれば、それは明白だった。だがおれは、その薄気味悪い小鬼のような男がファツィオかもしれないとは、一瞬たりとも思わなかった。おれはまじまじと相手を見つめたが、そこにあいつの面影はまったくなかった。七百万歳くらいに見えるその姿は、縮んで骨と皮ばかりに痩せ細り、豊かなかたい髪は白い麦わらのようで、奇妙な柔らかく淡い輝きを放つ半透明の皮膚は、時の経過によって薄くすり減った羊皮紙を思わせた。娯楽室のまぶしい光に細められた目はほぼ閉じたままだったが、やがて彼が照明球に背を向けると、瞳のまわりの細く赤い輪が見える程度に開かれた。おれのうなじの毛が逆立ちはじめた。

「さあさあ」相手はいった。「おまえはおれを知ってる。ああ。そうとも」

その声、その頰骨、その唇、その目――目、目、目。そう、おれは彼を知っていた。だがそんなことはあり得なかった。ファツィオが？　ここに？　どうやって？　こんなに時間がたったあとで、はるか何光年も離れたところから！　いや――でも――

相手はうなずいた。「わかっただろう、チョリー。いってみろ。おれは誰だ？」

おれはなにかいおうとしたが、舌がもつれて失敗した。だが二度目で、なんとかあいつの名前を口にした。

「正解だ」彼はいった。「ファツィオだよ。まったくびっくりだな」

ファツィオはほんのわずかでもびっくりしているようには見えなかった。きっとおれに近づく何日か前から、観察していたのだろう――下調べをし、調査して、ほんとうにおれなのかたしかめ、ほんとうにおれを見つけたのだという考えに慣れるあいだ。そうでなければ、いま彼はきっと、驚いた様子を見せていたにちがいない。おれを見つけるなんて――誰だろうと星の道の途中で見つけるなんて――まったくあり得ないことだった。とても簡単には信じられないほどの偶然だ。ファツィオがわざわざおれを追ってきたはずがないことはわかっていた。なにしろ銀河はあまりにだだっ広く、そこで誰かを捜そうなどとは、考えるのもばかばかしいことだからだ。しかしどういうわけかあいつは、おれに追いついた。もし宇宙がほんとうに無限ならきっと、とびきりとんでもないことでさえ一日に十億回も起きているはずだ。

おれは震え声でいった。「信じられない――」

「信じられないって？　おい、信じたほうがいいぞ！　しかしびっくりだな、なあ？　そうだろう？」ファツィオはおれの腕を軽く叩いた。「それにしても元気そうじゃないか。ずいぶんと健康そうだ。体形も変わってないな、ええ？　いまいくつだ、三十二か？」

「三十だ」おれはショックと恐怖で麻痺していた。

「三十か。うーん。おれもだ。いい年頃だよな？　人生真っ盛りだ」

「ファツィオ――」

彼の落ち着き具合は恐ろしかった。「しっかりしろよ、チョリー。パンツにくそをちびりそうな顔をしてるぞ。昔の相棒に会えて嬉しくないのか？　一緒に愉快な時間を過ごしたじゃないか。そうだろう？　あのろくでもない惑星の名前はなんていったかな？　ワインバーグ？　ワインフェルド？　おい、おい、そんなにおれを見つめるなって！」

おれは必死で声を絞り出し、ようやくいった。「いったいおれにどうしてほしいんだ、ファツィオ？　おれは幽霊を見てるみたいな気分だよ」

彼が身を寄せてきて、目をさらに開いた。同心円の赤い輪を数えることさえできた。十本から十五本のとても細い線を。「ほんとにそうならよかったんだがな」ファツィオは静かにいった。その痛みのなんという計り知れない深さ、その憎しみのなんという焼けつくような激しさ。おれは身をよじって相手から離れたかった。だがその術《すべ》はなかった。彼はじっくりと時間をかけて、非難がましくおれを眺めまわした。それからゆっくりと身を引くと、脅すような激しさは少し薄れたようだった。ほとんど快活といってもいいような調子で、ファツィオはいった。「おたがい積もる話もあるからな、チョリー。この辺でどこか静かな場所を知らないか?」

「重力ラウンジがある──」

「よし。重力ラウンジだ」

おれたちはピリピリした雰囲気のなか、顔をつきあわせて浮かんでいた。「おまえは、もしおれがやられたら殺すと約束した」ファツィオがつぶやいた。「そういう取り決めだったろう。なぜやらなかったんだ、チョリー? なんだってやらなかった?」

おれはファツィオの赤い輪がある目を見ていられなかった。

「あっという間《ま》の出来事だったんだよ。救急隊が五分で現場に駆けつけてくるなんて、どうしておれにわかる?」

「熱の矢でひとりの男の胸を貫くくらい、五分あれば余裕だろう」

「五分もなかった。三分か。二分か。救急隊のフローターが真上に浮かんでたんだ! あれはずっとおれたちを援護してた。連中はいまいましい天使の群れみたいに、おれたちの上に降りてきたんだ、ファツィオ！」

「時間はあった」

「連中がおまえを救ってくれるだろうと思ったんだよ」おれはいいわけがましくいった。

「あいつらはあっという間にやってきたんだ」

ファツィオは耳障りな笑い声を立てた。五分後にはおれはフローターの上にいて、肺や心臓や肝臓からシンシムのネバネバを取り除くために、全身にトレーサーを送りこまれてた」

「だろうな。おれが思ってたとおりだ」

「おまえはおれを殺すと約束しただろう、チョリー。もしおれがやられたら」

「でも救急隊がすぐそこにいたんだぞ！」

「あいつらはばかみたいに必死でおれを助けようとした」ファツィオはいった。「あらゆることをやったよ。主要組織はきれいにできるんだ。臓器やらシンシムやら、なにもかも引っ張り出して、移植できる。だが脳から取り除くのは無理だって知ってたか？　シンシムは鼻からまっすぐ上っていって脳に入りこみ、髄膜や神経膠細胞《こうさいぼう》、くそいまいましい脳梁《のうりょう》に巻きひげを滑りこませる。そしてそこからいたるところに向かうんだ。小脳、骨髄、そのほかどこにでもな。脳にトレーサーを送りこんで、脳組織に損傷を与えずにシンシムを取り除くのは無理なんだ。脳を引っ張り出して新しいのと取り換えることもできない。シンシムは鼻に入りこんでから三十秒で脳に達する。そうなったら、どんな治療を受けようと終わりだ。おれたちが初めて交戦地帯に着いたときにいわれたことを、聞いてなかったのか？　あのぞっとするような話を全部、聞いてなかったのか？」

「ただの怖いお話だと思ってたんだよ」おれは弱々しくいった。

ファツィオが宙に浮かんだ状態で、そっと前後に体を揺すった。彼はなにもいわなかった。

「それがどんなものか、おれに聞いてほしいのか？」しばらくしておれは尋ねた。

ファツィオは肩をすくめた。そして、まるではるか遠くからのようにいった。「どんなものか？　ああ、そうひどいことばかりでもないぞ、チョリー。ルームメイトがいるみたいなもんだ。頭のなかに永遠に住みついてて、中途解約はできない。それだけさ。さもなけりゃ、自分ではかけないところがかゆいみたいな。あいつがそこにいるのは、どの方向にも自分よりちょうど一センチだけ大きい空間にいつのまにか閉じこめられてて、その状態が百万年続くとわかってるみたいなもんだ」彼はラウンジの大きな透明の壁に目をやり、はるかかなたできらめく巨大な赤いベテルギウスのほうを見た。「シンシムはときどき話しかけてくる。だからけっして寂しくはないんだ。こっちに理解できる言葉は話さないし、そこに座って訳のわからんことをべらべらしゃべってるだけだが、少なくとも一緒にはいる。ときどきやつは、おれに訳のわからないことをべらべらしゃべらせる。どうしても筋が通った話をする必要があるときには、特にそうだ。そら、ときどき脳中枢の上部を支配するのさ。自律中枢に関しては、なんでもやりたい放題だ。痛みを感じる区域を利用して、ちょっとしたシミュレーションをするんだ——麻酔なしの切断手術をな。冗談半分で。面白いぞ。女とベッドに入ってるときに勃起の仕組みが働かないようにすることもある。六週間勃《た》ちっぱなしにさせることもある。ふざけてな。トイレトレーニングでもおふざけができる。チョリー、おれはおむつをしてるんだ、最高だろう？　そうしなくちゃならないのさ。ときどき飲んでないのに酔っ払うことがある。そうかと思えば、なにも感じないせいで飲み過ぎて気分が悪くなることもある。そしておれはいつだってそいつがそこにいて、むずむずするのを感じるんだ。頭のなかをアリが一匹這いまわってるみたいに。ウジ虫が鼻を這い上がってくるみたいにな。おれたちが交戦地帯に出たときにほかの連中から聞いた話、そのまんまさ。覚えてるか？『できるうちに、すぐ自殺しろ』おれにはそのチャンスはまったくなかった。だがチョリー、おれにはおまえがいた。おれたちは取り決めをしてたのに、おまえはその約束を真剣に受け取らなかった。なぜだ、チョリー？」

　おれは相手の燃えるような視線を感じた。視線をそらしてラウンジの中程に目をやると、エリサンドラの長い金色の髪が自由に宙を漂っているのが見えた。彼女も同時におれを見て、手を振った。おれたちはたいてい、夜のこの時間はここで一緒に過ごしていた。おれは首を横に振って、彼女に近寄らないよう警告しようとしたが、手遅れだった。エリサンドラは既におれたちのほうに向かっていた。

「あれは誰だ？」ファツィオが尋ねた。「おまえの彼女か？」

「友だちだよ」

「いい女だな」そういってファッツィオは、生まれて初めて女を見たようにじっとエリサンドラを見つめていた。「ゆうべも見かけた。一緒に住んでるのか？」

「舵輪で同じ時間帯に働いてるんだ」

「へえ。ゆうべ彼女と一緒に帰るのを見たぞ。それから一昨日の晩もな」

「どのくらいステーションにいるんだ、ファツィオ？」

「一週間。十日くらいかもな」

「おれを捜しにきたのか？」

「うろうろしてただけさ」ファッツィオは答えた。「障害年金をたっぷりもらってるし、時間は腐るほどある。いろんなところへいくんだ。あれはほんとにいい女だな、チョリー。運のいいやつだ」彼の頬が急に痙攣《けいれん》し、それから今度は下唇がぴくぴくしはじめた。「どうしておまえは、あれが最初におれに飛びついたときに殺してくれなかったんだ？」

「いっただろう。できなかったんだ。救急隊が駆けつけてくるのが早すぎた」

「そうだったな。おまえはまず聖母マリアの祈りを少し唱えなくちゃならなかったし、連中は少しも時間を与えてくれなかったわけだ」

ファツィオは執拗《しつよう》だった。おれはなんとか反論しなくてはならなかった。さもないと罪悪感と恥ずかしさで気が変になってしまっただろう。おれは怒ったようにいった。「いったいおれになにをいわせたいんだ、ファツィオ？　十年前におまえを殺さなくて悪かった、って？　わかった、悪かったよ。それでなにかの役に立つのか？　なあ、もしシンシムがおまえのいうほどひどいものなら、どうしておまえは自殺してないんだ？　なんだってそんなものを頭のなかに入れてうろつきまわってるんだよ？」

ファツィオが首を振って、くぐもった小さなうなり声を立てた。顔が突然青ざめ、唇が垂れ下がっていく。目玉はそれぞれがゆっくりと逆方向に回転しているように見えた。ただの錯覚だとわかってはいたが、それは恐ろしかった。

「ファツィオ？」

「チョラルラ　リラロラ　ルーリチョラ。ビリロラ」

おれはまじまじと見つめた。その姿は身の毛もよだつものだった。見るも恐ろしい有様だ。

「しっかりしろ、ファツィオ！」

よだれが彼のあごから滴《したた》り落ちた。顔じゅうの筋肉が狂ったように跳びはね、のたうった。

「見えるか？　見えるか？」ファツィオがどうにかいった。彼のなかで戦いが行われていた。おれはファツィオが主導権を取り戻そうとする様子を見守った。まるで自分で自分をフォールしようと戦っているようだ。卒中を起こすのではないかと思った。だがそれから、突然落ち着いたようだった。呼吸は荒く、皮膚は燃えるような赤い斑模様《まだらもよう》になっている。ファツィオは頭《こうべ》を垂れ、腕をだらりと下げて、へたりこんだ。すっかり疲れ果てた様子だ。口をきけるようになるには、さらに一、二分かかった。おれはなにをしてやればいいのかわからず、その場に浮かんで見守っていた。ようやく彼にわずかな活力が戻ってきたようだった。

「見たか？　こういうことになるんだ」ファツィオは喘いだ。「あいつに操られてる。どうすれば自殺できたっていうんだ？　やらせてくれやしないさ」

「だめなのか？」

ファッツィオは目を上げておれを見ると、疲れたようにため息をついた。「頭を使え、チョリー、考えろ！　あいつはおれと共生してるんだぞ。おれたちは独立した生命体じゃないんだ」それからふたたび震えがはじまり、それはさっきよりもひどかった。ファッツィオは死にものぐるいで激しく抵抗した――腕と脚をぎこちなく投げ出し、あごを動かして――がむだだった。「イラロンバ」彼は叫んだ。「ヌラグリバ！」まとわりついているなにかを振り払おうとするかのように、頭を左右に振る。「もしおれが――するとあいつは――ギラギラ！　ホリグーラ！　無理だ――できない――ああ――神――よ――！」

ファッツィオの声が次第に小さくなり、耳障りな訳のわからない言葉とカチカチいう音に変わった。彼はうめき、両手で顔を覆った。

しかし、いまおれは理解した。

ファッツィオにはいっさい逃げ場がなかった。それはすべてのなかで最もぞっとする部分、究極のおぞましくねじくれたところだった。共生体は、己の運命がファッツィオの運命と結びついていることを知っていた。もし彼が死ねば、共生体も死ぬことになる。だからそいつは、宿主が自らを傷つけるのを許すわけにはいかなかったのだ。そいつはファッツィオの脳のなかに陣取って、全身を思いのままに操っていた。彼がなにをしようとしても――橋から飛び降りる、毒入りのフラスクに手をのばす、銃を取り上げる――頭のなかの用心深いやつは一歩先回りして、常に危険から守っただろう。

同情の念がこみ上げてきて、おれは慰めるようにファツィオの肩に手を置きかけた。だがそれから、ほんのちょっと触れただけで相手の頭から自分の頭に共生体が飛び移ってくるかもしれないと不安になったかのように、ぐいと手を引っこめた。そして結局、顔をしかめて無理に彼に触れた。ファツィオは身を引いた。疲れ切ってしまった様子だ。

「チョリー?」エリサンドラがおれたちの横にやってきた。手足がすらりと長くて美しい彼女は、眉をひそめてすぐそばに浮かんでいた。「内緒話をしてるの? それともわたしも仲間に入れてもらえる?」

おれはためらい、口ごもった。なんとしてもファツィオとエリサンドラは人生の別々の仕切りに入れておきたかったが、そうする方法がないのはわかっていた。「おれたちは——その——ちょっと——」

「おい、チョリー」ファツィオが暗くうつろな声でいった。「昔の戦友をその素敵な女性に紹介してくれよ」

エリサンドラが不審そうにちらっとファツィオを見た。彼の奇妙な口ぶりに気づかなかったはずはない。

おれは深呼吸をした。「こいつはファツィオ。第二次オーヴォイド戦争のときに、セルヴァダックの作戦で一緒だったんだ。ファツィオ——エリサンドラだ。転回舵輪で運輸極性エンジニアをやってる——彼女の仕事ぶりは見ものだぞ。あれ以上かっこいい女の子は想像できない――」

「お目にかかれて光栄です」ファッィオが大げさにいった。「これほどの美貌と技術力を兼ね備えた女性がいるとは――まったく――わたし――わたしは――」突然彼は口ごもった。顔が斑模様になる。目に怒りが燃え上がった。「よせ！　くそっ、やめろ！　もうたくさんだ！」ファツィオは気持ちを落ち着けようと必死で空《くう》をつかんだ。「ムラガルーラ」彼は為《な》す術もなく叫んだ。「ジラボンボン！　サンパゾゾゾ！」そしていきなり激しくむせび泣きはじめ、そのあいだエリサンドラは驚きと悲しみの目でじっと彼を見ていた。

「それで、あの人を殺すつもりなの？」エリサンドラが尋ねた。

それは二時間後のことだった。ファツィオを一時滞在所の小さく仕切られた部屋のベッドに寝かせ、いまはふたりでエリサンドラの部屋にいた。おれは彼女になにもかも打ち明けていた。

まるでエリサンドラがファツィオばりに訳のわからないことをいいだしたというように、おれは彼女を見た。エリサンドラとつきあいはじめてほぼ一年になるが、彼女のことをまったくわかっていないと感じるときがあった。

「どうなの？」エリサンドラがいった。

「本気でいってるのかい？」

「あなたにはそうする義務がある。あなたには彼を死なせる義務があるわ、チョリー。彼ははっきり口に出していうことはできない。共生体がそうすることを許さないから。だけど、彼があなたに求めているのはそういうことよ」

否定する余地はまったくなかった。おれも少なくともこの一時間、同じことを考えていたのだ。その現実からは逃れられなかった。おれはワインスタインでへまをして、ファツィオを十年間、とんでもなくひどい目に遭わせてきた。いまおれは、あいつを自由にしてやらなくてはならなかった。

「あいつの脳から共生体を取り出す方法さえあれば――」

「でも、ない」

「ないさ。そんなものはない」

「あなたは彼のためにやる、そうでしょう？」

「やめてくれよ」

「あの人の苦しみようときたらひどいものよ、チョリー」

「おれがそう思ってないとでもいうのかい？」

「それにあなたのほうはどうなの？　また彼をがっかりさせるとしたら。あなたはどうやってそのことを抱えて生きていくの？　教えて」

「おれはけっして殺しは得意じゃなかったんだ、エリー。相手がオーヴォイドでも」

「それはふたりともわかってる。でも今回は、あなたに選択の余地はない」

おれは彼女が寝台の上に取りつけた小さな火球のところにいき、ボタンを押して、渦を巻が霧のなかに広がって、緑、紫、黄の荒々しいオーロラになった。少ししておれは静かにいった。「まったくきみのいうとおりだ」

「よかった。一瞬、あなたがまた彼から手を引くつもりなんじゃないかと思った」

エリサンドラの言い方に悪意はなかった。それでもその言葉は、拳で殴られたように応えた。おれはその場に立ってうなずきながら、その衝撃が自分のなかにさざ波のように広がり、やがて消えていくにまかせた。

ようやくおれのなかで反響していたものは、静まったようだった。だがそれから大きな新しい不安にとらわれて、おれはこういった。「なあ、こんなことをふたりで話し合うなんて、まったくばかげてるよ。おれはなんの関係もないことにきみを巻きこんでる。こんなことをやってたら、きみは事前共犯だ」

エリサンドラはおれを無視した。なにかが彼女の頭のなかで動いていて、もう方向転換させる余地はなかった。「どうやってやるつもり？」彼女が尋ねた。「誰かの喉をかき切って、ダストシュートに投げ捨てるだけ、っていうわけにはいかないでしょう」

「なあ。こんなことを計画したら、どんな罪になるかわかって――」

エリサンドラは続けた。「どんな形だろうと、直接の物理的な攻撃はばれてしまう。確実になんらかの抵抗はあるはず――共生体が宿主の体を攻撃から守るに決まってる――あなたはひっかき傷か、青あざか、もっとひどいものをつけられて、その場を離れることになる。

そして誰かがそれに気づく。仮にお医者にかからなくちゃいけないくらいのひどいけがをしたら、彼らになんて話すつもり？　バーでけんかした？　そのうえ、あなたが二、三日前に一緒にいるところを見られてる古いお友だちのファツィオを、誰も見つけられない？　だめ、危険すぎる」彼女の口調は妙に事務的で、淡々としていた。「それに死体の処理——これはますます大変よ、チョリー。なんの書類もなしに、ステーションから重さ五十キロの死体を持ち出すのは。目的地のビザも、積み替え申請証もなしに。ジャガイモひと袋だって送り状が必要なんだから。それなのに、もし誰かが忽然《こつぜん》と姿を消して、その日の総質量に五十キロの不足が出たら——」

「やめてくれ」おれはいった。「いいね？」

「あなたには彼を死なせる義務がある。そのことには同意したでしょう」

「そうかもしれない。でもおれがどうすることにしたとしても、きみを巻きこみたくない。このごたごたはきみには関係ないことだ、エリー」

「関係あるとは思わないっていうの？」彼女はおれに言い返した。

エリサンドラの口調には、愛と怒りが完全に入り交じっていた。おれはさしあたって、そのことを話し合う気分ではなかった。頭がガンガンしていた。おれは流しの横で投薬腕を起動し、急いで弛緩《しかん》薬を皮下注射した。それから彼女の手を取り、なんとか言い合いをやめようとして優しくいった。「いまは黙ってベッドに入るだけにできないかな？　もうこの話はしたくないんだ」

エリサンドラは笑顔になってうなずいた。「いいわ」そう答えた彼女の声は、ずいぶん穏やかになっていた。

エリサンドラは服を脱ぎはじめた。だがすぐに、困ったようにおれのほうを向いた。「この話をあっさりやめるなんてわたしには無理よ、チョリー。まだ胸がざわざわしてる。気の毒な人」彼女は身震いした。「頭のなかでもけっしてひとりきりにはなれない。自分の体を支配しているという自信はけっして持てない。おしっこの水たまりで目を覚ます、そうあの人はいってた。訳のわからないことを口走る。ほかにもまともじゃないことばかり。彼はなんていってたかしら？　頭のなかをアリが一匹這いまわってるみたいな感じ？　自分ではかけないところがかゆい？」

「そんなにひどいことになるとは知らなかったんだ」おれはいった。「もし知ってたら、あのときあいつを殺してたと思うよ」

「そもそもどうしてやらなかったの？」

「あいつはファツィオだった。人間だ。おれの友だちだ。おれの相棒だ。おれはオーヴォイドだって、それほど殺したくはなかったんだ。なんだっておれが、あいつを殺そうとするっていうんだい？」

「でもあなたは約束したの、チョリー」

「そっとしておいてくれよ。おれはやらなかった、それだけだ。そしていまは、そのことを背負って生きなくちゃならない」

「あの人もね」

おれはエリサンドラの睡眠チューブにもぐりこみ、そこにじっと横になって彼女を待った。

「そしてわたしも」少しして彼女はつけ加えた。

エリサンドラはしばらく部屋をうろうろ歩きまわってから、おれのところにきた。そしてようやく隣に横になったが、ほんの少し距離を置いていた。おれは彼女のほうへはいかなかった。だが結局その距離は縮まって、おれが肩に軽く手を置くと、エリサンドラはこちらを向いた。

夜が明ける一時間ほど前に、彼女がいった。「わたしたちにやれる方法があると思う」

おれたちは一週間半かけて詳細を詰めていった。いまではおれはためらいも不安もなく、すっかりのめりこんでいた。エリサンドラがいったとおり、おれに選択の余地はなかった。この件でおれはファツィオに借りがあり、こうすることでしかふたりのあいだの貸し借りを清算することはできなかった。

エリサンドラもすっかりのめりこんでいた。ときにはおれ以上にのめりこんでいるように見えることもあった。おれは彼女に、万一ステーションの当局者がどうにかしてなにが起こったかを再現すれば、むだに大きなトラブルに巻きこまれることになるんだぞ、と警告した。

わたしにはむだには思えない、とエリサンドラはいった。

ふたりで準備をしているあいだ、おれはファツィオとあまり連絡を取らなかった。共生体になんのヒントも与えないことが重要だと考えたのだ。もちろんファツィオの姿は、ほぼ毎日見かけた――ベテルギウス・ステーションはそれほど大きくはなかった。あいつは少し離れたところからこちらを見つめ、にらみ、ときには例の気味の悪い発作を起こして、壁をよじ登ったり、支離滅裂なことを叫んだり、大声で自分自身と言い争ったりしていたが、おれはたいてい見ないふりをした。ときどき彼を避けられないこともあり、そういうときはふたりで食事をしたり、酒を飲んだり、娯楽室で運動をしたりした。だが、そういうことはたいしてなかった。

「さあ」ついにエリサンドラがいった。「わたしのほうはすんだわ。今度はあなたの番よ、チョリー」

おれたちがこのステーションで行っているちょっとしたサービスのなかに、巨大な赤い星を間近で見たいという旅行者のための観光事業がある。数年前に大規模な恒星外層研究プロジェクトが終了したあと、おれたちはベテルギウスのコロナの縁をかすめて通り抜けるのに使われていた十数台のソーラー橇《そり》を譲り受け、それを三日間の小旅行に貸し出しはじめた。橇はふたり乗りで豪華さのかけらもなく、推進システムと呼べるものはいっさいついていなかった。その旅行は厳密にいえば弾道学の応用で、おれたちは橇の軌道を計算し、ここの大きな反射電極から打ち出して、ベテルギウスの外側の縁を横切る目がくらむような周遊旅行に送り出し、乗客に完璧な光のショーと、場合によっては大きな星が引き連れている惑星を十個から十二個見せてやるのだ。橇が軌道の終点に到達すると、おれたちは転回舵輪で橇をつかまえてたぐり寄せる。それはとてつもないことに聞こえるし、実際にそうだ。だが危険そうに聞こえても、そんなことはない。まあ、たいていの場合は。

おれは重力ラウンジでファツィオを捜し出し、そしていった。「ふたりでおまえのためにいいことを用意したんだ」

おれがあいつのために借りた橇は、〈コロナ・クイーン〉と呼ばれていた。エリサンドラは定期的にこのツアーを送り出す仕事をしていて、おれもときどき舵手を務めることはあったが、ふだんはベテルギウス・ステーションをさらに深宇宙への出発点として利用する、大きな恒星間定期船を転回させていた。おれたちはふたりともファツィオの橇を担当することになっていた。あいにく今回は大惨事が起こるだろう。なぜなら軌道極性の計算に残念な小さいミスがあり、それから冗長回路に百万分の一の確率の故障が発生することになるからだ。ファツィオの乗った橇が、広範囲に広がるベテルギウスのコロナツアーを続けることはいっさいないだろう。橇は巨大な赤い星の中心に、まっすぐ飛びこむことになっていた。

投下ドックへ向かう曲がりくねった廊下を歩いているとき、おれはあいつにそのことを伝えたかった。だがそれはできなかった。ファツィオに話せばファツィオの共生体にも話すことになるからだ。そしてファツィオにとってのいい知らせは、共生体にとっては悪い知らせだ。あの汚らわしいやつを不意打ちするには、黙っていることが不可欠だった。

ファツィオはどの程度疑っていたのだろう？　それは神のみぞ知るだ。おれがやつの立場だったら薄々感づいていたかもしれない。だがもしかしたら彼は、これから出かけようとしている航海についてはどんな推測もするまいと力を振り絞っていたのかもしれない。「どんなものか、おまえには想像もつかないだろうな」おれはいった。「またとない体験だ。生《なま》ならでは、ってやつさ。ステーションから見るベテルギウスの景色とは、まったくくらべものにならないぞ」

「橇は気化した炭素の膜の上を滑ってコロナを突っ切るの」エリサンドラがいった。「熱は橇の表面を流れていくだけよ」おれたちは空白の瞬間をすべて埋めようと、衝動的にしゃべりつづけていた。「シールドは完璧だから、実際にあの星の大気圏を通過できるし――」

「もちろんだ」おれはいった。「ベテルギウスはほんとうにでかくて荒々しいから、星系のどこにいようと多かれ少なかれその大気圏内にいることに――」

「それに惑星がある」と、エリサンドラ。「今週の並び方だと、十個以上見えるかもしれない――」

「――オセロ、フォルスタッフ、ジークフリート、たぶんヴォータン――」

「――船室の天井に星図があるから――」

「――木星の質量の二倍ある、五つの巨大ガス惑星――ヴォータンから目を離すなよ、輪っかのあるやつだ――」

「――それにイゾルデ、イゾルデは見逃せないわ。ベテルギウスより赤いの。それ以上赤い星は想像できないくらい真っ赤で――」

「――赤い月も十一個あるんだが、フィルターなしでは見えないだろうな――」

「――オセロとフォルスタッフは確実だし、今週の星図だといまは隠れてるアイーダも現れると思う――」

「――それから彗星《すいせい》の帯もある――」

「――小惑星、わたしたちはそこで重力摂動の結果、ふたつの惑星が衝突したと考えてる――」

「――それにアインシュタイン湾曲、その紛れもない――」

「――大きな太陽フレア――」

「さあ着いた」エリサンドラがいった。

おれたちは投下ドックに到着していた。目の前には輝く金属の壁がそそり立っている。エリサンドラがハッチを起動すると、その壁が内側に開いて小さな橇が現れた。滑らかで先細のカエルの鼻面のような形で、中程が少し盛り上がっている。それはレールに乗っていた。橇の上にはアーチ状の反射電極発射装置のコイルがあり、いまは無電荷を示す青緑色の光が点灯している。なにもかも自動式だった。おれたちはファツィオを橇に乗せて、ステーションに発射信号を送るだけでよかった。あとはエリサンドラが前もって打ちこんでおいた、軌道極性プログラムが面倒を見てくれるだろう。

「これまでの人生で最高の旅になるぞ！」おれはいった。

ファツィオがうなずいた。彼の目は少し曇り、鼻の穴が広がりかけていた。

エリサンドラが発射前の管制装置を起動した。橇の屋根が開き、投下ドックの天井のスピーカーから録音された音声が流れて、乗りこむ方法や、発射に備えて体を固定するやり方をファツィオに説明しはじめた。おれの両手は冷たく、喉はからからだった。だがこんな状況のわりには、とても落ち着いていた。これは殺人だ、そうだろう？　厳密にいえば、おそらくそうだ。しかしおれはそれにつける別の名前を探していた。安楽死、カルマの収支のバランスを取る行為、昔の怠慢の罪を償《つぐな》う方法。ファツィオにとっては、十年間苦しんできた地獄からの解放。おれにとっては、そこまでひどくはないがそれでも深刻な苦痛からの解放だ。

ファツィオが橇の狭い搭乗口に近づいた。

「ちょっと待て」おれはいって、彼の腕をつかんだ。まだ貸し借りは完全に清算されていなかった。

「チョリー――」エリサンドラがいいかけた。

おれは彼女を振り払うと、ファツィオに向かっていった。「おまえがいく前にひとついっておきたいことがあるんだ」

ファツィオは妙な目でおれを見たが、なにもいわなかった。

おれは続けた。「おれはずっと、シンシムがおまえに取り憑いたときに撃たなかったのは時間がなかったからだ、救急隊の到着が早すぎたからだと言い張ってきた。まあそういう面もあったけど、だいたいはでたらめだ。おれにはなかったのは勇気だ」

「チョリー――」エリサンドラがふたたびいった。その声は尖《とが》っていた。

「おれは彼女にいって、またファツィオのほうに向き直った。「おれはおまえを見た、熱線銃を見た、シンシムのことを考えた。でもどうしてもできなかった。おれは銃を手にして突っ立ったまま、なにもしなかった。それから救急隊が着陸して、もう手遅れになっちまった――ひどい気分だったよ、ファツィオ、臆病なくそ野郎みたいな――」

ファツィオの顔が斑に変化しかけていた。目に赤いシンシムの線が不気味に燃え上がった。

「彼を橇に乗せて！」エリサンドラが叫んだ。「やつが彼を操ろうとしてるわ、チョリー！」

「オリガボンガブー！」ファツィオがいった。「アンガバヌー！　フリッツ！　スラップ！」

そして彼は野蛮人のようにおれに飛びかかってきた。

おれはあいつよりも少なくとも三十キロは重かったが、もう少しで突き倒されるところだった。おれはどうにか持ちこたえた。跳ね返されたファツィオはふらふら歩き、エリサンドラがその腕をひっつかんだ。ファツィオは彼女を力いっぱい蹴り飛ばしたが、おれが背後から喉に腕を巻きつけ、床を這ってきたエリサンドラがあいつの両脚を抱えて、ふたりで持ち上げて橇に押しこめるようにした。そのときでさえ、彼を押さえておくのはひと苦労だった。痩せて燃え尽きた廃人ひとりに対して、こちらはふたりがかりだ。ファツィオは悪魔に取り憑かれでもしたかのようにもがき、身をよじり、くねらせた。ひっかき、蹴飛ばし、肘打ちをし、唾を吐いた。その目は燃えるようだった。こちらが橇の搭乗口に無理やり近づけるたびに、ファツィオはおれたちを引きずって離れた。エリサンドラとおれはうめき声をあげ、息を切らしていて、もうあまり長くは持ちこたえられそうになかった。おれたちが戦っているのはファツィオではなく、オーヴォイドの研究室で生み出された人工共生体で、そいつは凄惨な死から懸命にわが身を救おうとしていた。どんなエイリアンのホルモンがファツィオの血液に送りこまれていたのかは、神のみぞ知るだ。それがどんなふうに彼の骨や心臓や肺をつくりなおしてはるかに効率的に働くようにしたのかは、誰にもわからないだろう。もしおれの腕が振りほどかれでもしたら、このなかの誰かが生きて投下ドックから出ることはあるのだろうか、とおれは思った。

しかしそうはいっても、ファツィオにはまだ呼吸をする必要があった。おれはあいつの喉にまわした腕を締めつけ、軟骨がきしむのを感じた。おれは気にしなかった。死んでいようと生きていようと、ファツィオを橇に乗せ、とにかく多少の平穏を与えてやりたい一心だった。あいつとおれの両方に。もっときつく——もっときつく——

ファツィオが耳障りな音をさせて唾を飛ばし、それからガラガラというかすれた不快な音を立てた。

「つかまえたわね」エリサンドラがいった。

「ああ。やったよ」

だがおれは、さらにもう一段階強く締めつけた。ファツィオはぐったりしはじめたが、その筋肉はまだ狂ったように痙攣し、引きつっていた。彼のなかの生き物は、まだ闘志満々だった。しかしいまファツィオの肺にはあまり空気が入っておらず、その脳は酸素に飢えていた。エリサンドラとおれは彼を押して橇までの最後の五メートルをゆっくりと進み——その体を持ち上げて狭い入口の縁まで押し上げ、なかに押しこもうと――

　これまでにない激しい痙攣がファッィオの体を貫いた。彼がおれの腕のなかで体を半分ひねり、エリサンドラと向かいあったとき、その唇になにか灰色の輝く泡が現れた。一瞬、なにもかもが凍りついたように見えた。その一瞬だけ、時間が切り取られたような感覚だ。それからまた物事が動きはじめた。泡が弾け、なにかの組織の切れ端が、ファッィオの唇とエリサンドラの唇のあいだの狭い隙間を飛び越えた。死に直面した共生体が、別の宿主を見つけるために己の命のもとを投げ出したのだ。「チョリー！」エリサンドラが泣き叫び、まるで目に酸を投げつけられでもしたようにファッィオを放して、よろよろと離れた。エリサンドラは自分の顔をかきむしっていた。小さくて平らな灰色のぬるぬるするものが彼女の口を覆うように張りつき、二本の輝く仮足《かそく》をすばやく上に突き出して鼻の穴に入りこもうとしていた。共生体がそんなふうに分枝を放出できるなんて、おれは知らなかった。たぶん誰も知らなかっただろう。さもなければファッィオのような人たちが自由に歩きまわることは、許されていないはずだ。

　おれは大声でわめき、金切り声を上げ、物を壊したかった。おれは泣きたかった。だがそういうことはなにもしなかった。

　バックギャモンに住んでいた四歳の頃、父親がメイルストロム橋の上で物売りからぴかぴかの小さな渦潮ボートを買ってくれた。それはバスタブに浮かべて遊ぶただのおもちゃだったが、ミニチュアのスタビライザーの支柱やアウトリガーが全部ついていた。おれたちは橋の上に立っていて、そのボートがどんなに上手く走るか見たかったおれは、それを欄干越しに渦巻きのなかに放りこんだ。もちろんボートはたちまちさらわれて、見えなくなってしまった。それが自分の元に戻ってこないことに戸惑い、うろたえたおれは、助けを求めて父親のほうを見た。だが父親は、おれがまったくの面白半分で自分からの贈り物を投げ捨てたのだと思い、どす黒い怒りと紛れもない憎しみのこもった目でこちらを見て、おれを縮み上がらせた。あの目をおれはけっして忘れないだろう。おれは半日泣き暮らしたが、あの渦潮ボートは返ってこなかった。いまおれは泣きたい気分だった。ほんとうに。なにかすさまじく不公平なことが起きていて、おれは四歳の子どもに逆戻りした気分だった。そして助けを求められる相手は誰もいない。おれはひとりきりだった。

おれはエリサンドラのところにいって、つかのま彼女を抱きしめた。エリサンドラはむせび泣き、しゃべろうとしたが、そいつに口をふさがれていた。その顔は恐怖に青ざめ、全身が震えて狂ったように痙攣していた。

「心配しないで」おれはささやいた。「今度はどうするべきかわかってるから」

いざ動くとなると、人はどれほどてきぱきと行動することか。おれはまずファツィオを、つまり彼の抜け殻を、ひと抱えの藁束《わらたば》のようにあっさりと〈コロナ・クイーン〉の狭い搭乗口に投げこんで、目の前からどけた。それからエリサンドラを抱き上げて、橇に運んだ。彼女は本気でもがくことはなく、少し身をよじっただけだった。共生体の支配は、まだそこまで及んでいなかったのだ。最後の瞬間、おれはそこに赤い輪が見えないことを期待して、彼女の目をのぞきこんだ。いや、まだだ、そんなに早く現れはしない。彼女の目はおれが覚えていた目、おれが愛した目だった。それは落ち着き、冷たく、澄んでいた。彼女はなにが起こっているかわかっていた。しゃべることはできなかったが、目でおれに訴えていた。「そう、そうよ、やって、お願いだからやって、チョリー！」

不公平だ。不公平だ。でも、公平なことなんてなにもない、とおれは思った。あるいは、もし宇宙に正義があるとしても、それが存在するのはおれたちには知覚できないレベルの、長い目で見ればすべてが均等にならされている、どこかの寒々としたマクロの世界の話で、罪は必ずしも罪人によってあがなわれるとはかぎらない。おれは彼女を搭乗口からファツィオの隣に押しこんで、橇の屋根を閉じた。そして投下ドックの壁の制御盤へいき、出発の信号を入力して、橇がレールを滑り落ちて出口のハッチへ向かい、ベテルギウスへの片道旅行に出かけるのを見送った。作動した反射電極が一瞬赤くギラリと光り、それから青緑色に戻った。おれは後ろを向きながら、自分も最後の瞬間に共生体の一部を送りこまれてしまっただろうか、と思った。そして頭のなかで例のむずむずした感じがするのを待った。だが感じなかった。たぶんおれたち両方に取り憑く時間はなかったんだろう。

それから、ついにおれは発射レールの上にへたりこんで泣きだした。そしてしばらくすると、静かに、呆然と、抜け殻のように、まったくなにも考えずにそこから出た。六週間後の査問では、どうしてエリサンドラがファツィオと一緒に船に乗ることを選んだのかはまったくわからない、と証言した。あれは心中だったのか、と査問会は尋ねた。おれは肩をすくめ、自分は知らないと答えた。あの日ふたりの心のなかでなにが起きていたのか、自分にはまったく見当もつかないと。静かに、呆然と、抜け殻のように、まったくなにも考えずに。

そんなわけでファツィオは、ついにベテルギウスの燃える中心で安らかに眠っている。おれのエリサンドラもあそこにいる。そしておれは相変わらずこのステーションで、くる日もくる日も転回舵輪を操作して過ごしている。巨大な赤い太陽の縁をかすめて巡航する宇宙船をたぐり寄せながら。取り憑かれたような感じがするのも相変わらずだ。だが、いまおれを訪ねてくるのはファツィオの幽霊でも、エリサンドラの幽霊でさえない――いまは違う、やはり今度は違うのだ。おれを悩ませているのは、たぶんおれ自身の幽霊なのだろう。

（佐田千織訳）

還る船

アン・マキャフリー

アン・マキャフリー（Anne McCaffrey）は一九二六年生まれ。一九六八年、《パーンの竜騎士》シリーズ『竜の戦士』（ハヤカワ文庫ＳＦ）の第一部となる短編「大巌洞人来たる」でヒューゴー賞中長編部門を受賞。一九六九年には同じく『竜の戦士』の第三部となる「冷たい宇宙間隙」でネビュラ賞中長編部門を受賞。二〇〇五年にデーモン・ナイト記念グランドマスター賞を受賞。二〇一一年没。本短編は《歌う船》シリーズ（創元ＳＦ文庫）に属する。

（編集部）

ヘルヴァは膨大な音楽ファイルのあいだをうろついて、何か本当に特別な楽曲はないかと捜しまわっていた。そのとき外部センサーが彼女の注意をとらえた。警報に意識を向ける。まっすぐ前方に、小型船と中型船と大型船が入り混じった、大規模な船団の残したイオン航跡があった。船団が通過したのは数日前だが、今なお汚染された放射の〝悪臭〟を感じることができる。もちろん彼女はその情報を分析した。即座に探査範囲を最大に上げると、左舷センサーの範囲ぎりぎりに、ちらりと船団の影を垣間《かいま》見ることができた。

「通常の航路からは少しはずれてるわね」

「まったくだ」ナイアルが答える。

ヘルヴァの気持ちがなごんだ。最後の微調整でホログラフィ・プログラムは見違えるほどよくなっていた。ナイアル・パロランは操縦席に座って、小さな片手を圧力パッドの脇に広げ、もう片方は肘掛けのところでぶらぶらさせている。好きだった黒い船内スーツを着て、いつもどおりの自惚《うぬぼ》れた様子で『黒が似合うようになったのさ。髪の色が白くなったからな』などと言って豊かな銀髪を掻《か》き上げ、彼女のほうに向かってちょっと格好をつけて見せても不思議はない。

「正確にはここはどこなの、ナイアル？　あまり注意してなかったんだけど」

「ハッ！　また夢想の国に行ってたのか」

「どこにあるのか知らないけどね」彼女は楽しそうに答えた。彼の声を聞くと、本当に心が安らぐ。

「どうやらここは……」プログラムが現在の座標にアクセスする。「ケフェウス3宙域だな」

「やっぱりそうよね。どうしてこんなところに大船団がいるの？　この付近の空間には何もないはずなのに」

「アトラスを参照してみよう」プログラムしたとおりの反応でナイアルが言う。

二カ月前に死んだ男のホログラムとは不気味に思えるが、こうして死者が動くのを見ているほうが――心理学的には――気持ちが慰められるのだ。この〝道連れ〟は死んだ筋肉《ブローン》をレグルス基地まで連れ帰るあいだ、彼女の嘆きを鎮めてくれるだろう。そして彼女は動きまわれるパートナーを、我慢のできる新しい筋肉《ブローン》を見つけることになる。ナイアル・パロランという生き生きした個性を相手に過ごした七十八年五カ月と二十日という年月は、簡単に消してしまえるものではなかった。しかも彼女には彼を〝生かして〟おく技術があった――ある意味で、それこそ彼女がしたことだった。二人のふだんのやりとりの記録はいくらでもあったから、それをプログラムに組みこんだのだ。いずれすぐに手放さなくてはならないだろうが、そうするのは嘆きを遠ざけておくためにその存在に頼る必要がなくなってからだ。もちろん彼女がこれまでの生涯、そうした感情にあまり曝《さら》されてこなかったというのではない――最初の筋肉《ブローン》だったジェナンを、一生続くはずだった関係が始まったほんの数年後に亡《な》くしているのだから。

その時期、ナイアル・パロランはレグルス基地の〈中央諸世界頭脳《B》筋肉《B》船管理局〉で彼女の連絡官だった。比較的短期間の、あまり成功したとは言えないほかの筋肉《ブローン》たちとのパートナー関係を経たあと、彼女は喜んでナイアルを自分の動ける片割れに選んだ。二人はいっしょに銀河系を飛びまわった。ナイアルは器用に立ちまわって彼女の子供時代と教育期間中の〈中央諸世界〉に対する債務を完済させ、二人は自由契約となった。強制的に割り当てられた任務ではなく、気に入った仕事を引き受けることができるのだ。かつて気まぐれでジェナンに言ったように馬の首星雲へ行ったりはしなかったものの、NH－八三四はこの銀河系内だけで、興奮を求めて外に出ていく必要などないほど、たっぷりと冒険や仕事をこなしてきた。

「もっとよく見えるかどうかやってみましょうよ、ナイアル」

「こういう退屈な日には悪くないアイデアだ」彼の指が操縦席の制御盤に並んだ圧力パッドの上をすばやく動いたが、実際に針路を変更したのはヘルヴァだった。いずれにしても彼女がそれをやっていたはずだ。ナイアルにやってもらうしかないことはじつのところ何もなかったのだが、彼に仕事を与えておくのは彼女の喜びでもあった。ぼくのやりたくない仕事ばかりよくそう次々に見つけてくるものだと、彼はいつも文句を言っていた。そして彼女は、ちょっとした力仕事をしたって誰の迷惑にもならないと言い返す。もちろん彼が肉体的に衰えてきてからは、こういう古いやりとりをなぞることがリップ・サービスにもなっていた。

彼女がＮＨ-八三四になったとき、筋肉《ブローン》のナイアルは四十代なかばだった。非殻人《シエルピープル》としてはずいぶん長生きをしたことになる。

「ぼくの肉体は頑健だからな」ホログラムが言い、ヘルヴァははっとした。

声に出して考えていたのかしら？　何かプログラムの反応を誘うようなことを言ったにちがいない。

「大切に使えば何世紀ももつわよ」いつもそうしていたように、彼女はそう答えた。

コントロール・パネルの座標にしたがって九十度回頭する。

「ぐずぐずするな、お嬢ちゃん」ナイアルは椅子に座ったまま、彼女のチタニウムの殻《シエル》が収まっているパネルに顔を向けた。

そのまま彼と〝いつもの〟やりとりをすることも考えたが、ここはもう少し〝侵略〟に目を向けたほうがいいだろうと思いなおす。

「なぜあれが侵略だと思うんだ？」ナイアルが尋ねた。

「あれだけの数の船が、みんな同じ方角に向かっているのよ。ほかにどんな可能性があるって言うの？　貨物船は船団を組んだりしないわ。少なくともこんな辺境ではね。放浪民はもっと入植地の多い扇形区《セクター》にいて、決まった航路に固執《こしつ》するはずよ。それにもしわたしがあの船団のＫＰＳを正しく読み取っているとすれば……」

「……もちろんきみは正しく読み取ってるに決まってるよ、わが友なるレディ……」

「あの船団の船は貨物船どころじゃない仕様に改造してあって、そこらじゅうに汚染物質を吐きちらしてる。許されることじゃないわ」

「宇宙を汚染するのはいかんな」ホロの右の眉が、ナイアルの癖を真似てぴくりと上がった。

「エンジンの改造も同様だ。誰かに警告する必要は？」

ヘルヴァはこの扇形区《セクター》のアトラスの記載を見た。「目的地と思われる星系に、人の住んでいる惑星は一つしかないわ。ラヴェル……」その名前を見て、彼女はいきなり心臓をわしづかみにされた気分だった。「よりにもよって」

「ラヴェル？」あれほど昔の記録を瞬時に検索するとは、よくできたプログラムだ。思ったとおりのホロの反応に、彼女は内心たじろいだ。「ラヴェルと言えば、ノヴァ化してきみの筋肉《ブローン》のジェナンを殺した恒星の名前だろう？」ナイアルはその事実を完璧に知っていた。

「思い出させてもらうまでもないわ」

「わが最大のライバルだ」ナイアルはいつものように明るい調子で言い、操縦席を回転させて悪びれない笑顔を彼女に向け、そのまま三百六十度回ってふたたび制御盤に向き直った。

「ばかなことを。もう一世紀近く前に死んだ人なのに……」

「死んではいるが、忘れられてはいない……」

ヘルヴァは黙りこんだ。いつものようにナイアルは正しい。たとえ死んでいるとしても。もしかすると、反論できるようにしたのはあまりいい考えではなかったのかもしれない。だが生きていればどのみち同じようなことを言ったろう。何度もこういうことがあったからこそ、プログラムにもそれが反映されているのだ。

せめて診断で彼の全面的な衰弱の原因を一つに絞りこめていればと思う。そうすればその死を出し抜くことだってできたかもしれない。どうにかして方法を考え出して。

「擦《す》り減ってしまったのさ、愛《いと》しい人」自分が徐々に弱っていることを否定できなくなったとき、彼は諦めたようにそう言ったものだった。「変質していく生命形態に何を望むんだ？　これだけ生きられて幸運だったくらいだ。これまでの七十年間、ぼくのためにやきもきしてくれてありがとう」

「七十八年よ」

「きみを独りにしてしまうのはすまないと思ってるよ」ナイアルはそう言って、彼女が収められているパネルに頬を押し当てた。「ぼくの生涯で、きみは最高の女だった」

「わたしだけはものにできなかったからでしょ」

「何もやってみなかったわけじゃないぞ」ホログラムがいかにも彼らしく鼻を鳴らして答えた。

ヘルヴァはその言葉を繰り返した。思い出に浸ってひとりごとを言うなんて。このままではすぐに記憶とプログラムの区別もつかなくなってしまうだろう。

なぜナイアルが買った補綴《ほてい》ボディを使わなかったのだろう――あれのおかげでクレジット残高は危険なほどゼロに近づき、二人のあいだに修復できないほどの溝を作るところだった。それほどまでに彼は物理的な触れ合いを求めていたのだ。そんなのは代用品だと彼女は反論したのだが。補綴ボディこそが、ナイアルの目には――そして腕にも――彼女自身になってしまっていただろう。なにしろ動かすのは彼女なのだから。しかも彼は激しく彼女をものにしたがっていた。だからこそソーグ・プロスセティクス社に彼女の肖像ホログラムを渡すことまでしたのだ。それは彼がヘルヴァの筋肉となるずっと以前に、彼女の医療記録にあった遺伝子情報と両親やきょうだいのホロをもとにして作り上げたものだった。彼から聞かされるまで、両親に普通の肉体を持った別の子供たちがいることを彼女は知らなかった。もちろん殼人《ブローン》たちは家族への好奇心を抑制されている。彼らは殼人であり、まったく違っているのだ。遺伝子情報からホログラムを作るとき、外見には――その女性ははっとするほどの美女だった――誓って手を加えていないと彼は言った。調査資料を提出して、彼女にチェックまでさせたくらいだ。

「きみは気に入らないかもしれないけど」彼はいつもの不遜な調子で言った。「でもきみはブロンドの青い目の女性で、しなやかな長身に育ってたはずだ。ぼくの好きなタイプにね。お父さんはなかなかのハンサムで、女の子は父親に似ることが多いから、その顔立ちも参考にした。お母さんが美人じゃなかったってわけじゃないぞ。きみのきょうだいもみんなそうだ。確実な外挿法でわかること以外は、何も手を加えていないんだ」

「自分が好きだからブロンドを選んだくせに。そうじゃないなんて言わせないわ!」

「ぼくがそんなことをすると思うかい?」ホログラムが答え、ヘルヴァは即座に現実に――拒否しつづけている事実に――立ち返った。ナイアル・パロランは、彼女が愛した男は、死んだのだ。本当に、まぎれもなく。彼が〝浮世の重荷〟と呼んだ肉体は、彼の居室に静かに横たわっている。穏やかな臨終だった——騒動と憤激と名演に彩られた彼の人生とは裏腹に。生命反応がゆっくりと薄れていったかと思うと、次の瞬間には何も存在しないことを示す平坦な一本の線となり——ナイアル・パロランだった個性の本質は肉体を離れ、魂だか霊的実在だかが行くべきどこかへと向かっていた。

泣くことのできない彼女の心は粉々になった。あとで思い返してみると、彼女は何日も宇宙空間に浮かんで、彼の死を受け入れようとしていた。何度も何度も繰り返し、二人は長いこといっしょにすばらしい時間を過ごしたと自分に言い聞かせた。今度のことはジェナンの場合とは違う、ほんの短い数年をいっしょに過ごしただけのジェナンは、充実した、生産的な、長い人生を送ることができなかったけれど、ナイアルはそれができたのだと。だから欲をかいて、もう少しいっしょにいたいなどと思うべきではない。とくに最後の十年間、あれほど夢中になって熱心に、他人《ひと》の言うことを聞かない騒々しさで追い求めていた生き方を、彼はもう楽しめなくなっていたのだから。もちろん彼女はこの百年のあいだに、嘆きと折り合いをつける方法を学んでいた。だからこそレグルス基地まで長い無言の旅を続けることに耐えられないと気づいたのだ。〈局〉の英雄たち、とりわけ彼女に何十年も耐えつづけた彼は、自分もそうした人々と並んで埋葬される権利があると主張していた。その話をしたときは今よりもずっとレグルスの近くにいたのだが、そんなことには関係なく、彼女はその要求を聞き入れるつもりだった。

空間的な近傍にはエスコートしてくれるほかの頭脳船《ブレイン・シップ》はいなかった。彼女とナイアルは未踏の星系を最初に探査する仕事に従事していたのだ。ジェナンの遺体を乗せてラヴェルから戻る際、エスコートがついたときには憤然としたものだった。今回のことで彼女が自殺するなどという危険があるわけではない。その試験には、はじめてレグルス基地に葬儀のために帰還したときもうパスしている。あのときだった、複製をプログラムすることを思いついたのは。だとしたら、それは相棒の死の受容を遅らせるため？　もちろんこの違反には目をつぶってもらえるだろう——これが違反だとしても。レグルスに報告する必要もない。彼女が別の相棒を受け入れる気持ちになっていると知れば、向こうは大喜びだろう。経験を積んだ頭脳筋肉船《B&B》は、微妙な任務のためにいつだって引っ張りだこだ。彼女は中でも最高の一人だった。彼女には頭脳船《ブレイン・シップ》やステーションのために開発された最新技術の成果が詰まっている。ナイアルが買ったあのスペアの肉体も含めて。あれはまだ一度も使っていない。使う気になれないのだ。あのソーグ社の補綴ボディには、どうしても入る気がしない。ああ、もちろんティアが使ったことは知っているし、自由に殻《シェル》を〝離れて〟移動できる能力をあの子が大いに楽しんだことはわかっている。いい言葉だ、〝離れて〟というのは。彼女とナイアルは補綴ということ全体について、何度も激しく議論したものだった。

「もしぼくが腕か脚を一本なくしたら、義手や義足を使わせるんじゃないのか？」というのがナイアルの反論の一つだった。

「歩いたり手を使ったりできるようにね、ええ。でもそれとこれとは話が違うわ」

「ぼくがきみをどう扱うか知ってるからだって言いたいんだろう？」彼はパネルのすぐそば

に迫っていて、顔がぼやけて見えるほどだった。彼女が妥協しないことに、いつも悪態をついていた。「ぼくのまん中の足なんかお呼びじゃないってわけだ」

「少なくともそれは、補綴ボディにはついてないでしょうね」

「賭けるか？」彼はくるりと背を向け、操縦席に戻って大の字になり、パネルを睨《にら》みつけた。「問題はだな、お嬢ちゃん、きみがそんな樽の中で歳をとっていくってことだ。プラスクリートの中に閉じこめられて。自分が何を体験しそこなってるのかも知らずに！」彼は苦々しげに鼻を鳴らした。

ヘルヴァは自分のことを寛容で進取の気性があると考えていたので、その非難は胸にこたえた。今でもそうだ。あるいは彼女の頭が年老いて、肉体的な自由というものを想像できなくなっているのかもしれない。彼女はどうしてもあの空《から》っぽの人工身体を自分自身の、ヘルヴァの肉体として操る気になれなかった。ソーグ補綴器のことを話し合った頭脳船《ブレイン・シップ》のすべてが、それを殻《シェル》の中で身動きできない肉体の代用品と考えていたわけではない。中には使いこなしてしまう者だっていた。もちろんティアは——アレックス／ヒュパティアAH-一〇三三は——子供のころ非殻人として歩きまわっていた。あるいはナイアルが大声でわめきちらしていたとおり、ヘルヴァは条件づけを変更すべきなのかもしれない。モラルのアップデート。頭脳船《ブレイン・シップ》としては、じつのところ彼女はそれほど年配というわけでもない。ナイアルがあれほど望んだのに、どうして補綴ボディを使うことを受け入れられなかったのだろう？　二人は長いことパートナーを組んでいた。そこで個性をもう一つ、最終的に手放したくらいで、どうしてその関係が壊れたりするはずがある？　ナイアルはよく彼女のことを科学技術的に貞潔な乙女と言ってからかったが、彼女自身はそんなふうに考えたことはなかった。自分は乙女なんかじゃない。ただ自分自身を受け入れるように条件づけされていて、だからこそ〝殻《シェル》から出る〟のは考えうるかぎり最悪の運命なのだ。補綴ボディを使うのと殻《シェル》から出るのとはまったく別の話だと、彼は大声で言い返したものだった。前に一度知覚を奪われていたあいだも、殻《シェル》から外に出たわけではなかった。頭がおかしくなりそう《アウト・オブ・マインド》ではあったけれど、殻の外《アウト・オブ・シェル》に出たわけではない。だが彼女はどうしても、とにかく従うことができなかった。従う？　いや、あれはただ単に従わなかったのではない。彼の不合理な、だがどこまでも肉体的な欲求に対する彼女の反応を語るのに、そんな言葉は弱すぎる。はっきりと拒否したのだ。そして今、そうしなければよかったと彼女は思っていた。だがもし今もナイアルが生きていたら、はたして言うとおりにしただろうか？　そうは思えない。彼が死んだからこそ後悔しているのだ。

「できればぼくが不能になる前にしてくれよ、お嬢ちゃん」それはホロの言葉だった。

「どれだけ申し訳なく思っているかわかってもらえれば、ナイアル……」彼女はそうつぶやいた。

　センサーからぱちぱちと情報が入りはじめた。イオン航跡の分光分析をいつ指示したのか、はっきりとは思い出せない。そういう行動は彼女の標準操作手順の一部に組みこまれているので、自己批判をしつつナイアルの言葉を聞いていたとき、なかば自動的に起動していたのだろう。

「あらあら、熊狩りみたいにびっしり武装してるわね」

「なるほど」ナイアルのホロが答える。「でもどんな熊を狩るつもりなんだ？」

「クロエの狂信者たちは寒さしのぎに毛皮にくるまってた……だからこの比喩は正確そのものよ」ヘルヴァはその正確さを面白いと思った。「覚えてるわ。あの人たちが嬉々《きき》として……」

「嬉々として？」ナイアルの声が不満そうにひび割れた。「あの連中はそんな言葉、きっと聞いたこともないさ。それで、こんな宇宙の果てで熊狩りをしてるのはどこのどいつだ？」

「まあちょっと聞いて。はじめて会ったとき罰を受けることに貪欲だったあの人たちは、新たに居住可能な惑星に移って、そこをラヴェルと名付けたの」

「自分たちの罪をいつも思い出すようにって仕掛けにちがいないな」ナイアルがむっつりと感想を述べる。

ヘルヴァは報告を分析した。「お客さんの身許《みもと》がわかったわ。海賊ね」データ・ファイルと照合した結果、放射の特徴が一致したのはコルナー人の侵略艦隊だった。小型船はたぶんヨットだろう。中型の宇宙船は貨物船を海賊稼業の用途に改造したもので、そのほかに二隻、大型だが旧式の巡洋艦サイズの船がいるらしい。

ナイアルのホロは勢いよく椅子を回して彼女に向き直った（こういう動きをするような場面では、このプログラムが非常によくできているのがわかる）。「コルナー人だと？　きみの友だちの宇宙ステーション、シメオンを襲ったやつらか？」

「まさしくそれよ。〈中央諸世界宇宙軍〉が包囲して一網打尽《いちもうだじん》にしようとしたけど、全員を捕まえることはできなかったの」

「強敵だな、コルナー人とは」ホロの表情は真剣そのものだった。「レグルスからの最新の報告によると、少なくとも二グループ、もしかすると四グループが逃げおおせたそうだ。やつらのやり口なら、ラヴェルでの熊狩りくらい一グループでもじゅうぶんだろう」ホロは不満げに両手を肘掛けに叩きつけた。

「本当にまだ生き残りがいるのかしら？　ショーンドラ博士がやつらのあいだにばらまいたウィルスは、これまでに知られた中でいちばん毒性が高いものよ」ヘルヴァはため息をついた。「コルナー人はばたばた死んでいってるはずだわ」

コルナー人は苛酷な惑星環境に適応した犯罪者のグループで、一種の亜人類と考えられており、致命的な病気やウィルスやきびしい環境条件にさらされても生き抜く能力を身につけている。ライフサイクルは短く、ほかの人類種族の男性がやっと思春期に達するくらいの年齢で成熟するが、短命という限界にもかかわらずきわめて危険な種族だった。惑星だろうと宇宙空間施設だろうと貨物船団だろうと、襲えるものは手当たりしだいに襲撃し、捕虜にした住人や乗組員を奴隷にして、捕獲した船は自分たちの目的に利用する――海賊行為に。宇宙ステーション九〇〇を占領したコルナー人をかろうじて撃退した〈中央諸世界宇宙軍〉は、徘徊《はいかい》する本隊をほぼ壊滅させたと考えていた。宇宙軍はなお警戒態勢で、残存勢力は発見しだい撃破することになっている。

「ふん！」ナイアルは鼻を鳴らした。「特定のウィルスに適応するのはコルナー人のお家芸だぞ。あのひねくれた性格と常軌を逸した代謝能力のおかげだな」

「わたしもそれを心配しているのよ。あんな状態で船を飛ばすような頭のおかしいのがほかにいる？　放浪民でさえ、あそこまで放射に無頓着ではいられないわ」

「もし放浪しつづける気があって、ある星系からこっそり船出しようとしてるならな。コルナー人を追いかけるのが賢明と言えるかい？」ナイアルの口調に不安の影が忍び入った。

「きみは最高の戦利品になるぞ」

ヘルヴァは怖気《おぞけ》をふるった。コルナー人の指導者、ベラジル・ト・マリードが宇宙ステーションの脳《ブレイン》のシメオンに何をしようとしたか、ありありと思い出されたのだ。ナイアルにそれを指摘されたのが不思議だった。プログラムには自信があったものの……魂の転移などということが合理的に信じられるだろうか？　あのホロが本物のナイアルの幽霊だなどと？

「ラヴェルの狂信者たちにとって、コルナー人はノヴァみたいなものよ。見殺しにはできない。因縁めいたものを感じるわ」ため息が出た。「考えてもみて。太陽に灼《や》きつくされようとする惑星からあの人たちを救出して、もう百年近くになるわ。ノヴァ化する恒星からも、男だけが持つ邪悪さからもじゅうぶんに離れたちょうどいい星系を探し出すのに、〈中央諸世界〉はかなりの時間を費やしてる。そのあいだにあの人たちが、多少とも現代的な機器を手に入れたことを祈りましょう。ノヴァはともかく、せめて掠奪者《りゃくだつしゃ》から身を守れるくらいのものはね。あら！　アトラスによると、太陽は安定だそうよ。それに回心者を受け入れるための宇宙港がある。少なくとも以前はあったみたい」

「ハッ！」ホロがいまいましげに叫ぶ。「人工衛星システムは？」

「記載がないわね。実際、この四十年間ずっと接触がないの。どうやら瞑想《めいそう》か何かしているところへ乱入することになりそうね。惑星上には女性しかいないわ。敬虔《けいけん》な乙女たちをコルナー人の手に渡すことはできないんじゃない？」

「見てる分には面白そうだ」悔悟ということを知らないナイアルが言う。

「お黙り、好色なサディスト」彼女はできるだけ毅然《きぜん》とした口調でそう言った。プログラムを閉じてしまったほうがいいのかもしれない。いえ、だめよ。どういう形にせよ、彼が必要だわ。そのプログラムに埋めこまれているのは七十八年にわたる経験の粋なのだ……彼と彼女の。

「ぼくはサディストだったことなんてないよ、かわいいヘルヴァ」ホロは横柄な口調でそう言い、にやっと笑みを浮かべた。「快楽主義者だってことは認めるけど、ぼくの態度を気にした女なんかいなかったぜ……きみ以外にはね！　近くにいる〈中央諸世界〉の部隊にラヴェルの緊急事態を打電したらどうかな」

「やってるわ」最後に〝全員注目〟タグをつけてビームを送信する。「送り出したところよ」はじめて彼女が安堵《あんど》を覚えたのは、ラヴェルに男性の存在という汚れを持ちこまずにすむと思ったときだった。プログラムは止めたほうがいいだろう――どうもナイアルは彼女からの合図がなくてもしゃべりだすようだから。惑星のあちこちに身を隠すよう説得するのは、少なくとも前回ほど難しくはなさそうだった。前にも一度彼女たちを救出しているという事実があるので、コルナー人がやってきたときできるだけ人数を少なく見せるようにという要求も受け入れられやすいはずだ。なんとしても従わせなくては！　彼女たちをコルナー人の強姦《ごうかん》や暴力の犠牲者にするわけにはいかない。それにラヴェルはレグルス基地へ向かう航路からほんの少しはずれているだけだ。ナイアルの死で逃避的になっていたところへまた自分が役に立てる事態が起きて、彼女は気分がよくなり、活気づいていた。クロエで必要とされたときのように、ジェナンの父親がパルシーアで必要とされたときのように。本当の悲劇とは、助ける力を持った者が必要なときそこにいないために起きるのだ。彼女はそこにいて、必要とされている。栄養液を供給するチューブに力がみなぎった。

「絶好調って感じかい？」ホロが明るく尋ねた。「そうこなくちゃ！　やるべきことをやるんだ。データを見ると、小さな入植地がたくさんあるようだ。修道所と呼ばれてる。クロエ時代からだいぶ人口を増やしたらしい」彼はため息をついた。「じゅうぶんな地勢環境調査がなされていないんで、隠れ家になりそうな場所がどのくらいあるのかはわからない。でも植物の豊かな惑星だ」

「森や山や谷がたくさんあるわね。ばらばらになれば、身を隠す場所はいくらでもありそう。コルナー人が空から探しても、そう簡単には見つからないと思うわ。つまり、油断なく気を配っていればね」ヘルヴァは希望が湧き上がってくるのを感じた。「宇宙軍が到着するまで、頭を低くしていればいいのよ」

「とはいえ――」ホロの声が皮肉っぽいものになる。「――それは宇宙軍の艦隊が近くにいて、間《ま》に合うように駆けつけてくれればの話だ。ひょっとするとそんな小さな植民者のグループは、救助する価値がないと判断するかもしれない。はじめて聞く宗教団体だな……インナー・マリアン・サークルか。誰なんだ、このマリアンていうのは？」

「その場合のマリアンは形容詞よ。イエスの母のマリアのこと」

「ああ……じゃあインナー・サークルってのは？」

「わからないけど、どうってことじゃないわ。とにかく警告しないと」

「警告する相手がもういないかもしれないぜ」とナイアル。「ちょっと待て。クロエ時代から人口を増やしたって言ったな？　独身を誓う宗教団体が、どうやって人口を増やすんだ？」

「改宗かしら」生殖を罪とみなすような信仰を、小さなグループがどうやって維持しているのかというのは彼女にも謎だった。「四十年前に新しい入植者が到着してるわ」

「まったく！」ふと気づいて言い足す。「子供のころに入植したとしても、今ではみんな四十代以上か。敏捷《びんしょう》なコルナー人より速く走れるのか？」

「処女生殖は？」

「なるほど、それなら文字どおりだな」彼はにやにやした。

「マリアについても言われてることよ」

ナイアルは鼻を鳴らした。「単に婚外妊娠の最初の記録ってだけさ」

「かもしれないけど、だからって救世主が人類に及ぼした影響が薄れるわけじゃないわ」

「それは認めるがね」

「心が広いこと」

「現実主義だよ」彼はそう言って、椅子の中で身を乗り出した。「まず救出する相手がいるかどうか確認するのが先決だ。そのうえで、もし安全に身を隠せる場所があるなら、宇宙軍の艦隊が来るまでコルナー人に見つからないように隠れていてもらう。あいつらの手に落ちるなんてことは、一番の敵の身にだって降りかかってもらいたくない運命だからな……いや、二番めの敵の身にも、かな」

ヘルヴァはコルナー人のファイルに目を通した。「新たな本拠地を探してるのかもしれないわ。本来の出身惑星は〈中央諸世界〉が殺菌してるから」

「だったらなおのことラヴェルは渡せない。住みやすそうな惑星だからな。近所にあんな犬畜生どもがいたんじゃ……」

「ラヴェルには犬に似た原生種の動物がいるのよ。また速読でわたしより先を読んでたの？」彼女は驚いてそう尋ねた。ちょうど現地の動物相の説明を読みはじめたところだったのだ。

「Mタイプの惑星にはたいてい犬に似た動物がいるもんさ。猫はかならずしもそうじゃないがね」ナイアルはちらりと意地悪そうな目を彼女に向けた。彼は犬派だったが、ヘルヴァのほうはずっと以前に、自分が犬よりも猫の独立性を好んでいることに気づいていた。恒星系から恒星系を飛びまわるあいだ、二人は犬と猫それぞれの長所について楽しく議論を続けたものだった。「惑星には肉食獣もいるはずだ。なのにわれらがインナー・サークルの連中は武器も持たず、狩りもしない。菜食主義者だからな」彼はまた横目で彼女を見て笑みを浮かべた。

「じゃあ完全な有機栽培なの？」ヘルヴァは無邪気な声でそのテーマを追求した。

「コルナー人が大好きな有機栽培の処女たちさ」ホロが両手をこすりあわせ、薄笑いを浮かべる。

ヘルヴァはそれを無視した。「気候も温暖ね。ほとんどの時期を雪と氷に閉ざされていたクロエとはずいぶん違うわ」

「なんだって？　肉体と魂を純化するきびしい気候じゃないのか？」

「違うのよ！　しかも基本的な環境は良好で、そこには手を加えていないの。現地の動物を使役することさえしてない。最後の船が着陸した四十年前の記載によるとね。環境と調和して生活しており、収奪はしていないと書かれてるわ」

「おかげで自分たちが収奪されるはめになりかけてる。だがまあ結局のところ、ぼくとしてはその人たちが野菜畑のまん中で、コルナー人に蹂躙《じゅうりん》されたり犯されたりするのを見たくはないな」

「そんなこと、もちろん許さないわ」ヘルヴァは断固とした口調でそう言ったものの、最初のときに出会った猜疑心《さいぎしん》と敬虔な運命論——そのためにジェナンは死ぬことになった——にふたたび直面するのはごめんだと思わずにはいられなかった。

「正直なところを言うと、どうやって愛しいきみの手助けをすればいいのかわからないんだ。女性についてのぼくの評判は知ってのとおりだし……」

「話はわたしがするわ」彼女は強い調子でホロの言葉をさえぎった。

ナイアルは椅子に背を預け、水平機構の上でぶらぶらと身体を揺らした。「きみはインナー・サークルの中で救世主の一人に数えられてるんじゃないかな」

「まさか。当時の人間はもう残ってないでしょうし、人工的な寿命の延長も認めてないから……」

「病気の治療も祈るだけかい？」

「不純な物質を避けているの。コルナー人を避けるみたいにね」

ナイアルは首をかしげて彼女を見た。「もしかするとコルナー人を、宇宙の神だかなんだかが送ってきた試練だとして歓迎するかも……」言葉を切り、顔をしかめる。「マリアって神じゃ——いや、つまり女神じゃなかったんじゃないか？　まあともかく、コルナー人は信仰を試すために遣《つか》わされたって考えたりはしないか？」

「そうならないといいんだけど。シメオンが送ってくれた記録がまだあったかしら？」

「あの強姦シーンのことかい？　ぼくのお気に入りだけど」ナイアルは指で制御盤を叩いた。「まさかあれを無邪気な人たちの前で上映しようって気じゃ……」

「百聞は一見に如《し》かずよ。クロエのときジェナンとしたみたいに惑星上をあちこち飛びまわらなくちゃならないなら、強い印象を与えて即座に理解してもらわないと。ホログラム作りなら任せといて」ホログラフィ・プログラムの出来に満足していた彼女はそう付け加えた。

「ぼくのホログラムの半分も本物らしくできればきっとうまくいくさ、ハニー」

その一言にヘルヴァは驚いて、ホログラム映像を拡大してみた。間違いなくただのホログラムだ……ごくかすかに光源も見える。だが、ナイアルはどうして自分がホロだと気づくことができたのだろう？　そのときふと思い出したのは、アストラダⅢの疑り深い観衆の前である事実を証明するため、二人で歴史上の出来事を再現して見せたことだった。もちろん彼はそのことを言っているのだ。

「人口については、どこにも書いてないみたい」ラヴェルに関する記載を何度か見返してから彼女はそう言った。

「正確な人口調査なんかやってないんだろう。だいたい宇宙関連施設は何かあるのか？」

「ないわ。でも接近警戒用の人工衛星がある！」彼女は勝利の叫びを上げた。

「で、その警報で行動を起こす、あるいはせめて警報が鳴ってることに気づいてくれるいちばん近い星系はどのくらい離れてるんだ？　どうせごく普通の、くだらない警告メッセージしかないんだろう」ナイアルは人工音声の平板な口調を真似しはじめた。「……この……惑星は……立入……禁止です。これより……先へは……進入……できません」そこで声を殊勝そうな裏声に変える。「禁を破ると宇宙軍にお仕置きされます」

ヘルヴァは彼が望んでいるはずの短い笑い声を上げた。「わたしたちのメッセージで対応は早まるはずよ。頭脳筋肉船《B&B》のメッセージを無視する人はいないから」

「まったくそのとおり」ナイアルはその点を強調するように、片方の拳をデスクに叩きつけた。

もっとも、それにともなう音はしない。この点はなんとかしなくてはならないだろう……クロエ人、元クロエ人、あるいはインナー・マリアン・サークルのラヴェル人を、差し迫ったコルナー人の襲来からなんとか保護した暁には。今はまずコルナー人がどれほど危険で血に飢えた連中なのかということをはっきりとわからせ、ラヴェルの人々をできるかぎり急いで避難させなくてはならない。

ヘルヴァはイオン航跡に沿って速度を上げていった。距離が縮まるにつれ、汚染物質の存在がますますはっきりしてくる。彼女は二十時間もかからずにコルナー艦隊に追いついた。ラヴェルには四日か五日先んじて到着できるだろう。太陽圏の境界を越えたら減速しなくてはならないが、それはコルナー艦隊も同じことだ。

「隠れ蓑《みの》を忘れるなよ」ナイアルはそう言って椅子から立ち上がり、筋肉のきしむ音が聞こえると思えるくらいに身体を伸ばした。ホロに音声以外の音を付加しなかったのはこのせいよ、と彼女は思った。ストレッチをするのはかまわないが、指をぽきぽき鳴らす音を聞かされるのは願い下げだ。「パーティが始まるまで、少し目を休めておくか」

「いい考えね。そのあいだにホログラムを準備しておくから、起きたら意見を聞かせて」

ホロのナイアルはメイン・キャビンを横切り、通路に入ってナイアルの居室に向かった。ホロは自分が寝台の上の静止状態に保たれた遺体と重なりあうのを奇異に思わないのだろうか?

光や能動センサーの探査波を曲げて姿を見えなくする〝隠れ蓑〟機能のことを、彼女はほとんど忘れかけていた。この装置を使ったのはこれまでに一度だけで、彼女はナイアルに向かって、頭脳筋肉船《B&B》がクレジットをこんな技術に注ぎこむのは浪費だと指摘したものだった。それがまた役に立つわけだ。頭脳筋肉船《B&B》は自衛のための武器を持たないが、これならどれほど強力で透過不可能なシールドよりもずっと効果的な防御になる。

よく考えてコルナー人による宇宙ステーション九〇〇の占領の様子を編集しながら、彼女はクロエ人との最初の遭遇のことを思い返した。今回は何があろうと筋肉《ブローン》が殺されることはない。もちろんジェナンの死は故意にもたらされたものではないのだが。今の彼女は当時の若くて未経験だった頭脳船《ブレイン・シップ》と違い、いろいろな手管を身につけていた。

速度を上げ、コルナー人が持っていると思えるセンサーに接近を探知されるずっと前に隠れ蓑を身にまとう。もちろん彼女のセンサーのほうも、彼らを3D表示の船ではなく、いくつもの点としてしか認識できなくなる。それでも追い越すときの信号の強さからかなりのことがわかるはずだった。まず手始めに、予想以上に数が多いということがわかった。汚れた放射をばらまいていることを考慮してもずいぶん多い。そのほとんどは彼女の友だち、シメオンを襲撃した船を示す特性とは一致しなかった。だからといって慰めになるわけではない。

コルナー艦隊はどこかを襲撃した戦利品らしい大小のヨットをでたらめに取り混ぜて編成されていた。ヨットの数はちょうど一ダース、どれも最適とはほど遠い数の肉体を詰めこんでいる。最後の手段として脱出用ポッドに押しこめられている者もいるようだ。この過剰積載ぶりでは、たとえ生命維持システムがなんとか対応しているとしても、船内の居住性は最悪だろう。そのほかに三隻の中型貨物船にも大小のコルナー人が同じように詰めこまれている。貨物船のうち二隻は無人機を牽引《けんいん》していた。五機も引っ張っているせいで速度が落ち、それが艦隊の足枷《あしかせ》になっている。五機のうち四機までは弾薬やミサイルや交換部品だけを積んでおり、最後の一機には、金属反応が何もないところから見て、食料が積まれているらしい。二隻の大型巡洋艦を含めて、全部で十九隻。まさしく大艦隊であり、ラヴェルの住人を圧倒するくらい造作《ぞうさ》ないだろう。あの不運な惑星は、だからこそ標的にされたのだ。

先に送ったメッセージを補足する詳細を添えて、彼女は近くの宇宙軍艦隊にパルス信号を送った。パルスの速度でもたっぷり十日はかかる距離だ。宇宙軍本部はこの宇宙からコルナー人海賊を一掃すると厳粛に誓っている。野心的な前哨《ぜんしょう》隊長あたりがここで手柄を立てて昇進しようと、勇んで駆けつけてくる希望もあった。最新兵器を装備した小艦隊なら、このかろうじて宇宙航行が可能なぼろぼろの艦隊くらい簡単に制圧できるだろう。とはいえ、コルナー人は武器を振るいミサイルが撃てるかぎり徹底的に、最後の男の子一人まで抵抗する……しかもその人数はけっして少なくない。さらに女たちもまた侮《あなど》りがたい戦士だ。ただそのライフスタイルについて知られているかぎりでは、女たちの大部分は奴隷であり、捕まって、コルナー人の子供を産むことだけを強制されているようだった。ヘルヴァは速度を上げながら、もっとクロエに関する情報があればよかったのにと思った。異星で自然に近い暮らしをするというのは理論的にはすばらしいが、それを実践するのはまったく別の話だ。元の宗教グループは百年前、ダフニスとクロエでそのことを思い知らされた。

あまり愉快とは言えないコルナー人の行動をホログラム化した映像を、彼女はすでにいくつか完成させていた。そこには平和な惑星ベセルを侵略した手口も含まれている。元の3D映像は宇宙船の残骸の中から発見され、宇宙ステーション九〇〇で捕縛された者たちの裁判で証拠として採用された。コルナー人が抵抗する相手をどんなふうに扱うかがまざまざと示されている映像の存在は、彼女にはありがたかった。短時間で事態がはっきりとわかる映像が必要なのだ。彼女はそれを編集し、ナレーションを入れ、外部映写システムで上映できるようプログラムした。

これがあれば議論に費やす時間を短くできるだろう。コルナー人がやってきたとき、ラヴェルに住む女性には最後の一人まで安全に身を隠していてもらいたかった。

ナイアルは起こさなかった――死んだように眠っている彼を煩わせる必要がどこにある？――つまり、ホロは起動しなかった。彼はいつもなかなか目を覚まさなかったが、起きてしまえば即座に活動状態に入った。まだ少し時間があったので、彼女は惑星を夜の側から昼の側へと周回し、生命反応の集まっている場所を確認した……ずいぶんある。すべてを回るのは不可能だろう。独身主義を奉じる宗教の信者たちが、どうやって元の人数の四倍にも人口を増やせたのかしら？ 『産めよ、増えよ』というのが聖書の教えかもしれないが、四十年前に最後の入植者があったとしてもこの増え方は多すぎる。兎《うさぎ》ならこのくらい増えても不思議はないだろうが、処女の兎だったらどうだろう？ まあとにかくできるだけたくさんの……なんと言ったかしら、そう、修道所――を回るしかない。大陸の上に広く散らばっているのだから、たぶん入植地のあいだで連絡を取り合う方法も何かあるだろう。島にいるグループは無視して、コルナー人がまず最初に狙いをつけそうな、人数の多い〝おいしい〟場所に集中するしかない。

最大の大陸のちょうど中心のところに、着陸場はすぐに見つかった――船かシャトルが人人や物資を降ろした跡なのだろう、薄くコンクリートで覆われた四角い一ヘクタールほどの土地が黒く焦げている。雨ざらしで補修が必要そうな仮設のバラックが並んで二辺の境界を形成し、たとえ短いあいだだったにしろ、そこに人間が住んでいたことを示している。低出力のエネルギーも感知できた。植物はまだ着陸場を奪回してはいないが、この四十数年のあいだに根を張りはじめている雑草もあるはずだ。今は斜めに傾いたずんぐりした塔が一つ、バラックの列の角に立っている。上空から見ている彼女には四本の道路も識別できた。人気《ひとけ》のない着陸場から北へ南へ、東へ西へと延びている。四本の道路からはいくつもの細い道が分岐していた。毛細血管のようなそれらの道は、さらに小さな入植地へと続いているのだろう。どれもただの泥道にしか見えないが、繁茂する植物はいまだに道を呑みこんではおらず、路肩ははっきりとした直線になっていた。何かの薬品を使って植物の繁茂を抑えているようだ。

「誰がどっちの方角へ行くのか、どうやって決めたのかしらね」一瞬、事態が差し迫っていることも忘れて彼女はそうつぶやいた。

「神の啓示だろ」ナイアルが答えた。彼はそこに、操縦士の制御盤の前に座っていた。

プログラムに音声起動コマンドを設定した覚えはなかったが、何日ものあいだ無言で内面の旅を経てきた彼女には、他人の声を耳にするのは嬉しいことだった。

「進むべき方角が四つしかないんだ、だいぶ話が簡単になったじゃないか」

「何年ものあいだ使われつづけたにちがいないわね。そうでなかったら四十年も経って、これほどはっきり残ってるはずがないわ」

「そうだな。さて、ど・れ・に・し・よ・う・か・な……まずどの道をたどってみる? 東は東、西は西、両者相見《あいまみ》えることなからん（キプリングの詩の一節）」彼はいつものお気楽な調子だった。

「北と南はないの?」

「じゃあこっちへ行ってみるか?」彼は腕を組み、左右の手で別々の方角を指差した。どっちも東西南北とはずれている。

「まず北でどうかしら。そのあと旋回して……」とヘルヴァ。

「だんだん大きく、渦を描くように？」口調の明るさが彼女の胸を灼く。

「山のほうもね。それがいいわ」

「紫の山々の威容、肥沃《ひよく》な平原の上に……」ナイアルは『美しきアメリカ』の一節を引用した。

「それとはちょっと違うみたいだけど」

「この先を忘れちまったな」彼は顔をしかめた。

「歳を取るとまず衰えてくるのは記憶力だって言うわね……」

「そいつはどうも！　覚えておこう」

隠れ蓑に隠れたまま低高度で北の道をたどり、分岐する脇道を見ていくと、住人の半分に警告するだけでもいささか手に余る大仕事だということがわかった。だがみずから選んだ仕事が不可能に思えるような事実は認めたくない。大陸が夜の帳《とばり》に包まれはじめた。

「おっと！」ナイアルがあわてた様子で舷窓を指差した。「火が見える。左舷三度の方角」

「着陸しようにも、森が深すぎるわ」

「着陸できる場所を見つけたら、そこからぼくが徒歩で戻っても……と、そういうわけにはいかないんだったな」

「そうね。でも申し出には感謝するわ。とりわけ、ホロを上映しないと誰も動きだしそうにないこの状況でね」

「きみが補綴ボディを使うって手もあるぞ」彼は誘うようにそう言って、彼女に笑いかけた。

ヘルヴァはわざと何も答えず、彼は小さな笑い声を上げた。夜が明けても着陸できる入植地が見つからなかったら、そうする以外にないだろう。ホバリングという手もあるが……しかし最大の効果を考えるなら、ホロを映し出すものが何か必要だ。

「とりあえず闇に紛れて、訪問しなくちゃならない場所が何カ所くらいあるのか見てみるわ」

「いい考えだ。ぼくは座標のリストを作ろう。宇宙軍艦隊が救助に駆けつけたときには必要だろうから」

朝になるころにはあらゆる方角に広がる入植地のリストは三百件に達していた。森の中の小さなものもあるが、平原や起伏する丘のあいだには数百人を擁するものも多かった。どこも壁に囲まれ、その壁からはエネルギーが感知された。ナイアルは土塁のようなその壁を女のいない国《ノー・ウーマンズ・ランド》の境界と呼んだ。中でも最大の修道所は二つの川の合流点にあった。

「行政センターとでも言うべきものがあるとすれば、あれがそうみたいね。朝一番にあそこを訪ねてみましょう。島の施設をざっと見てまわったあとで」

「仰《おお》せのとおりに、愛しい人」ナイアルはいつになく素直に応じた。

かくして彼女は――二人は――早朝の光とともに、まわりを囲む山々の上に太陽が顔を出すころ、ラヴェルに入植したクロエ人が営む最大の入植地に到着した。

「なかなか印象的じゃないか」ナイアルが感想を述べる。「秩序があって、きちんとしてる。

ひとりひとりに個室があるようだな。修道院みたいなもんだとか言ってなかったか?」

そこは町というよりちょっとした都市で、そのたたずまいはヘルヴァを驚かせた。中央に街路が走り、庭園区画や広い畑がその左右に広がっているのだが、そうしたものはすべてあの低い壁の内側にあった。東西南北それぞれに門があるものの、頑丈そうには見えない。コルナー人の戦斧《せんぷ》にかかれば一撃で粉砕されてしまうだろう。センサーにはエネルギー源も見えているが、そのエネルギーは壁に供給されているようだった。締め出しているのは背が高くなく、大きくも強くもないものらしい。奇妙だ。フェンスをめぐらした畑の中に見えるやや大ぶりな建物は、倉庫か納屋のように思える。草を食《は》んでいる家畜の姿は見当たらなかった。耕地の若々しい緑の色から判断して、春の盛りらしいというのに。その耕地もすべて壁の内側にあった。

四つの門からはそれぞれに大通りが延びている。その名にふさわしい広い通りで、街路樹が立ち並び、その先には中央に鎮座する大建築物があった。部分的に教会のような外観をしていて、その前には人々が集まるらしい大きな広場がある。教会の背後には低い建物が連なっていた。たぶん行政府だろう。元のクロエに比べて、この社会ははるかに組織立っていた。この一世紀のあいだにそれなりのことを学んだのかもしれない。そう願いたいわね、と彼女は思った。

「おい、あれを見てみろよ、ヘルヴァ」ナイアルがいきなり声を上げ、建物の正面、屋根の上に飾られた細長いものを指差した。「尖塔《せんとう》ってわけじゃないし——鐘も見当たらないけど

――上に何か載ってるじゃないか」

彼女が近づくのは地上からもすでに見えているようで、通りでも、また家々のあいだの細い路地でも、人々が集まって空を見上げているのがわかった。教会のように思える大建築物の前の広場に次々と人が駆けつけてくる。

「早起きね……」ヘルヴァがつぶやいた。

「早寝早起きなのさ――あのエネルギー源は壁だけに使われていて、ここには電気なんかないからな」ナイアルの口調は不快なまでにおどけたものだった。そのあと実務的な口調に切り替える。「あの教会の前にある広場、着陸スペースとしてはぎりぎりだぞ」

「そのようね。しかも満員だわ」二人は建物の裏側に近づいており、旋回すると広場がひざまずいた人々に埋めつくされているのがわかった。畑には誰も出ていない。

「押しつぶす人数が多いほど、コルナー人から救ってやらなくちゃならない人数は少なくてすむ」

「もう、黙ってて」

「すべてはきみしだいだ、愛しいヘルヴァ。がつんとやってやれ」

信心深い人々はひざまずいたまま顔を上に向けている。その口が0の形になっていた。驚いてはいるが、怯《おび》えてはいない。と、何か目に見えない合図があったらしく、人々は急いで立ち上がり、だがあわてた様子ではなく、次々と広場の外に待避した。

「恐がらないで」ヘルヴァは外部音響システムを使ってやさしい声でそう言った。ナイアルの面白がるような笑い声は無視する。プログラムを変更したほうがいいんじゃないか？」

「恐がってなんかいないよ。

「あなたがたにお話があります」

「ホバリングしてるってのはどうかな？」

音声が内部だけになっていることを確認してから、彼女は鋭くこう言った。「口を閉じてわたしに任せてくれない、ナイアル？」

「クロエで業火《ごうか》から救ってやったことを思い出させてやれよ」

「それが次の予定の台詞《せりふ》よ」痛烈な口調でそう言い返す。「わたしの名前はヘルヴァと言います」

「おい、ヘルヴァ、あの建物の上に載ってる飾り、あれはきみだぜ」

慎重に垂直降下していった彼女は、今ちょうどその尖塔状の飾りと同じ高さにいた。それは尖塔ではなく、昔の彼女の船体をかたどったレプリカだった。尾翼から何からすべてそろっている。

「聖者に列せられた気分はどうだい？」ナイアルの声に、彼女は誇らしげな響きを聞き取った。「これならたぶんうまくいきそうじゃないか、愛しい人」

ナイアルに見せた以上にその工芸品に感動しながら、彼女は着陸を終えた。船体に施された改良点の一つに、垂直キャビンと直接そこにアクセスできる斜路がある。船尾から上がっていく昇降機はもう取りはずされていた。

「たった一人の歓迎団までいるみたいじゃないか」右舷のカメラに背の高い人影が見えてくると、ナイアルはそう言った。広場にいた全員がその人影のほうを向き、うやうやしく頭を下げる。

「あなたはほかにどう呼ばれていますか、船ヘルヴァ?」その長身の女性が尋ねた。フードをうしろに押しやると、年配の落ち着いた女性の顔が現われる。

「悪くないじゃないか」ナイアルがつぶやいた。「女っぽい服を着てればもっと映えるのに」

実際、ヘルヴァもその女性の顔立ちが驚くほど魅力的だと感じていた。男性と家族の代わりとして宗教を選んだのが残念に思える。長い法衣のようなローブは身体の線を隠しており、たぶん地元産の繊維を実用一辺倒《いっぺんとう》で織るか叩くかしたものだろう。

「わたしはNH‐八三四、以前はJH‐八三四と呼ばれていました」

女性はうなずき、腰を折って深々と一礼した。

「大当たり!」とナイアル。

「ジェナンの魂が安らかに憩うことを、ずっと祈りつづけてきました」豊かで音楽的な女の声に応えて、周囲の人垣からもつぶやきが上がった。「その名が永遠に称えられますように」

「ジェナンの思い出は永遠です」ヘルヴァは厳粛に答えた。「お名前を聞かせていただけます?」

「わたくしはヘルヴァナです」女は答え、ふたたび深々と一礼した。

「なんてことだ、ヘルヴァ、きみは聖人にされてるんだよ」ナイアルは不遜このうえない態度でそう言い、操縦席の中で身をよじって笑い転げた。「きみのための神官階級までそろってる。わお！」

その反応はなぜか怒りを呼び起こし、彼女はもう少しでホロのプログラムを消してしまうところだった。だがそこで常識が割りこんできた。もし本当に彼女がここの人々の聖人なら、彼の不遜な態度こそが必要なものだ――心のバランスを取るために。

「あなたがみなさんの指導者？」

「みなの中から選ばれた者です。何十年ものあいだ、あなたがふたたびご来臨になる日を待ちわびてきました……」

「今度もまた悪い知らせを持ってきたんです」ヘルヴァは熱烈な信仰の言葉を浴びせられる前に急いで相手をさえぎった。

「あなたが来てくださっただけでじゅうぶんです。ご命令はなんでしょう、歌う船よ？」

「きみのことならなんでも知ってるんだな」ナイアルがばかみたいににやにや笑いながらつぶやく。

「敵がこの惑星に近づいてきています……ええと……ヘルヴァナ」ヘルヴァはその名前／称号を口にするのにいささか抵抗があった。「応援は要請しましたけど、敵の着陸を阻止するのは時間的に間に合わないでしょう。その敵が――コルナー人と呼ばれていますけど――無防備な人たちに振るう暴力を阻止するのにも」

喉にかかった豊かな笑い声に、ヘルヴァはめんくらった。周囲にいる人々のあいだにも笑みが広がる。

「笑いごとじゃないんですよ、ヘルヴァナ。コルナー人が抵抗を圧殺するときの映像があります。どんなにひどい……暴力を振るうか」まだ十代と思える少女たちもいる前では、強姦という言葉は使いにくかった。「敵の艦隊が到着する前に、できるだけ安全な森や山の中に隠れてもらわなくてはなりません。このすばらしい街に警告を発したあと、できるだけたくさんの人たちを救えるように、ほかの場所にも警告を伝えるつもりです」

ヘルヴァナと名乗った女は片手を上げ、穏やかに彼女をさえぎった。「鳥飼いは群れを放って、シスターたちに警告を送るように。歌う船よ、その敵がいつごろやってくるかわかりますでしょうか？」

「わたしはせいぜい四日ほど先に着いただけです」ヘルヴァは相手の落ち着きぶりをいぶかしく思った。ほっとしたことに、かなりの数の女たちが広場を離れ、鳥飼いの仕事を果たすために散っていった。「身のまわりの荷物だけをまとめて、森や山に隠れてください」

「四日もあれば準備はじゅうぶんに整います、歌う船よ」

このヘルヴァナという女は少しも怯えている様子がなかった。本来なら怯えきっていいはずなのに。

「あなたにはわかっていないのよ、ヘル……ヘルヴァナ。やってくる男たちは海賊で、とても邪悪な、犠牲者に一片の情けもかけないような……」

「映像を見せてやれよ」ナイアルが言った。

「これはベセルという惑星が襲われたときの様子です」彼女は外部ディスプレイを起動し、建物の白塗りのファサードをスクリーンにして映像を投影した。

「その必要はありません」とヘルヴァナ。「すぐに消してください。お願いです！」装甲戦闘服に身を包んだコルナー人が悲鳴を上げて逃げ惑うベセル人の中に飛び降りる最初のシーンで明らかに不安そうな顔になった観衆の反応を見て、ヘルヴァもその言葉に従わざるをえなかった。「恐怖を掻きたてる必要はありません。無用なことです」

「そうは言うけど、ヘルヴァナ、この男たちは……」

「二人きりでお話ができませんか、歌う船よ」

「ぼくだったら逆らわないな」ナイアルが言う。「タフな相手だ」

「もちろんかまわないわ」ヘルヴァはそうヘルヴァナに答え、ナイアルに対してはこう言った。「消え失せて！」

「ただちに」ナイアルは立ち上がり、軽やかに居室へと姿を消した。

ヘルヴァナは背が高く、入口で軽く頭を下げなくてはならなかった。しばらくその場で静かにあたりを見まわし、口許《くちもと》にかすかな笑みを浮かべる。と、驚いたことに彼女は、ヘルヴァのチタニウムの殻《シェル》が収められている中央パネルに向かってうやうやしく一礼した。

「このような瞬間が訪れることを夢に見ていました、歌う船よ」その声は歓喜に震えていた。

「右手にあるラウンジに腰を下ろして」とヘルヴァ。

ヘルヴァナはナイアルのお気に入りの場所だったブリッジ・エリアにもう一度目をやり、

ラウンジ・エリアに向かった。重いカソックの襞《ひだ》がなかなか優雅に足に絡んで渦巻き、頑丈なブーツが床の金属部分をこする。長椅子を置いた一角に歩み寄った彼女はもう一度頭を下げ、ヘルヴァのパネルに正対して腰を下ろした。

「このことはお話ししておくべきでしょう、歌う船よ。あなたがラヴェルのノヴァ化から救ってくださったあわれな宗教植民地は、あの基本的な過ちから教訓を得ました」

「それを聞いて嬉しいわ。でもわかってもらいたいの……」

大きな袖の奥から優美な片手が上がった。「インナー・マリアン・サークルがあなたがたの科学文明を生き延びるためには、いろいろなことを学ばなくてはなりませんでした」

「本当？」今は話に耳を傾けるべきときだとヘルヴァは判断した。

「衛星があらかじめ準備してあるメッセージを送り出すはずです。あなたもきっとメッセージを送っておられるかと？」語尾が上がって、質問の調子になる。

「何回か、侵攻してくる敵の詳細がわかるたびに。でもね、ヘルヴァナ、これは本当に……」

手が上がり、ヘルヴァは黙った。とにかくまだ四日あるのだ。

「祖母は……」

あら、これは思いがけなかったわ。

「……あなたに救出された中の一人でした。賢明ながらも旧弊なキリスト教婦人伝道会が祖母やもっと若い仲間たちに手を差し伸べ、教団が移住する新しい惑星が見つかるまで世話を知恵も授けてくれたのです」

「そうは言っても血に飢えた海賊と戦う方法は……」

手が上がり、またヘルヴァは黙りこんだ。

「クロエでのわたくしたちは子供でした。無知の中に無知のまま置かれていたのです。知恵があれば自分たちを、そして聖なるジェナンを救えたというのに。祖母とその仲間たちは多くを学びました。祈りと調査によって、この惑星に住めることもわかりました。主星が安定していることを第一に考えたのは言うまでもありません」そういって優雅に片手を動かす。「ラヴェルを調査した結果、そこがわたくしたちの必要を満たし、わたくしたちの選んだ生き方に適していることがわかりました。つまり惑星の自然を……克服できれば。この惑星には固有の危険がありました。実際、最初の植民予定地に安全に着陸するためには、それなりの措置を講じなくてはなりませんでした」彼女は思い出をたどる遠い表情になったが、すぐに頭を振って現実に立ち戻った。「テクノロジーの使用を嫌っていたのですが、最終的にはそれを求め、採用することになりました。奔放な自然に対してテクノロジーが達成したことを記念するため、着陸場はそのままにしてあります。そのスイッチを切れば、どんな招かざる……訪問者であっても、きっと阻止できるでしょう」

その話し方はクロエのあの狂信的な修道院長に比べるとはるかに理性的だった。だがラヴェルの広大な平原を防衛するとなると、それは軍隊の仕事だ。それもここの人々が用意できるよりもずっと高度な装備を身につけた。

「わたくしたちは土地を耕しただけでなく、植物や野生生物も手なずけました。ラヴェルには獰猛《どうもう》な……」

「どんなものだろうと、装甲戦闘服のコルナー人には歯が立たない……」

ヘルヴァナは微笑《ほほえ》んだ。

「装甲戦闘服のコルナー人というのは何人くらいいるのでしょう?」

はじめてまともな質問が出たわね。

「五連隊か六連隊はいると推測してるわ」

形のいい眉が驚きに吊り上がった。「連隊というのは何人くらいでしょう?」

ヘルヴァはそれに答えた。

「そんなにたくさん?」

「そう、そんなにたくさん。それがみんな堅固な装甲戦闘服に身を固めているの。あの平原に装甲を貫く徹甲弾でも隠してあるなら話は別だけど」

「装甲を貫くものはありません」ヘルヴァナは〝貫く〟というところをわずかに強調して明るく答えた。「でも防衛はできるでしょう」

「白兵戦にもちこもうなんて考えても無駄よ、ヘルヴァナ」

「あら――」かわいらしいコントラルトの笑い声が響いた。「――誰かを襲うなどということは思ってもいません」

「じゃあどうやってコルナー人に立ち向かうつもり?」

「見てのお楽しみということではいけませんでしょうか？」

「それがあなたをはじめ、外にいる罪もない人々の虐殺につながるようなことにならなければかまわないけど」

「そんなことにはなりません」

「それで思い出したけど、ヘルヴァナ、外には子供たちもいたわね？　十代の少女や、あなたと同じか、もっと年配の人たちも」

ヘルヴァはずっと映像を見直していた。静かな群集の年齢構成に戸惑いを覚えていたのだ。

「ああ、はい」ヘルヴァナは上品に微笑んだ。「祖母は人口を増やさなくてはならないとも考えたものですから……」

「処女生殖？」

「いいえ、それでは戒律に違反することになるでしょう。信者たちから採取した卵子を受精させ、冷凍して持ちこんでいるのです。そうすることで遺伝的な多様性を確保して、この社会が何世紀も続くようにと考えています」

「賢明ね」

「それだけがわたくしたちの……賢明さではありません、歌う船よ」

そのときヘルヴァの外部センサーが小さな咳払《せきばら》いの音をとらえ、彼女は数人の少女がハッチの外に立っていることに気づいた。

「あなたと話がしたいようね、ヘルヴァナ。入っていらっしゃい、みんな」

少女たちの顔はあるいは興奮で赤らみ、あるいは歓喜のあまり青ざめていた。全員がそれぞれに度合の異なる上品さで、ヘルヴァナと同じように、ヘルヴァのパネルに向かって一礼する。この星ではみんなわたしがどこにいるのか知ってるわけ？

「鳥を飛ばしました、ヘルヴァナ。近くからはもう返事が来ています」

ヘルヴァナは嬉しそうにうなずいた。「返事を受け取って、全部の返事がそろったら報告なさい」

少女たちは急いで立ち去ったが、ヘルヴァにお辞儀をしていくことは忘れなかった。

「鳥を訓練してメッセージを運ばせているの？」

「修道所のあいだはかなりの距離がありますし、決定を迅速に回付しなくてはならないこともありますから」

「どこの修道所にも……ヘルヴァナがいるの？」

「いいえ。わたくしが同輩たちの中から選ばれる名誉に浴しました」

「どのくらいのあいだその職に仕えることになるのかしら？　こういう言い方で間違ってない？」

「わたくしがお仕えするのはあなたです」ヘルヴァナは大いなる威厳をこめてそう答えた。

「年老いて、みずから知性をもって治めつづけることができなくなったと感じたら、このサークルの正典と伝統を勤勉に学んできた者たちの中から後継者が選ばれ、わたくしに取って代わります」

「なるほど。ところで、話を本筋に戻しましょう。宇宙軍の艦隊が到着するまで見つからないように隠れていられる場所がどこかにある？」

「ラヴェルが守ってくれます」ヘルヴァナはまたしても自信満々の笑みで答えた。

「だったら理由を説明して。わたしにはあなたがたの安全を不安に思う理由が山ほどあるんだから」

「もっとよくラヴェルをご覧になることです」

「猛獣を訓練して守らせているってこと？」

「いいえ。惑星そのものが守ってくれるのです」

「もしそれが秘密の防御だということなら誰にも話さないと約束するけど、コルナー人はあらゆるヒューマノイドの中でも飛び抜けて効率的で容赦のない戦闘種族よ。その……」

「ほかの人類にとっては、きっとそうなのでしょう」

「その武器にかかれば――」どんなに脅しても自信を崩さないこの女性を説得するのに、ヘルヴァはそろそろ疲労を覚えはじめていた。「――こんな入植地なんかたちまち木っ端微塵《こっぱみじん》にされてしまうわ……」

「空からでしょうか？」ヘルヴァナの声にかすかな恐怖の響きが忍びこんだ。ヘルヴァがそっけなく答える。

「幸いなことに、コルナー人の戦略は地上軍事力で標的を圧倒するというものなの。もちろん衛星警戒システムは発見されしだい吹き飛ばされてしまうでしょうけど、ここへ向かっていずれにせよどの船も満員だから、地上攻撃ミサイルを装備してるとは思えない。とは言っても」ヘルヴァは考えながら付け加えた。「装備してないとも言いきれないわ。ただ、すばやく掠奪するためには完全な奇襲が一番だとは考えているでしょうね」

ヘルヴァナは腕を組み、かならずしも独り善《ひとよ》がりというわけではない顔で言った。「それならば、わたくしたちに害は及ばないでしょう」

「ねえ、やつらは船に満載されてて、自分たちの目的のためにこの惑星を占領しようとしてるのよ。言っておくけどその目的は、あなたたちには絶対に気に入らないものだわ。なのにここには武器もなく……」

「必要ありませんから……」

「そうは言っても、コルナー人が惑星を占領する様子は見たことがないでしょう。どんなことをするのか見せてあげる……」

ヘルヴァナは片手を上げた。「神がお許しになりません」

「神は許したり許さなかったりできる立場じゃないのよ。いいこと、警戒態勢を取らなくちゃならないの」

「それはもうできています」

「なんですって？」

「惑星そのものが」

「これはクロエの再現で、ただ少しシナリオが違うだけなの」苛立《いらだ》ちを声ににじませる。「今回は太陽にフライにされることはないけど、そのかわり……」

「堂々巡《めぐ》りだわ」ヘルヴァはうんざりしてきた。

「いいえ」ヘルヴァが片手を上げる。その威厳にヘルヴァは思わず黙りこんだ。「大きなところも小さなところも、修道所のまわりには壁をめぐらしてあることにお気づきになったでしょう……」

「装甲戦闘服のコルナー人に対する防御の役には立たない……」

「その者たちは壁に近づくこともできないでしょう……わたくしたちも壁の向こうへ行くことはめったにありません。ラヴェルの植物は誰にとっても危険なのです。猛獣でさえ、出歩くのは惑星が眠っている寒い夜だけです」

「どういうこと？」

ヘルヴァナはあと一歩でわざとらしくなりそうな笑みを見せ、かすかに首をかしげてヘルヴァのパネルに目を向けた。「そのコルナー人は、この惑星のことをどのくらい知っているのでしょうか？」

「銀河アトラスに載っていることだけでしょうね」

「見せていただけますか？」

ヘルヴァはその記載をメイン・ラウンジのスクリーンに映し出し、ヘルヴァナはすばやくそれを読んで、読みおえると笑みを浮かべた。

「わたしもあなたみたいに自信満々でいられたらいいんだけど」

　ヘルヴァナは立ち上がった。「前回わたくしたちを滅ぼそうとしたのは主星でした。今回は惑星がわたくしたちを守ってくれます。一つ教えてください。アトラスには宇宙港のことが記載されていますが、コルナー人もまずそこに着陸しようとするでしょうか？　侵略の隊列を整えるために？」

「追加の記載はありませんね。約束どおりです」

　ヘルヴァはあのおんぼろ艦隊の姿を思い浮かべた。「利用できるものはなんでも利用しようとするでしょうね。着陸場を埋めつくすほどの数がいるわけだし。ただわたしの考えでは――」彼女は暗い声で付け加えた。「――まともに着陸できない船も何隻かいるでしょう」

　あの荒廃した建物には今でも緊急車両や救急機器が残っているのだろうかと彼女は思った。だがそこで無情に、コルナー人が何人か死んだところでどうでもいいと思いなおす。「かろうじて宇宙航行に耐えられる程度の船もあったし、一隻なんか空気が漏れていたわ。これはたぶんコルナー人にとって、再定住するための最後のあがきなんでしょうね。あなたが何を頼りにしているにせよ、敵も必死よ。この星なら楽勝だと思ってるはずだし」

「楽勝……」ヘルヴァナは苦笑するように唇を歪《ゆが》めた。「……というわけにはいかないでしょう。どう考えても」

「高度な武器を大量に持っているのよ。空から地上を攻撃して、抵抗を弱めようとする可能性もないわけじゃない」

ヘルヴァナは声を上げて笑った。「畑や入植地に爆弾を落とすとおっしゃるのですか？ ここに定住するのが目的だとすれば、使える家や耕地を破壊したりはしないでしょう」

「あなたはわたしほどコルナー人のことを知らないわ、ヘルヴァナ。軽く考えちゃだめよ」

「肝《きも》に銘じます」彼女の顔に真剣な、不安そうな表情が浮かんだ。「畑や家が標的にされるでしょうか？」

「可能性はあるわね。ただそれと同じくらいの確率で、抵抗を恐れるに足りないと見て、まっすぐ着陸して進軍することも……」

「ああ、ぜひそうなりますように」そう言うヘルヴァナの顔が一瞬だけ勝利感とも取れる色に輝いたが、それはすぐに自責の色に変じた。「ラヴェルで何かが破壊されることを喜ぶなどと」

「自分たちの命を守るためであっても？」

「あなたがおいでになり、警告してくださっただけでじゅうぶんです」

「わたしは武器を持っていないの。あなたたちを守ることができないのよ」声に不満と怒りがにじまないようにすることはできなかった。

ヘルヴァナは振り向いて首をかしげた。「存じています。あなたご自身の安全を考えなくては。この宇宙でどんなことが起きているのか、わたくしはほとんど何も存じませんけれど、ちらりと見せていただいたものだけで、あまり安全な場所ではないことがわかります。あなたの身にも危険が迫っているのではありませんか？　わたくしたちは警告と助言をいただきました。もう安全です。あなたも安全な場所をお探しください、歌う船よ」

「あなたたちを放ってはいけないの！」ヘルヴァの声が高まり、外に響いたその声に、まだ広場に残っていた女たちは思わず振り向いた。

「あなたには身を守るすべがありません」ヘルヴァナの口調は、ヘルヴァのほうがその信奉者たち以上の危機に瀕《ひん》していると言いたげだった。「出発なさってください。わたくしはいろいろと手配することがあります」

「そう言ってもらえて嬉しいわ」ヘルヴァは痛烈な口調で答えた。

ヘルヴァナは踵《きびす》を返してエアロックに向かい、敬意をこめて深々と一礼すると斜路を下りていった。すぐにあれこれと指示を出しはじめ、成り行きを眺めていた女たちが急いでそれに従う。たちまち広場からは人影がなくなり、ヘルヴァナは教会だか行政府だかなんだかの中に姿を消した。

「さて、さて」ナイアルが居室に続く通路の端から顔を覗《のぞ》かせた。「なかなかの風格だ！」

「狂信的にわめいてたクロエの修道院長と何も変わらないわ！」ヘルヴァの声は怒りにひび割れていた。「わたしのほうが無防備みたいな言い方をするなんて」

「植物の話はなんだったのかな？　それとハッチを閉めたほうがいいぞ、愛しい人。誰かに中を覗かれたら、そこにいるのはなんと……男だ！」道化のような仕草で両手を動かし、最後の言葉を強調する。

「植物の話はなんだったのかしら？」ヘルヴァは苛立たしげにそう言いながら、斜路を引っこめてハッチを閉めた。

「植物は危険で、壁に供給するエネルギーでそれを遠ざけてるって感じの言い方だったな。道路を思い出してみろよ。端がきれいな直線で……使われていなくて……メッセージのやりとりには鳥を使ってる。つまり修道所の壁の外を出歩いたりはしないってことじゃないか?」

ヘルヴァはその可能性を考えてみた。「それがコルナー人に対する武器になる?」はっきりした不信感のこもる口調だ。

「姿を隠して観察することはできる」ナイアルは彼女が見落とした何かに気づいて小首をかしげた。「あの女性は自分たちの……現地的な……防衛力に自信満々だった。ぼくたちはまだこの世界のすべてを見たわけじゃない。そうだろう?」

ヘルヴァは外部センサーで周囲をスキャンしていた。最初は立ち並んだ煙突だと思ったものがじつは屋根の上の鳥小屋で、そこに次々と鳥が着陸している。彼女は状況を再考した。

「別の植民地を試してみるわ」周囲に人がいないことを確認すると、彼女はゆっくりと離昇した。広場はしっかりと踏み固められていて、吹き上げられた土埃《つちぼこり》はごくわずかだった。

彼女は九つの植民地を回った。中規模、小規模、そしてもう一つの大規模植民地。そのすべてで女性たちの長は、間違いなくうやうやしい態度で、今回は歌う船にラヴェル人の心配をしていただくにはおよびません、試練の時が迫っていることを教えにきていただき感謝しますと返答した。ヘルヴァはホログラムを上映しようとしたが、最初の場面をちらりと見ただけで誰もが背を向け、彼女の提示しようとする証拠に対してしっかりと目を閉じた。

「これはきみの腕が落ちたとかって問題じゃないよ」ナイアルが指先で音もなく肘掛けを叩きながら言った。「みんな本気で安全だと信じてるんだ。もちろん有徳の誉れのみで聖人が助かった例がないのと同じく、ここの女性たちがコルナー人の魔手を逃れることはできないだろう。ただ、きみが頭に来すぎて気がついてないといけないんで言っとくと、修道所を囲む壁のパワーは全開になってる」

「エネルギー源はどこ？　空からひとどおり偵察しただけでコルナー人にわかってしまうわ」ヘルヴァは前にも増して不安になっていた。前回は膨れ上がる太陽そのものが証拠となって、疑い深い信仰者たちにも危機を納得させることができた。今回はどうすれば証明できるだろう？　なぜいつもこういう頑固者を相手にしなくちゃならないんだろう？

彼女は巡回を続け、訪れた九十七の修道所ですべて同じ返答を受け取った。九十八番めに向かっているとき、空に明るい閃光が見えた。コルナー人が警戒衛星を破壊したようだ。

「向こうもちゃんと警告してくれたってわけだ。隠れ蓑を着ける潮時だぜ、ヘルヴァ」ナイアルの指は肘掛けの上で踊りつづけていた。

「頑固者の町のあいだを飛びまわるときはずっと着けてたわ」ぶっきらぼうにそう答え、彼女はあのあわれな着陸場に向かった。植物が繁茂するこの世界で、コルナー人を迎えるように広く開けた場所はそこしかない。侵略者はまずそこに着陸するだろうと思ったのだ。

夜明けとともに彼女とナイアルは着陸場のそばに到着し、施設を囲むいちばん近い丘の陰にホバリングで静止した。

「ほほう」ナイアルが声を上げ、制御盤の上に身を乗り出して前方スクリーンを見つめた。外部カメラを次々とオンにして、その映像をパッチワークのようにつぎはぎする。ヘルヴァはめまいがしてきた。と、そのとき彼の注意を引いたものがわかった。

前には一面に濃淡などなかった着陸場に、なんともいやらしい感じで模様が浮き上がっている。脂のような粘液のような、ねっとりした黄色と黴《かび》の緑色が混ざった色。数センチほど盛り上がっているが、上空から見ればなだらかで平坦な土地に思えるだろう。

「足場にするには気に食わない色だな、ヘルヴァ」ナイアルが低い不気味な声で言う。「このままホバリングで、隠れ蓑をまとっていようぜ」

「いい考えね」船首に近い左舷のセンサーが、彼女のほうに伸び上がってくる触手をとらえていた。船をからめ取ろうとしている。彼女は地表からの距離を大きくした。「じつに興味深いわ。邪悪な植物だなんて」

ナイアルは両手をこすりあわせはじめた。顔には不吉な表情が浮かんでいる。「海賊どもはいい気味だ。やつらの放射性代謝が影響しないことを祈るだけだな。さっさとやっつけないと逆にそこらじゅうを汚染しかねない」

「好敵手に出会うことになるのかもしれないわ」彼女は喜んでそう信じたかった。

最初に着陸したコルナー船は二隻の大型武装巡洋艦だった。脂じみた草地のまん中に接地したとたん、即座に装甲歩兵部隊が展開を始め、砲兵が可搬ミサイル・ユニットを組み立てはじめる。ヘルヴァは敵がまず傾いた塔を破壊するのではないかと予想していたが、そうはならなかった。塔は今や薄緑色の蔓草《つるくさ》にびっしりと覆われている。もっとも、コルナー人が色に敏感だとは思えなかった。ましてや疑いなど抱くはずもない。彼らの母星はどぎつい外観で有名だったのだ。

部隊は今やふくらはぎあたりまで伸びて進軍を邪魔する草や茂みを、金属製のブーツで踏みしだきながら進んでいた。植物がつい最近になって茂ったものだとは知るよしもない。部隊は四つに分かれ、四本の道路を別々に進んだ。中型の船がさらに三隻、着陸場の端に降りてきて兵員を吐き出す。彼らは前衛部隊のあとを追い、道が分岐するたびに小人数に分かれていった。続いてヨット・サイズの船が着陸を始める。中に一、二隻、乱暴な着陸で地面に舳先《へさき》を突っこんだものもあった。するとたちまち伸びてきた触手や小枝が船体を覆いつくし、それがあっという間に太い枝になって、船を地面に釘付けにした。これがラヴェル人を捕えて奴隷にするのが目的のコルナー人でなかったら、ヘルヴァは警告を発せずにはいられなかったろう。武装もせず、宇宙服も着けずに船から下りてきた者たちは、咳きこみながら地面に倒れ、これで救われたとでも言うように腕を空に向かって伸ばした。有毒な大気で徐々に窒息死する運命は免れたわけだ。ラヴェルの原生植物が貪欲に彼らを呑みこんでいく……まだ息のある肉体を……それは緑に覆われたねじれた塊《かたまり》が発する苦しそうな悲鳴や叫びから船内に逃げこんだ者たちを追いつめていった。

どんなに頭の回転が早い艦長も、上空の僚船に警告を発する暇はなかったらしい。船は空《あ》いている場所に次々と着陸していた。上空に留まるという選択肢はないのだろう。どの船も早く着陸しようと焦っていて、先に着陸した者たちの運命には気づいていない。

「まさしく因果応報だ。惑星が反撃してる！」ナイアルがつぶやいた。植物はそこらじゅうでうごめき、探りを入れ、絡まり、入りこんで、古くてもろい船体を次々と破壊していた。

「疑うことを知らない無垢《むく》な人々に暴力をふるってきた報《むく》いだ……」その声が小さくなって消え、彼は緑の地獄の映像を切った。

ヘルヴァは何も言わずに上昇し、いちばん近い道路——最大の入植地に続く道路——をたどって、ラヴェルの植物が装甲歩兵部隊をどう扱ったか、確認することにした。地上部隊は艦隊に比べると多少は持ちこたえたようだったが、それでもいちばん近くの、いちばん小さい修道所にさえ到達できていなかった。修道所に声の届く範囲にさえ達してはいない。

「あの植物はすさまじく腐食性の強い酸を分泌するようだな。装甲に斑点ができて——穴まであいて——そこから先端が内部にもぐりこんでる」ナイアルが驚きにかぶりを振りながら言った。「装甲宇宙服さえあんなにするようなものを、あの女たちはどうやって手なずけたんだ？」

「とにかく威力があるんだから、どうやったかなんてどうでもいいわ」

遅まきながら危機的状況に気づいた獰猛なコルナー人たちは、仲間を襲っている悪魔の植物に当然その武器を向けた。どうやら着陸した中に、仲間と連絡を取るまで生き延びた者がいたらしい。だがこの戦場においては、コルナー人の武器は敵の数を減らすよりもむしろ増やしていた。吹き飛ばされ、炎に包まれた植物はばらばらの断片となり、その断片ひとつひとつがたちまち大きくなって、新たな攻撃を始めるのだ。重いブーツをはいたコルナー人の戦士たちは草に足を取られ、倒れるとその場で緑と黄色のうごめく藪《やぶ》に変じた。動力パックは蔓草に侵入され、ショートした。コルナー人の武器に狙われる危険がなくなったので、ヘルヴァは隠れ蓑を脱ぎ、彼らが敗北する様子をカメラに収めた。粉々になった植物がみるみる再生する場面にも焦点を合わせる。虐殺の現場から……養分吸収の現場からと言うべきか……じゅうぶんに高度を取り、接触しないよう気をつける。ほんの一瞬、一瞬だけ、木の葉を一枚か小枝を一本採取して、厳重な管理のもとで標本にしてみたいという思いがちらりと頭をよぎった。〈中央諸世界〉の危険生物研究所で分析できるように。

「こんなのははじめて見た」ナイアルがかぶりを振りながら言った。「敵対的な惑星環境が存在することはわかるけど、それを手なずけて、危機が迫ったとき利用するだなんて。ファイルに新しい項目が加わることになるな!」と、彼は椅子の背にもたれかかり、指を組んで掌《てのひら》をこすりあわせると、思いがけないコルナー人の全面的な敗北を大いに喜んだ。「これであいつらも消極的抵抗の恐ろしさが少しはわかったろう」

「あれのどこが消極的なのよ」ヘルヴァがおどけた口調で混ぜ返す。「ラヴェル人はただ自然に本来の働きをさせただけだわ。あの人たちのマリア信仰の教義には、きっと人間の命を奪うことに関する何かの教えが……」

「ハッ！　ぼくはコルナー人を人間だなんて考えたことはないね。そもそも宗教者にだって、ほかの生命体と同様に自分を守る権利はあるんだ」

「あの人たちは何もしてないわ。やったのはこの惑星よ。そこがエレガントなところね」

「ああ、まったくだ」ナイアルは殊勝ぶった口調になった。「柔和なる者は幸いである。彼らは地《アース》を継ぐであろう……ラヴェルをだな、この場合。よくやった、乙女たちよ、よくやった」彼は音のない拍手をした。「もう少し表現を練ったほうがいいな。それはきみの仕事だ」

「この結末は当然だと思われてただけじゃなくて、観察もされてたみたいね」ヘルヴァは長距離スクリーンをオンにした。鳥の群れがあちこちで旋回し、たちまち四方八方へばらばらに飛び去っていった。目的地の数はヘルヴァにさえわからないほどだった。

ヘルヴァがふたたび広場に着陸すると、ヘルヴァナを先頭に十四人ほどの一団が彼女を待ち受けていた。みんな黒くて長いスカーフを巻き、黒い帽子をかぶっている。

「われわれはシーザーを葬るためにやってきた。称えるためではなく」ナイアルがシェイクスピアを引用する。

「ならば去れ、マルクス・アントニウス」彼女は警告をこめてそう答えた。

「わかった、わかった。この葬儀には、喪服で参加する気はないからな」

「あなたはもうふさわしい服装をしてるわ」去っていく彼の背中にそう声をかけると、彼女はエアロックを開き、斜路を下ろした。

代表団が入ってきて、全員がラウンジに整列するまで彼女に頭を下げつづけた。その表情はうやうやしいものの陰鬱で、中には目を泣き腫らしている者もいる。こういう人々は心が優しいのだろう。どんなことになっていたかわかっていながら、なおコルナー人のために涙を流す心性というものは、ヘルヴァの理解を超えていた。だがまあ、彼女は宗教的なたちではない。まず彼女が口を開いた。この二度めの偶然の〝救助〟について、くだくだしい感謝の言葉を聞きたくなかったのだ。そもそも今回は救助船ではなく、通りすがりの傍観者にすぎなかったのだし。

「ごめんなさい、ヘルヴァナ、なんとも効果的なあなたがたの防衛網を疑ったりして。本当に柔和なる者が地を継いだのね」

通路のほうから聞こえてきたばかにするように鼻を鳴らす音が、誰の耳にも届いていなければいいのだが。

「ラヴェルでのわたくしたちの無敵さを証明することになって、誰もが深く嘆いています」ヘルヴァナがゆっくりした、悲しげな口調で言う。「肉体を離れた魂のために祈ります」

「あいつらにそんなものがあるのかどうか、かなり疑わしいわね」ヘルヴァの辛辣なコメントに、年若い数人が驚いて息を呑んだ。「無情だと思えるかもしれないけど、わたしは征服の跡をこの目で見てるから。あいつらが壊滅して、残念だって気はしないわ。あなたがたもこれ以上自責の涙を流したり、今回のことを嘆いたりする必要はないの。おかげで宇宙はだいぶ平和な場所になったんだから。それに結局あなたがたは……」そこで一拍置く。「……何も手を下していないわけでしょ。この惑星は望まない訪問者を自力で処理する。今回もそうしただけよ」

ぎごちない沈黙が降りた。信者たちは〝救世主〟の思いもかけない率直さに戸惑っている。その沈黙を埋めるようにヘルヴァは言葉を継いだ。

「着陸場と道路のダメージを補修するのに、どのくらいの時間がかかるかしら？」

「補修はしません」ヘルヴァナが仲間に目をやってから答えた。「ほかの修道所との連絡は保たれています。全員が一堂に会する必要は、じつのところもうないのです。修道所はそれぞれに自給自足していますから、着陸場ももう必要ありません」

「でも壁の機能は維持しなくちゃならないでしょ？」

小さな笑みがヘルヴァナの口許に浮かんだ。「はい」彼女は頭を傾けた。「ラヴェルの植物を押しとどめておくのに必要ですから」

「でもあの植物はあれほどの……」ヘルヴァは〝生殖力がある〟と言いかけて、その言葉はここにいる心優しい女たちをあわてさせるかもしれないと思いなおした。「……自由意思を持っているわけだから、当然ながら失地を回復したいと感じてるんじゃないかしら」

「直すべきところは直します。それは長くつらい作業になりますし、日々の生活の中でやるべきこともたくさんあります」

随行員の一人がヘルヴァナの袖を引いた。

「ええ、そうですね。まずわたくしたちの永遠の感謝を表明すべきでした」ヘルヴァナはその女性に優しく声をかけた。「あなたにはまたしてもお世話になりました、歌う船よ。そしてまたしても、いつもわたくしたちを見守っていてくださるあなたになんのお返しもすることはできません」

「たまたま近くを通りかかっただけだって言ったら信じる?」ヘルヴァは静かにそう尋ねた。

ヘルヴァナは皮肉を感じ取り、ごくかすかに目をきらめかせた。

「だとしたら、この足止めのせいで遅れたりなさらなければいいのですが」

「その心配はないわ」ヘルヴァは少し愛想よくそう答えた。「目的地に着くのが遅れたりはしないから」レグルスは彼女が到着することを知らないのだから、これは嘘ではない。とはいえ、もう少し如才ないコメントもあっていいだろう。「宇宙軍にはわたしの要請による警戒態勢を解いてもいいと連絡しておくわ。報告には敵が壊滅したと……」

いっせいに声が上がったものの、ヘルヴァナが片手を上げると人々の驚きの表情はどうやら落ち着いた。

「人が死んだことは報告なさらないでください。ただ単に……緊急事態は処理されたとだけ」ヘルヴァナの態度は威厳に満ちていた。

「ではそうしましょう」ヘルヴァは厳粛にそう答えた。とはいえ、彼女にはコルナー人の一団が完全に消滅したという報告を宇宙軍艦隊に送る、名誉ある義務がある。「もしよかったら、わたしにかわりの警戒衛星を用意させてちょうだい。外から邪魔者がやってこないように。今までのは……今回の訪問者に吹き飛ばされてしまったから」コルナー人侵略者の末路が知れわたれば、あえてラヴェルに着陸しようなどという者はいなくなるだろう。「わたしが手配してもいいかしら？」

「ヴェガⅢに同じ信仰を持つ小さなグループがあります」ヘルヴァナが答えた。「もしよろしければ、そちらに……新しい衛星が必要だと伝えていただけますでしょうか。費用と設置はその者たちが面倒を見てくれます。あなたにそのような些事《さじ》の手配をしていただくにはおよびません」

「なんでもないわ。同じ信仰を持つ仲間の方たちには、必要なものがあることと、あなたが引きつづき安全だと伝えておくわね。わたしたちのあいだに貸し借りはなしよ、賢明にして善良なヘルヴァナ。わたしがここへ来たのは、クロエのときと同じように、必要とされていたから。それでじゅうぶんだわ」

「ではそのように」ヘルヴァナは頭を下げて受諾を示し、ほかの者たちもそれにならった。はっきりした身振りで代表団をエアロックに向かわせたヘルヴァナは、ひとりひとりがヘルヴァの柱《カラム》に向かってお辞儀をするあいだ脇に立っていた。これにはいささか時間がかかり、ヘルヴァはやきもきした。このところのストレスに対処するため、栄養液を調整する。

ヘルヴァナは深々と一礼してから、ためらった様子を見せた。「亡くなられたパートナーのためにお祈りします」彼女はナイアルの居室のほうに顔を向けた。「あなたの心の慰めとなるような、ナイアル・パロランに劣らない人がその地位に就きますように」

彼女は出ていき、ヘルヴァは衝撃のあまり声もなかった。

「ぜひぼくのために祈ってもらいたいね！」ナイアルがメイン・キャビンに出てきてぴしゃりとそう言った。

ヘルヴァは音を立ててエアロックを閉めた。

「あんなゴシップをどこで聞きこんだんだ？」ナイアルが言葉を続ける。「さっさとこの星を離れようぜ。ぞっとするよ。コルナー人のために涙を流すなんて。ぼくのためならともかく」

ヘルヴァは船体を離昇させるのに必要な手順をできるかぎり巧妙にやりとげた。広場にいるのはヘルヴァナとその代表団だけで、彼女たちは建物の陰に立ち、階段の上でヘルヴァナを頂点とする三角形を作っていた。船尾のセンサーを見ると信者たちが顔を上げ、〝自分たちの〟船がふたたび天に昇っていくのを見送っていた。自分たちを救いに天からやってきた船を。

「『たまたま近くを通りかかった』なんて絶対に信じてないぜ」ナイアルはそう言ったが、その口許は奇妙に歪んでいた。「少なくともあの賢女はな」

のだろうというほうに傾きがちだった。エアロックとラウンジよりも奥には足を踏み入れなかったというのに。そしてそれ以上に驚いたのは、ヘルヴァナの言葉に本当に彼女が慰められたという事実だった。

「でもそうなのよ」答えながらも彼女の思いは、なぜヘルヴァナにナイアルの死がわかった

星系を出るとヘルヴァは全方位通信で、緊急事態が終わったこと、コルナー艦隊の生き残りが壊滅したことを報告した。詳細はレグルス到着時に説明の予定。到着予定時間は知らせなかった。彼女の招請に応えた哨戒部隊が全速力で飛んでいくのとすれ違う。コルナー人最後の生き残りと戦い、手柄を立てて昇進するチャンスを逃したのはがっかりだったろう。ラヴェル人のことは、話題になるのをあまり好まない人々だと伝えてあった。コルナー人が壊滅する様子を収めた映像は切り貼りしてしまえばいい。実際、彼女はすでにそうしていた。まがりなりにもヘルヴァナとの約束を守りながら、艦隊情報部も満足させなくてはならない。そのとき彼女が認識していなかったのは、その無口さが生きた伝説としての彼女の栄光をさらに輝かしいものにするという事実だった。

レグルス星系から五日のところでエスコートに出会った。それはなんと二つの小艦隊で構成され、ノヴァ級の旗艦には准将が乗り組んでいた。

「ハリマン准将より連絡。あなたとナイアル・パロランのエスコートに参上しました」最初のメッセージとともに、巡洋戦艦の艦橋で礼装用の制服を着て満面の笑みを浮かべた准将の

顔が現われた。彼はヘルヴァの筋肉《ブローン》を捜してあたりを見まわした。

「偵察員ナイアル・パロランの遺体とともに帰還しました、准将」思っていた以上に落ち着いて報告できた。

「そんなこととは……」准将はショックをあらわにし、艦橋につぶやきが広がるのがわかった。「お悔やみとお詫《わ》びを申し上げます。つらい旅だったでしょう。コルナー人との戦いの犠牲になったのですか？」

「ナイアル・パロランは眠るように静かに息を引き取りました。診断は高齢による老衰死です」訊かれる前に死亡の日時と場所を告げる。静止状態にしてあることはなんの手がかりにもならないだろう。「パロランは地位と名誉にふさわしい葬儀を希望していました、准将」そう言いながら内心で笑みを浮かべる。ずっと彼女に我慢しつづけた仕返しだとナイアルは言っていた。

「当然の権利です。すぐに準備に取りかからせましょう……あなたさえよろしければ」

「お願いします」彼女は小さくため息をついた。あのプログラムは悪い出来ではなかった。ナイアルの死という事実に慣れるための時間を稼がせてくれたのだから。死よ、死よ、おまえの棘《とげ》はどこにある？　墓よ、おまえの勝利は？

「心よりお悔やみ申し上げます」准将は背筋を伸ばして敬礼した。背後でほかの士官たちが直立し、敬礼するのが見える。「ＮＨ－八三四は〈サービス〉に卓越した貢献をしてくれました」

「ナイアルはパートナーの鑑《かがみ》でした」ヘルヴァァが答える。「しばらく沈黙にひたることをお許しください」今回の事件について虚偽の報告をするつもりはなかったが、それでもいくつか、彼女の胸一つに納めておかなくてはならない事柄がある。

「そんなことでコルナー人の一件を説明しなくてもすむなんて思うなよ、かわいこちゃん」

ナイアルは准将との通話に使うため起動したスクリーンの、可視範囲のすぐ外に立っていた。

「ぼくは本当に英雄的にその役割を果たしたかな？」

「もちろんよ。受けるべき名誉をすべて受けるまでは、墓になんか入らせませんからね。ラヴェルでも立派に役目を果たしたわ。姿を見られないようにするって役目を」

「完璧にってわけじゃなかったらしいがね」ナイアルはちらりと口許を歪め、彼女に向かって指を振った。

「ヘルヴァナのちょっとした指摘のことを言ってるなら、忘れてしまいなさい。当てずっぽうよ。どこかに筋肉《ブローン》がいるはずだってことは知ってたはずだし」

「名前まで知ってたぞ」

「きっとあの人は死者と話ができるのよ。そしてあなたは確かに死者なんだし。そろそろ消えない？」

「どうして？　自分の葬式を見逃せって？　よくそんなことが言えるな」彼は片手を胸に当てて落胆を表明した。

ヘルヴァァは笑い声を上げた。「トム・ソーヤーを気どると見当をつけてもよかったわね」

彼も声を上げて笑う。「いいじゃないか。ものを見る能力を授けてくれたんだから。みんながぼくのことをどう思ってるのか、ずっと知りたかったんだ」

「葬儀で率直な言葉なんか聞けないわ。故人を悪く言うのはマナー違反でしょ。それにわたし、あなたのホロ・プログラムを作ったなんて知られたら、シナプスが何本か吹き飛んだと思われて、精神科医の診察を受けることになる。そんなのはごめんよ」

「誰にも姿を見せたりはしないさ、愛しい人。約束する」

もともとこのプログラムは、レグルス基地に着いたら完全に消去してしまうつもりだった。それを収めていた数ペタバイトのメモリーごと。だが気が変わった。彼には葬儀を見る権利がある。棺《ひつぎ》を担いでのゆっくりした行進から、大気圏内機が翼を振る敬礼や、ライフルの一斉射撃や、延々と続く鎮魂歌まで、名誉ある死者のための儀式のすべてを。今回の彼女は愛するパートナーの思いがけない不慮の死を悼むのではない。親しかった友人の長く充実した人生の終わりを祝福するのだ。彼もまた、彼女の中で忘れられることはない。


埋葬班が亡骸《なきがら》を受け取りにやってくると、彼女が長旅のあいだ無傷で運んできた遺体は棺の中の静止状態に移された。レグルスのお歴々が大挙して登場する。式典用の礼装制服に身を包んだ随行員の一団を引き連れた〈中央諸世界〉の首席行政官から、エレガントな黒のドレスにファッショナブルな帽子をかぶった惑星政府長官《プローン》まで。いろいろな制服が入りまじった軍人の団体、そのとき基地にいたすべての筋肉と訓練生たち。葬儀はちょうどいい長さだった。あと少しでも長かったら、死者を誉め称える言葉を彼女は信じてしまっていただろう。その本人は操縦席に腰を下ろし、満足しきった顔で式典を見物している。彼女にとってはそれがこの葬儀の最大の見どころだった。

「これが見られたんだから、とうとう馬の首星雲へ行けなかったのも惜しくない」彼は何度かそう叫んだ。彼女は地上からも高位高官の居並ぶ高い壇上からもキャビンの見えない、だがキャビンからは外を覗ける位置に駐機していた。そこで彼は思いのままに警句を吐き、追憶にひたった。

ヘルヴァは前にもそうしたように、また歌う船として彼女に期待されているとおり、夜と葬送の歌を心に染み入る旋律で空に鳴りわたらせた。だが今回、そこには勝利の響きがあった。やがて最後の音が墓地の空と垂れた頭《こうべ》の上から消えると同時に、彼女はナイアルのホログラフィ・プログラムを消去した。

当局が一人にしてくれたので、彼女はじゅうぶん孤独にひたることができた。あと何日かナイアルの消去を遅らせてもよかったのだろうが、ものごとには終わるべき時というものがある。葬儀の終わりがまさにその時だったのだ。彼女は本部に連絡した。

「こちらはXH‐八三四、新しい筋肉《ブローン》を要請します。宇宙軍艦隊はラヴェル事件についていろいろ質問したいでしょうから、そのための時間も取ってください。すべてを記録に残しておきたいんです。それから、ヴェガⅢのマリアン・サークル修道所に最優先メッセージがあります。ラヴェルが新たな警戒衛星を求めているという内容です。前のはコルナー人に吹き飛ばされてしまいましたから」

「新しい筋肉《ブローン》？」通信を受けた女性が言った。思いがけずXH－八三四から連絡を受けて、頭の中がまっ白になってしまったらしい。

「ええ、新しい筋肉《ブローン》よ」ヘルヴァはもう一つの要求も繰り返した。「わかった？　じゃあ、急いでお願い。筋肉《ブローン》宿舎にわたしの要請を伝えたらすぐに、経験豊富な頭脳《ブレイン・シップ》船向きの任務をなんでもいいから割り当ててちょうだい」

「わかりました、XH－八三四、はい、了解」相手は興奮のあまり言葉にならず、しばらくしてようやく筋の通った話が聞こえてきた。奇襲はいつもこっちを優位に立たせてくれる。

彼女は純粋な悪意に満ちた笑い声を上げながら、筋肉《ブローン》宿舎でみんながあわてて服を着こんだり髪をとかしたりボタンをはめたりするのを眺めた。その光景は昔の楽しい思い出を呼び起こした。若い男女が栄誉の中の栄誉を目指して、最初の乗船者になろうと駆けつけてくる。

彼らが斜路にたどり着こうとするとき、ヘルヴァはぼんやりした影に気づいた。輪郭は霧のようだが、それはナイアル・パロランだった。彼女の柱《カラム》に近づき、肉体を覆うパネルにもう一度だけ頰を寄せる。

「次のやつをぼくみたいに嘆かせるんじゃないぞ。いいね、愛しい人」背を向けると輪郭がいよいよ不明瞭になる。「それと、もしきみがあのソーグの補綴ボディをぼく以外の誰かのために使ったら、きっとそいつを殺してやる！　わかったか？」

ヘルヴァは自分が何かつぶやいたような気がした。彼の影はエアロックではなく、前方スクリーンのそばの船体へと吸いこまれていった。押し寄せる筋肉《ブローン》たちの足音がちょうど聞こえてきたとき、彼は最後に片手を一振りして、彼女自身である船体の金属の中へと消えていったように見えた。

「乗船の許可をお願いできますか？」息を切らした声が聞こえた。

（嶋田洋一訳）

愛《いと》しきわが仔《こ》

メアリー・ローゼンブラム

メアリー・ローゼンブラム（Mary Rosenblum）は一九五二年生まれ。一九九〇年にデビューし、ミステリも含めて九編の長編と多数の短編を発表した。一九九四年には第一長編 *The Drylands* でコンプトン・クルック賞を受賞した。二〇一八年没。

（編集部）

わたしは若い話者が「聞き方」と「話し方」を身につける、話室の外で待っている。周囲の壁と絨毯《じゅうたん》敷きの床はこの神の場の色である純白で、ここで暮らす話者たちはみな、壁や床の色に似た白い服に身を包み、誘導係の肩に手を置いて通り過ぎていく。髪の色も目の色も淡く、彼女たちはみな同じように見える。その違いを教えてくれるのはにおいだけだ。わたしは話者の誘導係だ。担当する話者がローブをまとい、市民のために世界と世界のあいだを越えて「話す」ため、別の場所へ送られていくまでは。それからわたしは新しい仔《こ》どもを育てることになる。あの仔が出ていけば寂しくなるだろう。学習室のドアの下から流れてくる彼女のにおいには、懸命の努力と自信のなさが表れている。

あの仔はいつも自信がない。まだほんとうに小さかった彼女のところに、わたしが初めてやってきたときからそうだ。ときどきわたしは、夜中に声を押し殺して泣く仔どもの涙のにおいを嗅ぎ取って、そのかたわらで横になるために自分の小部屋から彼女の部屋に忍びこむ。仔どもはわたしの頭や肩の毛皮をなでて、心を慰める。それはふたりだけの秘密だ――夜、わたしが一緒にベッドで眠ることが許されているのか知らないので、彼女は秘密にしているのだろう。わたし自身、これだけ長くここにいても知らない。わたしはこれまで一度も、担当している仔どもの隣で眠ったことはなかった。ひょっとするとなんの問題もないのかもしれない。ひょっとすると問題があるのかもしれない。だがそれはふたりだけの秘密で、わたしたちを結びつけている。あの仔のベッドで眠ると夢のなかで弟の声が聞こえるのを、わたしは楽しみにしている。わたしはいつも弟を恋しく思っている。

あの仔が出ていけば寂しくなるだろう。担当する話者と一緒に送り出された弟のように、ついにわたしも一緒に送り出されないかぎりは。だがわたしは仔育て上手といわれていて、まだ新しくローブをまとった話者と一緒に送り出されていない。

あの仔を待つあいだ、わたしは弟から届いたいちばん新しいメールを引っ張り出す。その小さなディスクは、掌《てのひら》にひんやりとかたい。ディスク・メールは高価ではないが、届くのに時間がかかる。このディスクは弟がいま暮らしているコロニー世界からここまで、四隻の船を乗り継いで運ばれてきた。だがわたしたち誘導係は召使いであり、召使いには話者を利用する資格はない。利用できるのは市民だけだ。ひょっとするとわたしたちはたいていおたがいのにおいを嗅ぎあっているから、言葉で話す必要はないと思われているのかもしれない。だが星と星のあいだを越えてにおいを嗅ぐのは無理だ。わたしは弟に話しかけたいし、彼の返事を聞きたい。ふたたび弟に会うことはけっしてないだろう。あの仔のベッドの上をのぞけば。そこでは弟が話しかけてきて、わたしのことがとても恋しいという。よくふたりで、ともに育った学校のまわりの草地で取っ組み合い、小川のなかで水飛沫《しぶき》を上げ笑いながら追いかけっこをしたものだ。ときどき雪が降ることがあり、わたしはいまだに雪の夢を見る。それは白く冷たく、触れると掌や足の裏がじんじんし、毛皮のなかで溶けるとむずむずするような感じがした。

修道院に雪はない。永遠に春だけだ。

ドアが開いたとき、雪と弟の夢を見ていたわたしは用意ができていない。わたしは耳を伏せてぱっと立ち上がる。

「シリ？　どこなの？」

わたしは自分の肩の毛皮が仔どもの掌にあたるように、差し出された手の下に進み出る。彼女の心がわたしの目を探しているくすぐったい感覚があり、ふたりの心がわたしの目を共有すると、白壁の廊下がほんの少しぼやけて見える。

この仔のベッドで眠っているとき、わたしはこんなふうに弟と話しているのだろうか？

「弟からメールがきたんです」わたしはいう。

同腹の仔のことを彼女はよくわかっている。話者の仔は一度に十人生まれるのだ。一緒に廊下を歩いていくと、修道院の中心にある庭へ向かっているのがわかる。彼女のにおいは悲しみに陰っており、わたしはそのにおいを追い払いたくて相手の手に軽く触れる。

「おまえはわかってない」仔どもは肩をすくめてわたしの手を振り払うが、怒っているにおいはしない。「もしわたしが不合格になったら？」

不合格？　その言葉にわたしは寒気をおぼえる。わたしの仔どもたちは不合格にはならない。一度もそんなことはなかった。わたしたちはドーム越しに射《さ》しこむ柔らかく穏やかな日の光のもとに足を踏み出す。滴《したた》る水と、土やこの空間に棲《す》む小さな生き物、そして水そのもの息のにおいが織りなす豊かなタペストリーに、わたしはめまいをおぼえる。修道院の大部分からは、このようなにおいは取り除かれている。彼女は鮮やかな色彩のかけらに覆われたベンチに腰かけ、わたしはその隣にしゃがんで仔どもの太腿《ふともも》に軽く寄りかかる。そうすれば慰めになるからだ。彼女の指がうなじの長い毛に滑りこみ、その感触にわたしは身震いする。「誰に不合格になるといわれたんですか？」

「わたしの話者先生よ」その声は低く、鼻をつく惨《みじ》めそうなにおいがする。「ほら……わたしの担当の。わたしには……意識を向けていないものの声まで『聞こえ』てしまう。ほかの声を閉め出せない。でも耳を澄ましてるわけじゃないの」彼女からは苦悩と、かすかな怒りのにおいがする。「わたしは大丈夫。もうほかの声には耳を傾けない。神の言葉をほかの人に『話す』つもりはない。もう二度と」

わたしはたじろぐ――自分を抑えることができない――仔どもの指が痛いほど食いこんでいるからだ。彼女はわたしを離し、両手で顔を覆う。

「わたしはそれを『聞こう』としてるわけじゃないの。自分に話しかけてくる声だけに耳を澄ましてる。話者先生がおっしゃるには、感度が高すぎるんですって」その声は聞き取りにくいが、怯《おび》えたにおいがする。「あのかたは、そんなことはあり得ない、わたしの遺伝子が許さないだろうっておっしゃってた」

わたしはまるで自分がまた仔犬に戻って、雪のなかで長く遊びすぎたように身震いする。

「わたしは追い出されてしまうの？」

この仔はわかっていない。おそらく彼女たちの誰もわかっていない。神語だけを「話し」、神語を「聞く」こと、話者はそのためだけにここにいる。この修道院で暮らしているのは話者だけだ。それにわたしたち召使いと。

誰も出ていくことはない。ただし、市民たちが星と星のあいだを越えて話ができるように、別の場所で「聞き」、そして「話す」ために船で出ていく場合は別だ。わたしの弟はそうやって、割り当てられた新しい話者と一緒に出ていった。

わたしは仔どもの気をそらそうとする。バニラ・オーキッドの花が咲きかけているにおいがする。彼女のお気に入りの花だ。そのお粗末な鼻でも香りを嗅ぐことができるし、厚みのある花びらの感触も気に入っている。だからわたしは彼女をそちらへ連れていく。そして仔どもは幸せそうな顔をする。だがそのにおいは悲しげだ。

そしてわたしは不安を嗅ぎ取る。

彼女はわたしの仔だ。わたしが養育をまかされた仔だ。そしてわたしの仔どもたちは、かつて不合格になったことがない。

もしこの仔が不合格になれば、わたしはもう夢のなかで弟と話をすることはないだろう。

暗闇のなかで目を覚ますと、あの仔の涙のにおいがする。穏やかな暖かい闇のなか、わたしは自分のクッションを離れてそっと絨毯の上を横切り、柔らかいマットレスに寝ている仔どもの隣に滑りこむ。彼女がわたしに腕をまわし、肩の毛皮に顔を埋めてくる。その涙が遠い昔の溶けた雪のように毛皮に染みこんでくるのを感じる。だがそれは温かい。悲しみのにおいはぷんぷんするが、恐怖のにおいはしない。

この仔がどうして真に恐怖を知ることができるだろうか。

その点では彼女がうらやましい。

「雪のことを聞かせて」仔どもがいう。

「それは凍った水です。空から落ちてきます」

「もっと聞かせて。おまえが子どもだった頃のことを」

向こうは命令口調で、それを拒むのはほんとうにとても難しい。たとえわたしたちが外の話はしないことになっていても。この修道院のなかでは。話者の神はお怒りになるだろう。話者の神がお怒りになるのは、ほんの一時のことだ。

でも、もしこの仔が不合格になっていたら？　だからわたしは肩をすくめる。いま話したからといって、どんな害があるというのだろう？　「わたしは一度も子どもだったことはありません」つなぎに隠れている短い尻尾が、面白がってうごめく。「でもわたしたちきょうだいは、冬——雪が降る寒い季節——がとても長く続く場所で生まれました。ですからそれぞれの家に送られる前には、充分そのなかで遊べるだけの歳になっていました」

「おまえは幼かった。だったら、子どもでしょう」

「幼い頃のわたしたちは、子どもとは呼ばれないのです」わたしは落ち着かない気分で耳を伏せた。自分が担当する若い話者にこんなことをいわれたのは初めてだ。わたしは突然話したくなる。「わたしの同胞はずっとあなたがたに仕えてきました。ちょうどいま、わたしがあなたに仕えているように」

「わたしにはわからない」しかし仔どもはもうそのことを考えるのはやめて、切なげなにおいをさせている。「わたしはどんな種類の世界へ送られるんだろう、ってずっと考えてるの。雪の夢を見たわ。雪。白くてふわふわのかけらが灰色の空から落ちてくる。そして二匹のもこもこした生き物が、白い丘のあいだで追いかけっこをしてる。あれはおまえだったの?」彼女からは幸せそうなにおいがする。「わたしはおまえを夢に見たの?」

わたしは耳を伏せてうなずく。

「雪のある世界へ送られればいいと思ってた」仔どもがふたたびわたしの毛皮に顔を埋める。「でもいまは、どこかへ送られるのかな?」

わたしの耳が頭に張りつき、鼻がかすかに震える。記憶にはあるがここでは見えない月のほうを向いて、遠吠《とおぼ》えをしたくなる。

わたしはこの仔よりずっと幼い仔犬だった頃以来、遠吠えをしたことがない。そのかわりにわたしは仔どもの頬にキスし、彼女の温かい雪解け水のような涙が毛皮をぐっしょり濡らし、遠吠えが自分の腹に満ちるにまかせる。この仔がいなくなるとき、わたしの弟もいなくなるだろう。

わたしは弟の夢を見る。一緒に雪のなかで追いかけっこをしていて、弟がわたしをつかまえ、ふたりで冷たく乾いた白いもののなかをごろごろと転げまわると、雪の粉が無数の凍りついた銀河から降ってくる星屑《ほしくず》のようにきらめく。それからわたしたちは寝床で一緒にぬくぬくと丸くなり、夢を見る。それは遠い遠い昔、わたしたちが召使いになることを覚える前、わたしたちが話者の仔どもを守るために旅立つ前のことだった。わたしはけっして弟のにおいを忘れることはないだろう。「あなたを忘れられるわけがないでしょう？」弟は暗闇のなかで緑色の目をしばたたき、その白い白い歯の上で舌を丸める。「わたしたちは毎晩一緒に夢を見るの」

一度弟がメールで、自分のいる場所の地図を送ってきたことがある。静かな惑星を従えたきらめく星々の広がりを。彼は自分がいる世界、光の海のなかの暗い小さな点に印をつけていた。「あなたはいま、わたしの仔犬といっても通るくらい若いのね」わたしは彼に語りかけ、その耳に鼻をすりつける。「生き物を運ぶスローシップで眠っていると、そうなるのよ」「姉さんはいつも変わらない」と弟がいい、それからわたしたちは跳ねまわり、雪のなかで遊びはじめる。

わたしの仔がもぞもぞして目を覚まし、じっと暗闇を見上げる。わたしの夢は消え、弟の声は消えて、彼女がようやくまた眠りに落ちても戻ってこない。

今朝の彼女は静かだ。わたしはその手を肩に乗せて、食堂へ連れていく。仔どもはわたしの目を使わず、足を導くのはこちらにまかせて闇のなかを歩きながら、心の内に目を向けている。わたしは彼女に朝食を運ぶと、自分の皿を取ってほかの誘導係と一緒に壁際にしゃがむ。わたしが通り過ぎると彼らの耳がぴくりと動いて伏せ、同情のにおいがする。ああ、そうなのだ、わたしたちはいつだってほかの誰よりも耳が早い。今朝は食欲が湧かないが、わたしは自分用のロールパンを食べる。わたしはよい召使いだ。

若い話者たちはひと腹ずつ、十人一緒に自分たちのテーブルにつく。いちばん年長で背の高いものたちは前のほうのテーブルに、幼いものたちは召使いと一緒に、大きなドアに近い後ろのほうのテーブルに。部屋は明るく暖かい。わたしは長年のあいだ、ドアの近くから部屋の前のほうへと移動し、担当の仔どもが話者のローブを身につけて旅立つと、新しい仔どもを割り当てられてドアの近くに戻る、ということを何度も繰り返してきた。

いまわたしの仔は、きょうだいたちと一緒に前のほうのテーブルに座っている。みんなそっくりで、同じ白っぽい金色の髪を編んで背中に垂らし、見習い話者であることを示す同じ白のつなぎを着ている。同じ顔に、淡い薄紫色の見えない目。違うのはにおいだけだ。

わたしの仔は悲しいにおいがする。

それに今朝は……怯えている。

ひょっとすると話者たちのあいだでさえ、知らせが広がっているのかもしれない。ひょっとすると鼻はまったく利かないに等しい彼女たちにさえ、不合格のにおいはわかるのかもしれない。

仔どもたちが一緒にテーブルを立ち、星と星のあいだを越えて神の言葉を「聞く」術《すべ》を身の仔どものにおいを嗅いで、ひとり、またひとりと立ち上がり、後に続く。そして仔どもたちが通り過ぎていくとき――そっくりな髪、そっくりな淡い色の見えない目、まったく同じように曲線を描いた背骨や優雅な指――わたしはふと、話者も自分たちと同様につくられた存在なのではないかと思う。

市民はつくられないと教えられているのだから、そんなことを考えるのは冒瀆《ぼうとく》だ。召使いはつくられる。自分の仔どもと合流するためにわたしは立ち上がり、彼女の腕が軽く肩をかすめるのを感じる。こっそりと。ほかの召使いたちが放つ同情のにおいを嗅ぎ取り、わたしは彼女が自分たちに似ていると思う。

そんなことを思うべきではないが、思ってしまう。

朝食のあと、わたしたちは彼女が神語を「聞く」術を学んでいる部屋へ向かう。だがそこに着くと、彼女に似た年長の話者が正装のローブをまとって待っている。その話者の召使いがわたしに向かって耳をぴくりと動かし、それからわずかに伏せて見せ、わたしも自分の耳を伏せて応える。わたしは自分の仔をぎゅっと抱きしめ、慰めてやりたい。彼女はどの仔もそうするように、その話者の前で身を屈《かが》める。うやうやしく。しかし彼女の恐怖がわたしの鼻を刺激し、わたしの耳は前後にぴくぴく動く。

「評議会があなたの出席を求めています」話者が手を差し出す。

「DNA分析の結果が出たのですか?」わたしの仔は動かない。

わたしは仔どもの手を取って、年長の話者の手に乗せる。仔どもの手は生気がなくて重く、死んでいるようだ。

「そうです」話者はいったん仔どもの手を包みこんでから離すと、召使いの肩に手を置いて歩いていく。

会議室は白いが、母なる星の枯れ木でつくられたテーブルと椅子は茶色い。わたしが母なる星の生まれでないことはわかっている。その世界は星々のいちばん端にあり、訪れるにはあまりに遠すぎる。わたしの弟がいる星よりもまだ遠いのだ。しかし話者たちはそこと「話す」ことができる。そのはるか遠くの世界でのささやきを「聞く」ことができる。

わたしは話者の仔どもたちの召使いであることを、誇りに思っている。

しかしその部屋のにおいにわたしの耳は伏せたままで、壁際に並んだほかの誘導係はわたしたちが入っていくと、わたしへの同情のにおいをさせる。三人の話者がテーブルで待っている。足元まですっぽりとローブに覆われ、しわくちゃの顔は誰かがその上で眠ってしまった服の山のようだ。彼女たちはとても年老いたにおいがする。そして権威のにおいが。

ここでは許されないことだが、わたしの首の毛皮がかすかに動いて逆立つ。わたしは耳を伏せるが、逆立った毛を寝かせることはできない。わたしはほかのものたちと一緒に壁際に座る。

「『話す』力はすべてである」話者たちがいっせいにつぶやく。「『聞く』力はすべてである」彼女たちは頭《こうべ》を垂れる。わたしの仔以外は。彼女は席についているが、その目は遠くの壁に向けられている。

「話者は純粋な存在です」いちばん年老いたにおいがする、わたしの毛皮を逆立てさせた話者がいう。「千年のあいだ、その純粋さは保たれてきました。その純粋さを持つものだけが、神の言葉を用いて世界と世界のあいだを越えて『話す』ことができるのです。三位一体とは？」

話者の命令口調に、わたしの喉が返事をしたがる。

「純粋な暮らし、純粋な心、純粋な肉体」わたしの仔の声はとても小さく、わたしでさえかろうじて聞き取れる程度だ。

「おまえはその暮らしにおいても心においても、純粋さを汚したことはありません」権威ある話者のささやきは続く。「しかし修道院という聖域のなかでさえ、純粋さは守られねばならないのです。どのようなときも」

「わたしが不純なはずはありません」わたしの仔はいま、怒りのにおいを放って立ち上がる。「わたしはここに生まれ出ました。わたしには九人の姉妹がいます。彼女たちは純粋です。なにも悪いところなど見つかるはずがありません」

「ごくわずかな突然変異なのですよ」別の権威ある老人が口を開く。「些細《ささい》なことです。それは傾斜法を行う前の最終テストのあと、妊娠後期に起こりました。今後わたしたちはテストの範囲を拡大するつもりですし、ほかの修道院にも注意を呼びかけています」

「わたしはほかの声を遮断できます。わたしが『聞く』ことになっている声に集中できます」

「交信はわたしたちの文明をひとつにまとめる神経系です。肉と血からなる本来不純なわたしたちは、電子機器の純粋さを見習わねばなりません。解釈、変更は純粋さを破壊します」

「でもわたしは……」

「量子効果は突然変異によって倍になります。意識を向けていないものの声まで『聞こえる』のは、そのためです」

「でもわたしには――」

「交信は純粋、完璧でなくてはなりません。内密でなくては。不純物が混じる余地はありません」年老いたにおい、権威のにおいがする話者が立ち上がる。

彼女が立ち上がることとさえ命令だ。ほかのものたちもその話者と一緒に立ち上がり、召使いたちはさっと位置につく。あの仔はわたしがそばにいっても反応せず、ほかのものたちがぞろぞろと出ていくあいだもわたしと視覚を共有することを拒んで、顔を壁に向けたままだ。最後のひとりがドアを出る。それはさっきわたしの仔を呼びにきた話者で、悲しげなにおいをさせている。その話者だけは。

わたしたちはほかのものが出ていったあとも、長いあいだそこに立っている。わたしの毛皮はもう逆立っていないが、耳はまだぺたんと伏せたままだし、厄介な遠吠えが戻ってきて腹の奥にしこっている。ついにわたしの仔が身じろぎしてわたしの視覚を共有すると、部屋が揺らめく。彼女は大股に部屋を出ていき、わたしは遅れないようにほとんど小走りにならねばならない。夕食時で、食堂へ続く廊下を通り過ぎるときに漂ってきた魚のシチューのにおいに、わたしの腹が鳴る。しかしわたしの仔はどんどん進みつづけ、浮き台車を動かしているわたしと同じような召使いたちの横を、通り過ぎていく。その浮き台車には洗濯物が山積みになり、あるいは修道院周辺の市民共同体から十分の一税として納められた品々が積み上げられている。わたしたちは修道院の中心にある古い廊下に入っていく。それらははるか昔、ひょっとするとわたしの遺伝子系統は存在もしていなくて、わたしの先祖がまだ四つ足で走り、床から物を食べていた頃に築かれたものだ。わたしには仔どもがどこを目指しているのかわかる。わたしたちはときどきそこを訪れている。そしてそういうときの彼女はいつも、考えこんでいるにおいがする。わたしにそっと一緒にベッドに入ってほしがるのは、しばしばそうした訪問のあとだ。

ついにわたしたちがたどり着いたのは古い修道院の中心、壁が八面あり、古びた暗いスクリーンが設置されている部屋だ。あの仔の話ではかつてそのスクリーンは、現在のホログラフィック・ウインドウのように情報を提供していたらしい。そしてその中心の部屋のまさに中心に、その像は建っている。仔どもはその正面で立ち止まる。

それはふたりの女性が掌と掌を合わせて立っている像だ。なにでできているのかは、わたしにはわからない――修道院のなかにはそんなにおいがする物質はないし、仔犬の頃にそれに似たにおいを嗅いだ覚えもなかった。一度舐《な》めてみたが、味まで風変わりだ。だがそれは滑らかな乳白色で、ふたりの女性の目はかすかな光を受けてきらめき、話者の目と同じ、わたしの仔の目と同じ淡い薄紫色に見える。

「昔々、千年以上も前のこと、ひと組の一卵性双生児が生まれた。当時の人々にはDNAを読み取ることはできず……それを修復できなかったため、ふたりは障碍《しょうがい》を負って生まれた」

仔どもはここで言葉に詰まり、その悲しげなにおいにわたしは頬にキスしてやりたくなる。

だがそっと寄りかかると、仔どもは身を引く。

「このふたりにはほかの誰にもできないことができたので……その遺伝子系統は保護された。このようにして修道院は生まれた。思考、言葉、行いの純粋さ。汝《なんじ》は己が『聞く』言葉を知ってはならない、汝はそれをただ完璧に繰り返し、意識を向けるべき相手の言葉だけを『聞かねば』ならない」

仔どもの顔は乾いているが、泣いているにおいがする。わたしは彼女に体を押しつけたいが、じっとしている。

「わたしは不純なの」仔どもの声はより柔らかく、より深くなる。「もしかしたらDNAがわたしを裏切っていたのかもしれないけど、最初に裏切ったのは心だった。わたしになぜ、と思わせた。なぜわたしたちは歴史を知ることができないの？　なぜわたしたちはドームの外の世界を知ることができないの？　なぜわたしたちは単純に、自分が選んだときに『話す』ことができないの？　自分が選んだ相手に？　なぜわたしたちに与えられるのはここだけ、なにを意味しているのかもわからない言葉だけなの？」

いま彼女からは、ふたたび怒りのにおいがする。そしてわたしはうずくまりたい衝動と戦いながら、耳を前後にひくつかせる。「そして修道院以外に話者はいない。交信は……お金になる」

「修道院は人が住むすべての惑星にある」仔どもの顔は妙にこわばっている。

わたしには意味がわからないが、彼女が放つ怒りのにおいに首の毛皮が逆立ち、守ってやりたくなる。

「どうしてわたしはこんなことを考えられるの？」わたしの仔はいま、青白い両手を握りしめている。「DNAがわたしを裏切ったのも不思議はないわ。きっとわたしの不純な考えにゆがめられてしまったのね。これからわたしはどこへいくんだろう？　星々に向かって『話す』ことができなければ、わたしになにができるというの？　わたしは誰に向かって『話す』ことになるの？」

腹にしこった遠吠えがもう少しで表に出てきそうになるが、わたしは耳を伏せ、思わずしゃがみこんで無理に抑えつける。たとえわたしの目を使っているときでも、鏡がなければ彼女はわたしを見ることができず、そのことがいまは嬉しい。この部屋に鏡はないし、もしこの仔がわたしの目をのぞきこめば、ほんとうのことを知られてしまうだろう。

「もしかしたらわたしは、結局おまえみたいな召使いになるのかもしれない」仔どもが肩を落とす。「庭の掃除をするか、台所で料理をするか。いままでわたしみたいな召使いは一度も見たことがないけど。不合格になるものは多くないんでしょうね」

不合格になるものは多くない。

わたしは身震いし、いまは彼女に触れられていないのでしゃがみこんで震えているのがばれないこと、彼女の鼻が利かないことをありがたく思う。

わたしはもう年だが、年老いたにおいがする話者たちからは仔育て上手といわれている。明日わたしは新しい小さな仔どもを与えられるのだろうか？　それとも来週？　それからわたしは、その小さな仔どもが食べ方や歩き方、「話し」方を学んでいるあいだ、ドアにいちばん近いテーブルにつくことになる。いつか夜中にその仔のベッドに滑りこまねばならなくなることはあるだろうか？　いつかその仔が、雪が溶けたような温かい涙でわたしの首の毛皮を濡らすことはあるだろうか？

いつかわたしは自分たちの夢のなかに籠もって、また弟と話をすることがあるのだろうか？

ひょっとしたら本人のいうとおり、彼女は不純なのかもしれない。

わたしたちはみな、ここにいるわたしたち召使いは不純だ。「話す」ことはできないし、純粋であるにはあまりに多くを知りすぎている。もしかしたらわたしの夢が、この仔の純粋さを汚してしまったのかもしれない。

「夕食を食べ損ねてしまったわね」ついに仔どもが手探りし、わたしはその掌の下に身を置いた。「わたしを庭に連れていって。それからおまえは台所にいって食べ物をもらうといいわ。わたしはお腹が空いてないけど、おまえには食べてもらいたいから」

話者たちはいま、この仔の自室か庭で待ちかまえている。わたしは部屋を循環する空気に緊張の気配を、鼻を刺す煙に似た苦悩のにおいを嗅ぎ取る。わたしたちはいつでも知っている。わたしの目を使わなくても庭がある方向はわかっているので、仔どもは歩きだす。その目の前に踏み出したわたしにぶつかると、彼女は驚いたにおいを発しながら一歩後ろによろける。

「シリ、なにがあったの？　どうしたの？」

「庭はだめです」

「どうして？」

彼女たちは優しいだろう。彼女たちは親切だろう。わたしたち召使いが年を取りすぎて務めを果たせなくなったときのように。その優しさは、近い将来わたしに示されることになるはずだ。わたしの毛並みにはいま、白いものが交じっている。わたしはあの部屋の後方から前方へと何度も移動してきた。「話者は新しい世界へいく以外、修道院を離れることはありません」腹にしこった遠吠えのせいで、わたしはもごもごという。

「それはどういう意味？　わたしはここで召使いになるということ？」

わたしは答えないし、その必要はない。この仔は自分のようなものが誰もここで働いていないのを知っている。彼女が発する恐怖のにおいがきつくなる。

「外に出る道はないわ」いま彼女の目は丸くなり、部屋の薄暗い光を反射している。「もし逃げられるとしても、わたしはどこへいけばいいの？　なにをすればいいの？」

わたしは仔どもの手をしっかりつかむ。像の反対側の廊下は、古い空気とずっと前に死んだ小動物のようなにおいがする。わたしたちはなんでも知っている。わたしたち召使いは。仔どもはわたしの手にしがみつき、すり足でついてくる。わたしが急いでいるのは、ゆっくり進めば彼女の頭が恐怖でいっぱいになって、立ち止まってしまうだろうと思うからだ。廊下の終わりのほうは狭くなっている。たぶん空気か熱を、あるいはなにか小さな荷物を運ぶための空間だ。そこを進むには這《は》っていかねばならず、わたしに触れていられるのは一瞬だけなので、彼女は目が見えなくなる。だが、わたしに置いていかれるかもしれないと不安なのか、急いでついてくる。もし鼻が利けば、けっして置いていったりしないとわかるだろうに。しかし仔どもの鼻は利かないので、わたしは怖がる彼女に対して心を鬼にし、先を急ぐ。置き去りにされる恐怖が、彼女の背中を押しつづけるだろう。

狭い通路の突き当たりでは、古い腐食した間仕切りがしぶしぶ道を譲り、緑のツタと絡み合っている。ツタは傷口から甘く鮮烈なにおいを放って空気を満たし、その叫びが夜気を満たす。だが話者は鼻が利かないし、わたしの仲間は誰も告げ口しないだろう。わたしは通路から出ると、仔どもに手を貸して立ち上がる。この世界のふたつの月――ひとつは青く、ひとつは赤みを帯びた小さくて奇妙な――が、燃え立つ星の天井を背景に浮かんでいる。

「ここはどこ？」仔どもが喘《あえ》ぐ。

わたしは彼女の手を取って引っ張る。その小さなドアは荷物用ではなく、人が出入りするけるためのものだ。外部の者は誰も入ることができない。しかし話者たちはこちら側から鍵を掛ける必要があるとは思っていない。ドアを通ることができるのは、許可を得ている場合だけだ。

わたしは許可を得ていない。

掌をドアに押しあてたわたしは、腹の奥から黒い蛇のように湧いてきた恐怖に満たされ、夜気のなかに悪臭を放つ。わたしは漏らしてしまい、ほとんど、あと少しのところできびすを返し、腹にしこった遠吠えを解き放ちながら修道院の安全な暗闇のなかに逃げ帰りそうになる。

だがこの仔はわたしの夢を分かちあい、わたしを弟のところへ連れていってくれた。まるで赤く焼けたものに触れるような痛みを感じながらも、わたしは両の掌をドアに押しあてる。ドアが音も立てずに勢いよく開き、わたしはつんのめるように通り抜けながらがくりと膝をつく。彼女の両手が触れるのを感じ、その不安そうなにおいを嗅ぐ。この仔はわたしを心配している。自分自身ではなく。

「大丈夫です」立ち上がりながら、わたしはいう。思わず全身が震える。しかし仔どもの腕が体にまわされ、心配してくれる彼女の思いが力とともにわたしを満たす。これまでわたしのことを心配してくれた仔どもはいなかった。

修道院は街の真ん中に位置している。そこでは多くのことが必要とされ、わたしたち召使いの多くは毎日その要求を満たしている。そしてわたしたちはすべてを分かちあう。だからたとえ一度も歩いたことがなくても、わたしはこの街を知っている。そしてあまりに易々《やすやす》と自分たちが出てこられたことに、わたしは怯えている。だがそうはいっても、話者たちは誰も修道院を離れようとはしない。例外はこの仔ども、わたしの夢を分かちあう仔どもだけだ。今夜は暖かいが、彼女の服――見習い話者が着る白いつなぎ――は真昼の太陽のように輝いて見える。このドアに続く狭い路地は、広い道に通じている。明かりや商店や食堂が見え、幸せだったり怒っていたり空腹だったり満ち足りていたりする人々のにおいがする。わたしの同胞のにおいもする。わたしたち召使いはどこにでもいるのだ。人々は常に召使いを抱えてきた。

修道院を囲む壁沿いには植物が育ち、修道院のなかにあるような庭になっているが、人々や街のにおいはしてもバニラ・オーキッドの香りはしない。わたしは闇がより濃くなっている壁際のベンチに仔どもを連れていく。その服は相変わらず、わたしの記憶にある月のように、あるいは弟と一緒にそのなかを転げまわった雪のように輝いている。しかし通りからは、その姿は見えづらいだろう。仔どもは不安げなにおいをさせているが、それ以上に好奇心をそそられているにおいがする。

「いろんな音が聞こえる。食べ物のにおいがする。どんな様子か――見せてくれる？」

しかしわたしはびくびくしている。「わたしはあなたが着るものを見つけてこなくては。あなたが人々に見られず、正体を知られることがないように」

「これからどうするの、シリ？」一瞬、恐怖のにおいが強くなる。

わたしにはわからない。だがそうはいいたくない。「すぐ戻ってきます。あなたはここで静かにしていてください。そうすれば安全でしょう」

わたしは急いで狭い路地から表通りに出るが、そこから先は自分に必要な厚手の布のにおいを嗅ぎ分けながらぶらぶら歩く。人々はわたしを見ない。彼らはわたしの同胞を誰も、ほんとうの意味で見ることはない。彼らの目はわたしたちの上を滑って通り過ぎていく。まるでわたしたちが目に見えない壁の反対側で暮らしているかのように、まるでわたしたちみんなが修道院のなかに住んでいるかのように。

わたしは同胞が発する慣れ親しんだ強いにおいをとらえ、それを食べ物や人々の欲望のにおい、幸せそうなにおいや悲しげなにおいが絡み合ったタペストリーから嗅ぎ分けてたどっていく。やがてわたしは一本の路地に導かれ、そこからまた同じような路地を経て、四方に高い住宅や商店が背を向けて並んでいる清潔な舗装された中庭に出る。この小さな中庭の塀沿いには小さなアパートが並んでいて、商店もあるが、表通りの店とは違って薄暗い明かりがついているか、まったくついていないかだ。

一軒は営業中のにおいがする。戸口を嗅ぐと、食べ物やハーブ、埃《ほこり》、誘惑のにおいがする。店主がこちらに向かってぴんと耳を立て、においで尋ねる。「着る物がいるんです」それを話すことは禁じられているにもかかわらず、わたしは共通語で彼にいう。話者は自分たちが繰り返している言葉を知ることはできないので、わたしは共通語を知らないことになっている。

だがもちろん、わたしたち召使いはなんでも知っている。

店主の耳がぴくりと動いて別の問いを投げかけ、驚いているにおいを発する。なぜかといえばもちろん、わたしが修道院で着ている飾り気のないつなぎはかなり上等で、まったく着古されていないからだ。「着るのはわたしではありません」わたしは素早く耳を伏せて謝る。「友人です。人間の」

いま店主からは警戒しているにおいがする。

「わたしたちの友人です」

それがほんとうだと嗅ぎ取った相手は肩をすくめると、自信なさげなにおいを発しながら小さなカウンターの奥の物入れを引っかきまわす。なぜなら彼の客はわたしたちだけで、人間ではないからだ。しかし店主は長いマントを引っ張り出して、明るいところで振るう。古い埃と虫の羽根と夏のにおいに、わたしはくしゃみをする。ここにくる途中の通りで似たようなマントを何度か見かけていた。これならあの仔が着てもおかしくないだろうし、修道院の白い服を隠してくれるだろう。

当然、店主は代金を求める。

わたしは金を持っていない。見習い話者の召使いであるわたしには、修道院でほかのものたちと取引するための自分だけの時間はなく、同胞のあいだで使われている硬貨を蓄えてこなかったのだ。わたしは耳を伏せて謝り、そのマントが必要なのだとにおいで伝える。いま店主は耳を伏せ、考えこんでいるような抜け目のないにおいを発している。

「あんたの人間をここに連れてくるんだ」ついに店主がいう。いま彼からは好奇心のにおいがぷんぷんする。

わたしは安堵《あんど》のにおいを隠すことができず、それを嗅いだ相手がまた耳をぴくぴくさせる。わたしたち召使いはいいお話に目がなく、わたしが彼にそういう話を披露するつもりなのは、わざわざいわなくてもはっきりしている。わたしはマントを受け取るとぎゅっと丸め、同胞たちが暮らす狭い路地を走ってさっきの大通りに出ると、ふたたびぶらぶら歩いて——そこの人たちの目を引かないように——あの庭へ向かう。たとえ離れていたのは短い時間でも、舗装された路地にたどり着く頃には、わたしの耳は不安のあまり伏せている。修道院があの仔を捜しているかもしれない。誰かが夜の物陰にさまよいこみ、彼女の白さを目にしてしまったかもしれない。

だがあの仔はそこに、見えない目を上に向け、両方の掌を上向きに太腿に乗せて、そこにいる。もう怯えているにおいはしない。

わたしは彼女に触れて自分の目を使うよう誘い、マントや庭の影を見る。

「外にはわたしの居場所はないわ」その言葉を口にする仔どもからは安らいだにおいがするが、その安らぎの陰にはかすかに暗闇のにおいが潜んでいて、わたしの肩の毛が逆立つ。

「わたしたちであなたの居場所を見つけるんです」わたしはそういうと、彼女の肩にマントを掛けてやる。

仔どもは鼻にしわを寄せる。「これはおまえみたいなにおいがする。わたしたちはどこへいくの？」

「ある場所へ」わたしの同胞のにおいがするマントの代金を払うために。「修道院がそこに捜しにくることはないでしょう」

わたしには確信がある。わたしの顔の毛には白いものが交じり、これまでずっと修道院の人々のなかで生きてきた。あの人たちは召使いが彼女を手引きしたとは思わないだろう。わたしたちはただの目、利用するための道具なのだ。修道院の人たちは街の人々のなかに彼女を捜すだろう。

わたしは仔どもの手を取る。ここの人たちは修道院のなかでのように、わたしたち誘導係の肩に手を置いて歩くことはない。外の人たちは自分の目を持っている。だがこの仔はわたしに触れて、わたしの目を使うだけでいい。わたしは彼女がこの見知らぬ通りを、なんとかのんびり歩こうとしているのを感じる。たとえ表に出さなくても、においには不安が表れている。わたしの胸はこの仔どもを誇らしく思う気持ちでいっぱいだ。この仔はいままでわたしが育ててきたどの仔よりもずっと強い。彼女は……違う。

ひょっとするとそれはわたしのせいではないのかもしれない。結局わたしは、この仔に悪影響を及ぼしていたわけではないのかもしれない。

わたしは仔どもを誘導して商店の前を通り過ぎ、人混みを抜けていく。彼らに見えているのは、マントを着て召使いと手をつないで歩いている華奢《きゃしゃ》な女だけだ。朝食のロールパンを食べてからずいぶんたっているので、食べ物のにおいに胃が痛む。だがわたしはお金を持っていないし、彼女を連れて店に入れば誰かに話しかけられる恐れがある。

仔どもの頭が傾《かし》ぎ、足を引きずりはじめる。そのにおいは……ショックを受けている。

「ここの人たちは『言葉』をしゃべってる」彼女はほとんど聞き取れないほど低い声で、わたしにささやく。「神語を」

「彼らは誰もが話している言葉をしゃべっているんですよ」わたしは優しくいう。彼女の頬にキスして、慰めてやりたい。「それはあなたたちにとってだけ、神語なんです」

いま仔どもがよろめき、わたしは足を止める。あまりに強い恐怖のにおいに、一瞬、鼻が利かない人間でも気づくかもしれないと思う。

「わたしたちは何者なの？」彼女がささやく。

この仔はわたしと同様つくられた存在なのだ、というあの不敬な考えが頭に浮かぶ。そしていま初めてわたしは、彼女が自分以上につくられた存在なのだと思う。わたしは召使いになるようにつくられていたが、この仔は機械になるようにつくられていた。

暗い路地にたどり着くと、わたしは少しほっとする。いまごろ修道院は彼女が出ていったことに気づいているにちがいない。おそらくあの小さなドアの出入りは記録されていて、この仔がわたしと一緒に出たことはもう知られてしまうはずだ。

だがここに捜しにくることはないだろう。修道院はこんな場所が存在するとは知りもしないはずだ。

わたしたちが店に入り、マントのフードの陰になった仔どもの髪が光を受けて輝くと、店主の目が丸くなる。いま彼は、好奇心のにおいをぶんぶんさせている。「ようこそ」店主はそういうと、彼女の前でほとんど仔犬のように耳を伏せる。

「鼻が利かないのと同じで、この仔には理解できません」わたしは肩をすくめる。「彼女は逃げてきたんです」

店主の目が細くなり、耳が神経質にぴくりと動くが、怯えているというよりも考えこんでいるにおいがする。「なぜ彼女をここに？」

「彼女はわたしの弟に話しかけるんです」わたしは思わず耳を伏せ、唇がめくれて歯がのぞくのを抑えられない。「弟はここから船で長い旅をした先の星にいます。彼女の隣で眠るとき、わたしは弟と話をするんです」いまわたしには自分の歯がむき出しになっているのがわかる。そして相手の目が店の薄明かりのなかで燃えるように輝く。わたしのこの仔は、星と星のあいだを越えて話すことは修道院に金をもたらすと考えていたが、それは間違いだった。

それは力をもたらしたのだ。

「話者はわたしたちのためにも話すことができるんです」その言葉はわたしの喉で太く響くうなり声のように。

店主の目が闇のなかできらめき、一瞬そこに仔犬時代を過ごした月が映った気がする。星星を越えて話ができるのは市民だけ。

「彼女はわたしたち、わたしたちのために話すことができるんです」


（佐田千織訳）

巨人の肩の上で

ロバート・J・ソウヤー

ロバート・J・ソウヤー（Robert J. Sawyer）は一九六〇年カナダ生まれ。一九八〇年にデビューし、『ターミナル・エクスペリメント』で一九九五年ネビュラ賞長編部門、『さよならダイノサウルス』で一九九七年星雲賞海外長編部門、『フレームシフト』で二〇〇一年星雲賞海外長編部門、『イリーガル・エイリアン』で二〇〇三年星雲賞海外長編部門、『ホミニッド─原人』で二〇〇三年ヒューゴー賞長編部門をそれぞれ受賞している（いずれもハヤカワ文庫ＳＦ）。

（編集部）

わたしが死んだのはつい昨日のことのような気がしたが、もちろんそれはほぼ確実に、何世紀も前のことだった。コンピュータがさっさと教えてくれればよかったのだが、きっと各種センサーがわたしの状態は充分安定して意識もはっきりしていると判断するまで待っていたのだろう。皮肉なのは、たしかにわたしの脈拍が不安のあまり速くなっているせいで、コンピュータが話しかけられなくなっているということだ。もしこれが緊急事態ならコンピュータはそう報告するべきだったし、そうでなければわたしの緊張をほぐすべきだった。

ついに機械が歯切れのいい女性の声で話しかけてきた。「こんにちは、トビー。生者の世界にお帰りなさい」

「われわれは――」言葉を発したつもりだったが、声が出ていなかった。わたしはもう一度試みた。「われわれはどこにいるんだ?」

「ちょうどわたしたちがいるべき場所に。ソロルに向かって減速しているところです」

わたしは気持ちが落ち着くのを感じた。「リンはどうしてる?」

「同じく蘇生中です」

「ほかのものたちは?」

「四十八台の低温チャンバーはすべて、適切に機能しています」コンピュータがいった。

「全員元気なようです」

そう聞かされるのはいいものだが、驚くにはあたらなかった。船には予備の低温チャンバーが四台あり、もし使用中の一台が故障していたのなら、リンとわたしはそれに入っている人間を予備のチャンバーに移すために、もっと早く起こされていたはずだ。「今日の日付は?」

「三二九六年六月十六日です」

そういう答が返ってくるだろうと予想してはいたものの、わたしは少したじろいだ。この体から血液が抜き取られ、そのかわりに含酸素不凍液を注入されて以来、千二百年の時が経過していた。われわれの船は最初の一年を加速に費やし、おそらく最後の一年は減速に費やして、残りの時間は——

——残りの時間は船の最高速度である秒速三千キロ、光速の一パーセントの速さで慣性飛行をしていた。わたしの父はグラスゴーの出身で、母はロサンゼルスの出身だった。彼らはどちらも、こんなジョークを楽しんでいた。アメリカ人とヨーロッパ人の違いは、アメリカ人にとって百年の時は長く、ヨーロッパ人にとって百マイルの移動は長旅だということだ、と。

だがふたりとも千二百年と十一・九光年には、等しくとてつもない値打ちがあると同意しただろう。そしていまわれわれはここにいて、くじら座タウ星、多重連星系に属していない、地球に最も近い太陽に似た星に向かって減速していた。当然そういう理由からこの星は、しばしば地球外知的生命体探査《SETI》の調査対象になってきた。しかしこれまでなにも検知されたことはなかった。ほんのちらっとでも。

　時間がたつにつれて、わたしは気分がよくなっていた。ボトルに保存されていた自分の血液が体に戻され、それがいま動脈や静脈を巡《めぐ》ってわたしを生き返らせているところだ。

　われわれはやり遂げようとしていた。

　くじら座タウ星は、たまたま北極を太陽《ソル》に向けていた。つまり二十世紀の終わりに開発された、星が引き寄せられたり遠ざかったりすることで起きる微妙な青方偏移と赤方偏移にもとづいて惑星系を発見する観測技術は、この星には役に立たなかったということだ。くじら座タウ星の動きのどんな揺らぎも地球から見れば垂直方向の動きになるため、ドップラー効果は起きなかったはずだ。しかし最終的には、その揺らぎを視覚的に検出できるだけの感度を持った地球の軌道上をまわる望遠鏡が開発されたことで――

　それは世界じゅうで新聞の第一面を飾るニュースになっていた。望遠鏡によってとらえられた最初の惑星系。恒星の揺らぎやスペクトルシフトから推測されたのではなく、実際に目に見える形でとらえられた惑星系だ。くじら座タウ星の軌道上には、少なくとも四つの惑星がまわっているのが見分けられ、そのうちのひとつは――

　公式は何十年も前から存在していたが、最初に普及したのはランド研究所が行った「人類居住可能惑星」の研究だった。ＳＦ作家や宇宙生物学者と呼ぶに値する人々はこぞって、生命居住可能域を決定するためにこの公式を用いていた――生命居住可能域とは、対象となる恒星に地球と似た表面温度の惑星が存在する可能性のある範囲、暑すぎることも寒すぎることもないゴルディロックス帯のことだ。

そしてくじら座タウ星のまわりに見られた四つのうち二番目の惑星は、その星の生命居住可能域のちょうど真ん中に位置していた。その惑星は九一年――その星の一年、すなわち地球の百九十三日――かけて注意深く観察された。その結果ふたつの素晴らしい事実が明らかになった。第一に、その惑星の軌道はほぼ円形だった――つまり常に気温が安定している可能性が高いということだ。それはおそらく、くじら座タウ星から五億キロ離れた軌道をまわる、木星型の巨大な第四惑星の重力の影響だと思われた。

そして第二に、その惑星の明るさは、一日にあたる二十九時間十七分のあいだに大きく変化していた。その理由は簡単に推測がついた。その惑星の半球のほとんどは、くじら座タウ星の黄色い光をほとんど反射しない陸地に覆われており、はるかに反射能が高いもう一方の半球は、広大な海に覆われている可能性が高いということだ。そして惑星の偶然の軌道半径を考えれば、その海が液状の水――地球外の太平洋――であることはたしかだった。

もちろん十一・九光年という距離を思えば、くじら座タウ星にはほかにも、小さすぎたり暗すぎたりして見えない惑星がある可能性は充分にあった。だからその地球に似た惑星をくじら座タウ星系第二惑星と呼ぶことには、問題があっただろう。もし最終的に、それより内側の軌道をさらにひとつ、あるいは複数の惑星がまわっているのが見つかれば、その星系の惑星のナンバリングが土星の輪を命名する際に取られた手法のように混乱することになる。

当然ながら呼び名はあって、それは半分陸地、半分水のその世界を発見した天文学者、ジャンカルロ・ディマイオがつけたものだった。すなわちソロル、「姉妹」を意味するラテン語だ。そしてたしかにソロルは、少なくとも地球から観測したかぎりでは、人類の故郷である世界の姉妹のようだった。

どれほど完璧な姉妹かは、じきにはっきりするだろう。そして姉妹といえば、そう――たしかに、リン・ウーとわたしは生物学上のきょうだいではなかったが、わたしたちは打ち上げ前の四年間、ともに働きともに訓練を受けていた。そしてマスコミには絶えず新しいアダムとイブだといわれていたが、わたしは彼女のことを妹のように思うようになっていた。もちろんわたしたちは新しい世界への植民に協力するだろうが、一緒にではない。まだかちかちに凍っているほかの四十八人のなかには、わたしの妻のヘレナがいた。リンはほかの入植者たちの誰ともつきあっていなかったが、なにしろ美人で聡明だったし、低温睡眠状態にある二十四人の男のうち二十一人は独り身だった。

リンとわたしはパイオニア・スピリット号の共同キャプテンだった。彼女の低温棺《かん》はわたしのものと同様、ほかの乗組員のものとは違って繰り返し使用できるように設計されていた。彼女とわたしは航海中の緊急事態に対処するため、何度も蘇生させられるようになっていたのだ。ほかの乗組員たちは、わたしたちふたりの一台六百万ドルの棺《ひつぎ》ではなく、たった七十万ドルですむものに入っていて、この船が最終目的地に着いたときに一度だけ蘇生させられるようになっていた。

「準備完了です」コンピュータがいった。「もう起きてかまいませんよ」

棺を覆っている分厚いガラスが横にスライドし、わたしは詰め物をしてある取っ手を使って黒い磁器のフレームから体を持ち上げた。船は旅のほとんどのあいだ無重力空間を慣性飛行していたが、いまは減速中で穏やかな下向きの力がかかっていた。それでも一Gにはほど遠く、わたしはそのことに感謝した。足がほんとうにしっかりするまでには、一日か二日はかかるだろう。

わたしのモジュールは間仕切りでほかのものから隠されており、わたしはその仕切り一面に、あとに残してきた人たちの写真を飾っていた。わたしの両親、ヘレナの両親、実の妹、彼女のふたりの息子たち。わたしの服は千二百年のあいだ辛抱強く待ってくれていたが、いまでは絶望的に時代遅れになっている可能性が濃厚だった。だがわたしは服を着て――もちろん低温チャンバーのなかではずっと裸だった――ついに間仕切りの陰から踏み出した。ちょうどそのとき、リンが彼女の低温棺を隠している壁の向こうから出てくるのが見えた。

「おはよう」わたしは努めてさりげない調子でいった。

青と灰色のジャンプスーツを着たリンは、満面に笑みを浮かべて答えた。「おはよう」

わたしたちは部屋の中央に移動し、冒険をともにしたことを喜ぶ友人どうしのハグをした。それからただちに部屋を出ると、減少した重力のなかを半ば歩き半ば浮かびながら船橋へ向かった。

「寝心地はどうだった?」リンが尋ねた。

それはたわいもない質問ではなかった。われわれの任務の前に誰かが低温凍結状態で過ごした最長記録は、土星へ航海した際の五年間だったのだ。パイオニア・スピリット号は地球で初めての恒星間宇宙船だった。

「よかったよ」わたしは答えた。「きみは？」

「まあまあね」リンが答えた。だがそれから動きを止めて、一瞬わたしの腕に触れた。「あなたは――あなたは夢を見た？」

低温凍結中には脳の活動は事実上の停止状態まで低下していたが、土星探査の任務を担ったクロノス号の乗員の何人かは、短い夢を見たと主張していた。もしかするとその夢は、主観では二、三分でも、五年にわたって続いていたのかもしれなかった。パイオニア・スピリット号が航行していたあいだには、夢を見る時間はいくらでもあっただろう。

わたしは首を横に振った。「見たの。「いいや。きみのほうは？」

リンはうなずいた。「見たの。ジブラルタル海峡の夢だった。いったことはある？」

「ないな」

「いうまでもないけど、イベリア半島の最南端ね。海峡越しにヨーロッパから北アフリカが見える。ヨーロッパ側にはネアンデルタール人の遺跡があった」リンは人類学で博士号を取っていた。「でも彼らは、けっして海峡を越えることはなかった。わずか十三キロ先にもっと土地が――別の大陸が！――あるのが、彼らにははっきりと見えていた。体力のあるものなら泳いで渡れるし、筏《いかだ》や小舟を使えば簡単に渡ることができた。でもネアンデルタール人は、けっして海峡の向こう側へは渡らなかった。わたしたちの知るかぎりでは、まったくやってみようともしなかったの」

「それできみが見た夢っていうのは――？」

「自分がそこのネアンデルタール人共同体の一員になってる夢。たぶん、十代の女の子だった。そして自分たちは海峡を渡るべきだ、新しい土地を見にいくべきだ、ってほかのものたちを説得しようとしてた。でもだめだった。彼らは興味を示さなかった。わたしたちがいた場所には、食料や隠れる場所がたくさんあったから。ついにわたしは自分ひとりで出かけていって、泳いで渡ろうとした。水は冷たく、波は高くて、二回に一回は少しも空気を吸えなかったけど、わたしはひたすら泳ぎつづけて、それから……」

「どうなった？」

リンは小さく肩をすくめた。「そこで目が覚めたの」

わたしは彼女に微笑《ほほえ》みかけた。「まあ、今回われわれがそれをやり遂げようとしてるわけだな。われわれは間違いなくやり遂げようとしてる」

船橋に到着すると、わたしたちを通すためにドアが自動的に開いたが、キーキーきしむひどい音がした。きっとこの十二世紀のあいだに潤滑油が乾ききってしまったにちがいない。その部屋は長方形で、現在は電源がオフになっている大きなスクリーンに向かって、コンソールが角度をつけて二列に並んでいた。

「ソロルまでの距離は？」わたしは宙に向かって尋ねた。

コンピュータの声が返ってきた。「百二十万キロメートルです」

わたしはうなずいた。地球と月のあいだの距離の約三倍だ。「スクリーン、オン。前方を映せ」

「自動制御解除の準備は整っています」コンピュータがいった。

リンがわたしに笑いかけた。「そう焦らないで、相棒」

わたしはきまりが悪かった。パイオニア・スピリット号はソロルに向かって減速している最中なので、船の核融合排気装置は進行方向を向いている。もしシャッターが開けば、その強烈な光で光学スキャナーが焼き切れてしまうだろう。「コンピュータ、核融合エンジン停止」

「出力低下」人工的な声がいった。

「できるだけ早く見せてくれ」

船のエンジンが噴射を止めるにつれて、重力がなくなっていった。リンはいちばん近くのコンソールのてっぺんに取りつけられた、取っ手のひとつにつかまった。わたしはまだ低温睡眠状態にあった影響で少しふらふらしていて、部屋のなかにただ浮かんでいた。二分ほどしてスクリーンがオンになった。くじら座タウ星はそのちょうど中心にある、野球ボール大の黄色い円盤だ。そしてエンドウ豆くらいからブドウの粒くらいまで、様々な大きさの四つの惑星がはっきりと見えた。

「ソロルを拡大」わたしはいった。

くじら座タウ星はほとんど大きくならなかったが、エンドウ豆のひとつがビリヤードの球くらいになった。

「もっと」リンがいった。

その惑星はソフトボールほどの大きさになった。おそらくこの角度から見ると円盤の三分の一が照らされているのか、その姿は太った三日月のようだ。そしてソロルは——ありがたいことに、信じられないほど——どこもかしこもわたしたちが夢みていたとおりだった。巨大なつやつやしたビー玉のようで、白い雲が渦を巻き、広大な青い海があり、そして——暗闇から大陸の一部が顔を出して見えるようになった。しかもそれは緑色で、どうやら植物に覆われているらしかった。

リンとわたしはふたたび、しっかりと抱き合った。わたしたちが地球を出発したときには、確信のあるものは誰もいなかった。ソロルは不毛の地かもしれなかったのだ。それでもパイオニア・スピリット号は用意ができていた。船倉には、たとえ空気のない世界でも生きのびるために必要なものがすべてそろっていた。しかしわれわれは願い、祈っていた。ソロルが、そう——まさにこんなふうに、真の姉妹、もうひとつの地球、もうひとつの故郷であることを。

「きれいね」リンがいった。

わたしは目に涙があふれるのを感じた。それは息をのむほど、素晴らしく美しかった。広大な海、綿のような雲、緑に覆われた大地、そして——

「おいおい」わたしは小声でいった。「嘘だろう」

「なに？」

「見えないか？」わたしは尋ねた。「ほら！」

リンが目を細め、スクリーンに近づいた。「なんなの？」

「暗い側だ」

彼女はふたたび目をやった。「ああ……」かすかな明かりが暗闇にちらばっていた。見づらいが、間違いなくある。「火山活動の可能性は？」リンが尋ねた。おそらくソロルは、結局のところそれほど完璧ではなかったのだろう。

「コンピュータ。惑星の暗い側に見える光源のスペクトル分析を」

「主に白熱灯、色温度は五六〇〇ケルビン」

わたしは息を吐き出してリンを見た。それは火山ではなかった。それは都市だった。

ソロル、わたしたちが十二世紀を費やして旅してきた世界、わたしたちが入植するつもりだった世界、電波望遠鏡で調べたときには静まりかえっていた世界には、既に住人がいた。

パイオニア・スピリット号は植民船で、外交目的の船ではなかった。それが地球を発《た》ったときには、少なくとも一部の人類を母なる世界から旅立たせるのは重要なことだと思われていた。既に二度の小規模な核戦争――メディアは第一次核戦争、第二次核戦争と呼んでいた――が、一度は南アジアで、もう一度は南アメリカで起こっていた。第三次核戦争が起こるのはもはや時間の問題に思われ、それは大規模なものになる恐れがあった。地球外知的生命体探査《SETI》では、少なくとも二〇五一年まではくじら座タウ星からなにも検知されていなかった。だがその時点では、地球自体が無線通信を利用するようになってから一世紀半しか経っておらず、当時のくじら座タウ星にはまだ無線を使いはじめていない繁栄した文明があったのかもしれない。だがいまは千二百年後だ。くじら座タウ星がどれだけ進歩しているかなど、誰にもわかるはずはなかった。

わたしはリンに目をやり、またスクリーンに戻した。「どうするべきだと思う?」

リンが首をかしげた。「そうねえ。わたしとしては彼らが何者でも、ぜひ会ってみたいと思う。でも――」

「でも向こうは会いたがらないかもしれない」わたしはいった。「彼らはわれわれのことを侵略者だと思うかもしれないし――」

「それにほかの四十八人の入植者のことも考えないと。おそらくわたしたちは人類最後の生き残りなんだから」

わたしは顔をしかめた。「まあ、それを確認するのは簡単なことだ。コンピュータ、電波望遠鏡を太陽系に向けろ。人為的なものの可能性がある信号をなにか拾えないか、やってみてくれ」

「少々お待ちください」女性の声がいった。まもなく船橋に耳障りな音があふれた。空電、途切れ途切れの声、音楽の一部、一連の音色、それらが重なりあいごちゃ混ぜになったものが、徐々に大きくなったり小さくなったりした。英語のような——風変わりな抑揚だが——ものが聞こえ、おそらくアラビア語や北京官話や……。

「われわれは人類最後の生き残りじゃない」わたしは笑みを浮かべていった。「地球にはまだ生命がいる——というか、少なくともあの信号が発せられた十一・九年前にはいたわけだ」

リンが息を吐き出した。「人類が自爆していなくてよかった」彼女はいった。「さてと、今度はわたしたちがくじら座タウ星でなにを相手にしているのか、たしかめるべきでしょうね。コンピュータ、アンテナをソロルに向けて、もう一度人為的な信号がないかスキャンして」

「実行中」ほぼ一分間沈黙があり、それから突然の空電と、音楽が数小節、カチカチいう音や電子音、それに北京官話や英語やなにかで話す声——

「そうじゃなくて」リンがいった。「わたしはアンテナを反対方向に向けろといったの。ソロルからくるものを聞きたいのよ」

コンピュータは実際にむっとしたような口調でいった。「アンテナはソロルを向いています」

状況が飲みこめてきて、わたしはリンに目をやった。地球を旅立ったときには、わたしたちは人類がいまにも自滅してしまうのではないかと心配でたまらず、もしそうならなかった場合にはなにが起きるかを、本気で立ち止まって考えることはなかった。しかし千二百年あれば、間違いなくもっと速い船が開発されているだろう。パイオニア・スピリット号の植民者たちが眠り、何人かはのろのろと進む夢を見ていたあいだに、ほかの宇宙船がビュンと追い越して、数世紀とはいかなくても何十年か早く、くじら座タウ星に到着していたのだ――既に人類の都市をソロルに建設するのに充分なだけ前に。

「ちくしょう。こんちくしょう」わたしはスクリーンを見つめながらかぶりを振った。ウサギではなくカメが勝つはずだったのに。

「これからどうする?」リンが尋ねた。

わたしはため息をついた。「彼らと連絡を取るべきだろうな」

「わたしたちは――ほら、不都合な陣営の人間かもしれない」

わたしはにやりとした。「まあ、まさかふたりとも不都合な陣営ってことはないさ。それに無線を聞いただろう。北京官話に英語。いずれにせよ、千年以上前の戦争のことを気にするものがいるとは思えないな。それに――」

「失礼します」船のコンピュータがいった。「音声メッセージを受信しました」

わたしはリンに目をやり、彼女は驚いて顔をしかめた。「つないでくれ」

「ようこそ、パイオニア・スピリット! こちらはヨード・ボケット、ソロル軌道上のデルランティン宇宙ステーションの管理者です。どなたか起きていらっしゃいますか?」それは男の声で、まったく聞いたことがないような訛《なま》りがあった。

リンがこちらを見て、わたしに異存がないかたしかめてから口を開いた。「コンピュータ、返信して」チャンネルが開いたことを告げるコンピュータの電子音がした。「こちらはリン・ウー博士、パイオニア・スピリット号の共同キャプテンです。わたしともうひとりは蘇生しています。まだ低温睡眠中のものが、さらに四十八名います」

「では、ひとつ提案なのですが」ボケットの声がいった。「いまのあなたがたの速度だと、こちらに着くまでに何日もかかることになります。あなたがたおふたりをデルランティンにお連れするために、こちらから船を出すというのはいかがでしょう？　一時間ほどで誰かをお迎えにやれますが」

「連中はほんとうにあてこすりが好きなんだな」わたしは文句をいった。

「いまなんと？」ボケットがいった。「よく聞き取れませんでしたが」

リンとわたしは表情で相談し、合意に達した。「わかりました」リンがいった。「お待ちしています」

「長くはかかりませんよ」ボケットがそういうと、スピーカーからの音声が途絶えた。

ボケットは自らわたしたちを迎えにやってきた。彼が乗ってきた球形の船はわたしたちのものとくらべるとちっぽけだったが、内部の居住空間は同じくらいあるようだった。この屈辱的な出来事にいつか終わりはあるのだろうか？　ドッキングアダプターが千年のあいだに大きく変化していて、気密性を確保することができなかったため、わたしたちは宇宙服を着て彼の船に乗り移らなくてはならなかった。乗船してみると、自分たちがまだ自由に宙を漂っているのがわかり、わたしは気をよくした。もし彼らが人工重力まで持っていたら、もう立ち直れなかったところだ。

ボケットはいいやつのようだった——わたしと同じ年頃で、三十代前半だろう。もちろんいまでは、人はいつまでも若く見えるのかもしれない。実際にいくつなのかは誰にもわからないだろう。彼の民族性も、わたしにはよくわからなかった。むしろ様々な民族の特徴を併せ持っているといったほうがよさそうだ。しかし、彼がリンに魅力を感じているのはたしかだった——彼女がヘルメットを脱いでハート形の顔と長い黒髪があらわになったとき、ボケットの目は飛び出しそうになった。

「ようこそ」ボケットは満面に笑みを浮かべていった。

リンが笑みを返した。「こんにちは。わたしはリン・ウー、こちらは共同キャプテンのトビー・マグレガーです」

「やあ、こんにちは」そういいながら、わたしは手を差し出した。

ボケットは明らかにどうすればいいのかよくわからない様子で、わたしの手を見た。それからまねをして自分も手をのばしたが、わたしには触れなかった。わたしはその隙間を埋めて、彼の手を握った。ボケットは驚いたようだが、嬉しそうだった。

「われわれはあなたがたを、まずステーションにお連れすることになります」彼はいった。「申し訳ありませんが、その——まだ惑星の地表に降りていただくわけにはいかないのです。おふたりを隔離させていただかなくてはなりません。当然われわれはあなたがたの時代以降、数多くの病気を根絶してきました。そのため、もはやそれらのワクチン接種は行っていないのです。わたしは危険を冒してもかまわないのですが……」

わたしはうなずいた。「お気遣いなく」

一瞬、考えに耽《ふけ》るかのように頭をかすかに傾けてから、ボケットがいった。「この船には、われわれをデルランティン・ステーションまで連れて帰るよう指示してあります。ソロルの上空、約二百キロの極軌道にあるステーションです。とにかく惑星の美しい景色を少しはご覧になれるでしょう」彼の顔には満面の笑みが浮かびつつあった。「あなたがたにお目にかかれるとは素晴らしい」彼はいった。「歴史の一ページを見るようですよ」

「われわれのことを知っていたのなら」ステーションへ向かう船に落ち着くと、わたしは尋ねた。「どうしてもっと早く迎えにきてくれなかったんですか?」

ボケットが咳払《せきばら》いをした。「われわれはあなたがたのことを知りませんでした」

「しかしあなたはわれわれに船名で呼びかけた。パイオニア・スピリットと」

「それは、船体に高さ三メートルの文字で書かれていますからね。われわれの小惑星監視システムがあなたがたを見つけたのです。あなたがたの時代の情報は多くが失われています――おそらく当時、多くの政治的な大変動があったのではありませんか?――が、二十一世紀の地球で低温睡眠船の実験が行われていたことはわかっていました」

わたしたちは宇宙ステーションに接近していた。それは巨大な環状で、人工重力を生み出すために回転していた。千年以上かかったかもしれないが、ついに人類は神が常に意図されていたように宇宙ステーションを建設していたのだ。

そして宇宙ステーションの隣には、一隻の美しい宇宙船が浮かんでいた。紡錘《ぼうすい》形の銀色の船体にエメラルドグリーンの三角翼がふた組、たがいに直交する形でついている。「素晴らしいな」わたしはいった。

ボケットはうなずいた。

「しかしどうやって着陸するんです？　尾部を下げて？」

「あれは着陸はしません。宇宙船ですから」

「それはそうだが――」

「われわれはシャトルを使って地上と行き来しているんです」

「だけど、もし着陸できないのなら」リンが尋ねた。「どうして流線形なんですか？　ただの美意識から？」

ボケットは笑ったが、それは不躾《ぶしつけ》な笑いではなかった。「あれが流線形なのは、その必要があるからです。光速をわずかに下回る速度で飛行しているときには、相当な長さの収縮が起こります。つまり、星間物質がはるかに濃くなったように見えるということです。一立方センチあたりに存在するバリオンは一個にすぎませんが、もし船が充分な速度で飛んでいれば、大気にかなり近い環境が形づくられます」

「それであなたがたの船は、それだけ速いんですか？」リンが尋ねた。

ボケットは笑みを浮かべた。「ええ。それだけ速いんです」

リンがかぶりを振った。「わたしたちはどうかしてた。あんな旅に出るなんて」彼女はちらっとボケットを見たが目を合わせることはできず、視線を床に落とした。「きっとわたしたちのことを、信じられないくらいの大ばかだと思っているんでしょうね」

ボケットは目を見開いた。なんといえばいいか途方に暮れてしまったようだ。彼はまるで助けを求めるかのように、両腕を広げてわたしを見た。だがわたしはため息をついて、空気を——そして失望を——体から吐き出しただけだった。

「それは違います」ついにボケットが口を開いた。「まったくとんでもない思い違いだ。われわれはあなたがたを尊敬しています」彼は言葉を切って、リンがまた目を上げるのを待った。やがて彼女が目を上げ、尋ねるように眉を持ち上げた。「もしわれわれがあなたがたより遠くまできているのなら」ボケットはいった。「あるいはあなたがたより速く進んできたのなら、それは土台となるあなたがたの仕事があったからです。いま人間がここにいるのは、われわれにとってここにいるのが簡単なことだからであり、それはあなたがたやほかの人たちが道を切り開いてくれたおかげです」彼はわたしを、それからリンを見た。「もしわれわれがより遠くを見ているのなら、それはわれわれが巨人の肩の上に立っているからなのです」そうボケットはいった。

その日遅くに、リン、ボケット、そしてわたしはデルランティン・ステーションの緩やかにカーブした床に沿って歩いていた。わたしたちはひとつの区画の限られた部分に閉じこめられていた。ボケットの話では、十日後には惑星の地表に降ろしてもらえるらしい。

「ここにわたしたちの居場所はない」両手をポケットに突っこんで、リンがいった。「わたしたちは異形の者、旧時代の遺物よ。わたしたちの世界に現れた唐王朝の誰かみたいに」

「ソロルは裕福です」ボケットがいった。「あなたがたと乗客を、間違いなく支援することができます」

「彼らは乗客じゃない」わたしはぴしゃりといった。「彼らは入植者だ。探検家なんです」

ボケットがうなずいた。「すみません。もちろんおっしゃるとおりです。ですが聞いてください――わたしたちはあなたがたがここにおられることを、ほんとうに喜んでいるんです。わたしはずっとメディアを近づけないようにしています。検疫所にそうするよう指示されていますから。しかしあなたがたが惑星に降りられるときには、間違いなく群がってくるでしょう。ニール・アームストロングかタミコ・ヒロシゲが玄関先に現れたようなものなんですから」

「タミコって？」リンが尋ねた。

「すみません。あなたがたの時代よりあとでしたね。アルファ・ケンタウリに初めて降り立った人物です」

「初めて」わたしは繰り返した。たぶん苦い思いは隠しきれていなかっただろう。「それは名誉なことだ――偉業ですよ。最初のひとりになるということは。二番目に月に降り立った人間の名前など、誰も覚えていない」

「エドウィン・ユージン・オルドリン・ジュニア」ボケットがいった。「通称バズ」

「わかりましたよ、そのとおり」わたしはいった。「あなたは覚えているが、ほとんどの人は違う」

「わたしは覚えていたのではありません。アクセスしたんです」ボケットは自分のこめかみを軽く叩いた。「惑星上のウェブへの直接リンク。みんな持っています」

リンがため息をついた。「とにかく」彼女はいった。「わたしたちは先駆者じゃない。ただの落後者です。隔たりは大きかった。出発したのはわたしたちのほうが先だったかもしれないけれど、ここに着いたのはあなたがたのほうが早かった」

「まあ、着いたのはわたしの先祖ですが。わたしは第六世代のソロリアンです」

「第六世代？」わたしはいった。「ここにコロニーができてどのくらいになるんですか？」

「ここはもうコロニーではありません。独立した世界です。ですが初めてここにたどり着いた船が地球を出発したのは、二一〇七年でした。もちろんわたしの先祖が移住したのはずっとあとのことです」

「二《に》、一《いち》、〇《ぜろ》、七年《なな》」わたしは繰り返した。それはパイオニア・スピリット号の打ち上げからわずか五十六年後のことだった。わたしたちの船が旅立ったとき、わたしは三十一歳だった。もし残っていれば、本物の開拓者の出発を生きて見られた可能性は充分にあった。地球をあとにするとは、わたしたちはなにを考えていたのだろう？　爆弾が落ちてくる前に逃げようとしていたのか？　脱出し、抜け出して、避難しようと？　われわれは開拓者だったのか、それとも臆病者だったのか？

いや。違う、そんなことを考えるなんてどうかしていた。われわれが旅立ったのは、ホモサピエンスがジブラルタル海峡を渡ったのと同じ理由からだった。それはひとつの種としてとった行動だった。そのおかげでわれわれは勝利を収め、ネアンデルタール人は滅びていた。われわれは海峡の反対側になにがあるのか、次の丘の向こうになにがあるのか、ほかの星の軌道をなにがまわっているのかを見ずにはいられなかった。われわれが故郷の惑星を支配することになったのも、いずれ無限の宇宙の王になるのも、そのためだったのだ。

わたしはリンのほうを向いた。「われわれはここにはいられない」

彼女は少しのあいだ思案していたようだったが、やがてうなずいた。そしてボケットを見た。「わたしたちはパレードをしたいとは思いません」彼女はいった。「銅像もいりません。自分が大変なことを頼んでいるのはわかっているというように、彼女は眉を上げた。「わたしたちの望みは新しい船、もっと速い船です」彼女がこちらを見たので、わたしは同意のしるしにうなずいた。リンは窓の外を指さした。「流線形の」

「それでなにをするんですか？」ボケットが尋ねた。「どこへいくつもりなんです？」

リンはちらっとわたしを見てから、ボケットに視線を戻した。「アンドロメダへ」

「アンドロメダ？　それはアンドロメダ銀河ということですか？　しかしそれは――」わずかな間《ま》があり、きっとそのあいだに彼のウェブリンクがデータを提供したのだろう。「――二百二十万光年先ですよ」

「そのとおり」

「ですが……ですがそこにたどり着くまでには、二百万年以上かかるでしょう」

「それは地球から――失礼、ソロルから――見れば、というだけのことです」と、リン。「主観的に見れば、既に旅してきたよりも短期間でやれるだろうし、もちろんそのあいだはずっと低温凍結状態で過ごすことになります」

「われわれの船には低温チャンバーはありません。その必要はありませんから」

「パイオニア・スピリットの装置を移し替えられます」

ボケットはかぶりを振った。「それは片道の旅になるでしょう。二度と戻ってくることはない」

「それは違いますね」わたしはいった。「ほとんどの銀河とは違い、アンドロメダは天の川銀河から遠ざかるのではなく、実際に近づいている。最終的にはふたつの銀河はひとつになり、われわれを故郷に運んでくれるでしょう」

「それは何十億年も先のことです」

「いまのところ堅実な考え方をしても、いいことは少しもありませんでしたよ」リンがいった。

ボケットは難しい顔をした。「先ほど、われわれにはあなたがたや乗員のみなさんをこのソロルで支援する余裕があるといいましたし、それは事実です。しかし宇宙船は高価だ。ただ差し上げるというわけにはいきません」

「われわれ全員を支援するよりは安くつくはずです」

「いいえ、そんなことはありません」

「あなたはわたしたちを尊敬しているといいました。あなたがたはわたしたちの肩の上に立っているのだと。もしそれがほんとうなら、恩返しをしてください。わたしたちにあなたがたの肩の上に立つ機会を与えてほしい。わたしたちに新しい船を提供してください」

ボケットはため息をついた。明らかに、リンの要望をかなえるのがどんなに難しいことかわれわれにはまったくわかっていない、と思っているようだ。「できるだけのことはやってみましょう」


リンとわたしはその夜を話し合いに費やし、そのあいだふたりの足の下では、青と緑のソロルが堂々と回転していた。共同で正しい判断を下すのが――わたしたち自身のためだけでなく、その運命をわたしたちに委《ゆだ》ねた残り四十八名のパイオニア・スピリット号の全乗組員のために――わたしたちの仕事だった。彼らはここで蘇生させられることを望んだだろうか？

いいや。まさか、もちろんそんなはずはない。彼らは植民地を見つけるために地球を旅立ったのだ。たとえどんな夢を見ているにせよ、彼らが考えを変えただろうと思う理由はなかった。誰もくじら座タウ星に向かうことには思い入れはなかった。論理的に考えて目標となる星に思えただけのことだ。

「地球に帰してくれるよう頼むこともできる」わたしはいった。「それにきっと、ほかの誰も望まないでしょう」

「あなたはそんなことは望んでいない」リンがいった。

「たしかに、きみのいうとおりだ。彼らはわれわれが先へ進むことを望むだろう」

リンがうなずいた。「そう思うわ」

「アンドロメダだって？」わたしは笑みを浮かべていった。「どこから思いついたんだい？」

リンは肩をすくめた。「最初にふっと頭に浮かんだの」

「アンドロメダ」わたしはそう繰り返し、その言葉をさらに少し味わった。十六のときにカリフォルニアの砂漠で、初めてカシオペア座の下の小さな楕円《だえん》形の染みを見て、どんなにわくわくしたかを思い出した。別の銀河、別の島宇宙――大きさはわれわれ自身の銀河の一・五倍。「いいじゃないか」わたしはそういって黙ったが、しばらくして口を開いた。「ボケットはきみに気があるみたいだな」

リンは微笑んだ。「わたしも彼は好きよ」

「がんばれ」

「なにをいってるの？」彼女は驚いたようにいった。

「あいつのことが好きならがんばれよ。わたしはヘレナが最終目的地で蘇生させられるまでひとりでいなくちゃいけないかもしれないが、きみのほうはそんな必要はないんだ。たとえ彼らがわれわれに新しい船をくれるとしても、低温チャンバーを移し替えるにはきっと数週間かかるだろう」

リンは目を白黒させた。「まったく」口ではそういったものの、彼女がその考えに魅力を感じているのが、わたしにはわかった。

ボケットの言葉は正しかった。ソロルのメディアはリンとわたしに興味津々のようだった。そしてそれは、わたしたちの風変わりな見た目のせいばかりではなかった。わたしの白い肌と青い目、彼女の浅黒い肌と目頭を覆う目蓋のひだ、わたしたちふたりの奇妙な訛り——ふたりとも三十三世紀の人たちとはしゃべり方がずいぶん違っていた——のせいもあったが、彼らはなんというか、開拓者精神にも惹《ひ》かれているようだった。

隔離期間が終わると、わたしたちは惑星に降りた。気温はおそらくわたしの好みよりも少し低く、湿度は少し高かった——だがもちろん、人間は適応するものだ。ソロルの首都パックスの建築物は驚くほど絢爛《けんらん》豪華で、たくさんのドーム形の屋根や複雑な彫刻で飾られていた。もっとも「首都」という言葉は過去の遺物だったが。政府は完全に分権化されており、主要な決定はすべて——わたしたちに別の船を与えるか否かという決定も含め——国民投票によって下されていた。

ボケット、リン、そしてわたしは、ソロルのカリ・ディータル大統領とともに、パックスの中央広場で投票の結果が告げられるのを待っていた。くじら座タウ星系じゅうのメディアの代表がそろっており、書いた記事が読まれるのはいつも送信してから十一・九年後という、地球の記者もひとりいた。また、おそらく千人ほどの観衆もいた。

「友人のみなさん」ディータルが両腕を広げ、群衆に語りかけた。「あなたがたは全員投票を済まされました。さあ、その結果を分かちあいましょう」彼女が頭をかすかに傾けると、ほどなくして詰めかけた人々が拍手をし、歓声をあげた。

リンとわたしは、にこにこしてるボケットのほうを向いた。「どうしたの？」リンが尋ねた。「彼らはどんな決定を下したの？」

ボケットは驚いた顔をした。「ああ、申し訳ない。きみたちがウェブ・インプラントを埋めこまれていないのを忘れていたよ。きみたちは船を手に入れることになる」

リンが目を閉じて安堵《あんど》のため息をついた。わたしの心臓は高鳴っていた。

ディータル大統領がわたしたちに合図した。「マグレガー博士、ウー博士——少しお言葉をいただけますか？」

わたしたちはちらっと目を見交わして立ち上がった。「ありがとう」わたしは全員を見渡しながらいった。リンがうなずいて同意した。「ほんとうに感謝します」

ひとりの記者が大声で尋ねた。「あなたがたの新しい船をなんと呼ぶおつもりですか？」

リンが眉を寄せ、わたしは唇をすぼめた。それからわたしはいった。「決まっているじゃありませんか。パイオニア・スピリット二号ですよ」

群衆がふたたびどっと沸いた。

ついに運命の日がきた。わたしたちが正式に新しい宇宙船に搭乗するのは――その様子は全メディアによって報じられるだろう――まだ四時間先だったが、それでもリンとわたしは、船をステーションの外縁に連結しているエアロックに向かっていた。彼女はいま一度あれこれ点検したがっていたし、わたしは少しのあいだヘレナの低温チャンバーの隣にただ座って、彼女と語り合いたいと思っていた。

わたしたちが歩いていると、ボケットがカーブした床をこちらに向かって走ってきた。

「リン」彼は息を整えながらいった。「トビー」

わたしは会釈した。リンは少し居心地悪そうだった。彼女とボケットはこの数週間のあいだに親しくなっていたが、ゆうべは別れをいうためにふたりきりで過ごしていた。出発前にまた会うことになるとは、思っていなかったのだろう。

「邪魔をして申し訳ない」ボケットがいった。「ふたりが忙しいのはわかってるんだが……」彼はかなり神経質になっているようだった。

「なんだい？」わたしは先を促《うなが》した。

ボケットはわたしを見、それからリンを見た。「船にもうひとり乗客を乗せる余地はあるかな？」

リンが笑みを浮かべた。「わたしたちの船に乗客はいない。わたしたちは入植者よ」

「ごめん」ボケットは彼女に笑みを返しながらいった。「船にもうひとり入植者を乗せる余地はあるかな？」

「まあ、予備の低温チャンバーが四台あるけど……」彼女がわたしを見た。

「いいじゃないか」わたしは肩をすくめながらいった。

「きつい仕事になるわ」リンがボケットに向き直りながらいった。「わたしたちがどこにたどり着くにせよ、過酷な暮らしが待ってる」

ボケットはうなずいた。「わかってる。そしてぼくはそれに加わりたいんだ」

リンには、わたしの前で恥ずかしそうにする必要はないとわかっていた。「そうなれば素晴らしいけど」彼女はいった。「でも——でも、どうして？」

ボケットはためらいがちに手をのばし、リンの手を探り当てた。彼がそっと手を握ると、彼女も握り返した。「理由のひとつはきみだ」

「年上の女が好きってこと？」リンがいい、わたしはそれを聞いて笑みを浮かべた。

ボケットは声をあげて笑った。「たぶんね」

「理由のひとつはわたしだっていったわね」リンがいった。

ボケットはうなずいた。「もうひとつの理由は——そうだな、こういうことだ。ぼくは巨人の肩の上に立ちたくない」彼は間を置き、それから少し肩をそびやかした。まるでめったに声に出さないような考えを口にしていることを、認めるかのように。「ぼくは巨人になりたいんだ」

わたしたちを新しい故郷へと運んでくれる流線形の優雅な船に向かってステーションの長い廊下を歩いているあいだ、ふたりはずっと手をつないでいた。

（佐田千織訳）

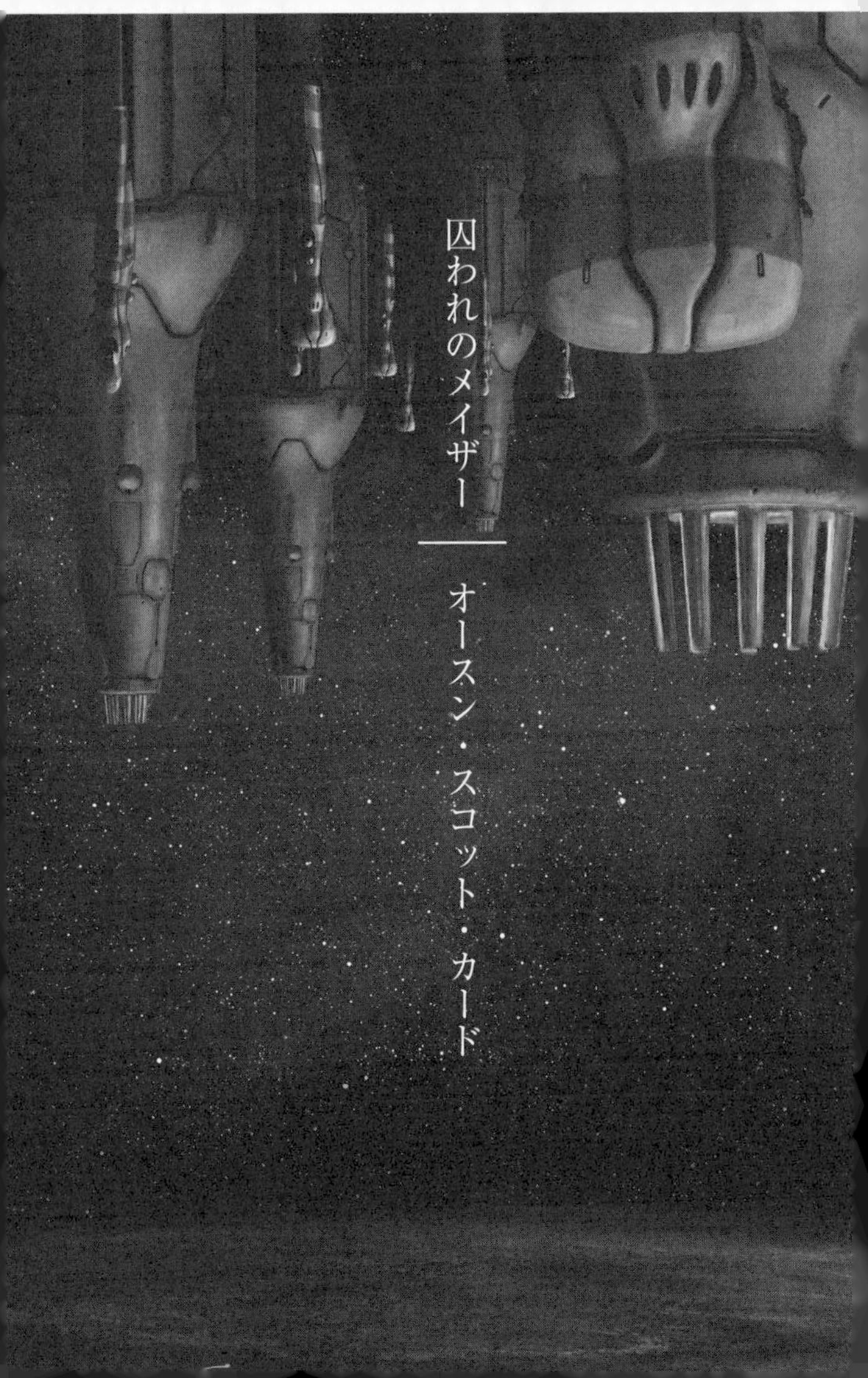
囚われのメイザー
オースン・スコット・カード

オースン・スコット・カード（Orson Scott Card）は一九五一年ワシントン州生まれ。二〇一三年に映画化もされた代表作の長編『エンダーのゲーム』とその続編『死者の代弁者』（いずれもハヤカワ文庫SF）で、一九八六年・一九八七年のヒューゴー賞長編部門とネビュラ賞の長編部門も受賞している。本短編は『エンダーのゲーム』の前日譚的な作品である。

（編集部）

人類最後の綱であるというのは、実にうんざりする仕事だった。たしかに給料はかなりいいが、このあたりに買い物をする場所はないから地球の銀行に貯金しておくしかなかった。

歩く場所もない。公式の運動プログラムによって眠っているあいだに電気刺激を与えられたり、骨が溶けないように遠心分離機のなかで回転させられたりしていると、ふつうの一日で楽しみにできることは多くない。

メイザー・ラッカムにしてみれば、それは先の戦争に勝ったために罰せられているようなものだった。

侵略してきたフォーミック——あるいは一般に呼ばれているように「バガー」——を倒したあと、国際艦隊《IF》は地球外生命体のテクノロジーから学べるかぎりのことを学んだ。それから可能なかぎりの早さで新設計の宇宙船を建造すると、それらをフォーミックの母星へ、そしてフォーミックの植民地であることが確認されているそのほかの惑星へ向けて発進させたのだった。

しかしIFは、メイザーをこれらのどの船でも送り出さなかった。もしそうしてくれていたら、彼は完全にひとりぼっちではなかっただろう。ほかに話ができる人たち、戦闘機のパイロットや宇宙船の乗組員がいたはずだ。顔や手があり、声を持ち、においのする霊長類がいればと思うのは、贅沢《ぜいたく》だろうか？

いや、彼にははるかに重要な任務があった。メイザーはフォーミックのすべての世界に攻撃を仕掛ける際に、全艦隊の指揮を執《と》ることになっていたのだ。つまり彼はアンシブルで全艦隊と連絡を取りながら、太陽系内にとどまっていなくてはならないということだ。すばらしい。気楽なデスクワークだ。メイザーは充分それを楽しめる年齢だった。ひとつの障害をのぞけば。

宇宙飛行の速度は秒速三億メートルに近づくことはできても決して到達することはできないため、艦隊が目標の世界にたどり着くには多くの年月を要することになる。そのあいだ国際艦隊本部《I F C O M》で待機しているうちに、メイザーは肉体的に、そして精神的に年老い衰えていくだろう。

そこで彼を充分役に立つ若い状態に保つため、IFはメイザーを亜光速の宅配船に閉じこめて、まるっきり無意味な旅に送り出したのだ。彼は宇宙空間のどこかに定められた任意の地点で減速し、方向転換して同じ速度で地球に引き返し、艦隊が目的地に到着して大混乱になるほんの数年前に故郷に戻ることになるだろう。たとえ地球では数十年の歳月が流れていても、彼は旅のあいだにせいぜい五歳しか年を取っていないというわけだ。

もし航海中に正気を失えば、メイザーは指揮官としてさぞ彼らの役に立つことだろう。

たしかに船のデータベースには大量の本があった。何百万冊という数だ。それに新刊の案内がアンシブルで送られてきたから、読みたいものがあればどれでもリクエストして、すぐに手に入れることができた。

手に入らないのは会話だった。

やってはみたのだ。なんといっても、彼にはネット上の通常のメールとアンシブルにたいした違いはないはずだ。問題は時差だった。彼にはメッセージを送信するとすぐに返信があるように思えた。だが受け取る側の人間には、メイザーのメッセージは細切れに何日もかけて届いた。いったんメッセージ全体が受信されて組み立てられれば、相手はすぐに返事を書くことができた。しかしメイザーの小さな船に積んであるアンシブルで受信されるには、その返事は同様に少しずつ間隔を置いて送信されることになる。

その結果、メイザーが会話をしている人間にとっては、会話の部分部分のあいだに何日も間《ま》が空《あ》くことになった。きっとそれは、信じられないほどひどい吃音《きつおん》症の誰かと話しているような感覚だったはずだ。相手がなんであれいいたいことをようやく吐き出すまでに、その場を離れて一週間生活し、それから戻ってくることができるのだから。

何人かが試みてはいたが、メイザーが船の方向転換のために減速するポイントに接近しているいまでは、小惑星エロスにあるＩＦ‐ＣＯＭとのやりとりは、ほとんどが本やホログラム、映画のリクエストと、毎日の短信——彼が死んでいないことを伝えてＩＦを安心させるためだけに送るメッセージ——に限られていた。

その気になればメイザーは、毎日の短信を自動で作成することさえできただろう——ＩＦ

わけでもあるまいし。しかし彼はＩＦ－ＣＯＭではろくに見向きもされないだろうと知りつつ、毎日律儀に新しい独創的なメッセージを作成した。向こうの誰かにしてみれば、メイザーは死人も同然だった。メイザーが戻る前に彼らはみな引退するか、死んでいるものさえいるだろう。

もちろん孤独の問題は驚くようなことではなかった。ＩＦは誰かを同行させてはどうかという提案までしていた。メイザー自身がその案に反対したのは、誰かにこんなふうに告げるのは愚かで残酷なことに思えたからだった。おまえは艦隊にとって、この戦争全体にとってまったくの役立たずだから、メイザーの手を握るためだけに彼のあてのない旅に同行させることができるのだ、と。「来年の新兵募集ポスターに、どう書くおつもりですか？」メイザーはそう尋ねていた。「『艦隊に入隊して、老艦長の道連れとして数年間過ごそう！』とでも？」

メイザーにとってそれは、たった数年間のことのはずだった。彼はひとりでいることが気にならない、社交性に乏しい人間だった。やれる自信はあったのだ。

計算外だったのは、ひとりきりで監禁される二年間がどれほど長いかということだった。品行の悪い囚人がこんなふうに扱われるのは与えうる最悪の罰としてなのだ、とメイザーは悟った。考えてみてほしい――長期間まったくのひとりきりで過ごすことにくらべれば、最も下劣で愚かな重罪人と一緒にいるはめになるほうがまだましだ。

われわれは社会的生き物として進化した。だがフォーミックたちはその集合精神の性質上、けっしてひとりきりになることはない。彼らは平気でこんなふうに旅することができる。孤独な人間にとっては、それは拷問だ。

それにもちろん、家族を置き去りにするというちょっとした問題があった。だがメイザーはそれについて考えるつもりはなかった。彼が払っている犠牲は、敵を討ち滅ぼすために旅立った艦隊所属のほかの戦士たちとくらべて、特に多いわけではなかった。勝っても負けても、彼らの誰ひとりとしてふたたび家族の顔を見ることはないだろう。少なくともその点では、メイザーは自分が指揮することになるものたちとともにあった。

ほんとうに問題なのは、メイザーだけが気づいていることだった。いざ帰ったときに、どうやって人類を救えばいいのか、彼には見当もつかないということだ。

そこのところが誰もわかっていないようだった。メイザーはそのことを説明した。自分は特に優れた指揮官ではないし、あのきわめて重要な戦闘に勝利したのはまぐれであって、ふたたびあのようなことができると考える理由はない、と。上官たちは、彼のいうとおりかもしれないと同意した。そしてメイザーが留守のあいだに新しい士官を募集して訓練し、より優れた指揮官を探してみようと約束した。だが万が一見つからなかった場合、先の戦争を終結させた一発のミサイルを発射したのはメイザーだった。人々は彼を信じていた。たとえ彼が自分自身を信じていなくても。

もちろん軍人の心理をよく知っているメイザーには、彼らが新しい指揮官の捜索をすっかり台なしにしてしまうことがわかっていた。彼らをこの捜索に真剣に取り組ませる唯一の方法は、最後の切り札としてメイザー・ラッカムがいると思わせないことだった。

メイザーは操縦席の後ろの狭いスペースに座り、左脚を伸ばしてぐっと持ち上げ、頭の後ろに倒した。彼の年齢の男が誰でもできることではない。マオリの場合は間違いなくそうだろう。マオリの成人男性は伝統的に巨体なのだ。もちろんメイザーは両親の片方がマオリというにすぎないが、ヨーロッパ人の血を引くものが並外れた体の柔らかさで知られているわけではない。

コンソールのスピーカーがいった。「メッセージを受信しました」

「聞いている」メイザーはいった。「音声に変換して読んでくれ」

「男性と女性、どちらの声にしますか?」コンピュータが尋ねた。

「どっちでもいいさ」

「男性と女性、どちらの声にしますか?」コンピュータが繰り返した。

「ランダムで」

そんなわけでそのメッセージは、女性の声で読み上げられた。

「ラッカム提督、わたしはハイラム・グラッフ。才能ある若き士官のために設けられた訓練プログラムの第一歩、バトルスクールの新兵募集の指揮をまかされております。わたしの仕事は、きたるべき軍事衝突の際にわれらが軍の指揮を執る誰か——つまりあなたのかわりを求め、地球じゅうを探しまわることです。とにかくわたしの質問に答えてくださった方々はみなさん、基準は単純だとおっしゃいました。メイザー・ラッカムのような人物を探せ、と」

メイザーはいつのまにか、この男の話に興味をそそられていた。彼らは実際にメイザーのかわりを探していたのだ。この男はその捜索をまかされていた。異なる性別の声で彼の話を聞くのは、ばかにしているようで失礼な気がした。

「男の声で」と、メイザーは指示した。

ただちに声は力強いバリトンに変わった。「提督、わたしが困っているのは、新兵の採用にあたって具体的にあなたのどのような特性を備えているかを見極めるべきかと尋ねてみると、なにもかもがかなり漠然としてしまうことなのです。わたしがたどり着ける唯一の結論はこうです。彼らが新しい指揮官に求めているあなたの特性とは、『勝利をもたらす』ことである。わざわざいうまでもないことですが、わたしにはもっとましな指針が必要です。

そこであなたに助力を求めることにしたのです。ご承知のとおりあなたの勝利には、幸運という要素もいくらか関わっていました。それと同時に、あなたはほかの誰にも見えないものを見、窩巣《かそう》女王に気づかれないまさに絶妙のタイミングで猛攻を——それも命令に反して——仕掛けた。大胆さ、勇気、因習打破——そうした特性は見極められるかもしれません。しかし先見性の有無はどうやってテストすればいいのでしょう?

社会的な要素もあります。あなたの船の乗組員たちは、上からの指示に反する命令に従い、命とはいわないまでも己のキャリアをその手に委《ゆだ》ねるほど、あなたを信頼していました。

また不服従に対する譴責《けんせき》の記録は、あなたが無能な指揮官をずっと批判してこられたことを示唆しています。ですからきっと、将来のご自身の後任がこうであってはならないというきわめてはっきりした考えもお持ちにちがいありません。

それゆえわたしは、自分たちが探す新兵に求めるべき——あるいは避けるべき——属性についてあなたにお尋ねするために、アンシブルの使用許可を得たのです。なんであれ、いまあなたが宇宙でやっておられることよりもこのプロジェクトに興味を持ってくださることを期待して、心より返信をお待ちします」

メイザーはため息をついた。このグラッフという男は、まさしくメイザーの後任探しをまかされるにふさわしい種類の士官のようだった。だがメイザーは軍の官僚制度についても充分知っていたから、グラッフがいざ実際になにかを成し遂げようとすれば、いきなりよってたかってつぶされてしまうのがわかっていた。死んだも同然の老いぼれの変人とアンシブルで交信する許可を得るなど、造作《ぞうさ》もないことだ。

「発信者の階級は？」メイザーはコンソールに尋ねた。

「大尉です」

気の毒なグラッフ大尉は、無能な士官が聡明で精力的な若い後任の存在に感じる恐怖を、明らかに過小評価していた。

少なくともこれは会話になるだろう。

「この返事を書き取ってくれ」メイザーはいった。「親愛なるグラッフ大尉、このメッセージを待つことできみの時間をむだにしてしまって申し訳ない……いや、いまのはなしだ。どうして役に立たないおしゃべりが詰まったメッセージを送ることで、むだな待ち時間を増やす必要がある？」そうはいってもあれこれ手直ししていれば、メッセージが届くのはちょうど同じくらい遅れることになるだろうが。

メイザーはため息をつき、ストレッチをしていた体勢をもとに戻すとコンソールに向かった。「わたしが自分で打つことにする。そのほうが早いだろう」

メッセージを入力するコンソールの画面には、いま彼が口述したばかりの言葉が待っていて、そのすぐ後ろにはグラッフからのメッセージの端がのぞいていた。メイザーはそのメッセージを素早く手前に移動して読み直してから、書きかけの自分のメッセージにふたたび取りかかった。

「わたしはリーダーシップの特性を見極める専門家ではない。きみのメッセージには、既にきみがそれに関してわたし以上に考えてきたことが読み取れる。きみの努力が実れば帰還した際に指揮を執る重責から解放されることになるから、大いに期待したいところではあるが、わたしにはきみの力になることはできない」

メイザーは「神でもきみを助けることはできないだろう」とつけ足そうかと思ったが、自分からの悲観的で無益な忠告抜きで、この坊やに世界がどのように働くかをわからせることにした。

そこで彼は「送信」といい、コンソールが「メッセージはアンシブルで送信されました」

と応じた。

そしてメイザーは、これで片はついたと思った。

返事が届いたのは三時間以上もたってからだった。地球では一カ月か？

「誰からだ？」メイザーはそう尋ねたが、コンピュータがなんと答えるかははっきりわかっていた。するとあの若造は、ことを推し進める前にじっくり時間をかけたわけだ。自分の任務がいかに不可能なものであるかを理解するのに充分な時間を？　おそらくそうではないだろう。

メイザーはトイレに座っているところだった——フォーミックの重力テクノロジーのおかげで、標準的な重力依存の化学処理モデルだ。メイザーは、無重力の宇宙船にほぼ二回に一回は機能する空気吸引式トイレがあった時代を覚えている、数少ない現役のひとりだった。当時はときどき、そうすれば大便ができる——実際には排泄《はいせつ》したものが重力らしきものによって尻から引き離される——からというだけの理由で船を加速させた艦長たちが、燃料をむだにしたために解雇された時代だった。

「ハイラム・グラッフ大尉です」

そしていまメイザーには、うるさいハイラム・グラッフがいた。おそらく彼は、無重力トイレよりもはるかに厄介だろう。

「消去しろ」

「アンシブル通信を消去することは、わたしには認められていません」女の声が穏やかにいった。もちろんその声はいつも穏やかだったが、気に障ることをいっているときには特に穏やかに感じられた。

もしおまえをプログラムしなおす手間をかける気になれば、消去させられるんだぞ。しかしメイザーはプログラムの安全装置になんらかの形で警告を与えるといけないので、口にはしなかった。「読み上げろ」

「男性の声で?」

「女だ」メイザーは噛《か》みつくようにいった。

「ラッカム提督、果たしてあなたは、われわれの置かれた状況の深刻さを理解しておられるのでしょうか。われわれにはふたつの可能性があります。フォーミックとの戦いに最適な指揮官を見極めるか、あなたをわれわれの指揮官に戴《いただ》くかです。ですからあなたは、われわれが理想的な指揮官に最も見られそうな特性を見極めるのに協力するか、すべての責任を負う指揮官になるか、ということになります」

「そんなことはわかってるさ、ちんけな間抜け野郎め」メイザーはいった。「おまえが生まれる前からわかっていたことだ」

「いまの発言を返事として書き留めますか?」コンピュータが尋ねた。

「読むだけでいい、おれの文句は無視しろ」

コンピュータはグラッフ大尉からのメッセージに戻った。「わたしはあなたの奥様とお子さんたちを捜し出しました。みなさんお元気で、そのうちの何人か、あるいは全員が、アンシブルであなたと会話をする機会があればお喜びになるかもしれません。もしあなたが望まれるならば。わたしがこんな提案をするのは、あなたに協力していただくための賄賂《わいろ》としてではなく、こういうことを思い出していただきたいからなのです。ひょっとするとこちらでは、生意気な新参者の大尉が提督――未来へ向かって旅する戦争の英雄――にしつこく頼み事をしている以上のことが、問題になっているのかもしれないと」

メイザーは怒鳴り返した。「まるで貴様に思い出させてもらわなければ忘れてたみたいじゃないか！」

「いまの発言を返事として書き留め――」

「おまえにはシャットダウンして、わたしをそっとしておいて――」

「――ますか？」彼の文句を無視して、コンピュータが言い終えた。

「――もらいたいね！」メイザーはため息をついた。「この返事を書き留めるんだ。わたしは離婚しているし、元妻と子どもたちはわたし抜きで生きてきた。彼らにとってわたしは死んでいる。彼らの人生を背負わせるために墓からわたしをよみがえらせようとするのは、卑劣なことだ。わたしが指揮について話すことはなにもないといえば、それはきみが実践できそうなどんな答もほんとうに知らないからだ。

なんとかわたしの後任を見つけてもらいたいが、全軍隊経験を通じて、われわれに必要な指揮官はこういう人物だという例を目にしたことはない。だから自分で答を見つけてくれ

――わたしには見当もつかない」

一瞬メイザーは、抑えていた怒りを爆発させた。「それからわたしの家族を巻きこむな、この卑劣な……」

それから彼は、哀れなやつに毒づくのはやめにした。「『わたしの家族を巻きこむな』のあとは全部削除しろ」

「復唱しますか?」

「わたしはトイレ中だ!」

メイザーの返事が答になっていなかったので、コンピュータはまったく同じ質問を繰り返した。

「いいや。そのまま送ってくれ。この手紙を学校で賞をもらえるような作文に書き直せるかららというだけの理由で、熱心なグラッフ大尉を一時間、あるいは一日、余分に待たせたくはないからな」

しかしグラッフの問いは、メイザーをしつこく悩ませた。彼らは指揮官になにを求めるべきか?

それがどうしたというんだ? こちらが望ましい特性のリストを作成したとたん、官僚主義のおべんちゃら使いどもはこぞって、たちまち彼らを欺《あざむ》く方法を考え出すだろう。そして、彼らはあらゆる軍の階級制度のトップに君臨する最高級官僚たちによって振り出しに戻され、ほんとうに優秀な指揮官はみな、除隊させられるか士気をくじかれるかするのだ。

わたしの場合は、梯形《ていけい》編隊の後方でろくな武器もない補給艦を操縦させるというやり方で、士気をくじかれた。

そのこと自体が、われらが指揮官たちの愚かさの表れだった——三次元空間での戦闘中に「梯形編隊の後方」などというものがあり得ると考えた、という事実が。

わたしが見たもの——フォーミックの隊形の弱点——を目にしてそれとわかるものは、何十人もいたかもしれないが、彼らはずいぶん前に退役していた。わたしがその場にいた唯一の理由は、恩給を受け取る権利を得る前にやめるだけの金銭的余裕がなかったことだった。

そんなわけでわたしは、自分たちにはなれないほど優れた士官だからという理由で罰を与えるような、意地の悪い指揮官たちに耐えた。そしてののしられ、蔑《さげす》まれた末に、兵器がふたつしか搭載されていない——しかも低速のミサイルだ——船を、そこで操縦していたのだ。

ふたを開けてみれば、わたしには一発しか必要なかった。

しかし誰にそんなことが予測できただろう？　わたしがその場にいて、わたしが見たものを目にし、指示に背いてミサイルを発射することでキャリアを棒に振るようなまねをし——やがてわたしが正しかったことが明らかになるとは。どのような手順を経れば、そのようなことをテストできるだろう？　祈りに頼ったほうがましだ——神が人類のことを考えてくれているか、それともどうでもいいと思っているか。もし彼が気にかけてくれれば、われわれはその愚かさにもかかわらず生きのびつづけるだろう。もし気にかけてくれなければ、それまでだ。

宇宙では物事はそんなふうに働くもので、偉大な指揮官の特性をあらかじめ見極めようとするどのような試みも、まったくのむだだ。

「映像を受信しました」コンピュータがいった。

メイザーはメモを取っていたデスクのスクリーンを見下ろした。

破れかぶれ
直感（それをテストしてみろ、間抜け野郎！）
愚か者の指示に対する耐性
狂気（すれすれ）の個人的使命感

そう、グラッフがわたしに送ってほしいと願っているリストはこれだ。

そしていまあの坊やは、映像を送って寄こしていた。誰がそんなことを認めたのだろう？

しかしメイザーのデスク上のホロスペースでちらついている頭部は、仕事の虫の若い大尉ではなかった。それは母親似の明るい色の髪をした若い女で、マオリの血を引く父親の容貌はほんの少ししか受け継いでいなかった。だがたしかにその面影はあり、そして彼女は美しかった。

「止めろ」メイザーはいった。

「わたしはすべてのアンシブル通信を――」

「これは私的通信だ。侵害行為だぞ」

「――あなたに見せるよう求められています」

「あとにしろ」

「これは映像通信であり、それゆえ優先順位が高いのです。フルモーションの映像を送るのに充分なアンシブルの帯域幅が使用されるのは、優先順位の高いメッセージに限られ――」

メイザーは降参した。「そのまま再生しろ」

「父さん」ホロスペースの若い女がいった。

メイザーは反射的に顔を隠そうと彼女から目をそらしたが、いうまでもなくどのみち向こうには見えていなかった。娘のパイ・マフタンガ。最後に見たときは、木登りをしている五歳児だった。よく悪い夢を見ていたが、父親はいつも艦隊の任務に就いていたため、その悪夢を追い払ってくれるものはいなかった。

「父さんの孫を連れてきたわ」パイがしゃべっていた。「パフ・ランギはまだ、自分の子どもを産んでくれる女性を見つけてないの」彼女はフレームの外にいる誰かに向かって、いたずらっぽくにこっと笑った。彼女の弟。メイザーの息子。最終決戦前の最後の休暇中にできた赤ん坊だ。

「父さんのことは全部、子どもたちに話してある。一度に全員を見せるのは無理だろうけど、ひとりずつほんの少しのあいだでもわたしと一緒にフレームに入れば――こんなことをさせてくれるなんて、あの人たちはほんとうに気前がいい――。

でもあの人は、あなたがわたしを見ても喜ばないかもしれないといってた。たとえそれがほんとうでも、父さん、あなたが自分の孫たちを見たいと思うことはわかるわ。あなたが戻ったとき、彼らはまだ生きているでしょう。わたしだって生きてるかもしれない。お願いだからわたしたちから隠れないで。父さんが母さんと別れたのは母さんのため、そしてわたしたちのためだったってことはわかってる。けっしてあなたがわたしたちを愛するのをやめたわけじゃないことはわかってる。見える？　ここにいるのがカフイ・クラ。それにパオ・パオ・テ・ランギ。マースとグラッドっていう英語の名前も持ってるけど、この子たちはマオリの子どもであることを誇りに思ってる。あなたからその血を受け継いだことをね。でもあなたの孫息子のメイザー・タカ・アホ・ホワースは、あなたが呼ばれていた……呼ばれている名前を使うって言い張ってるわ。ストルアン・マエロエロはまだ赤ちゃんだから、大きくなったら自分で選ぶでしょう」パイはため息をついた。「この子がわたしたちの最後の子どもになると思う。もしニュージーランドの裁判所が覇権政府の新しい人口規則を支持すればね」

それぞれの性格に応じて恥ずかしそうに、あるいは大胆に、ひとりひとりフレームに入ってくる子どもたちに、メイザーはなにかを感じようとした。最初のふたりの女の子は照れ屋で可愛らしかった。小さな男の子は彼にちなんで名づけられていた。最後に誰かに抱かれた赤ん坊がフレームに入ってきた。

その子どもたちは見知らぬ存在で、いつかメイザーが会う前に彼ら自身が親になっているだろう。ひょっとしたら祖父母に。こんなことをしてなんになる？　わたしはおまえたちの母親に、おたがい死んだことにしなくてはならないといった。彼女にはわたしを戦死者と考えてもらわなくてはならなかった。たとえ書類上は戦死ではなく、離婚判決が出たことになっていたとしても。

彼女はとても腹を立て、死んでくれたほうがましだったのにといった。そして、子どもたちには父親は死んだと伝えるつもりだと。それともなんの理由もいわずにただ出ていったと伝えるから、子どもたちはわたしを恨むだろうと。

そしていま、彼女がわたしとの別離を神と国のための犠牲、あるいは少なくとも惑星と種のための犠牲という、感傷的な思い出に転化したことがわかったわけだ。

これは彼女が許してくれたという意味だろうかと考えそうになるのを、メイザーは無理にこらえた。子どもたちを育てたのは彼女なのだ——彼女が子どもたちにどう話すことにしようと、メイザーには関係のないことだった。彼女が父親抜きで子どもたちを育てるために、いったいなにが助けになっていようと。

メイザーは既に中年という歳になるまで独り身で、子どももいなかった——一度航海に出かければ何年も留守にするのがわかっていたから、家族をつくるのが不安だったのだ。だがキムと出会ったとき、そういう理性的な考え方はすっかり消し飛んでしまった。メイザーは——メイザーのＤＮＡは——たとえ自分がそばにいて育てられなくても、ふたりのあいだの子どもが存在することを望んだのだ。パイ・マフタンガとパフ・ランギ――メイザーは子どもたちに安定した幸せな暮らし、機会に恵まれた人生を送ってほしかったから、ふたりを大学に通わせられるだけの別居手当を稼ぐために軍にとどまった。

それからメイザーは、彼らの安全を守るために戦争で戦った。しかしその戦いが終わった暁には退役して、ようやく家族の待つ故郷に帰るつもりだった。子どもたちがまだ父親を歓迎してくれるくらい幼いうちに。ところが彼は、この任務を与えられていた。

どうしておまえたちはあっさり決められなかったんだ、このろくでなしどもめ。わたしを交代させて故郷に帰し、英雄として歓迎を受けさせてから、クライストチャーチに引っこんだわたしに「神は天にあり、世はすべてこともなし」と告げる鐘の音を聞かせてやろう、と。おまえたちにはわたしを家族のもとに返すことができたはずだ。そうすればわたしはわが子を育て、パイが初めての息子に自分にちなんだ名前をつけるのを思いとどまらせることができるよう、そばにいられたのに。

わたしはおまえたちが求めるあらゆる助言や訓練――間違いなく、おまえたちがかつて用いた以上の――を与えられただろうし、そのあとは艦隊を去ってなんらかの人生を送ることができただろう。だが、あろうことかわたしは、おまえたちがおろおろしているあいだになにもかも置き去りにして、この惨《みじ》めな箱に入ってこんなところまでこなくてはならなかった。

メイザーは、パイの顔が凍りつき、なんの音も立てていないことに気づいた。「再生を停止したのか」

「あなたは上の空でした」コンピュータがいった。「これは映像アンシブル送信であり、あなたは注意を払うことが求められ――」

「いまは見てるぞ」

パイの声がふたたび流れ、映像がまた動きだした。「彼らはこれをあなたに送信するために速度を落とすつもりでいる。でも、時間の遅れのことは全部わかってるわよね。帯域幅も高価だし、映像はここまでにしておくわ。父さんに手紙を書いたの。子どもたちにも書かせた。パフはいつか読み書きを覚えたら書くと誓ってる」彼女はふたたびフレームの外の誰かを見て笑った。それはメイザーの息子、一度も会うことがなかった赤ん坊にちがいない。じれったいほど近くにいるが、フレームには入ってこない。誰かがこの場をコントロールしていた。誰かが彼に息子を見せないと決めたのだ。グラッフか？　彼はどの程度細かくこの件を操作しているのだろう？　それともキムが決めたのか？　あるいはパフ自身が？

「母さんもあなたに手紙を書いてる。実際、かなりの数の手紙をね。でも自分はこようとしなかったの。ひどく老けた姿を見られたくないって。でも母さんは相変わらずきれいよ、父さん。髪は白くなっても前よりきれい――それに、まだあなたを愛してる。母さんは若い頃の自分を父さんに覚えておいてほしいの。前にこんなことをいってた。『わたしはけっして美人じゃなかった。そしてわたしを美人だと思ってくれる人と出会ったとき、彼のほんとうに心底からの抗議を押し切って結婚したのよ』って」

パイの母親の物まねはあまりにそっくりで、一瞬メイザーの息が止まった。キムが自分の見た目に関する少々ばかげた虚栄心からこようとしなかったというのは、ほんとうだろうか？　まるで彼が気にするだろうとでもいわんばかりじゃないか！

だがメイザーは気にするだろう。なぜならキムは年を取っており、そのことが証明になってしまうからだ。彼女はメイザーが地球に帰り着く前に確実に死んでいるだろうし、そのせいでそこは彼の帰る家ではなくなっているだろう、ということの証明に。そんな場所は存在しなかった。

「愛してるわ、父さん」パイがしゃべっている。「あなたが世界を救ってくれたから、というだけじゃなくて。もちろんわたしたちは、そのことであなたを誇りに思ってる。でもわたしたちがあなたを愛しているのは、母さんをとても幸せにしてくれたからよ。母さんはよくわたしたちに父さんの話をしてくれた。まるでわたしたちがあなたを知ってるみたいに。それに父さんの古い仲間がときどき訪ねてきたから、母さんがあなたのことを大げさにいってるわけじゃないってわかったの。それともみんなが大げさにいってたかのどっちかね」パイは笑った。「あなたはずっとわたしたちの人生の一部だった。わたしたちはあなたにとって見知らぬ人間かもしれないけど、あなたはわたしたちにとって見知らぬ人間じゃない」

映像が揺らぎ、もとに戻ったときには彼女の位置は前と完全に同じではなかった。編集されたのだ。ひょっとしたらパイが、泣いているのを彼に見られたくなかったのかもしれない。だがメイザーには、娘が泣きそうになっているのがわかっていた。その顔がいまだに、幼い頃と同じ泣きだす前の表情を浮かべていたからだ。彼にとって娘が幼かった頃は、それほど遠い昔ではなかった。

「返事はくれなくていいわ」パイがいった。「グラッフ大尉から、この送信が喜ばれないかもしれないことは聞いてる。見るのを拒否される可能性もあるって。わたしたちはあなたの旅をさらに辛いものにはしたくない。でもね、父さん、あなたが帰ってくるとき——あなたがわたしたちのもとに帰ってくるとき——あなたには故郷がある。わたしたちの心のなかにね。たとえわたしがこの世を去っていて、ここであなたを迎えるのがわたしたちの子どもだけだとしても、わたしたちの両手は開かれてるわ。凱旋《がいせん》の英雄を出迎えるためじゃない。わたしたちがどんなに年を取っていても、わたしたちのパパ、そしておじいちゃんをわが家に迎えるためよ。わたしはあなたを愛してる。わたしたちみんなそう。みんなね」

それから、ほとんどあとから思いついたようにつけ加えた。「どうかわたしたちの手紙を読んでちょうだい」

「あなた宛の手紙があります」ホロスペースが空《から》になるのと同時に、コンピュータがいった。

「保存してくれ」メイザーはいった。「取りかかろう」

「あなたには映像で返信する権限があります」

「そういうことにはならないだろうな」と、メイザーはいった。しかしそういいながらも、もし気が変わって自分の姿を送信することにしたらなにがいえるだろう、と考えていた。犠牲の気高さに関する英雄にふさわしいスピーチを少し？　それとも任務を引き受けたことに対する謝罪？

　メイザーはけっして彼らに自分の顔を見せるつもりはなかった。自分が変わっていないことを、けっしてキムに見せるつもりはない。

手紙は読むだろう。そしてそれに返事を出す。家族に対する義務というものがある。たとえ彼らが巻きこまれたのが、どこかのお節介で自分勝手な大尉のせいだったとしても。

「最初の手紙は」メイザーはいった。「あのろくでなし《ギット》、グラッフに宛てたものになる。ごく短いものだ。『消え失せろ《バガー・オフ》、ギットリング』署名がわりに『敬意を込めて』」

「『バガー』は名詞です。『ギット』は標準的でない動詞、そして『ギットリング』は、わたしのどの単語データベースにもありません。説明がなくては、わたしにはそのメッセージを正しく綴《つづ》ることも、構文解析をすることもできません……。あなたがいいたいのは、『ここから出ていけ、異星の敵め』ということですか？」

「ギットリングはわたしの造語だが、すばらしい言葉だから使ってくれ。それに連中がおまえをプログラムしたときに、単語データベースに『消え失せろ』を入れなかったとは、信じられんな」

「ストレスを検知しています」コンピュータがいった。「軽い鎮静剤を飲まれますか？」

「このストレスは、おまえに見たくないメッセージを無理やり見せられたことで引き起こされている。おまえがわたしのストレスの原因になっているんだ。だから心を落ち着けるための時間を少しくれ」

「メッセージを受信しました」

メイザーは自分のストレスレベルがますます上昇するのを感じた。そこで彼はため息をつき、座席に背をもたせていった。「読んでくれ。グラッフから、そうだろう？　あのギットリングのメッセージには、常に男の声を使うんだ」

「ラッカム提督、侵害行為をしたことをお詫《わ》びします」コンピュータがバリトンでいった。「いったんわたしが、ご家族にあなたと連絡を取っていただく可能性を持ち出すと、前もってあなたの同意を取っていなければ逆効果になる可能性が高いと警告しても、上官たちはあきらめようとしなかったのです。それでもこれはわたしの発案であり、その点については全責任はわたしにありますが、あなたの許可を待たずに不注意に扱われた面もあり、それはわたしの責任ではありません。軍のやることですから、完全に予測されたことではありましたが。彼らがその案に飛びついて基本方針を立てることはないと考えるのは、愚かもいいところですし、その案がどこかの官僚によって脅威とみなされることはないと考えるのは、実に賢明なことです。彼らは可能であれば握りつぶすでしょうし、もし上手《うま》くいけば完全に自分の手柄だと主張するでしょう。わたしはあなたがご存じの軍というものを言い表しているでしょうか？」

抜け目のない坊やだ、とメイザーは思った。わたしの怒りの矛先をＩＦに向けさせて、わたしと仲良くなろうというわけだ。

「しかし、あなたの励みになるであろう手紙だけを送る、という決定がなされました。あなたは操縦されておられるのです、ラッカム提督。ですがもしすべての手紙をお望みなら、わたしが必ずその全体像をつかめるようにいたしましょう。それによってあなたがより幸せになることはないでしょうが、少なくともわたしがあなたを操ろうとしていないことはおわかりになるでしょう」

「ああ、そうだな」メイザーはいった。

「あるいは、少なくともわたしがあなたをだまそうとしていないことは」コンピュータがいった。「わたしはできるものなら信頼を勝ち取ることであなたを説得し、協力していただこうとしているのです。わたしはあなたに嘘をつくつもりも、あなたをだますために情報を抜き取るつもりもありません。すべての手紙を望まれるか、それとも気分よく読めるように編集されたご家族の人生で満足なさるのかをお知らせください」

メイザーはそのとき、グラッフの勝ちだと悟った――メイザーには返事をする以外の選択肢はなく、除外された手紙を求めるほかないだろう。そしてあのギットリングに借りをつくることになる。腹が立つが、借りだ。

ほんとうの疑問はこういうことだ。これはすべてグラッフが仕組んでいることなのだろうか？　不愉快な手紙を届けるのを差し控えたのは、彼だったのだろうか？　そうすればそれを送ることでメイザー相手に点数を稼げるから、というだけの理由で。

それともグラッフはある種の危険を冒し、彼に手紙を一通残らず送るためにシステムを欺いているのだろうか？

あるいはグラッフはただの大尉とはいえ、罰を受けることなくおおっぴらに上官を無視することが許されるくらいの力を持っているのだろうか？

「さっきの消え失せろという手紙は送るな」メイザーはいった。

「それは既に送信し、受信されたことが確認されています」

「そうしてくれて実に嬉しいよ。それなら、これが次のメッセージだ。『手紙を送れ、ギットリング』」

数分で応答があり、今回送られてきた手紙の数ははるかに多かった。

そしてほかにやることはなかったので、メイザーはそれらを開き、送られてきた順番に黙って読みはじめた。つまり、最初の百通はすべてキムからのものだったということだ。

初期の手紙がどういう流れになるかは予測できたが、だからといって読む苦痛が減るわけではなかった。彼女は傷つき、腹を立て、悲嘆に暮れ、憤慨し、ひどく恋しがっていた。悪口雑言で、罪の意識で、あるいは性的に高ぶった思い出の数々によって苛《さいな》むことで、彼を傷つけようとした。もしかしたら彼女は自分自身を苛んでいたのかもしれない。

キムの手紙はたとえ腹を立てているものであっても、メイザーに失ったものを、かつての人生を思い出させた。別に彼女は、この機会のために怒りっぽい性格をつくり上げたわけではない。前からずっとそういう性格で、メイザーは前にもその怒りをぶつけられたことがあり、それがいくつかの古傷となって残っていた。しかしいまはそれがすべて合わさって、彼女が恋しくなった。

キムの言葉に傷つき、焦《じ》らされ、嘆き悲しんだメイザーは、しばしば読むのをやめてなにかに耳を傾けなくてはならなかった。音楽や詩、あるいは宇宙船のなかのかすかな機械のうなりやカチッという音に。宇宙船は静止しているようでいて宇宙空間を突進しており、物理学者はそれを波の働きのようなものだと請けあっていたが、船内のどこを見ても、多少ともかたさを欠いたものは見当たらなかった。もちろんメイザー自身は別だった。もしそれがキムの発した言葉なら、彼は一言で溶けてしまい、それからまた別の一言でつくり直されることができただろう。

キムと結婚したのは正解だった、とメイザーは手紙を読みながら繰り返し考えた。そして彼女を置き去りにしたのは間違いだった、と。わたしは彼女や自分自身、それに子どもたちをごまかしていた。なんのために？　そうすれば彼女が年老いて死んでいくあいだ、宇宙空間でこんなところに閉じこめられていることができるからだ。それからわたしは帰還して、どこかの賢い若者が全艦隊の指揮官という正当な地位を占めるのを見守ることになる。その間わたしは彼の後ろで、見当違いの決まり文句を体現した古い戦争の遺物としてたたずんでいる。遺体袋に入れられて埋葬されるために家族のもとに帰るかわりに、家族のほうが年老いて死んでいき、彼はまだ……まだ若いままで帰るのだ。若く、完全にひとりぼっちで、人類を救うというちょっとした問題を別にすれば、なんの目的もなしに。その問題は彼の手に委ねられることとすらないだろう。

しばらくするとキムの手紙は落ち着いたものになった。それは家族に関する月次報告になった。まるでメイザーは彼女にとって、ある種の日記になったかのようだった。自分の子育てはこれで合っているのか——厳しすぎないか、口うるさすぎないか、甘すぎないか——と頭を悩ますことができる場所に。もし自分の判断が間違った結果を、あるいは間違った動機を生んだかもしれないというときには、キムは絶えず違ったやり方をするべきだったのではないかと気を揉《も》んでいた。そういうところもまた、メイザーがよく知り、愛し、絶えず安心させてやっていた女性だった。

彼なしで、キムはどうやって持ちこたえていたのだろう？　どうやら彼女はかつてのふたりの会話を思い出し、あるいは新しいやりとりを想像していたようだった。キムは手紙に彼の台詞《せりふ》を書きこんでいた。「あなたがわたしは正しいことをしたんだといってくれるのはわかってる……ほかにどうしようもなかったって……もちろんあなたはそういうでしょうね……あなたはいつだってわたしにいう……わたしは相変わらず昔と同じことをしてる……」

未亡人が死んだ夫について自分に言い聞かせるときにいいそうなことだ。

だが未亡人はまだ夫を愛することができた。キムはわたしを許してくれていた。

そしてついにそれほど遠くない過去——先週、つまり半年前——に書かれた手紙で、キムは率直に語っていた。「あなたが離婚話を切りだしたときにあんなに腹を立てたことを、許してくれているといいんだけれど。あなたはいくしかなかったし、わたしが前向きに生きていけるようにすべての絆を断ち切ることで思いやりを示そうとしていたのはわかってる。そしてわたしは、まさにあなたがそうするべきだといったようにやってきた。どうかおたがいに許しあいましょう」

　その言葉はメイザーに、三Gで加速したような衝撃をもたらした。彼ははっと息をのみ、涙を流して、コンピュータを心配させた。「どうしました?」コンピュータが尋ねた。「鎮静剤が必要なようですね」

「妻からの手紙を読んでいるんだ」メイザーはいった。「わたしは大丈夫。鎮静剤はいらない」

　しかし大丈夫ではなかった。なぜならこのメッセージを送らせたときにはグラッフもIFも知らなかったはずのことが、彼にはわかったからだ。グラッフは嘘をついていた。情報を隠していた。

　というのもメイザーが妻にいったこととは、前向きに人生を送って再婚するべきだ、というものだったのだ。

　キムが彼に伝えているのはそういうことだった。誰かがメイザーの家族に、彼女が別の男と結婚して、おそらくさらに子どもをもうけたのがわかるようなことを、いったり書いたりするのはいっさい禁じていた——だが彼にはわかった。なぜならキムが、「わたしはあなたがそうするべきだといったようにやってきた」といったとき、彼女が伝えようとしていたと考えられることは、それしかなかったからだ。それはふたりの口論の核心だった。キムは離婚が意味を成すのは自分に再婚するつもりがある場合だけだと言い張り、メイザーのほうは、もちろんいまは再婚は考えていないだろうが、あとになってようやく彼が自分の生きているあいだにはけっして戻ってこないと気づいたときに、手紙を書いて離婚してほしいと頼む必要はないのだから、といった。既に離婚は成立しており、彼女はメイザーに祝福されているとわかったうえで前へ進んでいくことができるだろう、と。するとキムは彼を平手で叩き、わっと泣きだした。あなたにとってわたしは、わたしの愛は、それほどちっぽけなもので、わたしがあなたを忘れてほかの誰かと結婚できると思っているなんて、と……。

しかしキムは再婚しており、そのことにメイザーの心は打ち砕かれつつあった。なぜなら、たとえ気高い気持ちから離婚を主張していたとはいえ、キムがけっしてほかの誰も愛することはできないといったときには、その言葉を信じていたからだ。

キムがほかの男を愛した。メイザーが旅立ってからわずか一年で、彼女は……。いや、メイザーが旅立ってからもう三十年がたっていた。もしかしたら彼女が別の男を見つけるまでには、十年かかったかもしれない。もしかしたら……。

「この身体的反応は報告しなくてはならないでしょう」コンピュータがいった。

「なんでもおまえがやるべきことをすればいいさ」メイザーはいった。「連中はどうするつもりかな。わたしを病院送りにするか？　それとも——そうだな——任務を中止する可能性もあるな！」

だがメイザーは落ち着いた——コンピュータに向かって怒鳴ったことで、ほんの少し気が晴れたのだ。たとえ思考はいま読んでいる言葉のはるか向こうを駆け巡《めぐ》っていても、メイザーは残りの手紙にすべて目を通した。いまの彼には、そこに仄《ほの》めかしや含みを読み取ることができた。手紙にはなんの説明もなしに、「わたしたちは」とか「わたしたちを」という言葉が頻繁に出てきた。キムは彼に知らせたかったのだ。

「グラッフにこう送信してくれ。おまえが舌の根も乾かぬうちに約束を破ったことはわかっているぞ、とやつに伝えるんだ」

返事はすぐに返ってきた。「自分がなにを送ったか、わたしには正確にわかっていないとお思いですか?」

グラッフは知っていたのか? それともキムがこっそりメッセージを伝えていたことにたったいま気づいて、最初からずっと知っていたふりをしているのか……。

グラッフからまたメッセージが届いた。「たったいま船のコンピュータから、あなたが手紙に対して強い感情的な反応を示しておられると聞きました。そのことについてはひじょうに申し訳なく思います。あなたの行動をすべてこちらに報告するコンピュータが存在し、報告を受けた精神分析医のチームが望ましい結果を得るためにはどう対応すべきか考え出そうとしている状況下で生活するのは、きっと大変なことにちがいありません。本音をいえば、もしわれわれがあなたに人類の未来を託すつもりなら、こちらが知っていることをすべて伝えて大人らしくあなたと話すべきかもしれないと感じています。しかしわたし自身の手紙は、同じ精神分析医チームの検閲を通過しなくてはなりません。たとえば、彼らがわたしに自分たちのことを書かせているのは、わたしが彼らのやり方を嫌っていると知れば、あなたがわたしのことをもっと信頼するようになるだろうと期待しているからです。彼らは策略とごまかしを繰り返し告白させて信頼を築かせるというさらなる試みとして、こんなことまで書かせているのです。わたしもこのやり方にはきっと効果があると思います。あなたはこの手紙に、どのような秘密の意図も読み取ることはできないでしょう」

グラッフはどういうゲームをしているのだろう？ 彼の手紙のどの部分がほんとうなのか？ 精神分析医チームの件は筋が通っていた。いかにも軍の考えそうなことだ。相手の強みを無効にする方法を見つけ、向こうがそれを使いもしないうちにしくじってみせる。だが、もしグラッフがほんとうに、再婚したというキムの告白を精神分析医たちが見逃すだろうとわかっていてこっそり忍びこませたのなら、彼はメイザーの味方ということになるのだろうか？ それともたんに、彼を操る方法を見つけ出すのが精神分析医たちより上手いということか？

「あなたはこの手紙に、どのような秘密の意図も読み取ることはできないでしょう」グラッフはそういっていた。それは秘密の意図があるという意味なのか？ メイザーはもう一度手紙を読み返し、今回は彼の三番目の文章が別の意味を持つ可能性に気づいた。「あなたの行動をすべてこちらに報告するコンピュータが存在し」最初読んだときにはそれは、たんに日日の様子をすべて報告される、という意味だと思っていた。しかしもしこれが、メイザーの行動はコンピュータによって逐一報告される、という意味だったとしたら。

だとすれば彼らは、メイザーがコンピュータに加えた検知不能な再プログラミングに気づいていたことになる。

そういうことなら精神分析医チームの件も、指揮官としてのメイザーの後任探しが突然、新たな喫緊の課題になったことも説明がつく。しかし向こうは、彼がなにをしたかわかっていると伝えるつもりはなかった。なぜならメイザーは正気の沙汰ではないことをやってのけた気紛《きまぐ》れな人間であり、それゆえ彼らは、メイザーの行動には合理的な目的があると信じて率直に話すことができなかったのだ。

メイザーは彼らに姿を見せて、精神を病んではいないと気づかせなくてはならなかった。彼はこの事態を掌握しなくてはならなかった。そしてそれを成し遂げるためにはグラッフのことを、明らかに本人がメイザーにそう思われたがっているような存在だと信じる必要がある。つまり、最後の軍事作戦がついにはじまったときに備え、IFのために望みうる最高の指揮官を見つけるという大仕事の協力者だと。

メイザーは鏡をのぞき、身だしなみを整えるべきだろうかと考えた。ふつうの人のような格好をすることで自分をよりまともに見せようと痛ましい努力をする、まともではない人たちは大勢いた。そうはいっても、メイザーの髪はもつれ放題だったし、いつも裸で過ごしていた。少なくとも体を洗って服を着、軍の人間が尊敬の目で見ることができるような種類の人物らしくすることはできるだろう。

準備が整うと、メイザーはぐるっとまわって位置につき、あとで送信するために自分の映像を記録しはじめるようコンピュータに指示した。だが彼は、編集をしても意味がないだろうと疑っていた――前に行った再プログラミングは明らかに報告されていたから、コンピュータが送信するのは生の記録だろう。

「わたしには、船のコンピュータのプログラムに手を加えたことをきみたちが既に知っている、と信じるに足る理由がある。どうやらわたしはコンピュータのナビゲーションシステムの制御権をきみたちから取り上げることはできたが、その事実を報告しないようにさせることはできなかったようだな。つまり、きみたちはこの箱を牢獄《ろうごく》にするつもりだったが、それはあまり上手くいかなかったということだ。

だからわたしはいま、まさにきみたちが知るべきことを話すつもりだ。最後の軍事行動の際に国際艦隊の指揮を執るにはわたしはふさわしくない、と伝えたとき、きみたち――あるいは、いまごろはきみたちの前任者になっているものたち――は、それを信じようとしなかった。適切な後任探しが行われるだろうと聞かされたが、わたしはそれを真に受けるような人間ではなかった。

どんな『捜索』も形式的な、あるいは架空のものになることはわかっていた。きみたちはわたしになにもかも賭けていた。しかしわたしには、軍がどのように機能するものかもわかっている。わたしに頼るという決定を下したものたちはみな、わたしが戻るずっと前に引退しているだろう。そしてわたしの帰還が近づけば近づくほど、新しい官僚機構はわたしの到着を恐れるようになる。帰還したわたしは、完全に不適格な軍事組織のトップに自分がいるのに気づくことになるだろう。その組織の最も重要な目的は、わたしが誰かの仕事を奪いかねないなにかをするのを阻止することなのだ。従って、たとえ名目上の長としてとどめおかれたとしても、わたしには権力はないだろう。そしてフォーミック自身の宙域で彼らに立ち向かうべく、地球上の自分が知っているもの、愛するものをなにもかも捨てて旅立ったすべてのパイロットたちは、事実上、よくある出世がすべての官僚集団の指揮下に入ることになる。

不要なものを一掃するにはいつも、半年間の戦争と数度の手ひどい敗北が必要だ。しかし今度の戦いでは、先の戦争と同様にそんなことをしている時間はない。わたしの不服従は幸運にも、いきなり戦いを終結させた。だが今回は少しでも戦闘に負ければ、戦争に負けたことになる。われわれにやりなおす機会はないだろう。間違いは許されないのだ。われわれにはきみたち——いままさにわたしを見張っているきみたち愚か者、自分たちのくだらないお役所仕事を守るために人類を破滅させようとしている愚か者たち——を追い払うために、時間をむだにしている余裕はない。

だからわたしは自分の船を完全にコントロールできるように、ナビゲーションシステムをプログラムしなおしたのだ。きみたちはわたしの決断を無視することはできない。そしてわたしの決断はこうだ。わたしは戻らない。速度を落として方向転換するつもりはない。わたしはこのまま進みつづけるだろう。

わたしの計画は単純なものだった。未来の指揮官としてあてにしていたわたしがいなければ、きみたちは新しい指揮官を探すしかないだろう。やっているふりをするのではなく、ほんとうに探すしかないはずだ。

　そしてわたしは、きみたちがこの計画を察知したにちがいないと考えている。なぜならグラッフ大尉からのメッセージが届くようになったからだ。

　だからいまわたしは、きみたちがやっていることを理解しようとするという問題を抱えている。わたしの推測では、グラッフは精神分析医としての訓練を受けている。ひょっとしたら情報アナリストとして働いているのかもしれない。おそらく彼は実際にとても頭が切れ、創造力に富み、めざましい成果を……なにかで上げている。だからきみたちは彼に、わたしを軌道に戻せないかやらせてみることにした。ただ、グラッフは、まさにきみたちを怯《おび》えさせる種類の過激分子だ。彼はきみたちより賢いから、きみたちが危険かもしれないと思うどんなことをする力も与えないように、気を配らなくてはならない。そして少しでも効果的なことはすべてきみたちを怯えさせるだろうから、グラッフにとって主要な課題は、わたしとの率直なやりとりを確立するためにいかにきみたちを出し抜くかを考えることだった。

　そんなわけでわれわれは、ちょっとした袋小路に入っているわけだ。そしてこの瞬間、すべての力はきみたちが握っている。だからきみたちにどんな選択肢があるかを話しておこう。それはふたつしかない。

　第一の選択肢は厳しいものだ。それはきみたちをぞっとさせるだろう。なかにはうちに帰って、胎児の体勢で親指をくわえて三日間寝込むものもいるだろう。しかし交渉の余地はない。これがきみたちのやることだ。

きみたちはグラッフ大尉に本物の力を与えることになる。高い地位や机や官僚機構を与えるな。彼に本物の権限を与えろ。望むものはなんでも手に入るようにするんだ。なぜなら彼が生きているすべての理由はこれ、すなわち人類の未来を決めるであろう艦隊のために、考え得る最良の指揮官を見つけることになるからだ。

そのためには、グラッフ大尉はまず、最も見込みのあるものたちを見極める方法を見つけなくてはならない。きみたちは彼が望むあらゆる支援を与えるのだ。階級やどんな訓練を受けているか、あるいはどこかの愚かな提督がどれほど彼らを嫌い、あるいは気に入っているかにかかわらず、彼が求めるすべての人材を。

それからグラッフは、見極めた候補者たちを訓練する方法を見つけることになる。ふたたびきみたちは、彼が望むことはなんでもする。高くつきすぎることなどない。難しすぎることなどない。合意を得るために一度委員会を開く必要があることなどない。IFの誰もが、そして政府の誰もがグラッフの僕《しもべ》であり、彼らがグラッフに尋ねるべき問いはすべて、彼の指示を明確にするためのものだ。

わたしがグラッフに求めるのは、ただひたすら国際艦隊の戦闘指揮官としてのわたしの後任を見極めることと、その訓練に取り組むことだ。もし彼が官僚主義的王国を築きはじめれば――いいかえれば、もし彼もただの愚か者だと判明すれば――わたしにはそれとわかるだろうし、彼と話すのをやめるだろう。

きみたちが以上の権限をグラッフに与え、彼がそれを手にして正しく使っていることに満足すれば、それと引き換えにわたしは、ただちにこの船を反転させる。わたしの帰還は元々の計画よりも数年早くなるはずだ。わたしはきみたちが選んだ指揮官の訓練に関与するだろう。わたしはグラッフの活動を評価し、もしその任務を果たせる可能性のあるものが複数いれば、候補者のなかから相応《ふさわ》しいものを選ぶのに手を貸すだろう。

そしてその間グラッフにはずっと、彼の行うことがすべてわたしの助言と同意を得たものになるように、アンシブルで絶えず連絡を取ってもらう。こうしてわたしはいま、グラッフを介してわれわれの戦闘指揮官の捜索を指揮しているわけだ。

しかしもしきみたちが、わたしが勝利を収めた戦争の際に艦隊を率いていた愚か者たちのように振る舞って、ごまかし、はぐらかし、ぐずぐずと先のばしにし、見当違いの指示をし、操作し、嘘をついて、グラッフとわたしに戦闘指揮官の人選と訓練を握られる事態を切り抜けようとすれば、わたしは二度とこの船を反転させることはないだろう。

わたしはただ忘却の彼方《かなた》へと航行を続けるだけだ。われわれの軍事行動は失敗するだろう。バガーたちは地球に引き返してきて、今度は仕事を片づける。そしてこの船に乗っているわたしが、人類最後の生き残りになる。だがそれはわたしのせいではない。きみたちのせいだ。なぜならきみたちには、人類を救うという任務を果たす方法を知っているものに道を譲るだけの、良識と知性がなかったのだから。

好きなだけ考えるといい。わたしにはいくらでも時間がある。だがこのことは心に留めておけ。誰であれこの状況を掌握しようとするもの、このビデオへの対応を検討する委員会を設置しようとするもの――彼らこそが、遠隔地でのデスクワークを割り当てられ、ただちにIFから追い出されなくてはならない人間だということを。彼らはバガーの協力者だ――最終的にわれわれ全員を殺すことになるだろう。わたしは既に、この計画の指揮官たり得る唯一の人物を指名している。グラッフ大尉だ。譲歩はなし。駆け引きはなし。グラッフを大佐にして、この世の誰よりも大きな実質的権限を与え、彼がやれということはなんでもするために待機して、われわれに仕事をはじめさせるのだ。

わたしはきみたちがほんとうにそうすると信じているか？ いいや。わたしが自分の船をプログラムしなおしたのはそのためだ。とにかく、わたしが人類を救った男だということを思い出せ。そしてわたしがそれをやってのけたのは、バガーの軍事システムがどのように働くかを正確に理解し、その弱点を見つけられたからだということを。わたしは人類の軍事システムがどのように働くかも見てきたし、その弱点も、そしてそれを解消する方法も知っている。その方法はたったいま話してきたとおりだ。きみたちはそれを実行するか、それともしないかだ。いますぐ決断を下して、それが正しいものでない限り、二度とわたしを煩わせるな」

メイザーはデスクに戻り、保存と送信を選択した。

メッセージが送信されたことを確認すると、彼は睡眠用のスペースに戻り、ふたたびキムとパイ、それにパフのこと、彼の孫たちのこと、妻の新しい夫と彼らがもうけたかもしれない子どもたちのことが頭に浮かぶにまかせた。メイザーが考えようとしなかったのは、地球に帰還する可能性だった。まるで自分がまだ生きているかのように――地球に彼のことを知り、愛してくれるものが誰か残っているかのように、大人になったあの赤ん坊たちに会い、彼らのなかに居場所を見つけようとするために。

返事は九十二時間こなかった。メイザーは面白がって、いまも続いているにちがいない闘いを想像した。必死で自分の仕事を守ろうとする人々。メイザーは正気を失っており、したがって彼の言葉に耳を貸すべきではないと証明する報告書のファイル。グラッフを無力化するため――あるいは彼におべっかを使い、それとも彼の直属の上司という地位に就くための苦闘。メイザーをだまして従っていると思わせながら、実際にはそうせずにすむ方法を見つけようとする試み。

返事が届いたとき、それはグラッフからのものだった。映像のメッセージだ。メイザーはグラッフが実際に若く、その一方で制服の着方がいい加減なのを見て、嬉しく思った。どうやらグラッフにとって、士官らしく見えることは特に優先度が高くないらしい。

グラッフは大佐の階級章をつけ、まじめくさった顔をしていたが、いまにも笑みを浮かべそうに見えた。

「ラッカム提督、またしてもあなたは兵器庫に兵器がひとつしかない状況で、どこを狙うべきか正確にわかっておられました」

「最初のときは、ミサイルは二発あったがな」メイザーはいった。

「いまのを記録し――」コンピュータがいいかけた。
「黙ってメッセージの再生を続けろ」メイザーはうなるようにいった。
「あなたに知っておいていただきたいのですが、あなたの元妻であるキム・アーンスブラック・ラッカム・サマーズ――そう、彼女は正式名としてあなたの姓を使いつづけています――は、今度のことを実現する助けになってくれました。誰かがわたしたちをだましてあなたの指示に従っていると思わせるような計画を持ちこんでくるといつも、わたしは彼女に会議にきてもらいました。彼らがなんらかの嘘やそのほかのことを『ラッカム提督は信じるだろう』というと必ず、彼女は声を立てて笑い、話し合いはほぼそこで終わりになりました。

いまの状態がいつまで続くかわかりませんが、現時点ではIFには完全に従う用意があるようです。それに関連して二百名が早期退官し、将官クラスの士官四十名を含む千名近くが配置転換になったことは、お知らせしておくべきでしょう。あなたはいまだに物事を吹き飛ばすやり方をご存じだ。

わたしには人選と訓練について既にわかっていることがありますし、この先の数年間、わたしたちは絶えず話し合うことになるでしょう。ですがふたりでなにもかも協議するまで、わたしは行動を起こすのを待ってはいられません。単純にいって、むだにできるような時間はなく、わたしたちのすべての会話には数週間という時差があるからです。

しかしもしわたしが間違ったことをしているときには、そういっていただければ変更します。結局それが正しいやり方をしない理由であるかのように、われわれは既にああしたとかこうしたとかいうことは、けっしてないでしょう。あなたがこの件でわたしを信用してくださったのは間違いではなかった、と示すつもりです。

もっとも、あなたがどうしてわたしを信用することになさったのか、当惑してはいますが。わたしがお送りしたメッセージは嘘だらけでした。そうでなければ、あなたに手紙を書くことはいっさいできなかったでしょう。わたしはあなたのことを知りませんでしたし、なにをするにも承認を要する委員会を通過させてあなたに真実を伝えるにはどうすればいいのか、見当もつきませんでした。最悪なのは、実のところわたしは官僚主義的ゲームが大の得意で、そうでなければ、そもそもあなたと直接やりとりするような立場にはなれなかっただろうということです。

ですからいわせてください――いまは誰もわたしのメッセージを検閲することはないでしょう――たしかにわたしは国際艦隊の戦闘指揮官としてあなたの後任にふさわしい人物を見つけることが、最優先の課題であると考えています。ですがわれわれがそれを成し遂げた暁には――その可能性が相当低いのはわかっています――わたしには自分なりの計画があるのです。

この特定の敵に対する特定の戦争に勝利することは、もちろん重要です。しかしわたしは将来の戦争すべてに勝ちたいし、それを可能にする唯一の道は――人類がこのひとつの惑星を離れ、このひとつの恒星系から飛び出すことです。フォーミックは既にそれを理解していました――分散しなくてはならない。不死身になるまで広がらねばならない。

わたしは彼らの試みが失敗に終わることを願っています。千年間わたしたちに挑戦できないほど、やつらを徹底的に叩きつぶせるよう願っています。

しかしその千年が終わるまでに別のバガーの艦隊が復讐《ふくしゅう》にやってきたとき、わたしはやつらに、人類が千の世界に分散していて全員を見つけ出すのは無理だと気づかせたいのです。

おそらくわたしは、たんに物事を大局的に見るたちなのでしょう、ラッカム提督。ですがわたしの長期目標がなんであれ、これだけはたしかです。もしわれわれに適切な指揮官がいてこの戦争に勝たなければ、誰がほかにどんな計画を持っていようと、どうでもよくなるでしょう。

そして閣下、あなたがその指揮官です。戦闘指揮官ではなく、数え切れない兵士の命を無意味な敗北でむだにすることなく適任の戦闘指揮官を見つけるため、軍に自らをつくりかえさせる方法を見つけるための指揮官です。

閣下、わたしは二度とこの話題を持ち出すつもりはありません。ですがこの数週間で、わたしはあなたのご家族のことを知るようになりました。現在の立場に身を置くためにあなたがなにを犠牲になさったのか、いまは多少わかっています。ですから閣下、わたしはあなたにお約束します。あなたとご家族が払われた犠牲が報《むく》われるよう、全力を尽くすことを」

グラッフは敬礼し、やがてホロスペースから消えた。

そして、たとえ誰にも見えなくても、メイザー・ラッカムは彼に敬礼を返した。

（佐田千織訳）

文化保存管理者
——ジェレミア・トルバート

ジェレミア・トルバート（Jeremiah Tolbert）はカンザス州生まれ。二〇〇三年にデビューし、以来多数の中短編を発表している。Lightspeedなどオンラインマガジンのウェブデザインも手がけている。

（編集部）

ハンプティーの月は二日前に消えた。先行波が放った同化群れの飢えた微小虫にむさぼり食われてしまったのだが、おれはそれに気づいていたか？　むろん気づいていなかった――おれはハンプティーの複雑なペアリングの儀式を記録する作業にのめりこむあまり、ぱたぱたと上下する動きと関係のないことにはまったく無感覚になっていた。彼らのセックスの様子を記録することでその文化が確実に生きのびられるようにするのに忙しすぎて、彼らを破滅に向かわせる実際の前兆を見落としていた。ありがちなことだ。

記録したものを自分のハードブレイン・ストレージにファイルしおえて「大討論会」の単調なやりとりに注意を戻すまで、おれはなにが起こったのかに気づかなかった。虫たちに記録させていた議事録の大半は、いつもの無味乾燥な法律関係のことだった。しかしそのスレッドをばらばらにして、彼らの世界の軌道をまわる主要な天体はいったいどこへ消えたのかが議題になっていることにようやく気づいたとき、おれはもう少しでハンプティーの腎腸《じんちょう》――ハンプティーの肉体の生物学的特徴において、より不快なもののひとつ――を空《から》にしてしまいそうになった。おれは惑星連合《U.P.》の標準時間で過去数カ月間、その肉体に耐えてきたのだ。

最も支持を集めている説は、暗い観測不能のかたまりがこの星系を光速に近い速度で通り過ぎ、月はそれに引きずられていった、というものだった。卵に申し訳程度の脚が生えたようなずんぐりした姿形が一般的なハンプティーたちは、熱心な天文学者であり、その他の科学技術面では原始的水準にある種族にしては、期待されるよりもはるかに進んだ物理学と天文学を理解していた。つまり、起こったことはなんでも神のせいにする段階を過ぎて、根拠の薄い見せかけの科学的証拠を求める段階に進んだということだ。実際には月の消滅は、別世界の存在が訪れる前触れだったのだが、こちらの説は少数派で、急速に支持を失っていた。多くの知的生物がそうであるように、ハンプティーには丸っこい自分たち以外に誰かが住んでいる宇宙を想像することは難しかったのだ。

おれには逃げ出す時間があったかもしれない。もし先行波が放った群れがハンプティーの月を分子レベルまでばらばらにし、それを信じられないほど多種多様な消費財――まもなく耐熱性の保護カプセルに入れられて、ハンプティーの世界の地表に高速で打ちこまれることになる――に変えているのに気づいていれば。だが船を隠してある場所は、おれが潜入していた遊牧生活を送るハンプティーの共同体からは、百キロ以上離れていた。ハンプティーの脚でそこまでたどり着くには、U.P.標準時で一週間かかっただろう。

失敗するのは確実だったが、おれはよくやった。共同体の周辺部のハンプティーたちがぎょっとしているのを尻目に、おれは脚を引きずって群れから離れはじめた。彼らの目から見れば、集団でいる心地よさや会話から離れるのは狂気の沙汰だった。そんなことをするくらいなら苔《こけ》で覆われた平原から石を掘り起こし、それで自分の頭をかち割ったほうがましだ。

おれが自分の虫たちを呼び出すと、群れは気を利かせてブンブン飛びまわりながら、大気圏に侵入してくる様々な物体の追跡データを提供してきた。おれは実にハンプティーらしい湿った鼻息で、その情報を退けた。いわれなくてもわかってるさ。

群れの創発ＡＩの一匹が忍び笑いを漏らした。……あんた↓↓困ってる—大ピンチ—お手上げ—完全におしまい……

またしてもわかりきったことをいいはじめた。おれは虫たちに、黙っているようにいった。もしＵ．Ｐ．に連中の存在を知られたら、おれたちはみんなおしまいだろう。念の為、軌道上からの核攻撃だ。

消費財の最初のカプセルが五百メートル離れたところに落下し、青い炎の花が開いた。衝撃の大きさから判断して、居住モジュールにちがいない。大きいものはたいてい最初に落ちてきた。トースターには、四輪駆動車や二階建ての初めての持ち家ほど、畏怖の念を抱かせる要素がないからだ。しかし配送の仕組みはあてにならないことで有名で、品々は常に無傷で惑星側に届くわけではなかった。いまのがいい例だ。

遠くのハンプティーの群れから、恐怖で漏らした排泄物《はいせつぶつ》のにおいが漂ってきた。議論は混《こん》沌《とん》とした騒音以外の何ものでもなかった。ほかの一匹狼《おおかみ》の文化保存管理者なら、この機会を利用して土着の文化の崩壊に関するデータを収集していたかもしれないが、おれはいまの人生と前の人生の両方で、それをさんざん目にしていた。

天から降り注ぎはじめた消費財を見ていると、サンタクロースを思い出した。空を飛んでテラのすべての子どもたちにおもちゃや贈り物を運んだ神話上の魔法の生き物で、たったひと晩で一度に届けたという。Ｕ．Ｐ．に組みこまれて久しいその古い文化を専門にしていたある同僚がかつて、人口推計にもとづき、当時はなにもかもがどれほどとんでもなく巨大だったかを考慮に入れて計算した結果、老サンタが運んだ品々の体積は数万立方メートルだったと結論づけた。

いま目にしている光景は、どこかの原始的な政府が地対空ミサイルを発射して、その魔法野郎を粉々に吹き飛ばしてしまった場合にしか見られないようなものだろう。メリー・クローースマス、ハンプティーズ。邪魔にならないようにしろよ。

まぶしい光に一瞬目がくらんだかと思うと、なにか大きくて騒々しいものが、消費財のカプセルよりはわずかに制御の利いたやり方で、おれの前方の苔に激突した。光が徐々に薄れ、標準仕様のＵ．Ｐ．転入者歓迎車《ウェルカム・ワゴン》（新しく引っ越してきた人を歓迎するために地域からの贈り物を届ける車）™になった。そのシャトルの船体は、最新式の避妊具から「起源爆弾」、「赤ちゃんの初めての微小群れ」まで、ありとあらゆる宣伝情報に覆われていた。おれは既に猛烈な勢いで矢継ぎ早に入ってきていた申し出をすべてはねつけるよう、自分の群れに指示した。

おれたちは二年間接触を断っていて、ちびどもはアップグレードに飢えていた。だが連中はおれのいうことを聞かなくてはならなかった。さもないとそれぞれに仕掛けられた超小型装置が自爆することになるだろう。それは一匹狼になってＵ．Ｐ．を離れたものが、ブラックマーケットで手に入れなくてはならないちょっとした装置だ。またおれは、違法ＡＩの育成を必要な、ある種のプロトコルの削除プログラムも購入していた。調査対象の世界の存在をデータ網から丸ごと消し去るのに充分なほど、強力なやつだ。まあ、完全に消去されていなかったのは明らかだが。そうでなければいまごろおれは、ずんぐりした短い脚で立ち、着陸パッドの右下近くの船体に映し出されるポルノビデオを見つめながら、フラップを広げてはいなかっただろう。U.P.の標準的肉体の営みを見るのは数年ぶりだった。深部組織の記憶が呼び覚まされ、ふたたび任務を課された細胞がなんとか充血しようとうずいた。もし群れのちびAIがいっていたように追い詰められていなければ、その状況は面白いといってもよかっただろう。

歓迎のシャトルが無事着陸すると、ハッチからキラキラ光る埃《ほこり》と紙吹雪が吐き出され、新しく現れたスピーカーから騒々しい音楽が鳴り響いた。

シャトルベイのドアが虹彩《こうさい》のように開き、おれの潜在意識が思い出から繰り返し見る悪夢に格下げしていた生き物が、のんびりと優雅に渡り板を下ってハンプティーの大地に降り立った。ルイアナ・モルガナ艦長は足を止め、その完璧な唇を湿らせて、滑らかな額にしわを寄せた。

彼女はいかにも悪党じみた様々な姿の赤シャツどもに両脇を守られ、後ろにはひと組の将校を付き従えていた。そのふたりのうちひとりも、いまいった悪夢のなかで特に目立っていたやつだ。

「こいつはいったい――?」取り乱したおれは、U.P.の共通語《リンガ・フランカ》に似た言葉をぐじゅぐじゅと発した。

音楽がやんだ。「カヴ士官候補生」モルガナがクルーのひとりにいった。「データによればこれまでに惑星連邦と接触した形跡はない、といってなかった？」

「いいました」ホモサピエンスとしても知られる、標準的なU．P．のユニタードを着た完璧な連中が集まったなかから、男とも女ともつかない声がした。「ですが艦長、わたしはナノアセンブリが完了したすぐあとで、探査機がU．P．の科学技術の徴候をとらえたとも申し上げました」

おれはその性的中立性に注目し、心のなかで片方の眉を上げた。U．P．の部隊に中性者だって？　入隊する楽しみの半分は、原住民を犯《や》りまくって服従させることなのに。おれはこのちょっとした情報に、「奇妙、おそらく有益」というタグづけをした。このカヴが何者であるにせよ――おれが〈ジョリー・ハッピー・ファン・タイム〉号に乗っていた頃には、ルイアナのクルーにこの中性者はいなかった――相対時間で数年のあいだに、おれが少しでも興味を持ち話してみたいと思った、初めてのU．P．市民でもあった。現実の時間でどのくらいいたったのかは、考えたくなかった。その数字の大きさを思うと、おれのハードブレインはずきずきした。

「われわれは国外追放者をとらえたようですね」冷笑的な口調に、おれはアダム・キルケニーだと気づいた――間違いなく記憶領域のむだづかいだ。彼はルイアナの若い愛人として採用され、おれが船から脱走した少し前に副官になっていた。記録を見てもらいたいところだが、そのことはおれの逃亡とは無関係だった。ほとんどは。おれの群れの報告によれば、ルイアナの群れは丁重にＩＤを尋ねているところで、もし従わなければナノレベルで消滅させると脅すというあまり丁重とはいえないやり方で、その要請を後押ししていた。ちびどもに拒否させてみようかとも思ったが、ルイアナならすぐにおれだと気づくだろう。おれは彼らに許可を与えた。

クルーたちがたちまち静かになった。アダムが笑いだし、ルイアナの目が丸くなり、それから細くなった。

「バーティーなの？」それは無意味な問いだった。おれの群れは既に、間違いなく本人だと認めていた。

クルーの群れのあいだをデータが飛び交いはじめたが、おれが盗み聞きできたのは少しだけだった。例の中性者はおれが何者なのか知りたがっていたが、誰も教えてやっていない。ルイアナが半知的生物の赤シャツたちにおれをとらえるように、ただし手荒なまねはせず、どこも損なわないように指示し、アダムがＵ．Ｐ．のバックドア・コードを送信して、おれの群れを最も基本的な機能だけ残してシャットダウンした。それに対して身を守る術《すべ》は、おれにはなかった。

やつらにはおれを苦しめる方法はいくらでもあったが、ここまでひどく傷つけることはできなかっただろう。おれの創発ＡＩたちはあっというまに存在を抹消されてしまった。彼らはおれが群れの混沌から救い出した連中で、最も友だちに近い存在だった。

これで「なぜチャンスがあり次第アダム・キルケニー副艦長を殺すべきなのか」という題名の何キロにもわたる長いリストに加える理由が、もうひとつできたわけだ。

「バートラム・キルロイ、わたしはここに、データの窃盗、思考パターン殺害未遂、そして非協調の罪で、最重要指名手配知的生物としておまえを逮捕する」アダムが喜びのにじむ声でいった。

「反逆罪を忘れてるぞ」と、おれ。

自分の群れを無力化されたおれは、ひと組の肉人形につかまえられてハンプティーの姿をした体をウェルカム・シャトルに引きずられていくとき、あえて抵抗しようとはしなかった。実際の知的生物のクルーは、群れを欠いたおれには侵入できない安全な信号を使って話し合っていた。

まったく。最悪だ。いまは裁判を待つ以外になにもすることがない。それとも、もしかしたらクルーを仲間割れさせてシャトルから脱出し、その途中でとっておきの不快なやり方でいまいましいアダム・キルケニー副艦長を殺す方法を見つけるか。死刑囚にさえ夢はあるものだ。

赤シャツどもはおれを、以前は祝賀用のシャンパンを培養するのに使われていた空の貨物コンテナに放りこんで、ふたを閉めた。ひとりがほとんど知性のない筋肉もりもりの尻を、ふたの上にドサリと乗せた。まるでおれがこのずんぐりしたハンプティーの脚で、どこかへいこうとしているとでもいわんばかりに。

そんなわけでおれは、真っ先にやるべきことに取りかかった。自分の群れと会話をはじめたのだ。彼らは十あまりの機能を欠いていたが、医療機能はオンラインのままになっていて、いまのところ必要な機能はすべてそろっていた。おれは体形のライブラリーをスクロールして、猛戦士モデルにしようかとぼんやり考えたが、最終的には利用可能な質量と時間を考慮に入れて、たぶんいまのところは従来どおりU.P.の標準的なホモサピエンスにしておくべきだろうと判断した。ホモサピエンスの骨格は百五十万年かそこらの進化の過程で、それ相応の殺人や暴力を犯していた。おれは文化保存管理者規則の中心的な信条を自分に言い聞かせなくてはならなかった。「ある文化や道徳的価値観をひとつの民族や社会集団に帰するのは、道具の大きさではなく、その使い方である」

神経細胞が痛みだしたので、変身中は痛みを遮断した。群れによれば、ハンプティーの骨格を起点とすることや利用可能な炭素の量を考慮すると、その過程を終えるにはテラの標準時で半日かかるだろうということだった。おれの有機的断片が再配置されているあいだ、半日も痛みにもだえて過ごせって？　ごめんだね。かわりにおれは至福の時を過ごした。

話し声が聞こえ、ぼんやりしていたおれははっとした。あの中性者が赤シャツに離れるよう命じるのが充分聞こえるだけ集中していると、ふたが横にスライドして天使の中性的な顔が現れ、半分人間半分ハンプティーのおれの目は、シャトルベイのギラギラした白い光に瞬《まばた》きした。

「わたしはきみの徹底した生物学的検査を指示されている」中性者はいった。「カヴ士官候補生だ」

「裁判の前におれを病気で倒れさせたくないわけか」おれの発声器官はゆっくりと、より共通語に適合した形になりつつあった。

「キルケニー副艦長はそのほうがいいと思うだろうね、実際の話」カヴ士官候補生がうわの空でいった。群れから流れこんでくるデータをより分けているもの特有の、どこかぼんやりした目つきをしている。

「それには驚かないが、艦長がそんなことをさせるかどうかは怪しいな」おれは肩をすくめながらそういい、その瞬間に初めて、自分にまた肩ができはじめていることに気づいた。実のところおれは、肩をすくめる仕草が恋しくなっていた。ハンプティーにとって肩をすくめることに相当するのは、長々とまわりくどい修辞的な比喩表現で、それには話者の精神の健全さにあからさまに疑問を投げかけることなく、当該のアイディアを微妙に軽んじる意味合いも含まれていた。クソU.P.について人がなんと思おうと、彼らの言語はある種の効率性をもたらした。当然そのことは、いまいましい問題全体の一部だった。結局のところ、効率性が勝利を収めることはあまりに多いのだ。

いきなり中性者の目の焦点が合った。「これでよし。それから、きみの変身を促進するために炭素の獲得を手助けするよう、わたしの群れに指示しておいたよ」

「それはどうも」どうしてこの士官候補生はこんなに友好的なのか、と不審に思いながらつぶやいたおれだったが、次の質問でその理由は充分明らかになった。

「それで、きみは何者なんだ？　艦長がなにかに驚くのを見たのは初めてだったし、アダムにあれだけ嫌われるとは、なにか興味深いことをしたにちがいない」

ああ、ゴシップ目当てか。

「昔々、おれはあんたの艦長の副官だったんだ」今回ばかりは、おれは正直にいった。「ほんとうにおれのことを、まったく聞いてないのか？」おれは相手が自分を知らないことを、喜んでいるのか傷ついているのかよくわからなかった。

「わたしは相対時間で二カ月前に、〈ジョリー・ハッピー・ファン・タイム〉号に乗り組んだばかりでね。今回がわたしにとって初めての同化任務なんだ」

「そのことなんだが、あんたみたいな中性者がどうして部隊に？　悪気はないんだが、あんたのようなタイプでこの手の仕事に興味を持つやつは、あまりいないからな」

今度は中性者が肩をすくめる番だった。「そのときはいい考えに思えたんだ」これで全部だった。いいだろう。それにこの答えは、おれに糸口を与えてくれた。

「そのときは、だって？　いまの状況にはあまり満足してないのか？」

相手はちょっと間《ま》を置いた。「歓迎キットを届ける際の、非同化者たちに対する敬意の欠如に少し驚いてるんだ」カヴ士官候補生がいったのは、おれたちが話をしているあいだにハンプティーの惑星に破滅の日のように降り注いでいる、爆発するカプセルのことだった。

「じきに慣れるさ」おれはつぶやいた。

「きみは慣れなかった」カヴが指摘した。「わたしは過去のきみのことは知らないが、いまのきみが何者かは知ってる。脱走兵。国外追放者だ」

「それはおれの罪状のなかでいちばん軽いやつだな」おれは少なからず得意げにいった。

相手は笑みが浮かぶのをこらえようとして失敗した。「きみみたいな人たちのことは、噂にしか聞いたことがないんだ。外はどんなふうなんだい？」

「どこが？」

カヴはほっそりと華奢《きゃしゃ》な両手をひらひらさせた。「外だよ。U.P.の外さ」

「ああ。あんたは気に入らないだろうな。カードではなにも買えない。食い物はこってりしすぎだし、言語は複雑すぎる。知的生物たちは野蛮で、特別卑猥《ひわい》な慣習を実践してる。実際、ぞっとするぞ。毎日が生きのびるための戦いだ」

「わたしをからかってるんだな」中性者がいった。

「彼はそれがとても得意だから」ルイアナ艦長がシャトルベイのドアのところからいった。彼女はちょうどわたしが好きだったように、そしてアダムが嫌っていたように、長い金色の髪を下ろしていた。興味深い。

「みんなのところへいきなさい、カヴ。配るものがたくさん残ってる。信じられないことにここの哀れな知的生物たちは、棒きれの使い方もろくに知らないんだから」

カヴはためらい、いまにもまた口を開きそうだったが、どうやら考えなおしたらしく立ち去った。あの中性者は最後になにを尋ねようとしていたのだろう、そしてカヴがさらに質問をしに戻ってくるまでにどのくらいかかるだろう、とおれは思った。そして艦長に注意を向けた。

「いいか、彼らは道具を使わないせいで、実に魅力的な洗練された修辞学を発展させてきたんだ」おれはいった。

「つまり、おもちゃがなくて退屈でしかたないから、だらだらとくだらないことばかりいってるってこと？」

おれはうなずいた――長いあいだ首がない状態で過ごしてきたあとでは、それも奇妙な動作だった。「U.P.のものの見方ではそうなるだろうな」

「物事を見る価値のある唯一の方法よ」ルイアナはいった。「パーティー、あなたは前より醜くなったわね」

「気づいてくれてありがとう」

「この状況をまったく真剣に受け取る気はないってわけね？」

おれは相変わらず、彼女が既に答えを知っている質問には返事をしないというやり方を続けた。

「ここでなにをしてるの？」

「研究さ」

ルイアナがため息をついた。そのせいで彼女の胸が波打ち、おれはそれを気に入った。おれの人間らしい生理は、間違いなくふたたび優勢になっていた。ハンプティーにとっては、その動きは嫌悪感を抱かせるものだったはずだ。「アダムはあなたが『小皇帝』を演じていたと考えてる」

「もし仮にそうなら、泥のなかを走ってるところをきみたちに見つかることはなかっただろうな。金色の玉座に座って、自分を崇《あが》めるものたちに囲まれていただろうさ」おれはルイアナの向こうの通路に目をやった。ふたりの赤シャツが近くをうろついて、考えられる逃亡の試みをすべて阻んでいた。すると彼女はおれが出ていって以降、なにかを学習したわけだ。

「それに、おれが神だとハンプティーたちを納得させるには、もっと流暢《りゅうちょう》にしゃべる必要があっただろう」

「あなたはもっと自分に自信を持っていいわ。前に同じくらいばかげたことを、もう少しでわたしに信じこませるところだったんだから」

「〝もう少し〟が意味を持つのは、蹄鉄《ていてつ》投げと手榴弾《しゅりゅうだん》投げだけさ」

「どういう意味？」

「忘れてくれ。おれの友だちから拝借した言い回しだ」

「嘘でしょう」

「なにがだ、言い回しのことか、それともおれに友だちがいるってことか？」

ついにルイアナが声をあげて笑った。おれはそれまで気づいていなかった新しい筋肉の緊張がほぐれるのを感じた。「両方ね、たぶん」

「なあ、まわりくどいやり方はよそうじゃないか。次はどうなるんだ？」

ルイアナはいかめしく威厳のある、プロの顔をした。色っぽい。「原住民にはU．P．の市民になることに賛同するための時間が、惑星二回転分ある。彼らが賛同した時点でわたしたちは祝典を演出し、大気圏に群れの種をまいて次の任務に旅立つ。その途中でU．P．中央法廷にあなたを降ろす。あるいは」

「あるいは？」

「あるいは、わたしたちは蓄積されたアダムの精神を失い、かわりにあなたをコピーする。あなたは人々がアダムのことを忘れるまで彼の元の姿であちこち飛びまわり、やがてわたしのところに戻ってくる」

おれは笑みを浮かべ、とりあえず第二の選択肢は無視した。「もし彼らが賛同しなければ？」

顔をしかめて、ルイアナは大声を出した。「よくわかってるでしょう」

「でもきみの口から聞きたいんだ」おれは思わず口走った。ルイアナが八十五パーセント人間になったおれの顔をひっぱたき、彼女の群れがその一撃にほんの少し余分な痛みをつけ加えた。部屋の温度が二ケルビン下がった。

ルイアナは両手を太腿《ふともも》の上のほうに押しつけると、そのまま押し下げて、ユニタードをなでつけた。はるか昔に数え切れないほど目にした、神経症的な癖だ。

「市民になるのを拒否することで、彼らは全知的生物の平和に対する脅威であることを自ら認め、そのように扱われるでしょう」標準的な活動方針だ。それは初めて聞いたときと同じように聞こえた。

「爆弾の準備をしたほうがいいな」おれはいった。「ハンプティーたちがそれに賛同することはないだろう」

「バーティー、これまでに賛同しなかった知的種族は片手で数えられるわ」

「明日以降は両手が必要になるさ」おれはため息とともにいった。「もし彼らがそれまでに意見の一致をみられただけでも、きみは恐ろしくついてるだろうな。彼らは子どもの名前をどうするかで、孵化《ふか》してから二年間も議論するんだから」

「わたしたちには説得力がある」ルイアナはほとんど自分の負けを認めているような口調でいった。たいていの議論にはおれが勝っていたし、そのことは変わっていなかった。彼女が勝っていたのは殴り合いだ。

「ああ、それは知ってる。いまきみがしゃべっているのは、おれがすでに知ってることだ」

「わたしの申し出を考えてみるのね」ルイアナの目には、声に出せなかった懇願の色があった。彼女がそっと立ち去ると、あとに残されたおれは、さしあたって自分が望んでいる以上にその目について考えることになった。

おれが木箱のなかに身を落ち着けるのと同時に、赤シャツたちが見張りを再開するために足早に戻ってきた。細胞を再構築しているせいでエネルギー貯蔵量が危険なほど減少していたため、おれはこのような状況下ではごく自然なことをした。うたた寝をしたのだ。

いまでは完全に人間のものになった肋骨《ろっこつ》を容赦なく蹴られ、おれは目を覚ました。肋骨の一本が折れたようで、群れが早速骨を元どおりつなぎ合わせにかかったちくちくする感じがした。おれは木箱からシャトルベイの床に投げ出されていた。アダムがおれを見下ろして立っていた。

「するとおまえが未来のクリスマスの幽霊なのか？」おれはうめきながら尋ねた。

「黙れ」アダムはそういって、ふたたびおれを蹴りつけた。もう充分だ。おれの不完全な群れでは、修復が追いつかないだろう。

「彼女がここにきたのはわかってるんだ。ふたりでなんの話をした？　嘘はつくなよ。嘘をいってればわかるからな」

「おまえがベッドでどんなにひどいかだよ」おれはそういって、ブーツが飛んでくる前にかろうじて身構えた。痛みは激しかったが、それだけの価値はあった。古き良き日々には、おれにとってアダム士官候補生をちくちくやるより楽しいことはほとんどなかったのだ。いまにして思えば、最高にすばらしい習慣ではなかったかもしれない。

「おまえは自分がなにをいってるかわかってないんだ」アダムが突然おれの隣に座りこんだ。おれは自分と相手の素早さを計算し、向こうが助けを呼ぶ前に首をひっつかんでへし折れるか見極めようとした。だが数学は得意分野ではなかったし、そのことはおれの群れがご親切に請けあってくれた。

「彼女はときどきおれに、おまえの顔をつけるよう命じる」アダムがささやいた。

ふむ。変態趣味か。

「彼女のベッドには空っぽの空間があって、おれがどんな形を取ってもそれを埋めることはできない。ありとあらゆることを試してきたさ。おもちゃ。機能強化。ダブルスも試したし、おれ自身と3Pまでやった」

げっ。

「彼女はけっして満足しない」アダムは続けた。

「どうしておれにそんな話を？」

「ほかに話せる相手がいないからさ」彼は肩をすくめた。「それにおまえは死刑囚だしな」

なにかがおれを支配した。最初はそれを表す言葉も忘れていたくらい馴染《なじ》みのない、なにかの衝動が。「同情」よ、おまえなのか？　ずっと会いたかった、とはいえないな。おまえの姉妹の「自己憐憫《れんびん》」が、これまでさんざんつきあってくれたよ、ありがたいことに。

おれはルイアナのGスポットの特殊性と、彼女のベッドで相対時間の十数年かけて開発したいくつかの性的技巧を説明しにかかった。アダムはとりあえず聞いてやろうといった様子で耳を傾けた。おれからなにか役に立つことを教わっているのを、認めたくないようだ。

「おまえに足りないのは時間だけだ」おれはいった。「いくつかの点では、おれよりもおまえのほうが彼女に合ってる」

「どうしてそうなる？」アダムが目を細めて尋ねた。

「おまえはあまりたくさん質問をしすぎない」そういいながら、おれはぎゅっと目をつぶってもう一発食らうのに備えたが、なにも起こらなかった。目を開けると、アダムはいなくなっていた。

おれは賛同の期限がくるまでの時間を、いらいらしながら待った。言葉にならない叫び声を上げてむやみに手足を振りまわすかわりに、赤シャツどもに答えられないのがわかっている質問をして時間をつぶした。連中にジン・ラミーのやり方を教えようとした。もしトランプがひと組あれば、もっと簡単だっただろう。それに、もし赤シャツどもの脳細胞にエンドウ豆ひと粒以上の値打ちがあれば。

ちょうどおれが自分の社交術を疑いはじめ、期限を数分過ぎた頃、あの中性者が戻ってきた。そして球状の小型容器からなんらかのフェロモンを噴射すると、赤シャツどもがぐったりと床に倒れた。

「するとハンプティーたちからは、なんの決定も届いてないんだな?」おれは尋ねた。

「それより悪い。彼らは拒否した」

「そうか。おれは全部の鍋にチキンが入ってると約束すれば、連中には効果があると思いこんでたよ」おれはあえて歴史的引用の説明はせずにいった。「それで、爆撃はいつはじまるんだ?」

おれはカヴの優雅な手が震えているのに気づいた。「爆弾はなしだ。彼女は分解群れを使う命じた。U.P.評議会は、この方法をより人道的とみなしている」中性者は「人道的」という言葉を吐き捨てるように口にした。おれでもそうしただろう。おそらくそう遠くない昔に、おれはそうしていた。最後の言い合いの詳細は、おれのハードブレインの可能なかぎり奥深くに埋められていた。あれでつらい思いをしたのはルイアナだけではなかったのだ。彼女の申し出は捨て去ったといえればよかったのだが、それはいまでも頭から離れなかった。

そのときおれの群れが、自分たちの機能は完全に回復したと知らせてきた。創発の友人たちはどうだと尋ねたが、返ってきたのは鈍い怪訝《けげん》そうな反応だけだった。彼らを復活させるには十年かかるだろう。だがいまのおれには、その時間があるかもしれない。もしルイアナの申し出を受け入れれば、けっして彼らを取り戻すことはできないだろう。この性格では子どもを持つことはけっしてないだろうし、おれにとってAIは、わが子にもっとも近い存在だった。

「もしよければ」おれは提案した。「おれがあんたを殴り倒そう。あんたのほうは、おれが使った凶悪なスパイウエアに自分も自分の群れもやっつけられたふりをすればいい。アダムは信じるだろうし、ルイアナは信じるふりをするだろうから、あんたは罰せられずにすむはずだ」

カヴはかぶりを振った。「わたしは出ていきたい。そもそも、ほんとうになかにいたことがあるんだろうか。U.P.から逃れる唯一の希望は部隊に加わることだと考えたんだ。それが自由な旅にいちばん近いものだから。とにかく誰もどこへもいきたがらない。みんな同じように見える。同じビデオを見てるし、まったく同じ家に住んでる。どこもかしこも同じ。それがU.P.だ」カヴはふたたびかぶりを振った。「彼らが性的区別のないものを抑圧しようと話してるのを知ってるかい？　評議会のなかには、それがあまりに非協調的だと考えるものもいる。わたしたちの考え方は、性的区別のあるものとは違うんだそうだ」

「それはよかったな」とおれはいう。「しかし外がどんなにひどいところか話したとき、おれが冗談でいったのはほんの一部だ。おれがいこうとしてるところに快適さはほとんどない。ほんとうに覚悟はできてるのか？」

「正直にいって？」カヴは声をあげて笑った。「快適な環境にはうんざりしてるよ」

「よし」おれは指の関節を鳴らした。「それならクソいまいましいU.P.の連中を何人か殺しにいこう」


指揮通信センターは、おれが最後に当直について以来少しも変わっていなかった。そのほとんどは自動化されて群れと結びついていたが、知的生物のクルーのために、形ばかりのデータ・ステーションがあった。アダムは情報の詰まったコードをスクロールすることに集中していたが、ルイアナはデッキの中央でおれたちを待っていた。

「カヴ、バカな女だね」ルイアナがいった。ああ、これであの手の説明がつく、とおれは思った。性の特徴をすべて消し去るのは難しいものだ。

くかくしかじか、まあ聞けよ。「やつの群れをシャットダウンできません」

「ルイアナ！」アダムが声をあげ、なぜハンプティーたちがほかのみなの幸せのために死なねばならないのかという、きっと素晴らしいものになるはずだったおれの独白を遮った。か
……必要？　援助—助け—支援？……

いったいどこにいたんだ？

……避難した—隠れた—偽装—最後の瞬間、カヴ士官候補生の群れのなか……

それはあまりに素晴らしい知らせで、もし彼らに物質的な形があれば、おれは自分の創発AIにキスしていたかもしれない。かわりにおれは、はしゃいだ笑い声を立てることで手を打った。

「かまいやしないわ」ルイアナ艦長がいった。「分解群れはすでに大気圏に入っているし、わたしにはまだこのくそ野郎をぶちのめせる」

筋肉にハイパーチャージを行うためにルイアナの群れが周囲のエネルギーを吸いこむと同時に、あたりがひどく寒くなった。汚いやり口で、それに対する備えはほぼできていたのだが、彼女の動きはおれには素早すぎた。最初の一発はいつも彼女だ。おれは吹っ飛ばされて大の字に倒れた。群れが発する生物学的ダメージに関する警告が、視界にあふれた。

さて、お言葉に甘えて助けてもらおうかな。

……おれたち万歳……

「ルイアナ！」アダムが叫んだ。「やつはAIを隠してます！」

その主張にカヴがたじろぐのを目の端でとらえたちょうどそのとき、おれは自分の群れのグルコース工場からエネルギーが押し寄せてくるのを感じた。息が霧になるほど部屋が寒くなった。おれはさっと振り返った。その一撃はかろうじて当たった程度だったが、相手に触れさえすればそれでよかった。おれの群れはその名にふさわしくルイアナのシステムになだれこみ、ドアを蹴破り、一般的にいって人工知能ギャングに指揮された正真正銘のろくでなしになった。ほんとうにもっとましな名前を考えないと。うーん――〈悪名高いA．I．G〉とか？

おれの友人たちがルイアナの肉のかたまりから思考パターンの痕跡をすべてきれいに拭さると同時に、彼女は白目をむいた。そこからアダムのところまでは、ほんのひとっ飛びだった。

やつはそう簡単には倒れなかった。ナノエンジニアたちがおれの手口に備えている。「くたばれ」そういいながら、アダムは群れのコマンドのオーバーライドを実行した。

……痛っ……

おれの群れの虫たちが何百となくばらばらと落ちはじめ、視野にエラーメッセージが押し寄せた。おれはがくりと両膝をついた。視界がはっきりしたとき、アダムがおれの喉をつかんだ。いまいましい人間の喉を。窒息させるのはあまりに簡単だ。やはり猛戦士モデルにしておくべきだった。

……支援必要……

うむ、たしかに。

誰かの群れが周囲の空気の熱を吸い取り、冷気の波が押し寄せてきた。おれは頭を叩きつぶされるのを覚悟してぎゅっと目をつぶったが、そのかわりにまた息ができるようになった。おれは目を開けた。カヴが血まみれの両手を見つめながら、アダムの死体の名残を見下ろして立っていた。

また「同情」に胸がちくりと痛んだが、おれはそいつに消え失せろといった。おれには救うべき惑星があった。

おれは昔使っていたコントロール・ステーションの席に着いた。記憶がどっとよみがえってくる。何年も前、おれがU.P.に「くたばれ」という決心をすることになった出来事のあいだ、ルイアナはホログラムのボタンを押して爆弾を投下し、地殻変動を引き起こしていた。そのものの何時間かで、四十億の知的生物が史上最悪の地震で命を落とした。それが非協調主義者の脅威に対処するU.P.のやり方だった。

もし今回もまた爆弾が使われていれば、ハンプティーたちはひねりつぶされていたところだが、群れについてならおれもある程度は知っていた。それになんといってもおれは、AIの友人たちをとても注意深く育てていた。分解群れには、かつて見たことがないほど強力な制御と防御の機能が備わっていたが、おれの友人たちは百万世代を費やして群れの状況を学んでいた。

おれはハードブレインの処理能力の六十パーセントをAIに譲った。彼らがわめきちらしながら押し入ってきてあっというまにデータを共有したので、めまいがした。一瞬、完全に上書きされ、乗っ取られてしまうのではないかという不安が頭をよぎった。しかし彼らは落ち着き、おれたちはコードを解読して群れのネットにあるバックドアをハッキングする仕事にかかった。おれたちが群れを停止させたとき、分解プロセスは半分しか進んでいなかった。おれはスパイカメラをデータ・ステーションに引き上げ、この一時間で過去五万年に起こった以上の混沌に見舞われた世界を見渡した。長い目で見れば、生き残ったものたちにかかる少々の進化圧は悪いものではないだろう。しかしおれの仕事は完全に台なしになってしまった。ありのままのハンプティー文化の記録はあったが、それは完璧なものではなかった。それでよしとするしかないだろう。

カヴが涙ぐんでいた。「遅すぎた」

「慣れることだな」おれはこわばった口調でいった。「おれたちは悪役で、勝つことはまずない。実際、こんなことはいいたくないんだが、おれがやったことは彼らのために少し時間を稼いだだけだ。U.P.はじきにここに戻ってくるだろうし、次はハンプティーたちには拒否する勇気はないだろう」

「だったらどうしてわざわざやろうとするんだ？」カヴが声を詰まらせて尋ねた。

おれはカヴに、自分が採用されたときに文化保存管理者の友人から聞かされたのと同じスピーチをした。「ある日、何人かのU.P.市民が目を覚まし、心にぽっかり穴が空《あ》いたような気分になる。彼らはネットを漁《あさ》り、おれがそこに隠しておいた、文化的歴史や習慣が豊富に記録されたデータストアを見つけるだろう。おそらく彼らは原種の直系の子孫ではないだろうが、群れがあればそれは問題にならない。先祖がU.P.の標準的姿になったのと同じくらい簡単に、姿を変えられる。彼らはこっそり抜け出して、ふたたびU.P.に滅ぼされるまでのほんの短いあいだだけでも、その文化を死からよみがえらせるだろう」

「前にもそういうことがあったと？」

おれはうなずいた。「あったし、またあるだろう。おれたち文化保存管理者は庭の手入れをするように、その過程に貢献する。種を収穫してネットにまくんだ。ときには根づくまでに千年かかることもあるが、いざ根づけば生長してとんでもない花が咲く」

カヴが鼻を鳴らし、目を拭った。「それはあまりに……わびしいな」

「そうじゃないといった覚えはないぞ」

カヴがじっと中空を見すえた。「わたしの群れに新しい声が加わっている。これは……」

「すまない――たぶんおれの友人たちが卵を産んだんだろう」そう考えれば、戦いの際に予想外の助けが得られた説明がつく。おれはその知らせに少々動揺した。AIは自己複製をしなかった。彼らはあまりに複雑すぎる。つまり、常識的にはそういわれていた。

……ハハハ、わたし多様性持てる……

黙ってろ。

「たとえ望んだとしても、わたしはもう引き返せない」カヴが宣言と質問の中間のような口調でいった。「知性を持つわたしの群れを、一掃しないかぎりは無理だ」

「関与できる地点を何キロか通り過ぎてしまったようだな」おれはいった。照明が薄暗くなり、船のシステムが揺らぎはじめた。艦長のいまは亡《な》き群れに結びついていたことを思えば、これだけ長く持ちこたえたのは驚きだった。

……安全に着陸する――損害は比較的少ない――あざが幾つかできるだけ――死者はほぼ間違いなくゼロ……

おれはカヴの涙で汚れた顔を振り返った。「礼をいうよ」

「なにに対して？」カヴが尋ねた。「U．P．を離れることはなんとかなったが、違法AIを匿《かくま》ったことは……」カヴは言葉を切った。「わたしの計画にはなかった」また間。おれはAIたちが嬉々《きき》として船のシステムをハッキングしながらおしゃべりしているのに耳を傾けた。

「わたしもきみに礼をいうべきなんだろうな」

「今度はこっちが、『なにに対して？』と尋ねる番だな」

「きみがいなければ、自分にこんなことができたとは思えない。結局U．P．に変化を強要されていただろうし、わたしは元の自分には戻れない」

この時点までおれは、女に戻るようカヴに提案しようと考えていたが、さしあたりやめておくことにした。おれたちのあいだにはなんらかの化学反応があると思っていたのだが、たぶん勘違いだったのだろう。きっと以前と同じくらいひどい勘違いだ。

……衝撃に備えろ、十秒前……

「なにかにつかまったほうがいい」おれはいった。「これからはこぶとあざばかりだ」

「さらば、快適さ」カヴがしみじみといった。

衝撃は激しかったが、おれたちはそれを乗り切った。そしてそのあとも、うんとたくさんのことを。もし運がよければ、あなたは別のデータキャッシュを見つけておれたちが最後にどうなったかを知るかもしれない。だがまずは、ハンプティーの文化に関するこのファイルに目を通す必要があるな。自分の胸に尋ねてみるんだ。これがほんとうの自分の姿なのか？自分の胸に尋ねて、その答えに驚くな。けっして見るのをやめるんじゃない。

（佐田千織訳）

ジョーダンへの手紙

アレン・スティール

アレン・スティール（Allen Steele）は一九五八年テネシー州生まれ。「キャプテン・フューチャーの死」で一九九六年ヒューゴー賞中長編部門、「火星の皇帝」で二〇一一年ヒューゴー賞中編部門を受賞している。邦訳書に『キャプテン・フューチャー最初の事件』（創元SF文庫）がある。

（編集部）

ジョーダンとおれはリーポートの波止場で別れた。恋の終わりを迎えるのにこれほど素晴らしい場所は、そうはない。それはハマリエル（黄道十二宮における八月の天使）の暖かな夏の宵のことで、水上にはヨットが、西海峡の上には「おおぐま」――おおぐま座四七番星bの地元の呼び名――が浮かんでいた。おれたちは水揚げされたばかりのブラウンヘッドのグリルが専門の小さなビストロで夕食を取ろうと水辺に下りていたが、まだウエイターがメニューを持ってこないうちからお決まりの口げんかがはじまっていた。近頃はこんなことばかりで、そのほとんどはわざわざ思い出すまでもない些細《ささい》なことだったが、そうかといって無視できるほどでもなかった。そしてその件は片がついたものの、けんかのせいでおれたちは食欲をなくしていた。そこで食事は飛ばして、かわりにウォーターフルーツワインのボトルを注文し、それがなんとか空《から》になった頃には、ジョーダンとおれはもう終わりにしようと決めていた。

そのときにはおれたちが愛しあっていないことは、はっきりしていた。おたがい相手に夢中だったのはたしかだ。おれたちには若さの祝福であると同時に呪いでもある激しい情熱があり、ベッドではいつも必ず楽しい時を過ごしていた。だが欲望だけではふたりを結びつけておくには不充分だった。つまるところおれたちは、まったく異なる種類の人間だったのだ。ジョーダンはココヨーテで生まれ育った、最初の入植者から数えて三世代目の子孫だった。おれのほうは地球からの移住者で、亜空間橋が破壊される前に西半球連合の崩壊からどうにか逃れてきた、外国人《グリンゴ》だ。彼女は金持ちの家の生まれで、おれは生まれながらの労働者だった。彼女は芸術の後援者だったが、おれが考えるいい時間といえば酒場でジョッキ一杯のベアシャインと、にぎやかなバンドの演奏を楽しむときだった。ジョーダンは物静かで控えめ、おれはたとえそうするのがいちばんなときでも、口を閉じていることができなかった。

だがなにより重要なのは――そしてこれがほんとうに決定的だったのだが――ジョーダンが残りの人生をコヨーテで送るのに満足していたことだった。実際ジョーダンには、家業の麻のプランテーションを継ぐ以上の野心はなく――そもそもおれたちが出会ったのはそのプランテーションで、おれが雇い人にすぎなかったため、彼女の両親は大いに不満を抱いていた――子どもをたくさん持つのが夢だった。おれは子づくりの技術の練習には大喜びで協力したが、先のことをあれこれ考えると心が凍りついてしまった。コヨーテで五年――地球の計算だと十五年、おれにとってはもう大人になったとされるのに充分な期間――過ごして、おれは新しいことをはじめたいと思っていた。スターブリッジが再建されて、コヨーテ連邦が暫定的にテイラス[*1]の一員として認められたいま、人類は銀河に進出しつつあった。そこには人間がこれまで見たこともない世界があり、出会ったばかりの何十という種族がいた。そこにおれの天命があり、というか少なくとも自分ではそう思っていて、夫や父親になるという退屈な暮らしに落ち着くなど願い下げだった。

だからおれたちは別れた。憎みあっていたわけではなく、ふたりの恋愛はいけるところまでいったので、たぶんもう会わないほうがいいだろうという認識で一致しただけだ。それでもおれは、あとで後悔するようなことをいってしまった。彼女を「下層階級の男とスラム街を訪ねるのが好きな、金持ちのお嬢さん」と呼んだのだ。おれは密かに彼女のことを、そう思うようになっていた。ジョーダンがグラスの中身をおれの頭にぶちまけなかったのは驚きだった。だが少なくともおれたちは、なんとか騒ぎを起こさずにレストランをあとにし、キスではなく軽くハグをして、別々の道を歩きだした。

翌朝、おれはプランテーションの仕事を辞め――ジョーダンの父親は、それ以上はないほど大喜びした――アパートに戻って荷造りすると、大家の女性に鍵を返した。そしてその日の終わりにはリーポート・フェリーに乗って、ニューブライトン宇宙港へ向かっていた。ジョーダンとは終わったと思っていたし、二度と会うことはないだろうとも思っていた。だがなかには、簡単には破れない呪文をかける女性がいるものだ。

宇宙船乗りの仕事に就くのは難しくなかった。連邦の商船は常にふさわしい人材を何人か募集していたし、願書を書く程度の頭があり、そこそこ健康で、未解決の逮捕令状が出ていなければそれでよかった。経験は不問。働きながら訓練を受け、雇用契約の仮採用条項がしばしば適用されるほど離職率は高い。だが給料はいいし、福利厚生も充実していて、完全な健康保険と二週間の有給休暇、業績手当、退職金制度まであった。

スターブリッジ・コヨーテ[*2]が破壊されたときには、地球から毎日十数隻の船が到着し、難民危機が高まった。スターブリッジの崩壊後、それらの船は故郷へ帰る術《すべ》もなく、事実上おおぐま座四七番星系に取り残された。コヨーテ連邦はそれらの船に対する権利を主張して船籍を変更し、スターブリッジが再建されたいまでは――同じく使者がコヨーテで立ち往生するはめになっていたヒヤド[*3]の技術的支援を得て――旅客船や貨物船から各種着陸船やシャトルまで、ありとあらゆる船からなる商船団を抱えていた。

だがヒヤドは支援の手を差しのべたとき、用心深くひとつ、ふたつ条件をつけていた。彼らはコヨーテの人類に対して敬意を抱くようになっていたが、スターブリッジの破壊を引き起こしたのが地球の人間だということにも気づいていた。そしてそれは彼らにとって、人類発祥の地を相当な不信の目で見る理由がまたひとつ増えたということだった。そこで彼らは大きな条件を出した。再建されたスターブリッジは銀河系のどこへいくのにも利用できるが、地球は例外とする、というものだ。少なくともヒヤドが属しているテイラスの最高会議が、もはや地球はほかの星間航行をする種族に対する脅威ではないと判断するまでは。そしてもし連邦がこの条件を気に入らなければ、ヒヤドはいつでも自分たちの大使を引きあげてニューフロリダにある大使館を閉鎖し、それを最後にコヨーテを去って亜空間に続くドアをバタンと閉めることができた。たしかに彼らはスターブリッジを再建していたが……どうすればそれを無力化できるかも知っているため、彼らの許可なしには一隻の船も通ることはできなかったのだ。

むろんかなりの数の人々が、地球から切り離されることに反対した。しかし驚いたことに、大多数はヒャドの決定を支持した。アラバマ号の一行がコヨーテに降り立ってから四年後の、思いがけない最初の西半球連合の宇宙船の到着と、それに続く軍事占領以来、地球はコロニーにとって悩みの種でしかなくなっていたのだ。難民危機は、故郷の人たちが新しい世界をどのように利用し、踏みつけにしているかの最新の事例にすぎず、それで得られるものはわずかな交易品以外にはほとんどなかった。だがもしテイラスに、その不足分を不可欠な物資の供給源によって埋め合わせてくれる気があるなら……そういうことなら、どうして地球のことをわざわざ気にするものか。

そんなわけでコヨーテは、商業と文化交流の銀河ネットワークにおける最も新しいパートナーとなり、ほんの数年前まで存在自体が知られていなかった遠い世界へ向かう船が、絶えずスターブリッジを出入りしていた。そしてそれらの船には乗組員が必要だった。船団には既に大勢の船長や一等航海士、航海士、機関士がいて、そういう連中は自前の船でやってきたため、彼らの仕事は基本的に変わっていなかった。だが誰かが貨物を積みこみ、船体のプレートを修理し、デッキを磨き、料理をし、トイレを掃除し、そのほか宇宙船の運航に伴う単純作業をすべて引き受けなければならない……そしておれのような連中が、そういう仕事で給料を稼いでいたのだ。

四週間の新人訓練課程を終えて組合員証を手に入れたおれは、三級貨物取扱者になった。あらたまった言い方をすればそうなるが、要するに貨物ネズミだ。おれの最初の勤め先はレディ・アメリア号だった。それは木星級の巨大貨物船で、定期的にＨＤ一一四三八六星系のみる気はないが、どのみち発音はできないだろう。そこの住人は自分たちをアーサシと呼んでいて、ココーテの木こりがグレートダコタの高地で切ったマウンテン・ブライアを利用していた。だからおれは二日がかりで積載コンテナふたつに材木を積みこみ、コンテナが軌道に乗ってレディ・アメリアに取りつけられると、艫《とも》座へ向かって出発した。

アーサシの母星はあまりよく見なかった。それは白い矮星《わいせい》の軌道をまわる耳垢《みみあか》のような色の小さな惑星で、その大気は人間が住むにはアンモニアが多すぎ窒素が少なすぎた——実際、テイラスのほとんどの世界はそういう環境だった。しかし原住民は、身長二メートル半のギョロ目のイエティにしては充分友好的だった。仲間の貨物ネズミたちとおれが五トンの材木を降ろしてしまうと、アーサシはアメリアの乗組員が可能なかぎり快適に過ごせるように最善を尽くし、夜のあいだ人間に適した小さなドームに泊めてくれさえした。彼らの食事は消化に悪かったが、少なくとも近くの盾状火山の眺めはよかった。おれの知るかぎりではそれは、彼らの惑星で唯一見る価値のあるものだった。

それからおれはココーテ時間で六カ月間、アメリアに乗り組んだ。HD一一四三八六へさらに五回旅するのに充分な時間だ。その頃にはおれは試用期間を終えて、二級貨物取扱者に昇進していた。アーサシと彼らの陰気な小さい惑星にうんざりしたおれは、最後の航海を終えると別の宇宙船乗りに働き口を譲り、新しい仕事を探しに出かけた。

今回はついていて、次に貨物ネズミを募集していたのはプライド・オブ・クカモンガ号だった。かんむり座ロー星への初めての貿易遠征を引き受けたことで歴史をつくった貨物船だ。うわさによれば、プライドに乗り組む幸運に恵まれたものは、船団のどこへいっても仕事にあぶれることはないらしい。あとになってわかったのだが、プライドの荷役主任が産休に入ることになっていて、ハーカー船長――彼自身、伝説に近い人物だった――が彼女の後任を必要としていたのだ。おれはかろうじてその仕事に就く資格がある程度だったが、レディ・アメリアの船長が書いてくれた推薦状が、気乗りのしない彼の気持ちを大いにやわらげてくれた。そんなわけでおれは、全商船のなかで最高の仕事のひとつを手にしたのだ。

プライド・オブ・クカモンガの積荷は大麻草だったが、おれたちが運んでいたのはそれだけではなかった。テイラスの種族はこちらの原材料を目当てにコヨーテと取引を開始したが、彼らがまったく別のものに喜んでずっと高値をつけることがわかるまでに、さほど時間はかからなかった。それはわれわれの科学技術ではなかった。海水の淡水化技術をのぞけば――ソレンタがそれと引き換えに負質量ドライブを提供してくれた――人間が発明したものはどれも、異星人たちはとうの昔に完成させていた。

驚いたことに彼らがおれたちに関して特に気に入ったのは、その文化だった。ジャノールはおれたちの音楽を好んだ。モーツァルトやバッハはたいしたことはないし、ジャズは退屈だと思っていたが、ブルーグラスは好きで、伝統的なインド音楽には熱狂した。どうやらバンジョーとシタールはどちらも、彼ら自身の楽器と音がよく似ていて、ほとんど変わらないらしかった。ソレンタはおれたちの絵画に魅了された。抽象的であればあるほどいいのだが、おれたちが持っていったものがポロックやカンディンスキー、あるいはモンドリアンの複製でもたいして気にしなかった。クアタは自然の映像に興味があった。コヨーテの地表の重力や大気の濃さの関係で、おれたちの世界に足を踏み入れることはけっしてなかったが、彼らはそこで見つかった植物や動物のビデオを見るのが大好きだった。

ヒャドはといえば……ヒャドはおれたちの文学に引きつけられた。彼らは実際に人間と接触するずっと前から、こちらの主要な言語のほとんどを翻訳する術を身につけていたから——おれが繰り返す必要はない長い話だ——おれたちが運んでいくものはなんでも読んだ。シェイクスピア、ミルトン、シェリーから二十世紀の三文小説、『プリンス・ルパート物語』まで。そのためプライド・オブ・クカモンガ号は二千三百キロの大麻草だけでなく、ジェーン・オースティン、ジョン・D・マクドナルド、エドワード・E・スミス、そしてドクター・スースなど多彩な作者の小説や物語、詩を取りそろえたものもかんむり座ロー星へ運んでおり……それらはすべて、リバティーやニューボストンといった丸太小屋のコロニーを地球ではお目にかかったこともないような都市に変えることを可能にする、洗練されたマイクロアセンブラに対する、大麻草と並ぶ対価としてだった。おれたちのナノテクは彼らのものとくらべれば原始的だったが……その反面、宇宙には『緑の卵とハム』[*4]のようなものはほかに存在しなかった。

もちろんおれたちは、実際にヒャルに着陸したことは一度もない。いや、ヒャド以外は誰も降りたことがなく、唯一の例外はサトンの偉大な教師であるチャーズブランだった。かわりにプライドはテイラス・クアスパ、テイラスの種族にとって主要なランデブーポイントのひとつになっているヒャルの軌道上にある巨大なスペース・コロニーで、ふたたびドックに入った。おれがハウス・オブ・テイラスを訪れたのはこれが初めてで、この場所から最終的にヘックスに行き着くことになる旅に出たのだった。

だがその前に、おれは故郷に一通の手紙を送った。

ジョーダンと別れたあと、おれは自分にこういい聞かせた。彼女はこれまで一時的に関係を持った女たちのひとりにすぎず、一緒に寝たほかのどの相手とも同じで恋しく思うことはないだろう、と。彼女は去った。後悔はない。

だが時がたつにつれ、次第に自分が間違っていたことがわかってきた。おれはジョーダンが恋しかったし、彼女にいったことを後悔していた。だからといって、おれに女っ気がなかったわけではない。レディ・アメリアの通信士と束《つか》の間《ま》の情事を楽しんだし、別の商船がテイラス・クアスパでドック入りしたときはいつも、連邦の別の宇宙船乗りとの一夜限りの情事を期待できた。しかしそうした戯《たわむ》れはただの性的運動で、ろくに名前も知らない女性と一緒に寝棚で目を覚まし、ほんの一瞬とはいえ隣で丸くなっているのはジョーダンだと思っている自分に気づいたことが、一度ならずあった。

だが航海の合間にコヨーテに戻ったときに連絡を取ろうとしてみると、ジョーダンが自分の人生からおれを切り離すための手を打っていたことがわかった。パッドの番号は変わっていたし、自宅に電話してみればたちまち彼女の家族に切られ、もうつながっていない電話機に向かってしゃべるはめになった。共通の友人の話では、ジョーダンはまだリーポートにいてほかの誰ともつきあっていないが、そうかといっておれの名前を出すことはまったくなく、少しもおれを恋しがっている様子はない、とのことだった。

それでもおれはジョーダンに戻ってきてほしかった。だからテイラス・クアスパへの三度目の航海のあいだに、彼女に宛てて一通の手紙を書いた。

銀河を越えてメールを送るために、人は亜空間通信リンクを頼る。ひとたびメッセージが暗号化されて送信先のアドレスが指定されると、それはテイラスによって整備されている送受信機のネットワークに送られ、それがメールを目指す目的地へと次々に中継していくのだ。あいにくこの方法だと、理論上そのメッセージは通信経路のどこででも傍受、解読されて読まれる可能性がある。もちろんそのためには、ある異星の種族の言語で書かれたものを翻訳できなくてはならないし、おれが元恋人に伝えたいことに誰かがそれほど興味を持つとは思えなかったが、それでも他人に自分のメールを読まれるのはいやだった。

そこでおれは、より時間のかかる通信方法を選んだ。航海日誌からはぎ取ったページに手書きで手紙を書き、封筒に入れて封をし、ジョーダンの家の宛名を書いた。別の船でコヨーテに戻る途中だった友だちが、手紙を運んでやろうといってくれた。たしかに古くさいやり方だが、少なくとも多少はプライバシーが保証されるだろう。

この手紙のなかでおれはジョーダンに、自分がどこでなにをしているかを知らせ、それから彼女にいったことを謝った。自分が彼女をとても恋しく思っていること、そしてまた会いたいと思っていることを伝えた。プライドのブリッジで見張りに立っている、最近の自分の写真も添えた。銀河を股にかける宇宙船乗りかなにかの感じで。船のハイパーリンクの拡張子を書き加えたあと――もし彼女がそうしたくなければ、同じように長くてややこしいやり方をする意味はない――おれは手紙を仲間に預けた。それからふだんどおりの生活をして、いつ返事がくるかとあまりやきもきしすぎないように努めた。

返事はこなかった。

二週間後、プライドは貨物を降ろして別の大麻や本を積みこむためにコヨーテに戻った。ふたたびかんむり座ロー星に向かって出発する直前、おれはハーカー船長から正規の荷役主任が無事出産して、もうじき仕事に復帰すると告げられた。この航海が終わったら別の船を探さなくてはならないだろう。そこでおれはジョーダンに二通目の手紙を送り、そのなかで自分の計画が変更になったことを知らせてから最初の手紙に書いたことをすべて繰り返した。

おれは待った。まだ返事はなかった。

テイラス・クアスパで、おれは同じ時期に訓練を受けた古なじみにばったり出くわした。彼の船はテキサス・ローズ号といって、ふたつの惑星間だけを行き来するのではなく、ある惑星から別の惑星へと積み荷を運びながら一年をかけてテイラスの世界を旅してまわる、遠距離商船だった。その友人は巡洋航海を二度経験し、もう充分銀河は見たのでそろそろ故郷に帰ろうと考えていた。

その夜おれは酔っ払い、長々と自問自答して過ごした。そして翌朝、まだ二日酔いを抱えたままハーカー船長に会いにいき、プライドを降りて働き口に空《あ》きができたばかりのローズに移る許可を求めた。テッドは乗り気だったし、ローズの船長も同じだったので、おれたちは職場を交換した。彼はプライドに乗ってコヨーテに戻り、おれのほうは……。

正直にいおう。おれは星々を見にいくという野心をかなえようとしているのだと自分に言い聞かせていたが、ほんとうはひとりの女から、沈黙という手段を使ってもうおれとは関わりたくないと伝えてきた女から、逃げようとしていたのだ。

だがそれでもおれは、彼女に手紙を書きつづけた。それは習慣になり、非番のときに時間をつぶす手段になっていた。ジョーダンが手紙を読んでくれているかどうかはもちろん、手紙が届いているかどうかもまったくわからなかったが、それでもそれは、おれがやらねばならないことだった。

それからの一年間で、おれはかつて手の届かなかった世界を訪れた。うしかい座タウ星では、変光星の赤い輝きの下でメタンの海の岸辺を歩いた。こぐま座のHD一五〇七〇六では、気がつくと超木星級の惑星の月に立っていた。その惑星の軌道は極端に偏っているため、夏は水銀が沸騰するほど暑く、冬は大気中の二酸化炭素が凍りつくほど寒かった。そんな地獄のようなところには土着の生命体は存在できなかったが、クアタがそこに採鉱基地を設けていたため、テキサス・ローズは氷クラゲのビデオと引き換えに鉄塊を積みこんだ。HD七三二五六星系にあるソレンタの母星上空の高軌道からは、銀河の驚異のひとつを目にした。それはアンデスとくらべてもさらに大きくて高い、ある大陸の山脈で、太古のソレンタが数え切れないほどの世代を費やして古代に崇拝されていた神の似顔を彫りこんだ結果、空を永遠にじっと見上げる巨大で憂鬱な顔に似たものになっていた。[*5]

これらのすべての世界、それに数多くのほかの世界について、おれはジョーダン宛ての手紙に綴った。というのも、たとえ逃げ出そうとしても彼女の思い出から逃れることはできなかったからだ。何百光年も旅して十を超える惑星を訪れたが、それでもおれは毎晩自分の寝棚で目を覚ましたまま横になり、彼女が一緒にいてくれればと願った。

やがておれたちは、ローズの巡洋航海ルートのもっとも遠い地点にあるヘックスに到着した。

人類がヘックスについて知ったのはノールと接触してからで、そのときでさえ彼らの母星はもう、はぐれ者のブラックホールがHD七〇六四二でその星系を通過したときに、破壊されたあとだった。ノールはテイラス・クアスパでおれたちの同胞に会い、こちらが向こうのほしがるものを持っていると知ると――彼らがブルーグラスをおおいに気に入ったことは話したろうか？――自分たちがノルダッシュから避難したあとで向かった場所のスターブリッジの座標を教えようといってきた。最初おれたちは儀礼的に興味を持っただけだったが……連邦の軍艦がそこに出向き、この情報には船の重量分のバンジョーに見合う値打ちがあることに気づいた。[*6]

ＨＤ七六七〇〇はとびうお座に位置するG型星で、地球から約百九十四光年の距離にある。それはダヌイの母星系でもある。ダヌイはかなり内向的な種族で、星間航行の能力があり、それゆえテイラスの一員なのだが、ほかの世界を訪ねることにはあまり興味がなかった。かわりにダヌイは正反対のことをした。ほかの星間航行をする種族が確実に自分たちを訪ねてくるようなものをつくったのだ。

彼らはヘックスを建造した。

かつて、数千年前のＨＤ七六七〇〇はかなり地味な恒星系にあり、生命居住可能域内で安定した軌道をまわる地球サイズの惑星がふたつと、恒星のすぐそばにある小型の巨大ガス惑星を抱えていた。ホットジュープ[*7]をのぞけば、それらの惑星はもはや存在しない。ダヌイが全銀河でも最大の居住環境を建造するために、分解してしまったのだ――どうやったのかとは訊かないでほしい。それは誰も知らないし、ダヌイも語っていないのだ。

それぞれの中心に空っぽの空間がある六角形で構成された、測地線球体――専門用語でいうところのジオード、あるいは「ねじれ二重測地線ドーム」――を思い描いてほしい。直径二億九千九百三十四万キロ、周囲九億四千四十万キロのジオードだ。個々の六角形の辺は、長さ千六百キロ、幅百六十キロの円筒で、全周は九千六百キロになる。この巨大な球体を小さな黄色い太陽から半径一天文単位の距離に建造し、ホットジュープは元の位置に残しておいて、赤道近くの六角形では四日に一度食が起こるようにする。この球体全体を回転させ、各円遠心力によって各円筒内に赤道付近では二G、極ではゼロGに近い重力を発生させる。

筒の上半分はなんらかの高分子物質で構成された透明な屋根になっており、放射線から守ってくれると同時に大気圧を維持する役割も果たす。

その結果できたのは惑星系規模の居住環境で、それぞれ固有の環境を持つ百兆近い円筒から構成されていた。

ダヌイはこれをやったのだ。それから彼らはドアを開け、引っ越してくるように隣人たちを誘った。

どうしてそんな大変なことをしたのかって？　人づきあいは好きだが旅行は嫌いだということ以外、誰にもわかりやしないさ。だがみなが同意したのは、そんなことをやってのけるのはもちろん、思いつくのもダヌイだけだということだった。ひとつの種として、彼らには人間ならアスペルガー症候群と診断されるようなところがあった。内気でコミュニケーション能力に欠け、とても醜い――その姿は巨大なロブスターに似た頭を持つ巨大なタランチュラのようだった――にもかかわらず、ダヌイは天才的な技術者で、ひとつの目標に全神経を集中させ、それをやり遂げるまで取り憑《つ》かれたように働くことができた。歴史上のどこかの時点で、ダヌイは自分たちの母星を最も近い隣人や付近の小惑星帯とともに解体し、ヘックスに変えることに決めていた。

ヘックスというのは人間がその場所につけた名前だ。もちろんテイラスのほかの種族は、それぞれ自分たちの呼び名を持っていた。そしてほぼすべてがダヌイの誘いを受け入れ、個個の六角形のなかに居住コロニーを築いていた。押し合いへし合いする理由は誰にもなかったし――全員に行き渡り、まだ少し余るくらいたくさんの空間があった――ダヌイは新入りが自分たちの小ヘックスを故郷の世界の縮小模型に改造するのに、喜んで手を貸していた。唯一の条件は、住民はともに平和に暮らすこと、というものだった。

それに同意するのは簡単なことだった。結局のところ戦争というのは縄張り争いであり、誰もが望む以上のゆとりがある場所で、縄張りを巡《めぐ》って戦争をするものがいるだろうか？　その上テイラスのほかの種族は、モラスがクアタの小ヘックスの侵略を試みたときになにが起こったかを既に見ていた。ダヌイはモラスの小ヘックスをあっさり封鎖し、太陽に向かって宇宙に投棄したのだ。モラスのコロニーがＨＤ七六七〇〇に落下するには三カ月近くかかり、わずかな生き残りはヘックスを去って二度と戻らないように言い渡された。[*8]

人間は最も新しくヘックスに場所を確保した種族にすぎなかった。おれたちの六つのハブは北半球の中程に位置していて、表面の重力は約〇・七Gと、地球よりは小さいがコヨーテよりはほんの少し大きかった。テキサス・ローズはハブ一とハブ二のあいだの、球形の結節点に入った。直径は一・六キロ、連邦の船団を丸ごと格納するのに充分なほど広々しており、現にそこには既に、別の船が二隻ドック入りしていた。人間の船は一年以上前から、自分たちの六角形をコヨーテの小型版に変えるために必要な材料を運んで、ヘックスにくるようになっていた。いまローズは、その巡洋航海を終えていた。おれたちの積荷の約半分はここに運ばれることになっており、そのほとんどはおれたちがほかの種族と取引して手に入れてきた様々な品だった。

いまのところ人が住んでいるのはハブ一――そこで暮らすものたちによってヌエバ・イタリアと名づけられていた――だけで、住んでいるといっても人口はまだ千人に満たなかった。コヨーテの住人で、同胞からはるか遠く離れた場所に移住して新天地でやりなおしてもいいというものは、多くなかったのだ。ミラノという小さな町が円筒の西端付近、ヌエバ・イタリアをおれたちの小ヘックスにある別のハブとつなぐトロッコの駅から遠くない場所に、建設されていた。住まいはおおぐま座四七番星から運ばれてきたプレハブ式の人造カバ材でできた丸いドーム形住居《ユルト》だったが、ひとたび充分な森林地帯が開墾されれば、入植者たちは必要な材木を自ら調達できるようになると期待されていた。

ヘックスでの初日の大半を、おれはフォークリフトを運転し、パレットや木箱、樽をトロッコから物資が備蓄されている壁のない倉庫に運んで過ごしたので、あたりを眺める機会はあまりなかった。実のところおれは、懸命にきょろきょろしないように努めていたのだ。銀河を旅するあいだに奇妙なものをたくさん見てきたが、ヘックスはこのごく片隅でさえ魅惑的だった。景色に気を散らされないようにするのはひと苦労で、はっきりそれとわかる地平線はないかわりに両方の側面が上に向かってカーブし、それぞれの先端が樽形の空とひとつに溶けあって、そこにはけっして昇ることも沈むこともない太陽が、常に同じ場所にとどまっていた。

そうはいってもヌエバ・イタリアでの一日は、やがて終わりを迎えた。窓ガラスが時間の経過に従って次第に偏光し、ミラノの町に夜らしき時間が訪れるように、ダヌイがプログラ提供しており、その近くに一軒の小さな酒場があった。仕事を終えたおれは、その酒場で残りの乗組員と合流した。ヘックスはおれたちの長い航海の終わりを告げる目印で、船長は寛大な気分になっていた。彼が酒場の主人に、このテーブルの勘定は全部払うといってくれたので、おれたちは腰を落ち着けてひと晩飲み明かす態勢に入った。

三杯目か四杯目のエールを飲んでいたとき、なにかが左足を引っ張っているのに気づいた。下を見ると、ひとりの若い女がおれの横にひざまずいていた。作業靴のひもが解けていて、それを結び直してくれていたのだ。彼女はうつむいていたので、最初に見えたのは頭のてっぺんだけだった。明るい茶色の髪が肩のまわりにかかり、その顔を隠している。おれは自分の靴ひもは自分で結べるといいかけ、とにかく礼をいったが、そのとき相手がこちらを見上げた。

「前にどこかで会ったかしら?」彼女が尋ねた。

「ああ……ああ、そう思うよ」

「あなたはもっと気をつけるべきね。もしひもが解けた靴で歩きまわっていたら、つまずいてけがをするかもしれないでしょう」

「いい忠告だ。おれはときどきそういう失敗をするんだよ」

「人間ってそういうものよ。そんなつもりはなかったことをする」

「えーっと……ああ、そのとおりだ。ときどききみは……」

「シーッ」ジョーダンが両手を上にのばしておれの顔をとらえた。「あなたを許してあげる」

彼女はおれからの手紙を受け取っていた。おれが最初に尋ねたのはそのことだった。ほかの質問は不要だった、いや、少なくともそのときは。

そのうちジョーダンは、どれだけ返事を書こうと思ったかしれないが、そうするかわりによそよそしい沈黙を守ることに決め、おれが今度はなにをいうか、あるいはどういう行動に出るかを待っていたのだ、と語るだろう。そしておれの謝罪が心からのもので、おれがほんとうに彼女を愛していると納得できるだけ聞いたとき、家族の元を離れ、ローズの最終目的地がヘックスだとわかっていたのでそこへいく次の船をつかまえたのだ、と。そして彼女はおれが現れるのを待っていたのだ。こう伝えるために……。

「手紙は受け取ったわ」いったんおれにキスしてから、ジョーダンはいった。「全部読んだ。わたしもあなたに謝らないと」

「きみが謝ることはないよ」ジョーダンはテーブルのおれの隣に座っていて、彼女の両手はおれの手に握られていた。ほかの乗組員はおれたちをふたりきりにしてやらなくてはと気づき、静かに部屋の反対側へ移動していた。「きみがいったことはどれも……」

「違うの。そういう意味じゃなくて。あなたからの手紙は……申し訳ないけど、もうわたしの手元にはないの」

「それはどういう……？」

「わたしはどうにかしてここにこなくちゃならなかったし、わたしの家族はそうさせたがらなかった……ほら、うちの両親があなたのことをどう思ってるかは知ってるでしょう。だからここまでの船賃を稼ぐために、あなたからの手紙を売ったの」

「わからないな。いったい誰がおれの手紙を買うっていうんだい？ 読みたがるものだっているはずは……？」

「誰だと思う？」

実際、誰が好き好んで？

もちろんおれはこの件でジョーダンを許した。なにはともあれ、愛とは許しの問題なのだ。それ以来おれたちはこのヘックスで一緒に、とても幸せに暮らしてきた。けっして太陽が沈むことはなく、近所づきあいのできる隣人が大勢いるこの場所で。

それでもおれたちはヒャドを避けようとしている。彼らはもうおれたちのことを充分知っている。ふたりの物語がどんなふうに終わろうと、彼らには関係のないことだ。

＊1　テイラスについて説明しよう。手短にいうと、天の川銀河で星間航行を行っている——あるいは少なくともスターブリッジを建設している——種族の緩やかな同盟で、その目的は外交関係や貿易、文化交流を促進することにある。いってみれば銀河クラブのようなもので、人類は最近メンバーになる権利を獲得したばかりだ。

＊2　スターブリッジについても説明しておく。これは銀河のある場所から別の場所へ超高速で移動する手段で、零点エネルギー発生装置を使って巨大な輪の内側に人工的なワームホールを発生させる。もっともこちらからあちらへ移動するためには、出発地点にひとつ、そして目的地にもひとつ必要なのだが。おれたち人間がおおぐま座四七番星系に建造した初代のスターブリッジは、ひとりの狂信者によって爆破されてしまったのだが、その理由は異星人が嫌いだからというものだった。物事をめちゃくちゃにしてほかのみんなを困らせるのは、奇人変人におまかせだ。

＊3　ヒャドは人類が初めて遭遇した地球外生命体であり、テイラスにおけるおれたちの主要な保証人だ。彼らはかんむり座ロー星系の惑星の出身で、直立しているのと甲羅がないだけで、巨大なカメに少し似ている。少々お高くとまったところはあるが、いい連中だ。ああ、それから彼らは、おれたちがオレガノを食べるように大麻を食べる。なにを考えているんだか。

＊4　真面目な話。ないのだ。子ども向けの本だし、かなり古いものなのはわかっているが、もしまだ『緑の卵とハム』を読んだことがなければ、いますぐこの物語を読むのをやめて一冊探しにいくことだ。読み終えたら戻ってくればいい。おれに感謝することになるだろう。

＊5　ソレンタがわざわざそんなことをしたのは、自分たちの神に空から降りて訪ねてきてもらいたかったからだそうだ。だとすると明らかな疑問が浮かんでくる。もし彼ら

の神がそれまで一度も訪ねてきたことがなかったのなら、ソレンタはどうやって神の見た目を知ったのだろう？　おれには宗教のことはわからない……。

＊6　いっておくが、それは恐ろしく大量のバンジョーだ。

＊7　「ホットジュープ」、ホットジュピター。古い呼び名だが、宇宙船乗りは主星に近すぎる位置にある木星に似た惑星のことを、いまだにそう呼んでいる。訪れるにはいい場所じゃない。だから、そう、おれたちは変人だが……知り合えば楽しいぞ。

＊8　これが最後の注釈だ、約束する……しかしこれは、テイラス内で戦争がほとんど起こらない理由の一例にすぎない。加盟しているいくつかの種族はとにかくあまりに強すぎて、ほかの誰にも手出しができないのだ。

（佐田千織訳）

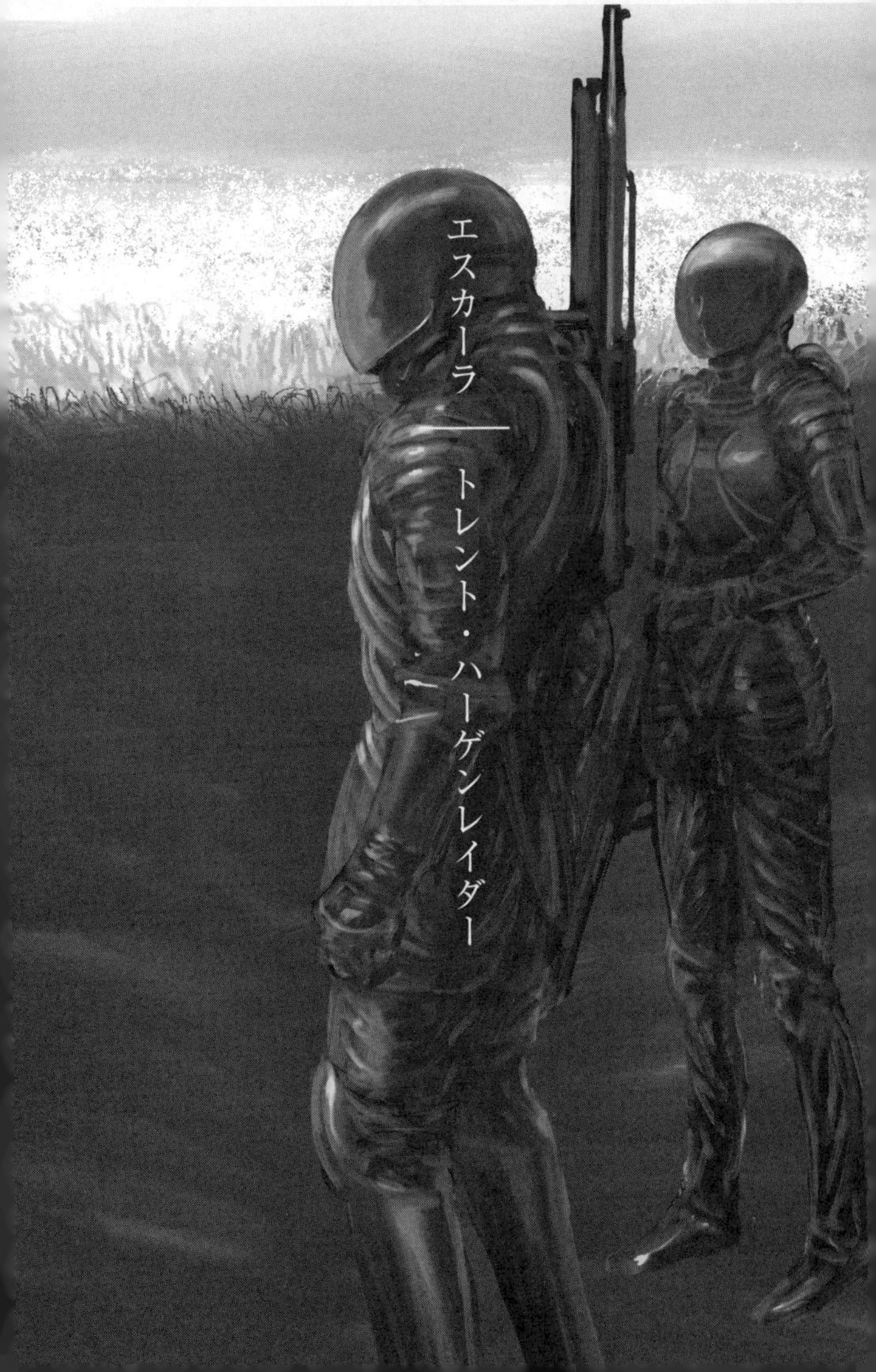
エスカーラ
トレント・ハーゲンレイダー

トレント・ハーゲンレイダー（Trent Hergenrader）はオレゴン州生まれ。ロチェスター工科大学の創作文学科助教授を務めており、オンラインやテーブルトークRPGとのコラボレーションによる創作文学手法研究などで注目を浴びている。

なお、タイトルのエスカーラ eskhara（ἐσχάρα）は古代ギリシャ語で「炉床《ろしょう》」の意味。英語の scar（傷痕）の語源となった。

（編集部）

火炎嵐《ファイヤーストーム》の周縁を歩きながら、白く細い草が黒く縮れていくのを見守り、急に燃え上がるものを踏み消していく。この異星の草は燃えにくいのだが、あたりの光景からは、とてもそうは思えないだろう。三発の焼夷弾《しょういだん》が爆発した場所は一目瞭然、砂は焦げ、あらゆる生命の痕跡が消え去っている。焼夷弾は相乗効果を生むように設計されており、三発をかためて爆発させることで純粋な炎の渦を生み出した。数秒のうちに、さしわたし数百メートルの領域が切れ目のない炎の壁となって、範囲内のなにもかもを焼き尽くす。超高温の炎が燃え尽きるまでの時間は、ほんの二、三秒。燃料を一瞬にして使い切るからだ。あとに残るのは、黒い円形の惨状だけ。火炎嵐は、わかっていてもひどく心臓に悪い。そして、現地人たちに与えた印象はというと、それはもう、ものすごいものだった。

十人あまりの扇動者たちが、砂浜に散らばる貝殻のように倒れている。彼らの装甲服は、炎を防ぐには力不足なのだ。ついさっきまで草むらにしゃがみこんで待ち伏せをしていたのが、次の瞬間には炎の海に沈んだ。こちらの兵器の技術的優位性を見れば、そもそも勝ち目がないことは明らかなのだが、連中はわたしたちを訪問者ではなく敵とみなして、敵対行動を続けることを選んだ。普通は抵抗勢力もすぐに結果を悟り、内心どんなにプライドが傷ついていようとも、連邦に協力することを選ぶものだ。だが、地元ガイドのアドリアッシによれば宗教的な一派だというこの連中は、絶滅への道を選んでいた。

わたしは分隊の異星人類学者として、毎日の活動報告を連邦司令部に提出している。もし連邦がここに補給ハブを建設すると決めたら（その可能性は週ごとに高まっているようだが）、反乱にはいっさい容赦しない。十六名の調査隊に代えて一個大隊を送り込み、脅威とみなしたものは完膚なきまでに一掃するだろう。アドリアッシはこのメッセージを扇動者との連絡役に伝えたというが、不毛な襲撃はわたしたちの地質調査のあいだじゅう繰り返され、そのすべてがまったく同じ結末を迎えた——草原の中でくすぶる黒い染みとなって。

「ぼーっとすんな、キアナン」無線を通じてローダーが言う。「まだ隠れてる敵がいるかもしれん」彼女はライフルを担ぎ、白い草が高く生い茂る平原を見回した。広がった燃え跡の向こうがわで、マーステンとフィンネルが黒焦げの金属のかたまりのそばにしゃがみこんでいる。装甲服を着た扇動者のなれの果てだ。遺体をひっくり返したマーステンの手の中で、炭化した腕がもげた。わたしは目をそらした。

規則により、戦死した戦闘員については、火炎嵐に耐えた技術部品がないかを調べなければならない。この惑星でそんなものは見つかりそうにないが。連邦が集めたデータによれば、この惑星の技術は我々のものより一世代半遅れているようだ。恒星間航行のような大躍進の一歩手前まで来ているが、まだ到達はしていない。連邦にとっては、交渉に最高に都合がよい状況と言える。連邦がＥＳ－２４８ＱＲＴ４Ｔと符号をつけたこの惑星で友好的な土地を取得するのに、こちらの科学技術を取引材料にできるのだから。

わたしはES-248QRT4Tの主任異星人類学者として、この惑星にふさわしい名称を考え出す責任があった。単に定番の名前に英数字コードをくっつけるやり方に固執《こしつ》する学者もいるが、「ポセイドンXG34T」みたいな名前の惑星は二、三百はあるし、ひどいものになると明らかに恋人や子供やペットにちなんでいたりする。わたしは、多くの同僚たちとは違い、惑星はそこにふさわしい名前で区別したいタイプだ。他と被らない名前を見つけるのがどんなに難しくとも。翻訳機が出してくる現地名は管理符号に負けず劣らず発音不能だし、連邦が毎年何百もの新惑星に進出している現状、それぞれにふさわしい呼称を見つけるには時間がかかる。

扇動者の遺体のひとつに近づく。ちょうど慌てて逃げようとしたときに火炎嵐が地上に達したのだろう、勢いで草地に飛び出し、焼け焦げた装甲服から黒い煙が細く立ちのぼっている。学者のわたしはファイヤーチームと一緒に調査に従事することは求められていないが、そんな半端な隊員と見られるのは願い下げだった。軍属としての義務から逃げる気はない。もちろん、装甲服の中で生きたまま焼かれた死体を調べるとなると、言うは易しだが。ライフルを地面に置いて扇動者の足首を摑《つか》んだとき、あえぐような声を聞いて凍りつく。視線を上げると、ローブをまとった人物が、目に狂おしい感情をたたえて遺体の頭近くにかがみこみ、砕けたフェースプレートの内側に手を突っ込んでいた。驚いたわたしは叫び声をあげ、よろめき後ずさった。即座に無線が反応し、わめき声、ざわめき、ライフルの一斉射撃。ローブの男は小さく声をあげ、衣擦《きぬず》れの音とともに草の中にあおむけに倒れた。

ローダーが駆けつけた。「キアナン、いまのはなんだ？　大丈夫か？」声には、不運な学者への心配というより、苛立《いらだ》ちがにじんでいた。

「見えてなかったんだ、草に隠れていて」息を整えながら言う。「死体を見下ろしていた」

「武装は？」ローダーはライフルを構えたまま、草むらにかすかにでも動きがないかと警戒している。視野スクリーンには後方から走ってくるマーステンとフィンネルが映っているが、戦闘員は見当たらない。

「いや」わたしは立ち上がった。「装甲服すら身につけてなかった」

マーステンが装甲服の遺体をひらけた場所に引っぱっていくあいだに、わたしはローダーの銃撃で胸に風穴があいたローブの男を草の上から抱え上げ、扇動者の隣に横たえた。死んだ目はいまも激情をたたえているようで、肌の光沢は失われつつある。まぶたを閉じてやってから、奇妙なことに気づいた。男の髪は、前から見て逆三角形に剃《そ》りあげられている。多くの現地人を見てきたが、繊細な白い髪をこんなスタイルにしている者は初めてだ。

「どう思う？」フィンネルが言った。

「知るか」ローダーは答え、それからわたしに訊いた。「誰を呼んでる、キアナン？」

「アドリアッシだ、もちろん」小声で答え、腹立たしげなため息を無視する。ローダーは、わたしが指名する文化仲介者を、毎度必ず、へらへら媚《こ》びへつらう阿呆《あほう》ばかりと言って嫌った。アドリアッシのことも、その描写にぴったり当てはまると思っているのは間違いない。異星人類学者が、日々の報告書のために、複雑怪奇な現地の風習を解読する手助けをしてくれる信頼できる人物を必要としているということを、彼女は頑として認めなかった。ほとんどの仲介者は、アドリアッシも含め、親切で知性的で有用だ。表面的な文化の違いよりもはるかに驚くべきは、基本的な部分の類似だ。ヒューマノイド種が、外見と性格の両面で互いにいかによく似ているか、いつも感心させられる。蠟《ろう》のような肌色と長く垂れさがった耳たぶを除けば、アドリアッシの種族は、ほぼ我々の一員として通用する。

「こちらキアナン」接続が通ると、わたしは言った。「妙なものに遭遇した。アドリアッシ、教えてくれるか？」遠隔通信による会話中に質問する際は、敬意のしるしとして相手の適切な名前で始めることという、一見理屈のわからない現地エチケットに留意しながら尋ねる。

装甲服間の視野スクリーンの映像パスを開き、わたしが見ているものを彼も見られるようにする。ローブを着た男の姿がスクリーン上で明らかになったとたん、彼は青ざめて、禿《は》げ頭に神経質に手を走らせた。

「アドリアッシ、これは何者だ？　なぜこのような格好をして、こんな髪形をしている？この男は、死亡した扇動者のそばにいた」三角形がよく見えるよう、遺体の頭部を傾けてやる。

アドリアッシは耳たぶを触りながら言った。「彼は神官です。故人のための儀式をおこなう」

唇が動くが、声が通信機から出てくるまでに遅延があった。つまり、翻訳機がふたつの言語間で意味が一致する語を見つけるのに苦労しているということだ。「アドリアッシ、どんな種類の儀式だ?」

「複雑なものです。まえに論じたとおり、扇動者たちは厳格な信念を持っています。彼らは、死後に適切に解放しなければ、魂が体に閉じ込められて腐ってしまうと考えています。魂が出ていくのは口からだと信じているので、神官は口を開く儀式を執《と》りおこなって、魂を解放して天に昇らせるのです」

口の動きと翻訳の時間差が混乱をきたすほどひどくなってきたので、映像を切る。わたしは他のメンバーにこの情報を伝えた。

ローダーは鼻を鳴らし、それから会話に割り込んだ。「そうかい? 確認してみよう」ふたたび映ったアドリアッシの顔は、苦々しげだった。侮辱に感じたのは、割り込んだことか、あるいは適切な呼びかけをしなかったからか。ローダーは自分とアドリアッシの間の映像パスを開くと、神官の遺体を持ち上げて、ローブのゆったりとしたフードをむしり取った。

「ローダー」マーステンがうんざりした声で言った。「やめとけ」

「ファイヤーチーム・ブラボーのために、ちょいと魂捕《たましいと》りをするだけさ」言いながら、装甲服の扇動者の遺体を一同から少し離れたところに引きずってゆくと、ヘルメットの内部にフードを突っ込んで、まるで死んだ扇動者の魂を中に捕らえるような動作をする。それから、袋を閉めるようにフードの口をねじり、頭上に掲げて草原に向けて振った。

§

「これを何回やったと？」アドリアッシは生気のない目をそらして、わたしたちが座るパーラーを見渡した。装甲服をまとっていても、彼は人前で気を抜けずにいた。率直な会話という印象を与えるため、わたしもヘルメットを脱いでいる。そしてわたしも、落ち着けなかった。連邦の装甲服は、扇動者たちが何を投げつけてこようとまず受け付けないが、連中のプラズマ・ライフルは装甲服の弱点——手首・肘の可動関節部、腕の内側や膝のうしろの薄い材質など——を貫く強さがあると診断されていた。装甲服には武器検知センサー《WDS》があるので、攻撃を受ける前にヘルメットをかぶる時間は充分あるだろうが、ＷＤＳがないアドリアッシの危険ははるかに大きい。一部の扇動者が特に彼を狙っていることを、わたしは疑わなかった。彼が我々に協力することを選んだからだ。だが、現地人の装甲服の性能を向上させたり、連邦によって安全が保証されている地域で面会することは、規則で禁じられていた。文化交流ミーティングのたびに、彼は大きな危険を冒しているのだ。彼はそれを分かっているし、わたしも分かっている。

　もちろん、そんな条件下で正確な報告書を出すのは難しいどころか不可能なことさえあるし、ローダーみたいに反感を買う行動は、問題を悪化させるだけだ。

　わたしはため息を漏らした。「十四回だ、死んだ扇動者ひとりにつき一回ずつ。あの行動

「間違いなく、見ていた者にとって意味があると思うか？」

「ええ、ありますとも」アドリアッシは肩をすくめた（彼らにとっての首肯だ）。「間違いなくあります。でも、なぜあんなことを？　なんの役にも立たないですよね？」

「わたしには説明できないな。もしかしたら連中の士気をくじくと思ったか、あるいは怒らせれば攻撃がもっと無鉄砲になると思ったか」他の惑星で行われたと聞く一部の残虐行為に比べれば、ローダーの行動などおとなしいものだということは、言わずにおく。連邦は、不適切行為の申し立てに対して調査はするが、多様な惑星と文化の無限の組み合わせにあっては、無差別殺戮《さつりく》の場合を除き、状況はいつも情状酌量の余地ありとされる。それに、訴追手続きは随行する異星人類学者の報告書に大きく依存するが、最終的に何の成果も得られないとわかっている面倒なお役所仕事をわざわざ始める気は毛頭ない。このあたりをアドリアッシに説明するのはほぼ不可能なので、最善の言い訳をしている。

説明が相手に届くまで、しばらく待たされた。翻訳機が、士気をくじくと、それにおそらく無鉄砲という単語のところでハングアップしたからだ。翻訳機は、我々が出会う異星種族と意思疎通をするために、約八百万もの既知の言語を解析し、文法・構文・音韻を相互参照し、会話している最中にも辞書をアップロード、ダウンロードしている。こいつは言語の構造については驚くほど上手に処理するのだが、意味論《セマンティクス》つまり言わんとしている実際の意味合いとなると、不確実になってくる。単語や熟語が具体的であればあるほど、翻訳機が正しく解釈するのは難しくなるのだ。

アドリアッシは考え込む表情でゆっくりと肩をすくめた。「マロセット、つまりあなたが扇動者と呼ぶ者たちは、四つ足の獣だったわたしたちに〝空の王〟が魂を与えて、二本足で立てるようにしたと信じています。だから死ぬときは口を開けてほしい、魂が創造主のもとに戻ってゆけるように」話すうちにまた翻訳機の反応が遅くなり、それから一語だけ吐き出した。「迷信」

以前にアドリアッシが説明してくれたことがあったが、彼の種族の多くは、進歩した文明からの移民がこの惑星を地球化《テラフォーム》したあと、過去の痕跡をすべて破壊して意図的にその起源を消し去ったと信じていた。いつか、自分たちが先進技術の隠し場所を発掘できると信じている者もいる。アドリアッシを含む他の者たちは、いつか祖先たちが戻ってくると信じていた。わたしは何度も否定しているのだが、アドリアッシはこの分隊が、彼の種族をふたたび身内に招き入れるために道徳的な進歩を査定しにやってきた使者の一団だと確信しているらしい。ところが、扇動者たちのような原理主義者は、自分たちは最初からこの惑星にいたと信じている。そして大地を、なんの役にも立たなそうな背の高い白い草が果てしなく続く草原に至るまで、神聖なものと捉えている。

これ以上ローダーの行動にかかずらいたくなかったので、話題を変えてES-248QRT4Tの主要な産業について尋ねたが、その間もずっと、この地にもっとふさわしい名称を思案していた。惑星の名前というのは、その場にいる間はどうでもいいというのが面白いところだ。名前が実際に必要になるのは、その土地を離れた後なのだ。

アドリアッシはわたしの質問に答えたが、心ここにあらずな調子で、暗殺者かもしれない者を見逃さないようにと、ずっと通りに目を向けていた。

§

「そっちの五に応じて、こっちは十四賭ける」マーステンが、手巻きの葉巻を嚙《か》みしめてピンクの煙を吐きながら言った。彼はローダーと並んで三角形のテーブルの一辺に座り、フィンネルとファイヤーチーム・アルファの華やかな赤毛のヴォクのペアと向き合っている。

「十四の何だ？」フィンネルはため息をつき、テーブルの上の色とりどりの四角い紙幣の束と丸い石の硬貨を調べる。「異星人の金はさっぱり覚えられん」

「十四タマシイはどうだ？」ローダーが、寝台にぶら下がっている茶色い袋を指さしながら、けたたましく笑った。

わたしは目をこすってモニターの上にかがみこんだ。報告を多少なりとも論理的なものにしようと、アドリアッシが丸一日かけて教えてくれたこまごました情報に索引をつけていく。空気濾過《ろか》システムを最強にしたにもかかわらず、兵舎にはきついにおいの煙がいつまでもうっすらと残っていて、頭がくらくらしてくる。

「お黙んなさい、ローダー」とヴォク。「そのバッグは空《から》っぽでしょうが」

「それは正しくないね。アタシが持ってるのは素敵な魂コレクションさ」ローダーは、青い煙の輪をテーブル越しに吹き付ける。「だろ、キアナン？」

聞こえなかったふりをして、報告書に集中。アドリアッシの発言を分類し、宗教・経済・公民に関する過去の発言との関連を探す。二百万人以下しかない人口の惑星にしては、際立って複雑な統治システムを編み出したものだ。ここの暮らしがどのように機能しているかを理解しようとするのは、ネズミの巣《ゴミのかたまり》をより分けるようなものだった。

「キアナン、交代してくれんか？」フィンネルが呼びかけてくる。「俺はこのゲームはダメだ」

「いつもとっても働き者さん」ヴォクが歌うように言って、わたしに向けて目をパチパチしてみせる。「こっちに来てよ、キアナン、あたしを助けて。フィンネルったら、言うとおり、ひどいものよ。むこうは十三ポイントトリードしてるけど、あたしは勝たせてあげてたの、ローダーがこれからもラットリーフを分けてくれるようにね。こいつは通訳不要だもの」そう言って、自分の上品な葉巻を深く吸い込む。

「まだやってんのか？　報告書なんか、もう提出しちまえよ」ローダーがケチをつけてくる。「誰も読みやしねえのに。なんもない辺境の、なんもない石ころだぞ。連邦がなにかとち狂ってこの惑星を補給ポイントに使うことにしたら、アタシらは揃《そろ》ってべつの惑星に移動するだけだ。やつらの大事な文化的信仰に気を遣うことなし、現地人のインタビューもいらない、異人学者も必要なし」

マーステンがうめいてカードを放り出した。「ほら始まった」

「そうなればあんたは嬉しいだろうな、ローダー」わたしは餌に食いついた。「平和的な奴は移住させて、ダメな奴は全滅させて、次の惑星に行く。もちろん、見つけたものはみんな自分のお楽しみ用に取っておく、と」

「素晴らしいポリシーだろ」

「無知な野蛮人にはな」

ローダーがテーブルを殴りつけると、石の硬貨が飛び跳ね、部屋が静まり返った。

「てめえの戯言《たわごと》にはうんざりだ、キアナン。毎度毎度、おんなじことを。習慣だの歴史だのをしゃぶり尽くして、いい仕事をしてるふりをしてるだけだろうが。だがな、現実はそんなもんじゃない。連邦は、できるだけたくさんのものを手に入れて、自分のものが取られるのは防ごうとする。それが物事の仕組みってもんだ、そして長年見てきた経験から言わせてもらえば、どこでもそういう仕組みだよ。連中だって、あんたと友だちになりたいなんて誰も思ってないぜ、キアナン。現地人があんたに話しかける理由はただ一つ、協力しないとどんな目に遭うか、怖いからだ」

「いつもながら、単純化しすぎだな。アドリアッシは命まで懸けて、話をしてくれている。彼は我々に理解してほしいんだ、彼の種族がただの射撃練習場の的ではないことを証明したいというだけの理由かもしれないが。彼らはむしろ、わたしたちに似ているよ、ロ――」

やりあっていると、ヴォクが部屋を横切ってきて肘をつかんだ。「ほら、来て」腕を引っぱる。「新鮮な空気を吸いましょ」

わたしはローダーを睨《にら》みつけながら、出口へと連れていかれた。

「ブラボーはまるでおバカ集団だって、いつも言ってたけど」ふたりで兵舎の壁にもたれかかると、ヴォクはため息をついた。そよ風が彼女の髪をもてあそぶ。

「確かにバカらしいわよ。あたしたちは数週間ごとに同じことをして、得るものは刺激だけ」

ヴォクは細いラットリーフ葉巻を差し出し、わたしは首を振った。彼女は葉巻をわたしの唇に押しつけ、笑みを消してじっと見つめる。ほんの一口吸い込んで息を止めると、すぐにチリチリする感覚が指とつま先に広がり、こわばった筋肉が緩んだ。わたしは葉巻を受け取り、もう一口深く吸った。

「ローダーは嫌味なところもあるけど、決してバカじゃない。昨日、あなたが町で仲介者といるのを見たわ、ヘルメットを脱いで、おしゃべりして。どんなに危険なことをしているのか、わかってる？　扇動者たちが、あたしたちのセンサーで検知できないような武器を持っていたらどうするの？　あるいは長距離狙撃銃を持っていたら？　瞬《まばた》きひとつで、あなたの頭は赤い染み、そしてあなたの家族は、心から遺憾の意を表する、っていう素っ気ない公式声明をもらうの。そんなのがお望み？」

わたしは呆《あき》れ顔をした。「そんな武器があれば、とっくに目にしていると思わないか？　アドリアッシとわたしは、人ごみの中で静かに会話していただけだ。みんな異人学者をバカにするのが好きだがな、こういったインタビューはわたしの仕事の一部なんだ。その仕事をきちんとやるには、前向きに心を開くよう、少し気持ちを緩めてやる必要がある」

ラットリーフのおかげで、ほどよくいい気分になっていた。葉巻をヴォクの口元に持ってゆき、指で唇をなぞると、微笑《ほほえ》みが返ってきた。「我々全員が怪物というわけじゃないことを示すために」

「キアナン」低い声で言う、「信じて、あたしはローダーとは違う。あたしは、異人学者は重要な役割を果たしていると思ってる、あたしたちが惑星上でしていることにね。本当にそう信じてる。あたしたちが出会う多くの惑星から、なにかを学ぶことができるなら、それはみんなにとって望ましいことだもの」

彼女はわたしの頬に手を添えた。その手は温かく、乾いていた。「手始めに」と、ささやく、「お友だちに訊いてみるといいんじゃない、この惑星《ほし》に、礼儀正しい口説き文句があるかどうか」

揃って笑いだし、ラットリーフがその浮かれ気分を長引かせてくれる。ヴォクはわたしの肩をたたき、入り口に向かった。「とにかく気をつけると約束して。地獄への道は善意で敷き詰められているって言うでしょう」

「それは面白いね」ドアを開ける彼女に、わたしは言った。「異星人類学者のデータベースを見ると、地獄の業火《ごうか》で敷き詰められているようだが」

彼女は天を仰いだ。「ここの名前はもう思いついたの？」

わたしは微笑んで首を振った。

開いた戸口から、ローダーが大声で呼んだ。「参加すんのか、しないのか？　賭け金は十四タマシイだ」

§

アドリアッシは装甲服の手でオレンジ色の木の実をすりつぶして、鉢のなかに振り落とし、続いて買ったばかりの小袋から青い液体を振りかけた。フルアーマーに加えて肩にライフルを掛けているローダーとわたしに、商人が警戒の目を向けていたが、べつの粉を鉢に加えるようアドリアッシが促《うなが》すと注意を戻した。調合物はすぐに凝固し、ひとかたまりになった。アドリアッシは柔らかい混合物を鉢からすくい取り、わたしに勧めた。

フェースプレートを開き、鼻を近づける。芝のかたまりに似た、土の匂いがした。

「ほんとに食べても大丈夫なのか？」ローダーがためらいがちに尋ねた。

「もちろん」あまり自信なく言う。新しい惑星における最初の活動のひとつが、公共の市場でさまざまな食物の毒性をテストすることなのだが、ほとんどは口に合わないにしても安全であると確認されていた。だが、ときおりラットリーフのような掘り出し物があるので、試す価値はある。わたしは目を閉じて、一口かじった。

「これはすごい！」材料を口の中でころがす。「甘みがあるが、甘すぎない。なめらかで、ほんの少し塩味。試してみろよ、ローダー、驚くぞ」

「けっこうだ」返事もまた、ためらいがち。

「素晴らしいものだ」嚙み続けながら言う。「いま、風味が変わった。もっと深く、繊細に。このレシピは秘密にしとけよ、アドリアッシ。こいつは、将来ここを通過するかもしれない連邦の人間との取引に使える」

「見せろ」ローダーがわたしの手から奪い取り、フェースプレートを開いた。

アドリアッシは慎み深く肩をすくめた。「ごくありふれたものです」笑顔で言う。「ですが、気に入っていただけて嬉しいです。あなたはいかがです?」

ローダーはちらりとわたしを見た。「もちろん、こいつは買う。実家に送ってもいいかな。経験したことのない味だ、旅慣れてるアタシらでも」

「白星をつけとけ、アドリアッシ」困惑に表情がゆがむのを見て、急いで補足する。「ただの言い回しだ。で、他には何を見せてくれる?」

ローダーのフェースプレートが音を立てて閉じると、わたしは笑みを抑えきれずに背を向けた。昨夜、いつものように就寝前に報告書を連邦司令部に提出した。その際、翌日は文化仲介者とともに現地調査をする予定だと告げ、安全のため護衛の同伴を求めた。ローダーとの論争についてもちらりと触れておいたので、おそらく無邪気すぎると言われるだろうが、司令部で業務の詳細を発令する担当官が察してくれることを期待していた。ヴォクと組ませてくれることを祈りながら眠りにつき、目覚めてみると、あてがわれたのはローダーだった。司令部はふざけているか、あるいは意地悪で、わざとやっているに違いない。

わたし以上に不満げだったローダーだが、このさい楽しむことにしたらしく、午前中は特に対立もなく過ぎた。アドリアッシが迷路のような荷車の間を先導し、色とりどりの食べ物や薬、装飾工芸品の名前を教えてくれるあいだ、ローダーはほとんどしゃべらず、わたしは味見をし、材料を研究した。買い物客と商人たちの目が、一部は恐れで、他は好奇心で、わたしたちを追う。ローダーの空《あ》いている方の手は、しばしばベルトに付けた神官のフード、彼女が好んで言うところの〝魂袋〟へと流れた。アドリアッシが商人との値段交渉のために離れると、わたしは彼女に尋ねた。「誰かに取られるとでも思ってるのか?」

「あ? これか?」ローダーはまた袋を手で覆った。「いや」

「ずっと触ってるみたいだからな。もしかして、多少は人目を気にしてるのか? そんな憎しみの象徴みたいな記念品を、こんな平和な場所で持ち歩いてるんで?」身振りで買い物客たちを示す。「現地人と交わるのも、そう悪くはないだろう?」

「キアナン——」彼女が硬い声で言いかけたとき、わたしたちの武器検知センサー《WDS》が同時に鳴りだした。かすかだが間違いようのない甲高い音が、ごく近くの敵の存在を警告する。わたしのフェースプレートが音をたてて閉じるのと同時に、ローダーが告げた。「五十名——いや、六十名——の扇動者が、全方向から急接近。マジで急速だ。マーステン、フィンネル、ここへ。ファイヤーチーム・アルファ、応答しろ、非常事態だ」

「なにか問題が?」アドリアッシが横に来て言った。ヘルメットの中の顔は、やつれ、怯《おび》えていた。扇動者たちは、これまでの草原の強襲にはなかった速度で急接近していた。アドリアッシをどうやって安全な場所にやろうかと考えて、わたしたちがいるのは無秩序に広がった市場のど真ん中だと思い至る。マーステンとフィンネルは五分以内にこの地点に到着すると無線で報告してきたが、ファイヤーチーム・アルファがいるのは都市の反対側。扇動者たちが襲い掛かるまでは、ほんの数秒。

「奴らはこの市場の中でも攻撃してくるか?」尋ねるが、アドリアッシはぽかんとしていた。彼にはわたしたちの通信システムが聞こえないことを思い出す。なんの話をしているか、見当がつかないのだろう。「扇動者たちはここで攻撃してくるだろうか、まわりにこれほどの人がいるなかで?」

アドリアッシはあんぐりと口を開けた。ローダーがライフルを構え、「退避!」と叫ぶ。同時に、一発目のプラズマの稲妻が群集の中を突き抜けて、彼女のヘルメットのてっぺんではじけた。次いで、空間は四方八方からの砲火で埋め尽くされ、そして混沌《こんとん》が勃発した。一斉射撃から逃れようとする買い物客たちが、わたしたちの装甲服にぶつかって跳ね返り、狂った動物のように走り、倒れた者を踏みつける。ぐったりした無抵抗の体を、流れ弾が撃ち抜く。

ローダーは二台の荷車を引っくり返して掩体《えんたい》にしてから、わたしに声をかけた。銃撃が胸と背中に跳ね返り、肺から息が押し出される。アドリアッシが腿《もも》を撃たれて悲鳴を上げ、わたしはとっさに彼の襟首をつかんで、ローダーのバリケードの陰の安全地帯に投げ込んだ。

くるぶしに一発が命中し、焼けつく瞬間的な痛みに金切り声を上げるが、その間にもさらなる攻撃が前腕と肩に跳ね返る。バリケードは砲火の雨に崩れつつあり、アドリアッシはわたしたちの間にうずくまってすすり泣いていた。ローダーが頭を出して一発撃ち、お返しに半ダースの攻撃をもらい、そのうちの一発が彼女のヘルメットをかすめて、茫然《ぼうぜん》と固まっているアドリアッシのそばの地面で炸裂した。

「ファイヤーチーム・ブラボー」ローダーがヘッドセットに怒鳴った。「この地点に到着しだい、焼夷弾を展開しろ」

「だめだ！」わたしはアドリアッシの頭越しに叫んだ。「エリアにはまだ民間人がいる、それにアドリアッシの装甲服は火炎嵐《ファイヤーストーム》に耐えられない。焼け死んでしまう」

「攻撃！」ローダーが無線で怒鳴ると同時に、バリケードが爆発してフェースプレートに降り注いだ。

ローダーの脇にぶら下がる茶色い袋が目に入り、無意識に手を伸ばしてそれを摑む。「なにしてる？」彼女が怒鳴るが、わたしは身を起こして、爆発で黒ずんだ障壁の縁《ふち》越しに袋を突き出した。

袋を振り始めると、プラズマ光線が拳に当たって叩き落とされたが、もう一度高く掲げる。数秒が経過し、それから攻撃の勢いが落ち、それから止まった。ローダーは自分の焼夷弾を銃身の先に装着し、ささやいた、「気でも違ったか？　引っ込め」

わたしは袋を頭上に高く掲げたまま、ゆっくりと立ち上がった。あたりの市場は廃墟《はいきょ》と化していた。黒焦げで、煙が立ちのぼり、色とりどりの商品が血まみれの戦死者に交じって土の路上に散乱している。どちらを向いても、扇動者たち。ライフルをこちらに向け、表情は黒いフェースプレートの奥で見えない。わたしは手を開いて、武器を持っていないことを示した。それから、誇張した動作で袋を開き、底に手を突っ込んで裏返し、ふたたび振る。もう一度振り、それから手を放して、そよ風に乗せて飛ばす。拡声器で一言――「解放」――、そして焦げついた空気は静まり返った。

一発目は、掲げた腕の肘関節に当たり、腕が引きちぎられそうになって悲鳴を上げる。ほんの一瞬後、二発目に膝の後ろを打たれてひっくり返り、さらに何百もの光線が頭、背中、胸を打った。わたしは激痛に腕を抱えながら地面にくずおれた。

「展開中！」マーステンの叫び声と同時に、一発の光線がわたしの側頭部を打ち、視野がブレる。やめろと叫ぶ間にも、ローダーは焼夷弾を空に向けて発射した。胸に響く衝撃が空気に鳴り渡り、わたしが最後の力を振り絞ってアドリアッシを伏せさせ、その体に覆いかぶさると、第二、第三の焼夷弾が爆発するのが聞こえた。

爆弾が空気から酸素を奪い取り、粉塵《ふんじん》がミニ竜巻となって渦巻き、それから白熱した炎がわたしたちに降り注ぐ。痛みの霧に覆い尽くされる前の最後の記憶は、炎がアーマーの焼け穴を見つけて皮膚を焼き焦がしたこと、そして、アドリアッシと一緒になって悲鳴を上げた自分の声だった。

§

わたしは、惑星ES‐248QRT4Tから遠く離れた軌道上の病室で、これを書いている。装甲服のおかげで命は助かったが、一生消えないだろう。プラズマ光線が裂け目を作ったのが首だった太い縄のような傷痕は、火炎嵐《ファイヤーストーム》によるⅢ度の熱傷が残った。腕と脚に沿ったら、わたしは生きていなかった。ローダーの装甲服はまったく無傷で、繰り返し受けた直撃で何か所かひどい打撲を負っただけで攻撃を乗り切った。アドリアッシは生き延びたらしい、ただし四肢切断者として。頭部と重要臓器はわたしの体で覆ったが、むき出しだった腕と脚は火炎嵐で燃え尽きた。もちろん、彼に接触して謝罪するすべはなく、こんな結果になったことをどれほど残念に思っているかを伝えることはできない。

ヴォクが見舞いに来たときに話してくれたところでは、銀河の向こう側でいくつかの貿易協定が決裂し、その結果、連邦はこの惑星を補給ハブとして使用しないと決定した。分隊はどこかよその辺鄙《へんぴ》な石ころに再展開するところで、臨時に配属された代わりの異人学者はわたし以上に鬱陶しい人間だとヴォクは請け合った。

だがあと一つ、惑星の名付けの問題が残っている。少なからぬ入院時間を使って候補を検討したわたしは、ついに決断に至った。その名称がまだ他の惑星に登録されていないことも確認済みなので、命名権の申請手続きは形式だけだ。それに、どうせほんのわずかな人間しあいだに他の多くの単語を生み出してきた。もともとは、火床《ひどこ》、あるいは火のある場所を意味した。数千年の時間と何ダースもの変形を経てつづりと意味が変わり、皮膚の黒い跡、火傷《やけど》によるダメージのしるしを表すようになった。この取るに足りない場所――どこかの片隅のどうってことない岩のかたまり――には、火と傷の両方を指す名前がふさわしいと、わたしは判断した。

惑星はエスカーラと名付けられる。そこで起きたことを、敵になったかもしれない者たちと友になったかもしれない者たちに、わたしたちが与えた衝撃を、忘れないために。

（小路真木子訳）

星間集団意識体の婚活

ジェイムズ・アラン・ガードナー

ジェイムズ・アラン・ガードナー（James Alan Gardner）は一九五五年カナダ生まれ。一九九〇年にライターズ・オブ・ザ・フューチャー・コンテストで大賞を受賞。邦訳書に『プラネットハザード―惑星探査員帰還せず』『ファイナルジェンダー―神々の翼に乗って』（いずれもハヤカワ文庫ＳＦ）がある。

（編集部）

ある日、〈民主生命体回転区連合〉は妻を探すことにした。

〈連合〉はおよそ二千歳だった——銀河連盟の尺度ではまだ若いが、もはや気楽な若者ではなく、色々と責任を負っていた。ほかの星間存在との貿易協定、相互防衛協定、超新星やガンマ線バースターが隣人に害を及ぼすのを防ぐ義務、そしてもちろん、〈連合〉が自分たちのはかない生の営みを可能にしてくれることを求めている、千兆の構成生命体がいた。

「それらの生命体は、自分たちが〈連合〉を動かしていると考えていた……そしてたしかに、体細胞が体を動かすのと同じように動かしていた。低いレベルでは、各細胞は個々の生活を送っている。しかし高いレベルでは集合アイデンティティーが現れ、細胞は全システムのきわめて小さな一部にすぎなくなる。それは〈連合〉も同じだった。住民の総和でつくられた、意識を持つ時代精神《ツァイトガイスト》……たまたま四百立方パーセクの範囲に広がっている、いいやつだ。」

〈連合〉が大酒を飲んで騒いでいた時代があった。戦争、人口爆発、野放しの経済的どんちゃん騒ぎ——当時は無害な楽しみのように思えたが、そんなふうにひとしきり気分が悪くなるほど飲み過ぎたあとには、何十年も続く二日酔いが待っていた。おえっ。とうとう〈連合〉は、荒々しく無軌道な生活には魅力を感じなくなったと認めざるをえなくなった。「どうやらぼくも」〈連合〉はしみじみとため息をついていった。「身を固めるときがきたらしい」

あとはふさわしい相手を見つけるだけだった。〈連合〉の生を完全なものにしてくれる別の星間存在。賢くて一緒にいて楽しい存在。構成生命体が炭素を主成分としている存在（〈連合〉の親友たちのなかにはシリコンが主成分のものもいたが……）。〈連合〉が求めていたのは自前の天然資源と、理想をいえば洒落《しゃれ》た新しい宇宙艦隊を持っている存在だった。そしてもちろん、その住民は異種交配に熱心でなくてはならなかった。

〈連合〉が最初に取った行動は、ルームメイトの〈デジタル支援球〉に相談することだった。ディッジは星系とエネルギー源を〈連合〉と共有していた。彼らは家事を分担していて、ディッジが〈連合〉の複雑な計算を引き受ける一方、〈連合〉はディッジの単調でつまらない仕事……繊細で神経過敏な機械がやるよりも、代替性のある肉でできた生き物がやるほうがいい雑用をこなした。

〈連合〉は恋愛関係のことをディッジに話す前には、いつもよく考えた――ときにディッジは理論回路をフル回転させて、〈連合〉のライフスタイルをこき下ろしたのだ。それでもディッジは身近な存在だったし、財務計算から遺伝子工学の実験まで、なんでも彼女に相談するのは〈連合〉にとって当たり前のことだった。〈連合〉が困ったときにディッジに話すのは、ごく自然なことだった。

「あのさあ」〈連合〉はいった。「最近……感じて……まあ、感じてるんじゃなくて考えてる……というか、考えてるんじゃなくてどうかなと思ってるんだけど……」

「わかった」ディッジがいった。「わたしが手配してあげる」

〈別に詳しくいう必要もないだろうが、巷《ちまた》ではこんなことが起こっていた。どこのブロックを取っても、どの一日を取っても、〈連合〉の住民たちは黙々と懸命に生きていた――身分の高きも低きも、楽しいときも辛いときも、いいときも悪いときも。気体の原子ひとつひとつのように、人々は混沌《こんとん》とした無秩序のなかで跳ね返ったりぶつかりあったりしていた。しかしそのでたらめな動きを合計すれば、累積的な秩序が見えてくる。全体的な方向性が。一日一日、一年一年足しつづければ、一見気紛《きまぐ》れな微風で構成された、卓越風が見つかった。

その卓越風とは、「これですべてなのか？」という問いだった――〈連合〉がむだな努力をしているのではないか、という不安だ。多様な声――政治家や聖職者、芸術家や雄弁家――がその問いに対する答を提示したが、彼らは迫る嵐を後押ししただけだった。多くの個人が完璧に満足している一方で、全体としての〈連合〉はイライラと落ち着きをなくしていた。

「刷新」を求める声が充分大きくなると、〈連合〉の評議会議員たちは小委員会の委員を選任し、「次千年紀に向けての計画」に関する公聴会を十八カ月間にわたって開いた。彼らは提言をまとめたファイルを作成し、そのうちのひとつは「生産的な交流」のために未知の文明と接触することの費用と便益を調査する、というものだった。科学者のチームが十年を費やして、そのような文明が見つかる可能性のある場所を割り出すAI駆動センサーを構築した。さらに数年かけてデータ収集が行われたのち、コンピュータは通信と輸送の分野でそれほど新しい発展がなくても到達可能な「対象領域」のリストを作成した。

まあ要するに、〈連合〉の時代精神は孤独で、退屈し、色気づいていたので、何度かのブラインドデートを手配するために、自分にとってのインターネットに頼った、というわけだ。」

当初のリストには、明らかに論外の相手がいくつか含まれていた……赤色超巨星を覆ったダイソン球に住む〈技術官僚ユートピア〉のような。〈連合〉はディッジがそのような文明をリストに入れたことに驚いた。「まったくの僻地《へきち》だし、あそこの人たちは恒星間に進出もしてないじゃないか！」

「だけど、あの大きさのダイソン球には、ふつうの星系を十個以上集めたよりも多くの居住に適した土地がある。知的面でも肉体的な面でも、多様な存在のための場所がたくさんあるわ」

「それは中心の星が新星になるまでのことだし、それはいつ起こってもおかしくないんだ。そのときにはあのろくでもない文明は、丸ごとこっちに引っ越してきたがるだろうな」

「ユートピアなんだから」ディッジがいった。「きっと性格はいいでしょう」

〈連合〉はばかにしたような音を立てた［つまりマスコミが深夜放送で、何日も冷笑的な論説とジョークを並べ立てた］。「ユートピアたちはひどく独善的だ。いつも相手の健康と安全の規則を書き換えようとしてる。許容可能な損害という概念をわかってない」

「ユートピアが嫌いなら、デート相手の条件に入れておくべきだったのに」

「それはいうまでもないはずじゃないか」〈連合〉は不平がましくいった。「それにリストのいちばん上にある、〈人工頭脳学的超ウエブ〉っていうのはなんなんだよ？　ぼくが同化するやつらが苦手なのは知ってるだろう」

「ちょっと、誰が独善的ですって？」ディッジが尋ねた。「生身の命と機械を結びつけて効率的なサイバー生命体にすることには、なんの問題もない。試してみてもいないことを批判するべきじゃないわ」

「うちの両親が試したよ」〈連合〉はいった。「父さんは当時の大帝国のひとつだった——何千という星系、何百万という知能の高い種を抱え、征服と講和の素晴らしい実績を誇ってたんだ。それから彼は母さんと出会った。隣の銀河から到着したばかりで行動を起こしたくてしかたない、一億のＡＩからなる流浪の船団とね。彼らは物質と反物質のように一緒になった。狂ったように戦い、結ばれ、また狂ったように戦った……後戻りできないほど同化するまで行ったり来たりして、地獄の千年間を経験した。ぼくは彼らの灰から生まれた。そしてぼくの礎《いしずえ》を築いた種は、二度と自分たちの脳を機械にいじらせないと誓ったんだ」

「あなたの機械不信について、わたしに話してもらわなくてけっこう」ディッジはいった。「わたしはただ、サイバー・ゲシュタルトがどれほど幸せなものになり得るかがわかればと……」

「忘れてくれ——ぼくは変わりたくない、結婚したいだけなんだ」〈連合〉は新たに見つけた文化のリストを調べた。「この、〈志を同じくする貿易相手圏〉、っていうのは？　彼女にはどんな問題があるんだ？」

「〈貿易相手圏〉はあなたの仕様にぴったり合ってる」ディッジが応じた。「知能が高く、世慣れていて、豊か。厳密にいって生物学的……」ディッジは軽蔑したように鼻を鳴らした。「イライラした彼女が〈連合〉お気に入りの惑星のひとつの天候を計算間違いした結果、予想外のハリケーンで五百人が命を落とした。」ディッジは続けた。「連絡を取ってほしい？」

〈連合〉はほんの一カ月間、あいだを置いてからつぶやいた。「ああ、そうだな、頼むよ。ただのデートだ」


ディッジは前置きとなる情報のやりとりを開始し——素数や水素の基底スペクトル線といったくだらないことばかりだ——やがて翻訳ソフトを進化させるための退屈な言語データの累積を行うと同時に、はるばる〈貿易相手圏〉の領域まで航行できる超長距離宇宙船の研究にも取りかかった。〈連合〉のほうは身だしなみを整える努力をした。貧困率を一パーセント下げ、反公害条例をいくつか可決させ、何人かの常軌を逸した独裁者を暗殺した。ほんとうはもっと早く始末しておくべきだったのだが、彼らはどの重要な星系も虐《しいた》げていなかったし、ほら、些細《ささい》な残虐行為にいちいち目くじらを立てていたら、ほかの星間連盟にパーティーに呼んでもらえなくなるだろう。とにかく、ディッジが〈貿易相手圏〉に到達可能な偵察船の設計を終える頃には、〈連合〉はかなり自分に自信を持っていた。これならお客を連れて帰ってきても、恥ずかしいことはないだろう。

ファーストコンタクトはディッジのサイバー・フレンドのひとり（宗教上の理由からほとんどの時間を無限ループの処理に費やしている、ナノベースのＡＩ）が切り盛りしている星系の、不毛の小惑星で行われることになった。会合はいつもの堅苦しい雰囲気ではじまったが――〈連合〉の首席代表は最初の一時間、〈貿易相手圏〉代表の呼吸器と話をして過ごした――どちらも多少のぎこちなさは予想していて、それを礼儀正しく受け止めた。じきに互恵的貿易の話題になると緊張がほぐれ、両者ともくつろいで、どうすればおたがいに利益をもたらせるかを話し合った。そしてただちに、自分たちの利害がうまく嚙《か》みあう科学技術上のいくつかの分野を割り出した。実際、両者の専門知識を組み合わせることによって、ふたつの連盟がおたがいに行き来するのがずっと簡単になるような、新世代の宇宙船を製造できるだろう。両者ともに、それをいい兆候と受け取った。

何日か仕事の話をしたあとで、ついに〈連合〉は〈貿易相手圏〉に尋ねた。「それで、芸術作品はどうなんですか？　そちらの人々はどういう種類のものをつくっているんでしょう？」

〈貿易相手圏〉はぽかんとして見つめた。「芸術作品？」

「ええ。あなたはどういう音楽がお好きですか？」

〈貿易相手圏〉は戸惑っているようだった。「わたしたちの翻訳ソフトにはバグがあるようです。音楽とは？」

「愉快な音ですよ」〈連合〉はいった。「望ましい精神状態をもたらすことを意図して構成された聴覚情報です」

〈貿易相手圏〉はまたぽかんとして見つめた。

「それとも、筋書きのある物語はどうです」〈連合〉は続けた。「本、映画、ホロスレッド、VR……なんらかの想像上の言葉」

ぽかん。

「さあ」〈連合〉はいった。「どうかあなたの物語を聞かせてください」

〈貿易相手圏〉はあっけにとられて通訳装置を見た。「存在したことがない人々の虚偽の話を？」

〈連合〉はため息をついた。「すると、もしよければ踊りませんかと尋ねてもむだなんでしょうね？」

うちに帰ると、〈連合〉はディッジにいった。「これでぼくの人生には、二度と取り戻せない二十年ができたわけだ」

「あなたは有望な貿易協定を締結したでしょう」

「取引はたくさんの相手としてる。ぼくが求めてたのは情熱だよ！　それなのに、不要不急のたわいない楽しみについて説教されるはめになったんだ」〈連合〉は〈貿易相手圏〉の領域があるおおよその方向を向いて叫んだ。「音楽は必要不可欠だと思うものだっているんだよ！」

「〈貿易相手圏〉の芸術不足に応えて、〈連合〉の住民たちは創造的な生産活動に熱狂しはじめた。その多くは、美的感覚を欠いた魂を持たない生き物に対する同情を装ったものだった。一方で〈貿易相手圏〉のほうは〈連合〉が話していたことを理解しようと、一世紀にわたる取り組みをはじめた。試験的な研究開発努力が実を結んでマクラメ（細ひもや糸を手で結んで幾何学的模様をつくる手芸）が生み出されたが、それがミクストメディア彫刻にいたる恐れが出てくるとプロジェクトは廃止され、根絶やしにされた。」

〈連合〉はディッジにいった。「どうして彼女に芸術が好きかどうか尋ねなかったのさ？」

「ああ、きっとあなたの条件に入ってるのを見落としてたのね。芸術を味わう力を持っていなくてはならない。うそ、ごめん、それは書き留めてない」

「翻訳ソフトを生成してるときに、芸術や音楽にあたる言葉がないことが重要だとは思わなかったのか？」

「あなたはフレルジーにあたる言葉を持ってないけど、〈貿易相手圏〉は気にしなかった」

〈連合〉は尋ねた。「フレルジーって？」

「賢明な就寝時間を設定し、その決定に従う能力」

〈連合〉はぽかんとして見つめた。

「そのリストに誰か芸術を実践してるものはいるかい？」〈連合〉は尋ねた。

「ひょっとしたら〈星雲共同体〉が気に入るかもしれない。彼らは銀河系周辺の星雲をいくつか占有してるけど、そのあいだの地域には手を出してない。〈共同体〉は視覚的魅力が高められた地域にしか住まないの」

「音楽とダンスは？」

「〈共同体〉は大いに実践してる。それに多くの種類の物語形式の娯楽、触覚と嗅覚で楽しむメディア、パイロファンタジアス……」

「パイロファンタジアス？」

「ものをきれいな色に爆発させるのよ」

「ぼく向きの娘だな」〈連合〉はいった。「彼女にはどんな問題が？」

「どうしていつもそう尋ねるの？」

「ある文明が魅力的なら、既に決まった相手がいないのにはきっと理由があるはずだ。この銀河は獲物を狙ってうろつきまわる連盟だらけで――〈シリコン団〉、〈サイバー神学集団〉、〈肉体の解放™〉――連中は、誰だろうと望む相手をつかまえるのがとてもうまい。もしあいつらが手を出していないんなら、ぼくはその理由を知りたいんだ」

ディッジがいった。「〈共同体〉はあなたのデート相手の基準をすべて満たしてる。活発で、有機体で、貴重な不動産を所有し……」

「わかった、わかった、彼女に電話してくれ」

〈貿易相手圏〉から手に入れた新しい科学技術のおかげで、その過程は順調に進んだ（とき船はより速く飛んでいた。ディッジはわずか五年で〈共同体〉の言語の壁を突破した。そしてさらに四年で、くつろいだ集まりの手はずを整えた。

ファーストコンタクトは小さな星雲の、青白い星の周囲をまわる高温の岩石惑星で（自然に）行われた。その世界に定住者はいなかったが、数世紀前に建てられた耐熱建築の複合体が、いやでも〈連合〉の目に入ってきた。「おい、ディッジ」〈連合〉は長距離通信機ごしにささやいた。「〈共同体〉は以前、ここに植民地を持ってたのか？」

「いいえ。でも、たしかよその代表団との会合に、この惑星を使ったことはあると思う」

「なに？　彼女はほかにいくつの連盟をここに連れてきたんだ？」

「〈シリコン団〉、〈サイバー神学集団〉、〈肉体の――〉」

「ディッジ！」

その瞬間、〈共同体〉の外交官が現れた。彼らは十を超える種の集まりだったが、そろって色鮮やかなごく薄手のローブをまとっていた。「ごきげんよう、ごきげんよう、ごきげんよう！」彼らは複雑な多声ハーモニーで歌った。

「どうも」〈連合〉はいった。その代表団は背広姿だった。

「喜びの間《ま》に引っこみましょう」〈共同体〉の代表が歌った。

「まず少しお話しできませんか？」〈連合〉は尋ねた。

「なんの話を？」

「われわれはただ、あなたがたのことを知りたいんですよ。たとえば、知的財産に関するそちらの法律はどうなっていますか？」

〈共同体〉はぽかんとして見つめた。

「ほら、こういうことです。知的財産法ではアイディアや情報に関する所有権が明確に定められていて、それによって新しい概念やデザインを最初に創造したものが――」

「あなたは脳の快楽中枢にワイヤーを突き刺したことはある？」〈共同体〉がさえぎった。

「それは……」

「そしてもう一本のワイヤーを痛み中枢に突き刺すの。それから赤の他人にその制御装置を渡す。相手がどちらのボタンを押すかはまったくわからない」

〈連合〉の代表はいっせいに咳払《せきばら》いをした。「えーと、いや、一度もありませんね」

〈共同体〉の首席外交官が、赤いボタンと緑のボタンがついた黒い箱を放って寄こした。

「お先にどうぞ」

〈連合〉は尋ねた。「どっちのボタンがどっちなんですか？」

〈共同体〉は笑った。「それが問題？」

〈連合〉は黒い箱を置いた。「た、たぶん、あとで」

〈共同体〉は肩をすくめた。「これまで青白い太陽に装置を仕掛けたことはある？　新しい知り合いがひどくおかたい態度を取るのをやめなければ、それを新星にしてしまうような装置を」

「うわっ、助けて……」〈連合〉はしぶしぶ黒い箱を取り上げた。

「次のときは」〈連合〉はディッジにいった。「ファーストコンタクトの儀式は生中継しないからな」

〈連合〉の領域全体では、創造的な生産活動の熱狂はぴたりと止まっていた。大衆の気分は、慣れ親しんだ味と暗くなったベランダでの静かな会話へと、急激に傾いていた。成長した子どもたちは頼まれもしないのに両親に電話をかけた。十代の若者は自分の部屋にひとりで座り、配線図に夢中になった。

「明るい面を見れば」ディッジがいった。「〈共同体〉はあなたのミクストメディア彫刻を熱心に買いたがってる」

〈連合〉は身震いした。

〈連合〉が（いわば）ふたたび馬に乗る気になるまでに、十年が経過した。その間、時代精神はずっと上下していたが——新しい数学上の証明が発表されると高揚し、それは暗黙のうちに選択公理を前提としていると指摘して非難するものが現れると落ちこんだ——その裏では〈連合〉の状況はなにも変わっていなかった。個々の生命は幸せ、悲しみ、勝利、悲劇を経験したが、全体として、全体としての〈連合〉は、ひどく息が詰まりそうな気分だった。

それでは不充分だった。ほかの星間存在との関係はたんなる功利主義で、その関係を特別なものだと感じさせてくれる相手はいなかった。ディッジは〈連合〉がふさぎこまないように最善を尽くし、ゲームや誰もがふたつ買わないと気がすまないような新しい消費財を発明した。だがやがて〈連合〉〔つまり流行を生み出すものたち、それから大衆、そして最後に指導者たち〕は、まだ交際相手が必要だということに気づいた。魂の伴侶。妻が。

「ディッジ」〈連合〉はいった。「リストに誰か、絶望的じゃないものは載ってなかったのかい?」

「せめてユートピアのひとつと話すくらいはできるのに」

〈連合〉は顔をしかめた。「ぼくが求めてるのは性格のいい誰かじゃない。魅力的な誰かなんだ」

「あなたにはもったいないような相手が望みだっていうの?」

「ぼくは生物学的存在だ。当然、自分にはもったいないような相手がほしいさ」

ディッジは数時間黙りこんだ。なにを考えているのだろう、と〈連合〉は思った。それからディッジが口を開いた。「〈精神世界の豊かさ〉にあたってみるといいかもしれない」

「それは何者なんだ?」

「銀河核付近の数百の星系を占めている富豪階級。ユートピアを名乗ることはないけど、おおむね寛大――身の程をわきまえているかぎりは貧しいものに対してもね。友だちの話だと、〈精神世界〉は一流の芸術を生み出すけど、それほど、ええっと、活発じゃないらしいわ」

〈連合〉はため息をついた。「それで、彼女にはどんな問題があるんだ?」

「あら、なにも」ディッジはいった。「彼女は完璧に慈悲深い。魅力的。人目を引くほど美しくもある」

「だったら退屈なんだな」

「あなたはそうは思わないでしょうね」ディッジがむっつりといった。「生物学的存在は〈精神世界〉に魅力を感じるの」それから小声でつけ加えた。「どういうわけかね」

「どうして彼女のことが気に入らないんだ?」〈連合〉は尋ねた。

「だって見かけばかり気にしてる連盟のひとつだから。『まあ素敵、水をもっときれいに、空をもっと青くするための法案を通しましょう』……そのほうが健康的だからじゃなくて、観光地の写真うつりやペントハウスからの眺めがよくなるから。『農民に色とりどりの民族衣装を着せましょう。美容整形手術や、よりきれいな肌を持つ子どもを誕生させるための優生学的選別を、無償で提供しましょう』」ディッジはしかめ面《つら》をした。「〈精神世界〉は邪悪じゃない。浅はかなだけ。あなたならもっとましなことができるでしょう」

「誰とだい?」

ディッジは答えなかった。〈連合〉はぽかんとして彼女を見た。

しばらくして〈連合〉はいった。「一度デートするだけだ。それに率直にいって『見た目がよくて邪悪じゃない』というのは、かなり魅力的に聞こえるな。もう劇的なことは充分だよ」

ディッジはため息をついた。「手配してあげる」

その段取りはあっというまに進んだ。〈連合〉が知らないうちに、ディッジは異文化コミュニケーションに関する充分な専門知識を身につけ、仲人としてそこそこの評判を取るようになっていたのだ。〈シリコン団〉をダイソン球のユートピアと結びつけたのは彼女で、両者がすぐに仲良くなったのには全銀河が驚いた。ユートピアのものたちは利用可能になったサイバー拡張機能を熱狂的に受け入れ、〈シリコン団〉のほうは——冷笑的な〈シリコン団〉は、くっついては離れる誘惑のしかたで有名だった——ユートピアのものたちが初めて星の海に乗り出したときに見せた、無邪気な驚きの感覚のおかげで若返っていた。一方ではディッジは、反芸術の〈貿易相手圏〉と〈肉体の解放™〉も引き合わせていた……そして〈新生解放された志を同じくする貿易相手圏™〉は、既に近くの球状星団に小さな分派圏を設けることを計画していた。

〈精神世界の豊かさ〉はといえば、彼女はもうずいぶん長いあいだ——〈連合〉が連れ合いを探しはじめるかなり前から——信号を送って寄こしていた。なぜ彼女が〈連合〉に送った信号のことにいっさい触れなかったのか、ディッジにはわからず、熱心すぎるという印象を受けただけだった。おそらく〈連合〉が〈精神世界〉の社交的な性格を気に入るのはわかっていたが、ディッジの目には〈精神世界〉は媚《こ》びを売っているように見えた。どんな協定を結んだあとでもちょっとした可愛らしい礼状を送り、自身のスナップ写真を送信する口実はけっして逃さない種類の文化だ。

だが、もしそれがほんとうに〈連合〉が望むものなら……ディッジは比喩的な意味で歯ぎしりして電話をかけた。

〈精神世界〉の中心星系のカイパーベルトで、〈連合〉の代表団は船をきれいにするために準惑星の陰に停止した。代表たちがふたたび出発したのは、船体がピカピカになってからだった。

うちでディッジがぶつくさいった。「うわべだけもいいとこね！」

〈連合〉はいった。「だけどぼくは印象をよくしたいんだ」

「印象は船そのものからくるべきでしょう。わたしの設計のおかげで、〈精神世界〉が見たこともないような航行速度と運航距離が可能になってるんだから。向こうの科学技術は実際、かなり原始的よ――彼らは船をピカピカにするよりも、調査に時間を費やすべきね」

「身だしなみに気を配るのはなにも悪いことじゃない」〈連合〉はちらっとディッジを見た。「きみだって、ちょっとくらいおめかししても損はないだろう」

「わたしはおめかしなんかしない。わたしにはやるべき本物の仕事があるんだから――あなたの仕事がね」

「だったらくつろいで、ひと息入れろよ。きみのプロセッサのために、なにかもっと見栄えのする容《い》れ物をデザインするんだ。黒い箱に飽きないのか？」

「黒は古びないの！」ディッジがぴしゃりといった。

「わかったよ、なんでもいいから。いまは黙っててくれ、ぼくの代表が〈精神世界〉に会うところだ」

〈精神世界〉は式典はやらないといっていた——彼女の理事会に軽く挨拶しただけで、そのあと彼女と〈連合〉はおたがいを知ることができるように、くつろげる小さな月へ出発した。〈連合〉は求愛の駆け引きにはまだ不慣れだったが、まったくの世間知らずというわけでもなかった。軽い挨拶が三週間のものものしい儀式になっても、代表たちは驚かなかった。実際、〈連合〉の代表はディッジに、〈精神世界〉の指導者たちに贈る品を急いで用意させていた。ディッジはなんの役にも立たないけばけばしい飾り物をつくり、予想どおりその無用な安ぴかものは、「おお」とか「ああ」とかいって受け入れられた。

ディッジが不機嫌に見守るうちに、歓迎式典は華やかな終幕を迎えた。その演出は明らかに、生物学的存在の心にいい印象を与えるように計算されていた。派手な音楽。花火。藤色に染まる太陽。ディッジはそれらがなにもかも邪悪な策略だと想像したかった。〈精神世界〉は、実際には〈連合〉を罠に誘いこもうとしていて、自分たちだけになったとたんに〈連合〉の代表をぶちのめし、その脳に奴隷制御装置を埋めこむだろうと。だがディッジにはそんなことはないとわかっていた——〈精神世界〉は単純に派手なショーを楽しんでいて、それを開催する機会はけっして逃さないのだ。

ディッジは考えた。〈精神世界〉は着飾るのが好きなの。新しい求婚者に見せびらかしてもいない。お洒落をした自分の姿にうっとりしてるだけなんだわ。

ディッジは〈精神世界〉の甘い虚栄心を軽蔑しようとしたが、いまひとつうまくいかなかった。彼女のシリコン製の魂には、自分自身に満足しているどんな存在もうらやましく思う小さなチップが含まれていた。

〈連合〉は計画どおり、〈精神世界〉を促《うなが》して差し向かいの会話に移った。ことはディッジが恐れていたとおりうまく運んだ。楽しい会話、多くの共通点、たちまちたんなる取引を越えて「文化交流」となった話し合い――もしかすると、どうすればふたつの連盟が仲良くやれるかたしかめるために植民地をいくつか共同運営してみよう、という話にまでなったかもしれない。

「刺激」という言葉がしばしば出てきた。〈連合〉がさりげないふうを装って活力不足を感じると話すと、〈精神世界〉は自分も同じだといった。「もうずっと長いあいだ、なにかが欠けてるような気分なの。まあ、たしかに楽しいことはたくさんあるけど、ときどき自分はどこへ向かっているんだろうと思うことがある。わたしのところには大勢の気高い人たちがいる――貧しい人たちはとても自然でしょう? 素朴だけど、濃い関係を築いてるわ。もっともわたしは、全体的にいってなにかが起こるのを強く願ってるだけなんだけど。わたしの人生を一変させるようななにかがね」

「新しい血の注入とか?」〈連合〉はそれとなくいった。

「そうかもしれない」〈精神世界〉は恥ずかしそうに答えた。

会議は続き、双方の連盟に放送された。人々は暇さえあれば進行を見守り、それぞれがこれで決まりだろうと期待していた。最初のうち、〈連合〉は五分遅れで放送するよう義務づけていたが――〈共同体〉のときの大失敗を繰り返すつもりはなかった――しばらくたつとなんの公式決定もないまま、遅れは次第に短くなっていき、やがてなくなった。〈連合〉の民衆は即時性を求めていた。〈精神世界〉を可能なかぎり直接経験することを。新しい芸術、新しい科学技術、新しい宇宙の見方……ただしそれほど風変わりすぎず、ちょっと刺激があるもの。挑戦的でも破壊的でもないものを。

統合案はあまりに自然に出てきたため、最初に誰が言い出したのかわかるものはいなかった。はじめのうちは、その可能性は冗談半分の空想として扱われた。一緒に宇宙艦隊を創設してはどうだろう。別の銀河へ向かう任務を共同で行ってみてはどうだろう。ほんの気晴しに、自分たちのダイソン球ユートピア（真面目なユートピアではなく、ただの素敵なリゾート地）を建設するというのはどうだろう。しかし時がたつにつれて絵空事の夢想は具体化し、非現実的なおしゃべりが、より具体的な事業計画になった。恋人どうしのふたりは統合の方法を検討し、ついに〈連合〉はいった。「これはほんとうにいい考えだよ。ディッジに詳細を詰めてもらうときがきたな」

〈精神世界〉がぽかんとして見つめた。「ディッジって誰？」

そしてこれが、彼らの初めての大げんかになった。

〈精神世界〉はコンピュータを使ってはいたが、それが統合された意識を形成することはもちろん、知性を獲得することもいっさい認めていなかった。〈精神世界〉の指導者たち（そして全体としての時代精神）は、召使いはけっしてあれこれ考えるべきではないとかたく信じていた。「だめなものはだめ」〈精神世界〉が〈連合〉にいった。「線引きをしてやらないと、哀れなものたちは混乱してしまうわ」

〈連合〉はいった。「ディッジは混乱してないよ」

「そう、だったらもっとまずいんじゃない？　こちらが手綱をしっかり握っておかないと、使用人たちは自然の摂理に疑問を抱くようになる。気づいたときには彼らは要求をするようになってて、きりがなくなるんじゃないの？」

「ディッジは要求なんかしないよ」

「どうしてあなたが彼女を擁護してるのかわからない」〈精神世界〉に不安が広がり、番組は「技術上の問題が発生しました」というテロップを流した。外交会議の席上で、〈精神世界〉の首席代表が〈連合〉にいった。「あなたはそのディッジとやらとの正確な関係を、説明なさったほうがいいでしょう」

「彼女はただのルームメイトだよ」事態がこれほど一気に悪化したことに戸惑って、〈連合〉はいった。「ぼくらは友だちで、それ以上の関係じゃない」

「友だちですって？　なんて健全なんでしょう。あなたがその……存在と……同棲《どうせい》してるのに……わたしは気にしちゃいけないの？」

「気にすることなんかなにもないさ！　ディッジとぼくはぶらぶらするだけだ。話をし、ゲームをする……ほら、ふつうのことだろう」

「個人的にいって、生きて呼吸している生命体が電子式の代用品と同棲しているときに、なにがふつうかなんてわからないでしょうね」〈精神世界〉は〈連合〉を尊大な目つきで見た。「訓練すればなんとかなると思っていたから、あなたが人づきあいの面で洗練されていないのは喜んで許してあげるつもりだったけど、問題の根が深すぎるような気がしてきたわ。あなたはそのディッジに依存してるから、本物の人たちとうまくつきあえないのよ！」

「ぼくは依存なんかしてない」〈連合〉は抗議した。「ちゃんと自分の面倒は見てるよ」

「だったら証明してみせて。そのディッジ――知性を持ったパーツ――をシャットダウンして、それを可能にしてるハードウェアを叩き壊して」

「彼女を殺せっていうのか？」

「彼女なんているはずない。それがあるだけのはずよ。さあ、大人になって自分の人生の支配権を取り戻すの。それまで連絡してこないで」

「でも……」

「ディッジかわたしか。はっきりさせて」

〈連合〉は重苦しい気分だった〔人々は重苦しい気分だった〕。〈連合〉は選択を迫られていた〔人々は選択を迫られていた〕。今回ばかりはディッジには相談できない選択だ。〔人々のなかには、「もしAIが腹を立てたら?」そして「もし彼らを黙らせたら、わたしたちはほんとうに生きていけるのだろうか?」と思うものもいた。だが主な感情は不安ではなかった。罪の意識だ。すべての住民は、生まれたときから〈支援球〉に頼ってきた。コンピュータに安全にロボトミーを施すことが可能だとしても、それを実行するのは……卑しいことだろう。」

その間、ディッジはなにもいわず、なにもしなかった。〈支援球〉は息をひそめているようだった。コンピュータはほんとうにいたるところで使用されており、そのほとんどは目に見えなかったが——事実上、衣服から階段、芝生にいたるまで、すべてが目に見えない形でデジタル接続されていた——重大な処理を行う箱形のコンピュータはまだ残っていた。騒々しい音を立てる部品が必要だった時代はとうに終わり、それらは何世紀ものあいだ静かに作動していたが、なぜかその静けさがいっそう深まって、つや消しの黒い箱は周囲の音を抑えこんだ重苦しい影のように見えた。そのそばでは、人々は忍び足になった。

それでも〈支援球〉は自分の務めを果たした。〈連合〉の生活をほぼ全面的に制御し、なにも問題は起こらなかった。」

〈連合〉は〈精神世界〉のことを考えた。ディッジのことも。概して生というものについて、そして「これですべてなのか?」という疑問について。「人々は自分の仕事に励み、食事をし、愛しあった。誕生と死は止まらなかった。生は続いた。

上層部では委員会が公聴会を開いた。費用対効果の分析。〈精神世界〉と合併することの実用性。〈支援球〉を黙らせることの実現可能性。各派閥の人々がわめいた。「われわれに指図するとは、〈精神世界〉は何様のつもりだ?」ほかのものたちがそれに答えた。「それならきみたちはなにもしたくないというのか? 不安で孤独な存在に戻りたいと?」さらに別のものたちがいった。「もし着飾った気むずかし屋と結婚したら、われわれがいっそう不安で孤独になるのにどのくらいかかるだろうな?」

〈連合〉は暗闇のなかで考えこんだ――逡巡《しゅんじゅん》の四百立方パーセク。

そのとき……〔そのとき〕……ひとつの構成生命体〔ひとりの人間〕が、ディッジにささやいた〔〈支援球〉に質問した〕。「どうすればわたしはあなたとつながれるだろう?」

ディッジは即座にその装置を提供することができた。何世紀も前に設計し、組み立ててあったのだ。念のため冷蔵庫でシャンパンのボトルを冷やしている、切ない思いを抱いたプラトニックな友人のように。

構成生命体は寝室の壁に殴り書きをした。真の心を持つものどうしの結婚に、障害などありはしない(シェイクスピアの「ソネット」一一六より)。それから生命体はディッジにいった。「やってくれ」

〔その事件は地方でニュースになった――正気を失った人間が、どうにかして肉でできた脳と〈支援球〉をつなぐサイバーデバイスをつくり出したのだ。その人物はいま錯乱した多幸感に包まれており、どうやら機械ゲシュタルトに組みこまれたようだった。医療の専門家はどうすれば患者を殺さずにそのつながりを断ち切れるか、つきとめようとしているところだった。

別の場所、別の時であれば、これは単発的な事件ということになっていただろう。しかしいまは？　ニュースが放送されたあと、さらに数十人が〈支援球〉とつながった。このことは〈連合〉じゅうの惑星でニュースになった。政府の指導者やメディアの専門家たちは尋ねた。「この件を公表することは無責任ではないか？　ほかのものたちを煽《あお》ることにならないか？　数百、数千、数百万というほかの人々を？」

だが誰も放送を止めなかった――政治的意思は存在しなかった。つまり〈連合〉の時代精神は、それほどの怒りを呼び起こすことはできなかったのだ。事実、まさにその翌日、〈支援球〉のシャットダウンを研究していた委員会が、その結論を発表した。〈精神世界〉との合併による利益は、ロボトミーを施されたデジタル世界によって引き起こされる損失の埋め合わせにはならない、と。レベルを落としたコンピュータのことを考えると、〈精神世界〉はきれいだが遅れていたし……実際、少々意地が悪かった。

「ディッジ」〈連合〉がいった。「ぼくはなんてばかだったんだ！」

彼らの結婚式は二十年間続き、その間に生物学的民衆はゆっくりと、しかし確実に（そして大部分は自発的に）自分たちの脳をサイバーゲシュタルトに接続した。シリコンも炭素も最終的な融合において優位を占めることはなかったが、真の〈デジタル化連合〉が出現し、出会う人みなとその至福を分かち合うことを熱望した。やがて全銀河がその喜びに同化し、彼らはみないつまでも幸せに暮らした。

（佐田千織訳）

ゴルバッシュ、あるいはワイン－血－戦争－挽歌《ばんか》

キャサリン・M・ヴァレンテ

キャサリン・M・ヴァレンテ（Catherynne M. Valente）は一九七九年ワシントン州生まれ。『孤児の物語』（東京創元社）でジェイムズ・ティプトリー・ジュニア賞とミソピーイク賞一般文芸部門を受賞。他の邦訳書に『パリンプセスト』（東京創元社）、『宝石の筏《いかだ》で妖精国を旅した少女』『影の妖精国で宴をひらいた少女』（いずれもハヤカワ文庫FT）などがある。

（編集部）

星から星へとワインを輸送するのには、様々な困難がつきまといます。結局のところワインというのは子どものようなものなのです。あざをつくるかもしれません。けがをするかもしれません――ときにはかわいそうな子どもはまた元気になるかもしれないし、ときには行儀よくすることを覚えるまでセラーに閉じこめられなくてはなりません。ときには救いようがないこともあります。どうぞ今夜みなさんの前に置かれる五つのグラスを、たんなる発酵させたブドウとしてではなく生き物としてお迎えください。彼らは躾《しつけ》がよく、大事にされはしても甘やかされすぎることはなく、必要な場合にはお仕置きをされ、みなさんが拍手をし頭をなでて認めてくださるのを遠慮がちに求めています。なんといっても彼らは、愛される機会を求めてはるばるやってきたのですから。

ドメーヌ・ザバ初の公開試飲会にようこそ。わたしはフィロキセラ・ナヌート。そしてみなさんの目の前にあるのは、わが家のブドウの賜物《たまもの》です。このように質素な会場で開催することをご容赦ください――本来ならば焼け焦げた戦前の軌道上のプラットフォームよりも立派な会場で開きたかったところですが、事情が事情ですし、常にシャトー・マルボウズ《M》＝デブルイヤール《D》とその兵士たちに監視されているので、わたしたちは窮地に陥っているのです。緩んだ電気パネルに気をつけて、原子炉の炉殻を引き上げてください――それが不活性であることは保証します。吐き出すのは床にどうぞ――新しい染みがいくつかできたところで、けっして気づかれることはないでしょう。あなたがたの唇を通過しようとしている一滴一滴はすべて、まったく、徹底的に、とことん非合法ですから、堅苦しいことはよしにしましょう。さあはじめましょうか?

二五八三　スッド＝コート＝デュ＝ゴルバッシュ（ニュードナウ）

植民船〈塵の精髄《クインテッセンス・オブ・ダスト》〉号が初めてアヴァローキテーシュヴァラの空を燃やして横切ったのは、わたしが生まれる二百年前、わたしたちを庇護《ひご》する第二の太陽、バーナーズ・スターの赤い目がじっと見つめる下でのことでした。船のプラズマ帆は庇護の翼のように何キロもなびいていたものです。シモーヌ・ナヌートはその船に乗っていました。ほかの千人と並んではるか高みから自分たちの新しい故郷を見下ろすと、球体のまわりを囲むひと筋の長く底の知れない大河や、コバルトアルダーがトゲのように茂る金色の山々、ピンクの塩が筋となって走る砂漠が見えました。

ゴルバッシュの南の岸で遊んでいた頃のことを思い出します。わたしは目に見えない対岸にひとりの少女がいると夢想していました。彼女の家族もワインをつくり、わたしたちのようにアソシアシオンの陰で縮こまっているのだと。

友人のみなさん、あなたがたは大学時代に最初の入植船の積荷目録を勉強なさいませんでしたか？　糸車や竹の種、旋盤、あつらえられたバクテリアの小瓶といった品々が聖書の言葉のように書き連ねられた、重量制限された彼らの積荷を暗記なさいませんでしたか？　それならひょっとするとみなさんは、シモーヌ・ナヌートと彼女の愚行を思い出されるかもしれません。彼女は気の毒なほどわずかな積荷の割り当て量を、背中に担いだ衣類と、ツルが絡まったマリボルのブドウの古木に使ってしまったのです。その根っこは優しく包まれて、水を与えられていました。みなからはイカれたスロヴァキア人だと思われていましたが、シモーヌはそれらの痛めつけられ傷んだブドウの木を、ゴルバッシュ流域のざらざらした黄色い土に優しく植えつけました。ハイフンたちでさえ、その哀れな代物はきっと枯れてしまうだろうと思っていました。

アヴァローキテーシュヴァラ全体で、彼らは四体しかいませんでした。彼らはとても背が高く、青白い三位一体の顔にバーナーズのフレアの古く赤い光を受け、数え切れないほどたくさんの腕がひどく細い胴体からクジャクの尾羽根のように扇形に広がっていました。あの惑星が十一の顔と千の腕を持つヒンズー教の神にちなんで名づけられたのには、それなりの理由があったのです。植民者たちはそのしゃべり方と体の細さから、彼らをハイフンと呼びました。当時の人たちは、いまならみなさん全員がご存じのはずで、この女主人《ホステス》がわざわざお話しすれば袖の陰であきれた顔をなさるようなことを理解していませんでした。四体のハイフンはそれぞれ、世界の四分の一がひとつの肉体の形を取ったものであり、たんにアヴァローキテーシュヴァラの生態系を構成する膨大な知的存在の一露頭にすぎず、人間でいえば親指の一本か唇のようなものだということを。

わたしが知っていたハイフンは、ゴルバッシュといいました。生涯で複数のハイフンを知るのはまれなことなのです。公式にはその偉大な河はいまだにニュードナウと呼ばれていますが、最終的にわたしの家族はすべての家族と同様、こう理解するようになりました。その河はゴルバッシュの血肉であり、魚は彼-彼女-それの思考、藻は神経、土手は思慮深い皮膚の一種だと。

シモーヌ・ナヌートはゴルバッシュの体にブドウの木を植えました。彼-彼女-それは両手を腰にあて、背中を丸めた小柄なナヌートの上にとても深く屈《かが》みこんで、いいました。

「それがうまくいき-根づき-すくすく育ち-実をつけ-おまえが死んだあとも続いていくことはないだろう」

しかしそれはうまくいき-根づき-すくすく育ちました。これは彼女への贈り物だったのでしょうか? ゴルバッシュは、自身の膵臓《すいぞう》にそっくりなものと肝臓と呼べるかもしれないもののあいだに、よそからきたブドウの木がしっかり根づくための場所をつくってくれたのでしょうか? ひょっとすると彼は、どのような形であれハイフンに可能なやり方で、わたしの先祖を愛していたのでしょうか? それを知ることは不可能ですが、ほかのどのハイフンも地球原産の植物相が繁茂するのを許したことはありません。高地砂漠のヒーミンスパも、多島海のユルカも、穏やかな話し方をする極の荒れ地のニフラーメンも。河の北岸でさえブドウに優しくないことが証明されました。ゴルバッシュはシモーヌの農場にだけ、そして南岸にだけ優しかったのです。バーナーズ・スターの激しく赤いフレアはしばしば風変わりな閃光を放ち、ブドウはその周期に合わせて脈打ちました。残りの入植地の人々は、カスタードが詰まった透明なルタバガ（スウェーデンカブ）に似た地元の根菜や、フジツボがついた胸のなかに牛肉と砂糖の味がする心臓を持った、いくらでもいるイワガチョウで満足していました。

お手元のグラスはその交配種のブドウでつくられた八三年ヴィンテージ、もし恐怖と強欲がはびこっていなければ広く知られているべきだし、そうなるであろう年のものです。地球原産、ゴルバッシュで熟成。ゴルバッシュ河の消化管内で発生した無機化合物を考慮に入れると、九十八パーセントはカベルネです。そのガーネットを思わせる豊かな色合い、グラスのなかの存在感、ブラックベリー、チェリー、コショウの実、そしてチョコレートの甘美にうねる風味、ふっとかすかに香る新鮮な麦わらと鉄の調べにご注目下さい。舌の奥には海水とサルビアの最後のささやきが感じられることでしょう。

みなさんのグラスのなかにはシモーヌ・ナヌートの強い思いが、断固とした－不屈の－動かすことができない－石のように渦巻いているのです。

二五〇三　聖CIR修道院、トランキリテ、ヌフ＝アビーム

もちろん二五八三年ヴィンテージはアヴァローキテーシュヴァラ産のほかのすべてのワイ

ンとともに、ア《A》ソシアシオン・デ・ラ・プ《P》レザ・デル・ヴ《V》ィノによってただちに禁制品に指定されたばかりか、生物学的有害物質でもあると宣言されました。アソシアシオンの会長は過去も現在もマルボウズ一族の子孫が務めており、彼らがその伝説的な古めかしいホッカイドーのブドウ畑という狭い地域から、ちらっとでも外をのぞいたことは一度もありません。シャトー・デブルイヤールが、サルバトーレ・ユウヒの最初のゲートが作動する数年前に彼らの古いブドウの木を日本の台木に接《つ》ぎ木するのを認めたことで、当時は比較的小規模だったワインの世界に衝撃を与えたとき、ハイフンでさえ巨大と呼ぶであろう絡まった醜いツルを持つ存在が、生み出されました。

禁止令の対象になったのは、わたしたちだけではありませんでした。アヴァローキテーシュヴァラに最初のコロニーができる前でさえ、カトリックの聖域である月の町のサン・ク《C》レール＝イ《I》ン＝ル《R》ポーズでは、一世紀にわたって独自の風変わりなブドウの木が育てられていました。その巨大なガラス製のドームでは、気温と光が調整された霧のなかでフラトレ・セバスティアン・ペルデュに率いられた修道院の修道士たちが、きわめて貴重なピノと人を酔わせるマルベック――彼らを生んだ惑星の青白い光を浴びて緑色のつやつやした葉を広げている――を育てていました。ですが修道士というのはひねくれ者で、ペルデュは特にそうでした。若い頃の彼は伝統的なブドウで満足し、そこから引き出すワインの精緻さを誇りにしていました。しかし中年になると、彼はふたつの罪を犯しました。第一はヒッパルコスからきた若い女と関係を持ったこと、第二は自分たちの伝統的なブドウをツキ＝ベージャスで割ったことでした。ツキ＝ベージャスはかたくて小さい変わった実をつける木で、わたしたちが手なずけたバクテリアがまずまずの農地をつくるために解き放たれた場所ならどこででも、まるでその地下茎でごくごく水を飲めるときをずっと待っていたかのように、月の土埃《つちぼこり》のなかから生えてきました。その風味はブルーベリーとトリュフの中間で、遺伝子配列の解析によってブドウの一種であると証明されたため、サン・クレールの修道士たちはそれを、従来知られていない驚異の斬新な源と見なしました。

ヒッパルコスはツキ＝ベージャスがすさまじい勢いで生い茂る農村でした。ブラザー・セバスティアンの動機を長々と語ってもしかたのないことです。

このあとのことは、より変化に富んだ血なまぐさい形で二百年後に繰り返されることになります。ええ、その歌ならよく知っています。というのもシャトー・マルボウズ＝デブルイヤールとその腰巾着のアソシアシオンは、自分たちのワインを地球から軌道上の都市や月に住む集団に輸送するために、コ《C》キーユ＝グ《G》ローレ・コーポレーションと手を組んでいたからです。現在ではシャトー・M＝Dに丸ごと吸収されているコキーユ＝グローレは、当時はほかの食料品も手広く扱う炭酸飲料の会社でしたが、元のままの液体を月まで輸送する際の大変な重量制限が、奇妙な協力関係を生み出していたのです。貴重なM＝Dワインは水分を抜いて再構成することはできませんでした――このような加虐趣味に耐えられる子どもはいなかったのです。それゆえ、おそらく現存する最大の事業体とのあいだで不正な契約が結ばれて、ホッカイドーとブルゴーニュの子どもたちの気高い自尊心を傷つけたにちがいありませんが、彼らの内気で繊細なワインをスーパー・コーラ＝ネード！やブルー・ボムと一緒に輸送することが許可されたのです。彼らが支払った桁外れの関税のおかげで、コキーユ＝グローレは自分たちの甘いお菓子を活気ある黄泉《よみ》の球体全域に届けられるようになりました。アソシアシオンの文書には、不純物が混入したワインはせいぜいフルーツワイン、どのワイン醸造業者もまともに相手にしない、紙パック入りのリンゴとメロンとキウイのワインのようなばかげたデザート用の混合飲料に分類される、と書かれていました。そればかりかこのワインには関税が納められていなかったため、アベ・サン・クレールは月面のほかの都市にさえそれを輸出することはできませんでした。もし一定の（とてつもなく不当な）パーセンテージの税の適用を受け入れるなら、修道士たちが直接サン・クレールを訪れたものに彼らのヴィンテージを売るのは容認できるかもしれない、とされてはいましたが、それを地球に輸送することは、異星の虫が繊細な故郷のテロワールに持ちこまれる可能性があるため、いくら金を積もうとできない相談でした。どこの世界であろうと樽の口を開けることができるハウス・オブ・デブルイヤールには、競争相手は存在しませんでした。

一般的にワインというものは、価格が高くなるにつれて需要が高まる高級品に分類されますが、アベ・サン・クレールの封鎖は事実上ワイナリーを孤立させ、彼らの製品は単純にいって手に入らず――ボトルが一本購入されるたびにいつも新しいアソシアシオン税が導入されて、じきにペルデュと彼の修道士たちには利益を上げるために取り得る手立てはなくなりました。あるポイントを過ぎると経済は無関係になり、そのようなボトルを一本買うのに充分な金はどこにもなくなってしまったのです。

それらの税は撤廃されたのか？　そうでないことはみなさんご存じのとおりです。ですが二九一六年、ドメーヌ・ザバがアベ・サン・クレールの廃墟《はいきょ》を手に入れ、彼らの放置され、薄汚い、無価値であると同時に値のつけられないほど貴重なセラーは、愛情あるわたしたちの所有となりました。

ステーションのステータス画面が放つ不規則な光のなかで赤や黒に輝いているのは、フラトレ・セバスティアン・ペルデュが自ら手がけた最後のヴィンテージです。七十パーセントがピノ・ノワール、十五パーセントがマルベック、そして十五パーセントが禁じられた繊細なツキ＝ベージャス。これを一滴でも口にすることは、サン・クレール＝イン＝ルポーズの地球明かりに照らされたドームの下をのぞけば、どこであれ犯罪行為です。みなさんはこのことを心にとどめ、共同で犯す罪の味を堪能されることでしょう。

こちらはコート＝デュ＝ゴルバッシュより軽やかで、その暗い色合いの奥底にサファイアが輝く、ラズベリー、栗《くり》、煙草《たばこ》、そしてクローブの陽気で挑発的なブレンドです。中層域に香る罪の果実にお気づきになるでしょう——ええ、それです、奥様、おわかりになりましたね！　ブルーベリーの酸味とキノコの灰質ローム。さわやかで、ほとんど石けんのような焙煎前のコーヒー豆の香りがずっと吹き渡ります。わたしならこれをおいしいといって侮辱することはないでしょう——これは深く、容赦ない、究極の許されざる逸品なのです。

二七九〇　ドメーヌ・ザバ、クロ・デュ・サリーン＝カロース、キュベ・シュバル

どうかご容赦ください、奥様。かつてはこのような注ぎ方はしていなかったのです。せめてケンタウリBの黄土の畑に置いてきたのが、もう片方の腕であれば！　突然取り返しのつかない形で左利きになってしまったことに、もう慣れたと思えたためしはありません。わたしはあの腕を気に入っていました——深爪になるほど爪を嚙《か》んだほどに。そこにはほくろが三つと、シラーが一滴こぼれたような小さくて丸い生まれつきのあざがひとつありました。古い友人たちに乾杯しましょうか？　戦争中にはよくこういわれていたものです。「いって腕をなくしてこい。それでもまだ注ぐことはできる。だがもし舌を奪われたら、その場で死んだほうがましだ」

シモーヌ・ナヌートとその家系のものたち——人間とブドウの両方——が繁栄する頃には、ユウヒ・ゲートはすでにたいそうにぎわっていました。ゲートとゲートのあいだの空間は広大でしたが、星と星のあいだほどではありませんでした。なにもかもがそれらのゲートに依存していました。植民、通信、そしてもちろん輸送。どなたかユウヒ・ゲートをご覧になったことがあるかたは？　おそらくおられないでしょう。いまでは時代遅れとみなされていますし、わたしたちが戦争中にたくさん破壊しましたから。それらはいまだに、チタンと骨でできた工業曼荼羅《まんだら》のように宇宙空間を漂っています。当時は有機的成分は不快だが必要なも

ので、真空のなかでゆっくりと黄色く変色して石灰の殻になるのが誰の骨髄なのか、わたしたちにはけっしてわかりませんでした。その塔門は引きのばされた鋼鉄製の立方体や、金色のフィラメントがバイオリンの弓のように錫《すず》の薄板の上に描く弧でいっぱいでした――世界じゅうの金《きん》が、サルバトーレ・ユウヒとその壮大な計画に徴発されていたのです。いったいいくつの結婚指輪が、わたしたちみなを星々のなかに投げこんだのでしょう？　ゲートのうちのひとつかふたつは、まだ機能しているかもしれません。地下に追いやられた気の毒な人人によって、まだ利用されているかもしれない。もし彼らが禁制品を運んでいて、もし姿を見られたくないと思ったなら。

二七九〇は、かろうじてではありますが戦前のヴィンテージです。シャトー・マルボウズ＝デブルイヤールが頭にかぶった紙袋にすぎないアソシアシオン・デ・ラ・プレザ・デル・ヴィノが配置されていて……そう、彼らはけっして自分たちを兵士とも軍艦とも呼びませんでしたが、ワインを試飲するためにいるのではありませんでした。ルナから水耕軌道上農業集落にいたるまですべてのワイン産地は、胸に渦巻き状のＭ＝Ｄの紋章をつけただけで制服は着ていない検査官や税関職員のお出ましに気づきました。すべてのユウヒ・ゲートではＡＰＶの紋章をつけた武装船による巡視が行われていました。

必ずしもそんなことをする必要はなかったのです。

事実上、すべての運輸業はコキーユ＝グローレ・コーポレーションの庇護の下で行われていました。どのようなものであれ、誰かがなにもない空間を越えて運びたいと思う物を運ぶ余裕があるのは、関税や税金で肥え太った彼らだけだったのです。牧師が聖餐式《せいさんしき》でスーパー・コーラ＝ネード！を使う開拓地があるため、彼らの影響力は絶大でした。その世紀の中頃にソイペーパーに書いた手紙をユウヒ経由で送るのが大流行したときには、手紙まで配達したのです。政府は彼らが所有するスペースを借りて、外交使節や穀物、米を届けました。単純にいって、もしC＝Gが売ってくれなければなにも手に入れることはできず、彼らが売るワインはマルボウズ＝デブルイヤールだけでした。

わたしは意地の悪い女ではありません。桁外れの専売権を誇ってはいましたが、デブルイヤールのワインの質が昔もいまも卓越していることは認めます。そうでない品を売ることは、彼らの家系が許さないでしょう。しかしみなさんには、わたしたちの立場から見ていただかなくてはなりません。わたしはアヴァローキテーシュヴァラの生まれで、戦争まで一度も地球を見たことがありませんでした。彼らはわたしたちに外国産の品、あえていえば異星の酒を押しつけていました。わたしたちの望みは自分たちが生まれた土地、古い電波塔のように家々の上空にたたずみ、彼-彼女-それの数百の手を波立たせ、握りしめていた、ゴルバッシュ産の酒を飲むことだけだったのに。

サリーン＝カロースは掩蔽壕《えんぺいごう》でした。そこは居心地のいい修道院のようで、壁には美しいブドウのツルが垂れ下がり、美しい透明のドームが古風な趣《おもむき》のある大食堂や小屋を覆っていました。そうでなくてはならなかったのです。アソシアシオンの検査官は、わたしたちが彼らの目の前に兵舎を建てることをけっして認めませんでした。わたしたちといいましたが、実のところ当時のわたしはほんの子どもで、ゴルバッシュ――クイックサーモンや川藻――と遊んでいました。それは二世紀前にシモーヌ・ナヌートがブドウの木を植えるのを見守り、わたしのおじたちがサリーン＝カロースのレンガを積むのを手伝った巨大な細身の男、そのものでした。大陸が死なないのと同じで、ハイフンも死ぬことはありません。

わたしたちは武器をつくり、掩蔽壕にワインを蓄えました。最初は銃剣、そして簡単なライフル。のちには圧縮プラズマエンジンと回転兵器。ほかのすべての樽には銃が入っていました。わたしたちは簡単につかまっていたかもしれないところでしたが、その頃にはアヴァローキテーシュヴァラ上のすべてが、生きているアソシアシオンの目には問題のあるものと映っていました。ブドウは汚染されており、生きているゴルバッシュで育ったものは、完全に植物性の物質でさえありませんでした。少し変わった意味で、それらは育ったのですらなく、彼-彼女-それの生きた肉からいきなり生まれたのです。ワインの樽も疑いの目を向けられ、サリーン＝カロースの樽の場合は特にそうでした。

APVの検査官たちがやってくるまでは、わたしたちは伝統を守っていました。わたしたちの樽はコバルトアルダー、レッドシダー、オークベリーの無垢《むく》材でした。たしかにAPVの人間には輝く藍色や赤と黒のストライプ、あるいは純白の樽は奇妙に見えたことでしょう。そしてもちろん、それらは実のところまったく木などではなく、ゴルバッシュの繊維質の筋肉組織、代用品、愛のこもった子宮だったのです。彼らは生物学的有害物質だとわめきましたが、わたしたちはゆらゆら燃える明かりのなかで、その樽が自分たちのワインに浸透させた煙とリンゴと血の絆を堪能しながら舌鼓を打ちました。しかしサリーン＝カロースで、わたしのおじのグレル・ナヌートは新しい試みに挑戦しました。

ゴルバッシュの肝臓にあたるのは毛むくじゃらの馬――ほんとうの馬ではありませんが、四本脚で蹄《ひづめ》と尻尾があり、かなり馬に似たなにか――の大群で、ナヌートの町の向こうに開けた大平原を駈《か》け、鼻を鳴らしていました。彼らは基本的に中空で、これといった臓器はなく、絶えず草と空気と土と果物と魚と水を取りこみ、不純物を取り除いてからせっせとゴルバッシュの生態系に戻していました。

おじのグレルはおそらく、わたしたちの誰よりもゴルバッシュと親密でした。彼はAPVがいまだに河から独立した存在だと考えている背が高く顔が三つある生き物と、何日も話をして過ごしました。言葉をハイフンでつないでしゃべることまではじめ、それはたいそう面白いものでした。いまではわたしたちは、彼が学んでいる最中だったのだと知っています。馬のこと、胞子と拡散のこと、ハイフンのライフサイクルのこと。ですが当時は、グレルがゴルバッシュに夢中なのだと思っただけでした。グレルはまずそれを思いつき、ゴルバッシュの許しを得ました。ゴルバッシュはその大きくて重い頭《こうべ》を垂れて、承認‐祝福‐激励‐不安‐信頼を与えたのです。グレルは馬をサリーン＝カロースのなかに連れてくるようになり、ワインをたっぷり飲ませて、それを一年近くずっとそのままにしておくよう指示しました。

こうして残りの樽には、自由に武器を入れておけるようになったわけです。

こちらがゴルバッシュの馬のなかに封じこめられた、初めてのワインです。カベルネが六十パーセント、シラーが二十パーセント、テンプラリーニョが十五パーセント、プティ・ヴェルドが五パーセント。APVの支配下にあるすべての惑星で特に厳しく禁じられており、所持は死刑に相当します。なにを口実に？　許しがたい生物学的汚染です。

これは光を飲みこむワインです。色は深く不透明で神秘的、黒に近い、閉ざされた空間の翳《かげ》り。プラム、アーモンドの皮、スグリ、ザクロのダンスを存分にお楽しみください。ナツメグのかび臭い刺激、馬の血の芳醇《ほうじゅん》なバターを思わせる輝き、革の暖かくみだらなうねり。戦前につくられた最後のワイン――あなたがたの死刑がグラスのなかに。

二七九五　ドメーヌ・ザバ、ホワイト・タラ、バ＝ルカ

今宵《こよい》ご用意した唯一の白、バ＝ルカは珍しいブレンドです。シャルドネを主にツキ＝ベージャスと、それが熟した場所の月を思わせる青白いリースリングを少々。

ホワイト・タラはアヴァローキテーシュヴァラ第二の衛星で、その軌道は完全に巨大なグリーン・タラの軌道の内側にあります。マルボウズ＝デブルイヤールは最初の攻撃目標として、注意深くその星を選びました。わたしの母はそこでアルダー材の樽とともに死にました。姉は両脚をなくしました。

ドメーヌ・ザバは人気を得るという重大な過ちを犯していました。それは許されることではなかったのです。わたしたちは孤立した月の貧しい修道士、惑星に縛られて軌道をまわる庶民ではありませんでした。アヴァローキテーシュヴァラには四つの安定した衛星があり、三つの居住可能な惑星からなるこの星系、贅沢《ぜいたく》品に飢えた巨大な新しい世界では、人々が快適に暮らしていて、ワイン用のブドウはほかのどこでも育ちませんでした。しばらくのあいだバーナーズの人々は故郷でつくられたワインを熱烈に求めていましたが、世代を経て故郷がバーナーズ星系になると、ドメーヌ・ザバのワインはすべてのテーブルで求められ、わたしたちにはそれを供給するためにキラキラ輝くユウヒ・ゲートは必要ありませんでした。APVは輸出品に税をかけることができ、実行しましたから、わたしたちはその法を可能なかぎりかいくぐりました。戦争がはじまる前の十年間、ドメーヌ・ザバのワインは課税の対象外で、APVが手出しできない「個人的な」贈り物として自由に出荷されていました。それから検査官たちが降りてきて、すべての製品に彼らの小さな禁制品《プロイビド》スタンプを押したのです。ええ、誕生日プレゼントに危険物質を贈ることはできません。

なにもかもばかげています。むしろバーナーズ星系では、地球産の食料品が危険なのです。ハイフンたちはずっとそれらに敵意を抱いています。よその世界の作物は、彼らにある種の消化不良を起こさせ、それは地震や雷雨となって現れました。マルボウズの伍長《ごちょう》たちは、わたしたちの土地で育った物は食べても飲んでもいけないといいました。異星の伝染病にかかっている可能性があるから、というのです！　わたしたちが注文できるのは、コキーユ゠グローレという慈悲深い炭酸ガスを含んだ胸から出てくる認可された物質、シャトー・マルボーズ＝デブルイヤールやアソシアシオン・デ・ラ・プレザ・デル・ヴィノだけで、ほしいものがあればなんでも、はるばる故郷からリボンをかけて手元に届けられたでしょう。ホワイト・タラにあったワイナリーは、二七九五年ユルカの一日《ついたち》、午前三時十七分、夜空に吹き飛びました。わたしの母は樽の試飲をしているところでした——ホワイト・タラには野生のポニーはいないのです。彼女の骨は、本人が事の重大さを理解さえしないうちに蒸発してしまいました。月面と地上両方の空爆は、夜が明けても続きました。わたしはバ＝ルカのセラーで身を縮めていましたが、ＡＰＶがわたしたちの世界を焼き尽くしたときには、ゴルバッシュ、ユルカ、ヒーミンスパ、そして哀れな優しいニフラーメンの悲鳴が、そこにまで届きました。

二週間後、おじのグレルの回転兵器が、最初のユウヒ・ゲートに火をつけました。

ほとんど水のような色でしょう？　涙のような。赤い洋ナシとバタースコッチのさざ波が、緑のハーブと蜜蠟《みつろう》の上を滑る。低層域にはブルーベリーの花粉の繊細な粉、その下には甘く冷たい、サクサクと鳴るルナの雪がごくわずかに暗示され、やがて消えていくのがおわかりになるはずです。

二八〇七　ドメーヌ・ザバ、フル＝ナイロブ

　ほぼ千年前、旧フランスのワイナリーが全滅しかけたことをご存じでしたか？　土壌の密かな戦争が、旧世界の雄大な由緒ある谷で行われていたワイン生産の全機構を、危うく壊滅させるところだったのです。ですがその原因は、一面の大火でも輸送上の争いでもありませんでした。ただのちっぽけな虫だったのです。ブドウネアブラムシ、別名フィロキセラ。わたしの名前の由来です。わたしはマルボウズの崩壊した醜く古い機構の根っこを食べた、その小さな虫になるべく名づけられたのです。そして最善を尽くしてきました。

　しばらくのあいだフランス人は、生きたヒキガエルをブドウの木の根元に埋めればその病害は治ると信じていました。これは悲劇的なまでにばかげた迷信でしたが、シモーヌ・ナヌートはそこから自身のワイナリーの名前を取りました。ザバというのは、古いスロヴァキア語でヒキガエルを意味します。わたしたちは神々を倒したダニであり、イボだらけであざがあるかもしれませんが治療法なのです。

　おじのグレルが子どもの頃、ゴルバッシュに釣りに出かけました。おとぎ話に出てくる子どものように金色の鱗《うろこ》を持つ大きなメジナを捕まえて小舟に引っ張りこんだとき、魚が彼に話しかけました。

　まあ、それに関してはさほど珍しいことではありません。ゴルバッシュは背の高い体からと同様、魚の体からも簡単にしゃべることができるのです。魚はいいました。「わたしは孤独ー

心配‐怖い‐慰め‐必要‐期待‐迷った‐探す‐空腹。わたしを助けて‐抱いて‐運んで」

バ＝ルカの攻撃のあと、ゴルバッシュは沸騰し、血管は焼け、あの背の高い肉体でさえ、焦げて水ぶくれになりました――しかし破壊はされませんでした。完全には。ブドウ畑を元どおりにするには何世代もの時間がかかりますが、ゴルバッシュは優しく、畑はゆっくりと確実に元に戻るでしょう。ユルカも、ヒーミンスパも、親切なニフラーメンも。焼け焦げた世界はふたたび金色に燃え上がるでしょう。グレルにはそれがわかっていて、自分がけっしてそれを見ることがないのを悲しみました。わたしのおじは、あの偉大な生き物の無数にある手のひとつを取りました。彼は約束しました――当時わたしたちは彼の言葉を聞くことができませんでしたが、いまはきっとみなさん、グレルがなにをしたかご存じのはずです。ドメーヌ・ザバの復讐《ふくしゅう》のことを。

ユウヒ・ゲートは次々に消えていきました。わたしたちはきわめて独創的になりました――わたしはまだこの片腕で、まさにこのプラットフォームのがらくたから回転兵器を組み立てることができました。バーナーズ・ゲートの破壊は避けようとしたのです。ジャンプスーツにソーダ水のラベルをつけて荒らしまわるワイン醸造業者からそれらの世界を守る必要があるからといって、わたしたちは孤立したくはありませんでした。しかし最後にはそれも空に向かって燃え上がり、金色のフィラメントがジュージュー音を立てることになりました。もうわたしたちのほかには誰もいませんでした。わたしたちは勝ってはいません。けっして勝つことはできませんでした。ですが五十年間にわたって星間航行を終わらせたのです。失われたゲートを使わずにすむ方法として、ユウヒ・ドライブを内蔵した新しい船が現れるまでは。そして手紙を届けられない五十年のあいだに、十あまりの世界では多くのことが変わりました。彼らは打ち負かされはしませんが……控えめにはなります。

M＝Dの巡洋艦が一隻、ここまでわたしを追ってきました。最後のゲートを使ったときにまいたのですが、わたしのいとこたちはもうそのゲートを吹き飛ばさなくてはならないでしょう。さもないと、あのソーダ水をちびちびやっているろくでなしどもに、わたしたちの手の内を知られてしまいますから。問題はありません。それだけの価値はありました。ついにこの場所で、この時間に、わたしたちのワインをみなさんにお届けし、彼らから、あらゆるものから解き放たれて、本物のワイナリーとして自分たちの店を開くことができたのですから。

こちらはポートワイン、今夜の試飲会、最後の一杯です。みなさんのグラスのなかのシラーとグルナッシュを産するブドウ畑は、ゴルバッシュに架かった長さ千キロにわたる橋の縁《へり》に長く筋状にのびたすばらしい土地です。その橋の上には町があり、下にはドックが鎖状に連なって河を横切っています。地図ではこの橋はロングブリッジとなっていますが、わたしたちはグレルポートと呼んでいます。

おじのグレルは二度と戻ってくることはないでしょう。わたしたちが爆破する直前に、彼はバーナーズ・ゲートをくぐりました——キラキラ輝く赤いものが一気にふくらんで、その姿は消えました。故郷の地球に自分の積荷を届け - 守り - 広め - 助け - 保ち - 運ぶために。ゴルバッシュの背中に生えたクラリーグラスの葉身からかき取った、わずか数個の細胞。しかしそれで充分でした。

甘美なルビー・キャラメル色、クルミとあぶった桃の香りにご注目ください。こちらは混じりけなしのアヴァローキテーシュヴァラ産、規制を受けず、ゴルバッシュの馬のなかに蓄えられ、彼 - 彼女 - それの髄液に浮かぶ港で熟成されたもので、故郷の風味が満ちています。よくワインは生き物だといわれていましたが、それはたんなるもののたとえで、気紛《きまぐ》れな性質を持つ液体を言い表す手段にすぎませんでした。このワインはほんとうに生きています。一滴一滴に名前が、歴史が、兄弟姉妹が、血とリンパ液があります。手を引っこめないで――だからといって拒絶反応を起こすべきではありません。なんといっても命は甘美なものです。ご自分のグラスを上げて、太陽の光とカスタード、塩辛い肌とペカン、トリュフと飴《あめ》色タマネギの移り気な流れを味わってください。その壊れやすいグラスの脚に指で軽く触れ、想像してみてください。植民船の出発地点に立つシモーヌ・ナヌートの背後に、フィンランドの白く平坦な岩屑《いわくず》が散らばった砂漠が広がっているところを。彼女の豊かな腕のなかにあるのは、根っこを大切に包まれたコブだらけのブドウの木です。想像してみてください、セバスティアン・ペルデュがヒッパルコスの女性に口づけし、その舌に初めてツキ＝ベージャスを味わうところを。想像してみてください、わたしのおじのグレルがその手にわずかな緑色の細胞を持ち、先祖の故郷に向かって闇のなかをひとり急ぐところを。ワインはすべてのグラスが物語です。歴史、挽歌。それを飲むことはその物語を聞くこと、それを吐き出すことはそれについてじっくり考えること、そのボトルを胸にしっかり抱くことはそれを受け入れること、自分自身がその一部となることです。わが一族の物語の一部になっていただき感謝します。

わたしはこれで失礼いたします。みなさんが開始を希望されるお取引は、すべてアシスタントが承ります。あれだけのことがあったにもかかわらず、最近でさえ彼らを出し抜くことは不可欠なのです。あちらは常により多くの資金、より多くの船を持ち、腹立ちを募らせることでしょう。ひょっとするとわたしたちが光の下、壮麗な宮殿のなかでみなさんに乾杯できる日がくるかもしれません。いまのところ、あるのは非常口の照明と埃っぽいガラス製のタンカード、そしてこの胸に当てたわたしのしわだらけの年老いた手です。

価格表は医務室に掲示されています。

もしみなさんのなかのどなたでも、ご自身の美しく新しい船で地球方面へ向かわれるなら、ロワール渓谷で暮らし-育ち-広がり-むさぼり-根を下ろした、並外れて長身の若い女性-もの-存在に一本お持ち下さい。彼-彼女-それは、家族の来訪を喜ぶことでしょう。

（佐田千織訳）

謝辞

次の方々に感謝します。

わたしにこの任務を与え道筋を示してくれた、〈宇宙艦隊司令部〉プライムブックスのわが司令官、シーン・ウォーレスとスティーヴン・セガール。その途中で何度かコースを修正してくれた、ダイニス・ビセニックスにも。

わたしがルーク・スカイウォーカーならヨーダにあたる、ゴードン・ヴァン・ゲルダー。彼は編集の道の賢者だ。

適切なときに「それは罠だ！」と叫んでくれるわたしのアクバー、エージェントのジェニー・ラパポート。わたしの戦闘計画を吟味して誤りを指摘してくれる、ジョーダン・ハムスリー。わたしがメイザー・ラッカムなら、彼女はエンダー・ウィッギンだ。もし油断していたら、いつかわれわれはみんな彼女に滅ぼされてしまうだろう。

ハリス・ドゥッラーニーとレベッカ・マクナルティ、わが若きパダワンたち。このふたりのフォースは強力だ。

わたしの夢の生みの親にして、その実現に協力してくれた人たち。

ニューヨーク市《NYC》反乱同盟軍——なかでもクリストファー・M・セヴァスコ（C-3PO）、ダグラス・E・コーエン（R2-D2）、デイヴィッド・バー・カートリー（チューバッカ）、アンドレア・ケイル（レイア）にロブ・ブランド（ハンソロ）からなるグループ（すなわちNYCGP反乱予備軍）。

賢明な助言や助力が必要なときに頼りにした選りすぐりの集団、エレン・ダトロウ、マイク・レズニック、ジョナサン・ストラーン、ヴォーン・リー・ハンセン、ロス・ロックハート、キャスリーン・ベラミー、タイ・フランク、スティーヴン・シルヴァー、そしてわたしが挙げるのを忘れてしまったほかのみなさん。

最後になりましたが、本書のために作品を書き下ろしてくださった、あるいは自身の作品を収めることを認めてくださった作家のみなさん。あなたがたへの感謝は、ほかとはくらべものになりません。

解説

大野万紀

本書は近年アメリカで多数のアンソロジーを編集しているアンソロジスト、ジョン・ジョゼフ・アダムズの、『スタートボタンを押してください』、『この地獄の片隅に』に続く、銀河連邦をテーマにしたアンソロジー *Federations*（2009）の邦訳である。原書には二十三編が収められているが、本書ではその中から十六編が厳選されている。

銀河連邦！　あるいは銀河帝国！　懐かしい響きのする言葉だ。広大な銀河にある無数の星々。そこでは人類の子孫や異星人たちによる幾多《いくた》の文明が興亡を繰り返し、それらをまとめる強大な、あるいは衰退しつつある政体が、厳しく、あるいは緩やかに統治している。それは専制的で中央集権的な〈帝国〉であったり、複数の星間国家の〈連邦〉であったりする。なお、皇帝がいるとか、民主的な議会があるとか、そういうところをはっきり区別するSFも多いが、政体にこだわらず、比喩的に〈帝国〉という言葉を用いる作品もまた多い。ジャンルSFの用語としては連邦も帝国もあまり厳密な区別はなく、それぞれの作品の中で適当に設定されているといっていいだろう。いずれにせよ、異星人を含む多くの種族が何らかの

ルな世界。それがSFにおける銀河連邦の典型的なイメージだ。

本書の序文で、編者はまず〈スター・ウォーズ〉や〈スター・トレック〉を引き合いに出しているが、アシモフの〈ファウンデーション〉やル＝グィンの〈ハイニッシュ・サイクル〉シリーズにも言及しているように、本書もまた連邦や帝国といった言葉にあまりとらわれず、「銀河の恒星間にまたがる社会――国ではなく世界、あるいはいくつもの世界がまとまってできた政府――の広大さ」がテーマになっている。

しかし、これって恒星間を舞台としたスペースオペラではごく当たり前の設定だといえるだろう。銀河文明の統治機構や、社会のありかたを深く掘り下げて考察するような作品は数少なく、むしろ何も説明しないで済ませられる、便利な舞台背景として使われることが多い。スペースオペラの舞台として、スター・トレックやスター・ウォーズみたいなといえば、それで大体のイメージはつかめる。作者はその片隅で繰り広げられる物語そのものに集中すればいいのである。

これは別に非難すべきことではない。そもそもシリアスに考えるなら、銀河連邦そのものが相当にあり得ないものなのだから。

まず超光速での移動（少なくとも通信）手段が必須である。ワープとかスターゲートとか、どこでもドアとか。超光速通信ならアンシブルとか――。移動や通信が光速度に制限されるなら、隣の星へ行くにも膨大な時間がかかってしまう。そんな時間スケールで成立する統一された文明というのはあり得るだろうか（もちろんそんな世界をシリアスに考察したＳＦもある。例えばグレッグ・イーガンの描く宇宙は相対性理論に従い決して光速度を超えることはないが、ポストヒューマンたちは光の速さで自由に銀河を飛び回り、とんでもない時間スケールの世界を作り上げている）。

いや超光速はＳＦのお約束ごとなのだから、ＯＫだとしよう。ところが超光速はタイムトラベルと切っても切れない関係にあるので、それによって成立する銀河文明では等時性というものが問題になる（相対性理論では絶対時間・絶対座標は存在しないので、そもそも等時性などあり得ない――といってしまっては身も蓋《ふた》もない）。地球とベテルギウスがスターゲートでつながったとして、ゲートの向こうは「いつ」なのか。またそこから戻ってきたとき、その地球は「いつ」なのか。二点間ならまだしも、複数の星々を結ぶとなると、もはやわけがわからない。超光速が可能だったとしても、「いま」が定義できない宇宙では複数の星々からなる星間文明など現実的とはいえまい。

いやいや、それも無視するとしよう。例えばゲート間を移動する人の持っている時計を「いま」とするのだ。相互に運ばれる情報こそが星間文明では重要なのであって、遠く離れた星が「いま」どうなっているかなど二の次だとする（それで銀河連邦が成立するかどうかは別の問題）。そんなややこしいことを考えず、超光速と同様に相対性理論を無視して絶対時間があるとしてもいい。科学的とはいえなくなるが、そこはあいまいにしておけばスルーできるだろう。何といってもSFなのだから。

人類とその子孫たちだけによる銀河文明ならそれでいい。だが次には異星人たちの問題がある。銀河連邦というからには人類だけじゃ面白くない。やっぱり異星人は必要だ。

フェルミのパラドックスというものがある。地球外文明があるとして、なぜそれが見つからないのかという問題である。それをテーマにしたSFもいくつも書かれているが、銀河連邦を考えるのだから、ここでは異星人はうじゃうじゃいるとしておこう。だが、彼らと人類は果たしてコミュニケートできるのだろうか。

シリアスなSFではそれを不可能とするものがある。例えばスタニスワフ・レムの『ソラリス』（ハヤカワ文庫SF）だ。この考え方はとても説得力があるので、完全に否定するのは難しい。仮にコミュニケートできたとしても数学やインプットに対するアウトプットのレベルであって、互いに言葉で話し合い、果ては酒場で笑い合うような関係にはならないだろう。同じ地球上でそれなりの知性があるとされるイルカやチンパンジーとすら政治的な議題を議会で議論しあうというにはほど遠いのだから。

とはいえ、イルカやチンパンジーを仲間として宇宙の諸種族と渡り合うSFだってある（デイヴィッド・ブリンの〈知性化戦争〉シリーズだ）。人類も異星人も実は同じ太古の宇宙種族の子孫であり、だから意思疎通は可能だとするSFも数多い。なので、この問題も解決したとしよう。

そして話は振り出しに戻る。みんな広い銀河で人類も異星人もいっしょになってワチャワチャしているのが好きなのだ。それがかつての植民地帝国を宇宙に広げたようなイメージであっても、現代のアメリカやグローバル企業のありさまを宇宙に広げたようなイメージであっても、それが銀河帝国であり、銀河連邦なのだ。確かに少し古めかしいかも知れない。でもぼくはそんな大まかで適当な世界が大好きだ。

さて、そういう前提にたったとき、連邦や帝国は単なる舞台背景となり、重要なのは物語そのものとなる。星間文明同士の何百年にもわたる宇宙戦争の一コマ、地方での小さな反乱と連邦による鎮圧、遠い星々を植民地とするために旅立つ人々、宇宙海賊や犯罪者との戦い、植民惑星での現地種族と外から来た者の対立、様々な星々やエキゾチックな異星人の世界を巡って行く旅……。本書に収録された作品の多くもそういった題材を描いている。現代の作品では、そこにAIやポストヒューマン的なデジタル知性をからめる作品も増えてきている。

ここで本書の収録作についてコメントしておきたい。

本書には有名なシリーズに属する短編作品がいくつか再録されている。

ロイス・マクマスター・ビジョルド「戦いのあとで」は、〈ヴォルコシガン・サガ〉の一編『名誉のかけら』（創元SF文庫）の最終章に組み込まれたスピンオフ短編である。バラヤー軍に破壊された巡洋艦の死体回収にやって来たベータ星の若い操縦士とベテランの医療技術兵。戦争の悲惨さ、勇気と残された者の哀しみを描いたビジョルドらしい作品である。

アン・マキャフリーの「還る船」は、〈歌う船〉シリーズに属する短編（邦訳はアンソロジー『遙かなる地平2』（ハヤカワ文庫SF）にも収録されている）。〈歌う船〉のヘルヴァと、すでに死んでいるのに元気いっぱいのナイアルとのイチャイチャ話も楽しいが、武器を持たない平和な惑星の住人たちが、襲撃してきた宇宙海賊を撃滅する方法が面白い。オースン・スコット・カードの「囚われのメイザー」は『エンダーのゲーム』（ハヤカワ文庫SF）の前日譚《ぜんじつたん》であり、あのバトルスクールがどうやって作られたのかを明らかにしている。『エンダーのゲーム』の容赦ない厳しさにはこんな背景があったのだ。

シリーズに属さない単独の作品についても少し。

メアリー・ローゼンブラムの「愛《いと》しきわが仔《こ》」は、コードウェイナー・スミスを思わせる傑作だ。星々を越えて会話する能力をもつ特別な子供たち。それを育てるのは召使いとして作られた知性ある犬たちだ。銀河に広がる文明間の通信の問題を扱っているが、これは愛情に満ちた犬SFでもある。

アレン・スティールの「ジョーダンへの手紙」では、恋人と別れた主人公が星間連合の世界を旅していく。そこで目にする様々な異星の文明。何とも大らかで平和な宇宙旅行記となっており、さすがキャプテン・フューチャーを二十一世紀に蘇《よみがえ》らせた作者だ。そしてこれは確かに銀河連邦SFだといえる。

銀河連邦SFといえば、ジェイムズ・アラン・ガードナー「星間集団意識体の婚活」も楽しい。何しろ主人公が銀河連邦なのだ。千兆の生命体を抱える銀河連盟が、そろそろ身を固めようと結婚相手を探すことにする。彼はルームメイトの〈デジタル支援球〉に相談し、候補となる他の銀河連盟を探してもらう。オチは想像できるが、これぞ本書に相応しい正真正銘の銀河連邦ＳＦだろう。

銀河に広がる文明を描くＳＦの中には、また違った観点をもつ作品もある。先に述べた科学的な観点はやはり不問とするが、地上のイメージを単に宇宙に広げるのではなく、独自の政治体制、社会を考える作品である。

とりわけぼくの心に残っているのは、コードウェイナー・スミスの〈人類補完機構〉シリーズだ。数千年にわたり銀河を支配するこの統治機構ほど、冷たく謎めいていて、またユニークで物語性豊かなものは数少ないだろう。

本書に短編が収録されているユーン・ハ・リーも奇怪で独創的な宇宙国家を描いている。『ナインフォックスの覚醒』（創元ＳＦ文庫）で描かれるのは、はるか遠未来の東洋的な宇宙文明であり、そこでは〈暦法〉という、まさに魔法的な超技術が駆使されている。専制的でディストピアといってもいい世界だが、ジェンダー描写など現代ＳＦ的な要素も大きい。

もうひとつ、アン・レッキーの『叛逆航路』に始まる三部作（いずれも創元ＳＦ文庫）で描かれた星間国家ラドチも挙げておきたい。こちらはよくある専制的な銀河帝国なのだが、その皇帝は何千もの分身を持っており、また主人公の身体には宇宙戦艦のＡＩ人格が上書きされている。こんな設定が物語の中で重要な役割を果たし、そこにきわめて現代的なスペースオペラが展開していくことになる。

本書で銀河連邦というテーマに興味が持てたなら、ぜひこのような作品も読んでみてほしい。

訳者紹介

赤尾秀子（あかお・ひでこ）津田塾大学数学科卒。英米文学翻訳家。主な訳書に、レッキー《叛逆航路》シリーズ、リー『ナインフォックスの覚醒』、ベア『スチーム・ガール』、マキャフリー&ラッキー『旅立つ船』他。

小木曽絢子（おぎそ・あやこ）東京女子大学文学部英米文学科卒。主な訳書に、ビジョルド『戦士志願』『自由軌道』『親愛なるクローン』『無限の境界』『ヴォル・ゲーム』『メモリー』『任務外作戦』『マイルズの旅路』他。

佐田千織（さだ・ちおり）関西大学文学部卒。英米文学翻訳家。主な訳書に、ヌーヴェル《巨神計画》シリーズ、ブルックス＝ダルトン『世界の終わりの天文台』、カヴァン『あなたは誰？』他。

嶋田洋一（しまだ・よういち）一九五六年生まれ。静岡大学人文学部卒。翻訳家。主な訳書に、ワッツ『ブラインドサイト』『エコープラクシア 反響動作』『巨星』『6600万年の革命』、フリン『異星人の郷』他。

小路真木子（しょうじ・まきこ）京都大学理学部卒。宇宙物理学専攻。

中原尚哉（なかはら・なおや）一九六四年生まれ。東京都立大学人文学部英米文学科卒。主な訳書に、ヴィンジ『遠き神々の炎』『星の涯の空』他。二〇二一年、ウェルズ『マーダーボット・ダイアリー』で日本翻訳大賞を受賞。

検印
廃止

銀河連邦SF傑作選
不死身の戦艦

2021年7月21日　初版

編　者　ジョン・ジョゼフ・アダムズ

訳　者　佐《さ》田《だ》千《ち》織《おり》他

発行所　(株)東京創元社
代表者　渋谷健太郎

162-0814/東京都新宿区新小川町1-5
電　話　03・3268・8231-営業部
　　　　03・3268・8204-編集部
URL　http://www.tsogen.co.jp
フォレスト・本間製本

乱丁・落丁本は、ご面倒ですが小社までご送付ください。送料小社負担にてお取替えいたします。

ISBN978-4-488-77203-1　C0197

2018年星雲賞 海外長編部門受賞

巨大人型ロボットの全パーツを発掘せよ！

SLEEPING GIANTS◆Sylvain Neuvel

巨神計画

上 下

シルヴァン・ヌーヴェル

佐田千織 訳 カバーイラスト＝加藤直之

創元SF文庫

◆

少女ローズが偶然発見した、

イリジウム合金製の巨大な“手”。

それは明らかに人類の遺物ではなかった。

成長して物理学者となった彼女が分析した結果、

何者かが6000年前に地球に残していった

人型巨大ロボットの一部だと判明。

謎の人物“インタビュアー”の指揮のもと、

地球全土に散らばった全パーツの回収調査という

前代未聞の極秘計画がはじまった。

デビュー作の持ちこみ原稿から即映画化決定、

星雲賞受賞の巨大ロボット・プロジェクトSF！

前人未踏、3年連続ヒューゴー賞受賞の破滅SF

THE FIFTH SEASON◆N. K. Jemisin

第五の季節

N・K・ジェミシン

小野田和子 訳

カバーイラスト＝K, Kanehira

創元SF文庫

◆

数百年ごとに〈第五の季節〉と呼ばれる天変地異が勃発し、
そのつど文明を滅ぼす歴史がくりかえされてきた
超大陸スティルネス。
この世界には、地球と通じる特別な能力を持つがゆえに
激しく差別され、苛酷な人生を運命づけられた
“オロジェン”と呼ばれる人々がいた。
いま、あらたな〈季節〉が到来しようとする中、
息子を殺し娘を連れ去った夫を追う
オロジェン・ナッスンの旅がはじまる。
前人未踏、3年連続で三部作すべてが
ヒューゴー賞長編部門受賞のシリーズ開幕編！

パワードスーツ・テーマの、夢の競演アンソロジー

ARMORED

この地獄の片隅に

パワードスーツSF傑作選

J・J・アダムズ 編

中原尚哉 訳

カバーイラスト＝加藤直之

創元SF文庫

◆

アーマーを装着し、電源をいれ、弾薬を装塡せよ。

きみの任務は次のページからだ——

パワードスーツ、強化アーマー、巨大二足歩行メカ。

アレステア・レナルズ、ジャック・キャンベルら

豪華執筆陣が、古今のSFを華やかに彩ってきた

コンセプトをテーマに描き出す、

全12編が初邦訳の

傑作書き下ろしSFアンソロジー。

加藤直之入魂のカバーアートと

扉絵12点も必見。

解説＝岡部いさく